Chasse aux Livres à Paris

巴黎猎书客

胡小跃 著

深圳出版社

图书在版编目（CIP）数据

巴黎猎书客 / 胡小跃著. -- 深圳 : 深圳出版社,
2024. 9. -- ISBN 978-7-5507-4071-6

Ⅰ. I25

中国国家版本馆CIP数据核字第20243XS712号

巴黎猎书客
BALI LIESHUKE

出 品 人	聂雄前
责任编辑	邱秋卡
责任校对	万妮霞
责任技编	梁立新
封面设计	ABookCover
插 图	Lizi

出版发行	深圳出版社
地 址	深圳市彩田南路海天综合大厦（518033）
网 址	www.htph.com.cn
订购电话	0755-83460239（邮购、团购）
设计制作	深圳市龙瀚文化传播有限公司 0755-33133493
印 刷	深圳市华信图文印务有限公司
开 本	787mm×1092mm 1/16
印 张	24.5
字 数	338千
版 次	2024年9月第1版
印 次	2024年9月第1次
定 价	68.00元

目 录

圣伯努瓦路 5 号，4 楼靠左

与"龚古尔夫人"谈龚古尔奖

在我的采访名单上，埃德蒙德·夏尔－鲁排在第一位，这不仅因为她是现任龚古尔奖评委会主席，权倾一时，而是因为她今年已经86岁高龄，她的出版商无意之中说的一句话让我更加着急："采访她可要快啊！对您来说这也许是最后的机会了。"我可不想再犯当年在杜拉斯身上，后来又在另一个著名人物弗朗索瓦丝·吉鲁身上重犯的错误。

然而，见到夏尔－鲁，我放心了。她完全不像一个快到九旬的老人，尽管背有点驼，但耳聪目明，动作麻利，思路十分清晰。当我穿过一个僻静的小院，沿着古老的楼梯走到二楼，然后又推开一道门，走上三楼时，听见门铃声的夏尔－鲁已在门口等我。

一进门，我就发现客厅里全是精美绝伦的艺术品，有木刻、油画、雕塑、挂毯、壁画及各种小摆设，我不禁脱口而出："呀，这简直是一个小卢浮宫啊！"夏尔－鲁谦逊地笑了笑，说："都是家族留下来的。我的父亲是外交官，叔叔是外交官，堂兄堂弟中也有不少外交官。他们在世界各国任职，这些东西都是他们带回来的，现在留给了我。"

说着，她把我让进另一个小一点的会客室，里面有张大桌子，桌上放着一些书和资料，还有一张绿色的小贴纸，贴在桌面上。后来我才知道，这是她接受采访的提纲。她显然事先已作了准备。

她请我在桌前坐下，然后自己在桌子的另一端也坐下来，问："您录音吗？"我掏着笔记本，说："我用笔记，加上脑子记。"她说很好，我就讨厌电脑，用电脑写作没有感觉。

一个身材高大的黑人男子轻手轻脚地走过来，问我："先生想喝点什么？"夏尔－鲁建议："喝点茶吧？"然后对那个黑人说，"拿那种最好的茶，在小柜子里。"差不多过了半小时，茶才放在银光闪闪的盘子里端上来。果然不同一般，不过不是我们通常意义上说的那种茶。

书桌前的埃德蒙德·夏尔－鲁
（图片由受访者提供）

我说我们先谈龚古尔奖吧，坊间有人称您是"龚古尔夫人"，您同意吗？她笑了。龚古尔奖是100多年前由龚古尔兄弟设立的，龚古尔兄弟之一就叫埃德蒙，与夏尔－鲁同名。夏尔－鲁曾得过龚古尔奖，现在又是龚古尔奖评委会主席，专职负责龚古尔奖的事，所以称她为"龚古尔夫人"应该是恰如其分的。

她告诉我，龚古尔奖的10个评委，个个都是国宝，水平、才能和人品都是一流的，有人说他们年龄偏大，可这样的国宝不是想找就能找到的。评委们基本是义务劳动，报酬很少，因为他们不是官方机构，严格来说，龚古尔"学院"（académie）并不存在，学院应该是官方的，而他们是民间团体，应该叫协会（association）。评委们也不能叫院士，叫伙伴更贴切。她问我："您知道法语中'伙伴'（copain）这个词是怎么来的吗？合作（coopérer）＋面包（pain），就是一起吃面包的人。"我说，听说你们评奖时吵得很厉害。她说是的，但只吵两个月，剩下的10个月大家都是好朋友。评奖时，可能会吵得面红耳赤，评完奖后，大家又握手言欢。我说文学是很个人的东西，每个人都有自己的喜好与偏爱，没有绝对的原则，不像科学定律。她说基本的原则还是有的，要相信评委们的眼光和鉴赏水平。

我又问，法国每年出那么多小说，光是"文学回归季"就有300

听埃德蒙德·夏尔-鲁讲龚古尔奖的故事
（图片由受访者提供）

多种，你们10个人看得过来吗？她说每个评委负责看30本，这样就300本了。其他小说，有的不符合评奖原则的，如已得过奖的作家，事先就排除掉了。她说他们原先只看秋季新出的书，后来觉得漏掉年初和3月份巴黎图书沙龙期间出的书不公平，所以现在要调看全年出版的书。我说："你们年纪都那么大了，又有各自的工作，看得过来吗？我知道法国有的书评家是不看书就写书评的。"她说："哦，你也听说了？有的，但我们这10个评委都真正看书，而且看得很仔细，有时拿笔一行一行过。筛选出来的，大家再一起谈论。一年12个月，我们基本有10个月在看书。"我说那夏天不度假了？她说度假也带着书。

我说，当年龚古尔兄弟立下遗嘱，这个奖是给年轻人的，怎么现在获奖者年龄都那么大呢？她说有时颁给太年轻的作者会带来很多问题。有的作者获奖后就不再写作，而是从事其他工作去了，这对龚古尔奖这样一个奖来说有失尊严。还有的作者得奖后越写越差，没有潜力，成不了大作家，这也影响龚古尔奖的声誉。所以，他们现在一般选择中年以上有实力、有潜力而且打算毕生致力于文学事业的作者。那么，如何体现龚古尔兄弟遗嘱的精神呢？她说，他们现在想出了一个变通的办法：设立六种龚古尔奖项，有小说处女奖、中篇小说奖、诗歌奖等，这些奖主要颁给年轻人，而大奖还是要留给真正的作家。

在法国，我常听人抱怨法国文学大奖不公正，说许多大奖都被少数几个大出版社垄断了，不少大奖的评委都是出版社的文学部主任或审读委员会成员，龚古尔奖评委会是否有这种情况？夏尔-鲁很认真地给我列出了10个评委的名字，一一解释，只有图尼埃是伽利玛出版社的审读员，不过，她说，这么多年来，他可从来没有为伽利玛的作者说过话。接着她又补充说，像伽利玛这样的出版社，他们出的书质量就是那么高，有什么办法呢？

龚古尔奖设立至今已经 100 多年了，百年以后有些什么新举措？她说她一直在为扩大这个奖的影响而在世界各国奔走，去年还去了俄罗斯作讲座。我说在中国，知道龚古尔奖的人恐怕比知道美国普利策奖和英国布克奖的还多，在许多人看来，这是仅次于诺贝尔文学奖的一个奖。她说，龚古尔奖历史悠久，它的作用是其他许多奖所不能替代的，它能改变一个作家的一生，改变一本书甚至一家出版社的命运，所以他们评选的时候格外谨慎。

夏尔–鲁从小在国外长大，跟随当大使的父亲先后在捷克、瑞士、意大利等国生活，会讲 5 种外语。战争爆发后，她不到 20 岁就上了战场，负过两次伤，得过两枚勋章。我很纳闷，一个有着这种家庭背景的女子，怎么那么年轻就上了战场？她说外交官的孩子往往更加爱国，当她说她要参军上前线时，她父亲只轻描淡写地说了一句："好吧，女儿，再见！"好像女儿是去哪里旅行似的。她先到军中的护士学校接受了一段时间的专业训练，然后便和另一个同学上了前线，跟着救护车抢救伤员。中弹负伤后，她并没有因此退出战场，养好伤后又继续上前线，给将军当秘书，结果再次负伤。战争结束的时候，受到两次嘉奖的她已经有些名气，大可在军中发展，怎么又突然去当记者，做杂志了呢，而且还是时尚杂志？她说作为一个女孩，她也爱美，爱时尚，而那本叫作 *ELLE* 的女性杂志在全球都有影响。我说现在也有中文版。她说是啊，这本杂志如今已成为国际性的刊物了。我问她，有过作战经历，在社会上是否更受尊重，找工作也更加容易？她骄傲地说那当

会场上的埃德蒙德·夏尔-鲁　（图片由受访者提供）

2014年，埃德蒙德·夏尔-鲁与法国时任总统奥朗德在爱丽舍宫
总统府授勋仪式上　　　　　　　　　　（图片由受访者提供）

然，为国家的自由打过仗的人都是英雄。

在 *ELLE* 当了两年编辑后，她又跟随出版人转到一家叫作《流行》
的时尚杂志，在那里一干就是 14 年，最后成了这份杂志的主编，但
杂志后来被美国收购了。20 世纪 60 年代，美国的种族势力抬头，在
1966 年的一期杂志上，夏尔-鲁用了一个黑人模特儿的照片当封面，
老板得知后要求她撤下，她坚决地拒绝了，结果，杂志出版后她就接
到了解雇通知。不过，她说，法国的劳动保障制度很健全，加上她请
了个好律师，所以，得到了巨额的经济赔偿。

被解雇并非坏事，夏尔-鲁有充分的时间写作了。就在这一年，
她完成了她的第一部小说《忘记巴勒莫》，投给了法国最大的两家文
学出版社"伽利玛"和"格拉塞"，两家出版社都接受了，她当时很
难在二者之中作出选择。但她不是一个心气高的人，所以选择了略
小一些的格拉塞出版社。没想到，小说出版后就获得了当年的龚古
尔奖。

我说，您参加过战争，这是许多作家都没有的经历和财富，您就
没有写写战争吗？她说有啊，《她，亚德丽安娜》就是写战争的。我
说，这么抒情的书名，我还以为是爱情小说呢！她说这部小说曾被出
版社退稿，但得到了著名诗人阿拉贡的鼎力支持，他对出版社的老板

说，多好的书名啊，多好的书，你们不出会后悔的。说到这里，夏尔－鲁露出了感激的笑容，说："阿拉贡对我偏爱有加，其实，我也觉得书名挺一般的，但他坚持不让出版社改。"我说我译过阿拉贡的诗，我认为他也许是20世纪法国最后一位大诗人。夏尔－鲁说，他当时的确影响很大，出版商不敢得罪他。"对了，"她说着到对面的书架上取下一本画册，"送给您吧，这是介绍阿拉贡郊外别墅的，他和爱尔莎休闲的时候喜欢住在那里。"

我说，您是搞文学的，后来怎么写起《香奈儿传》来了呢？她说，怎么就不能写她呢？面对香奈儿这样的传奇人物，任何作家都不可能无动于衷。她出身贫贱，凭着自己的努力和才能，成了时装界的顶尖人物，她的故事是任何作家都编不出来的。我说您编过10多年的时尚杂志，写她是不是特别有感觉？她说那本传记是30多年前出的，现在还没有过时，去年又配上照片出了精装本，许多国家都翻译出版了。

除了香奈儿，夏尔－鲁还写过另一个传奇的女人伊丽莎白·爱拉尔。她说："这是两个截然不同的女人，如果说她们有什么相同之处，那就是她们都卓尔不凡。一个是从小商贩的女儿成为时装界的女王，而另一个则恰恰相反，爱拉尔出身显赫，但放荡不羁，抽烟喝酒，穿着男孩的衣服，在沙漠中徒步旅行，可以说，她是嬉皮士之母。现在许多人吹嘘自己如何如何在哪里历险，我听都不要听，比起爱拉尔来，他们还差得远呢！"

夏尔－鲁的作品影响很大，《忘记巴勒莫》在17个国家都出了，包括中国，但她写得很少。她说："我不像当代法国文坛上的某些人，一年能写好几本书，我可能好多年才能写一本。我在巴黎写不了东西，干扰太多，我

《忘记巴勒莫》法文版封面

要回马赛才能写。我在马赛的住处，围墙一层一层的，四周都是树木，非常安静，有点你们国家的味道。"我说："既然您提起了马赛，我想跟您谈谈马赛的事。听说，您的爱情是从 47 岁开始的？""那是我唯一的爱情。"说着，夏尔－鲁陷入了沉思。夏尔－鲁获龚古尔奖后，到马赛去参加活动，遇到了马赛市的市长加斯东·德福尔，两人一见钟情，夏尔－鲁被加斯东身上那种政治家的远见和男子汉的果敢吸引，而加斯东也倾慕这个身世不凡的优雅女子。夏尔－鲁回巴黎后，他给她打了个电报，说要来看她，然后，他便离开了妻子，不顾市长的尊严，追到巴黎。但夏尔－鲁怕影响他的政治生涯，加斯东说，为了她，他宁愿不当市长，并"威胁"她，如果她不能或不愿嫁给他，他就离开政坛。说到这里，夏尔－鲁感叹地说："这就是加斯东！"结婚后，他们互相影响，夏尔－鲁变得更严肃端庄了，而加斯东则变得斯文了。夏尔－鲁说，她对加斯东最重要的影响是加斯东从此以后对文化事业更重视了。马赛是个商业城市，贸易发达，但文化设施一度落后，文化活动贫乏，夏尔－鲁在后面"垂帘听政"，不断给丈夫施压，让他出台了许多政策，扶持当地的文化事业。她说，现在马赛的许多文化设施都是她丈夫在世的时候建的，加斯东任职的时候也是马赛的文化最繁荣的时期，许多文化人至今还感激和怀念他。

说着，她拿出一张照片，黑白的，指着照片中间的那个人说：

1981年，埃德蒙德·夏尔－鲁与丈夫加斯东·德福尔　　　　　　（图片由受访者提供）

"这就是加斯东，右边那个你认识了，密特朗，后来成了法国总统，当年他们是很好的朋友。"这张照片是一家不知名的图片社刚刚寄来的，她说："真要好好谢谢他们，我都不知道还有这张照片。"

关于她的爱情生活，她似乎不愿多谈，也许怕勾起伤心的回忆，于是我转入最后一个话题：法国当代文坛。作为法国最大的文学奖的评委会主席，她的看法和意见应该是有代表性的。我说我最近接触了许多法国作家，大家普遍认为现在法国文坛缺乏大作家、大手笔，作家们太关注自身，关注形式，脱离时代，脱离读者。她说你说得对，现在法国作家的生活太优越，所以他们不思进取，而是在游戏文字。倒是一些外来作家，比如说非洲和苏联的移民作家，包括一些华裔作家创作了一些好作品。不过，有三个作家值得注意：一个是贝尔纳·亨利－莱维，一个是安德烈·马基纳，还有一个是菲利普·克洛代尔。我说我已经注意到了，我7年前就出了亨利－莱维的《波德莱尔最后的日子》，至于克洛代尔，我前两天还见过他，我是他《灰色的灵魂》的译者。马基纳嘛，中国读者应该也不陌生，他的《法兰西遗嘱》已经译成中文，去年9月他还应邀到北京参加过国际书展，与他一起来的还有罗伯－格里耶。

她问，罗伯－格里耶在中国很出名吗？我说很出名，尽管并不一定有很多的人读他的书，也许能读懂他的书的人更少。她说他在世界各国都很出名，有的作家就是这样，要出名，你拦都拦不住。我问："您怎么评价维勒贝克？他的影响那么大，连中国也波及了，你们为什么不给他龚古尔奖？"夏尔－鲁说："他无疑是个作家！"她特别强调了"无疑"这个词，但接着又说，"可他总不能半夜里喝得醉醺醺的，提着酒瓶，牵着狗来敲评委的门吧？龚古尔奖这么严肃的一个奖，得讲点形象吧？还有，作为一个女性，对于一个在书中如此对待女性的作家，我不能投他的票。"

那么玛丽·达里厄塞克呢？她现在在文坛得到了承认，地位越来越高，但读者越来越少。我说我前两天在书展上看见她签名售书时门庭冷落，而几米之远找诺冬和韦尔贝签名的人却几乎打破头。夏尔－鲁含蓄地说："读者少也许不是玛丽的错，说不定是读者的错呢！"

埃德蒙德·夏尔-鲁作品《香奈儿的时代》封面

我听后一惊，很少有人敢这样说。

我说不管怎么样，现在的作家很少像二十世纪五六十年代那样有那么大的号召力。夏尔-鲁问："您是指萨特和加缪吗？他们介入社会，干预社会。"我问："您跟萨特和加缪有交往吗？"她说："我跟加缪更近一些，跟萨特也熟。波伏瓦嘛，一个了不起的女人！"听得出来，她话中有话。

我注意到夏尔-鲁的桌上放了许多笔，但没有电脑，便问她用不用电脑。她说："从来不用，难以想象面对冰冷的机器能写出活生生的东西出来。哪里比得上纸笔，感觉多好，尤其是你们中国字，还有阿拉伯文。对我来说，每部手稿都是一部艺术品，字体和笔迹能反映人的性格和写作时的情绪。对了，我这儿有一本影集，里面有你们中国。"说着，她从旁边的小矮桌上拿过一本黑白影集，和我一张一张翻看起来，边看边赞叹："多美啊！"我们找到了毛泽东和周恩来的照片，也看到了几张中国农民的照片。她说："里面还有一张非常出色的照片，我翻给你看。"那是一张阿根廷军警镇压学生的照片，一个女孩举着一朵鲜花，递给举着枪的警察……

不知不觉，已经两个多小时过去，尽管有好茶，谈兴也正浓，但我不好意思再待下去。临走之前，我提出来想看看新版的《香奈儿的时代》，也就是配了照片的《香奈儿传》。她带我走到另一个书房，小一点，但也更加雅致，三面都是书架，不高，全都是精装的书，书籍烫金。她找出那本书，说："文字美，图也要美。反过来，图美，也迫使你的文字不得不美。"她说这本书送给您留念吧！我一看是英文版的，便说如果可能的话，还是给我法文原版吧。她找了半天，没有找到，只有一本她在扉页上写了一些字的。她说："这样吧，我让出版社明天送来，您过两天到我楼下的门房那里拿。"然后又说，"总不能让您空着手走，先送您一本《她，亚德丽安娜》吧！"

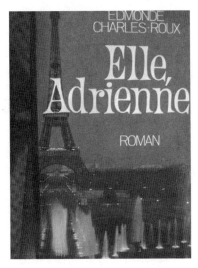

《她，亚德丽安娜》法文版封面

我拿着书，向她告别。她给了我她家的电话号码，说有事就打电话来。我下楼梯时，她一直站在门口，嘴里一直说："小心，楼梯太窄，太旧。打开右边的门，到了二楼，您可以坐电梯下去，也可以走下去……"我的眼睛有点湿润，多么慈祥可爱的老人，希望以后还有机会见到她。

回到住处，我翻开了那本《她，亚德丽安娜》，突然发现，除了书名是法文，里面全是德文！

2006 年

追记：2016 年，在我采访她 10 年之后，埃德蒙德·夏尔－鲁在马赛去世，终年 96 岁。

巴黎追访程抱一

程抱一的《天一言》终于在中国出版了，这是一件值得庆贺的大事，犹如当年在法国出版一样。我可能是国内最早接触这本书的人之一，1998年，《天一言》在法国出版时，我刚好在巴黎，常去阿尔班米歇尔出版社。当时，正值法国的"文学回归季"，各出版社纷纷推出自己的拳头产品，角逐文学大奖。阿尔班米歇尔出版社也不例外，接待大厅里挂着他们认为最有希望得奖的七八个作者的巨幅照片，其中有一个看起来像华人，非常眼熟，那神态、那气质、那模样，非常像全中国人民都熟悉的一位伟人。下楼迎接我的对外版权贸易部经理雅克琳娜·法韦罗女士问我认识他吗，说那是一位非常出名的华裔作家，叫弗朗索瓦·程。我说我不认识，从来没有听说过这个人。法韦罗女士露出惊讶的神色，连忙拿出一本叫作《天一言》的书，说这是弗朗索瓦·程刚出的一部小说，写的是一位中国画家的故事，非常精彩，值得一读。

回国不久，我便去广州参加中法跨文化研讨会。会上，一位女学者的发言引起了我的注意，她一头短发，

程抱一先生　　　　（图片由出版方提供）

动作干练，语速很快，看样子像是中国人，但那一口地道、纯正的法语表明她绝对是一个土生土长的法国人。一打听，竟让我大吃一惊，原来那是程抱一的女儿。80年代初，我在大学学法语时，手头有两本当时仅能找到的法国译诗选，一本是范希衡译的《法国近代名家诗选》，另一本就是程抱一译的《法国七人诗选》。关于程抱一，徐迟在"序"中只提了几句，说他旅居法国，但具体怎么样，并没有太多的介绍。随着法国诗译介得越来越多，译者的队伍也越来越壮大，但这位程先生却没有再露面。我曾打听过这位翻译家的下落，但没有人知道。那时，我已开始研究法国诗，对与法国诗有关的一切都非常关注，尤其像程先生这样出色的翻译家，不但令我肃然起敬，而且使我神往。后来，我结识了许多法国诗歌翻译家，但关于这位程抱一，一直得不到任何消息。他对我来说，似乎是一个谜，一个萦绕身边而又缥缈的影子。然而，现在程抱一的女儿却突然出现在我眼前。

不过，我被告知，程先生现在很少译法国诗了，而是在用法语写诗，研究中国字画，还写小说，最近他的一部写中国画家的小说还得了法国文学大奖呢。"他的法文名字是不是叫弗朗索瓦·程？那本小说是不是叫《天一言》？""没错。"

我又惊又喜，马上联系法韦罗女士，请她给我提供有关弗朗索瓦·程的资料，我想了解这位久仰的大翻译家的身世和他在法国的近况。我很快就收到了相关资料。原来，程先生祖籍南昌，1929年生于山东济南的一个书香家庭，17岁考上南京的金陵大学，学的是英语，1948年获联合国教科文组织的一份赞助，赴法国留学。当时，他一句法文都不懂，在法国也没有任何朋友。之所以选择巴黎，只因为热爱法国文学，向往法国的艺术。但当他踏上法国的领土，他才知道，法兰

《天一言》法文版封面

13

西的浪漫并不属于他这个初来的中国人，在到达缪斯女神的殿堂之前，他得经过贫穷、孤独、屈辱、蔑视、歧视的考验。他在菜场当过苦工，在饭店刷过碗。终于，他以令人难以置信的毅力和努力，凭着自己的聪明才智，走出了炼狱，跻身于法国文化圈和学术圈。

去年夏天，我再次赴法。就在我出发之前，传来一个令人振奋的消息：程抱一入选法兰西学院，成为该院的第一位亚裔院士。法兰西学院是法国最高的荣誉机构，成立于17世纪初，由40名文学界与思想界的顶峰人物组成，被选为该院院士，即意味着进入了法国的历史殿堂，所以院士又称"不朽者"。程抱一的入选成为法国的重大新闻和轰动事件，也大大提高了华人在法国的地位。可以说，程抱一在很大程度上是中国文化的代言人，许多法国人是从程抱一身上看中国的。在他们眼里，程抱一研究中国书画和诗词的水平，代表和标志着中国书画和诗词的水平。

在法国，我曾做过一个调查，看看程抱一在法国的影响究竟有多大，知名度有多高。

在女诗人克罗蒂娜家里，我问她有没有读过弗朗索瓦·程的作品，她反问我，写诗的，研究诗歌，能不读中国诗吗？读中国诗的人能不读弗朗索瓦·程的作品吗？说着，她拿出一本她正在读的《水云之间》，书中还夹着书签。拜访画家朋友亨利时，我问他知不知道弗朗索瓦·程，他瞪了我一眼，竟在书架上抱下一大摞书来，程抱一的书他几乎全有，而且全都读过。不但是书，与程抱一有关的东西他全收集着，包括展览的节目单、演讲的宣传册和报刊上的评论、资料和照片。在比利时，拜访大诗人卡雷姆纪念馆的馆长伯尔尼夫人时，谈起程抱一，她告诉我，卡雷姆就是通过程抱一的著作了解中国诗的，而且，卡雷姆还给程先生写过信。

也许，文化人了解和熟悉程抱一并不稀奇，但我的房东法尔古-马蒂夫妇是从事技术工作的，与文艺毫无关系，听说我见了程抱一，一个劲埋怨我为什么不早告诉他们，否则，可以请程先生替他们签个名，他们不大的书架上竟然也有好几本程抱一的书。此后的两个月，我碰到人就问有没有听说过程抱一，结果非常惊人：几乎百分之百的法国人都知道程抱一，而且，对他没有任何负面的评价。

2002年，我的法国之行，很重要的一个任务就是拜访程抱一。我事先通过阿尔班米歇尔出版社转给他一封信和许多关于我本人和我工作的资料，希望能引起他的重视，因为我听说，程抱一深居简出，轻易不见人。我觉得，对于大学问家来说，这是正常的。我不反对作家走向社会，但作家毕竟不是社会活动家。事实上，许多活跃于社交场合、频频在传媒露面的"大"作家，往往用傲慢的态度或俏皮的语言来掩饰自己思想的贫乏

思考中的程抱一（图片由受访者提供）

和苍白。我相信，当大作家大学者是要耐得住孤独和冷清的，在某种程度上来说，我更敬佩那些不善交际、不愿见人的作家。

尽管如此，程抱一的固执还是让我吃惊。负责替我联络的法韦罗女士告诉我，她已几次游说，费尽口舌，程先生仍然不愿接受我的采访。法韦罗女士露出无奈的神色，并希望我能理解，因为程先生是一个"有点神秘的人物"，他的拒绝并不是针对我一个人的。我知道不少旅居海外的华人作家和画家不愿见国内去的记者。怕露馅？怕露怯？什么心理都有。我坚信程先生不是这样的人，所以请法韦罗女士再作一次努力，请她转告程先生，我不是以记者的身份去采访他，而是以一个读者、一个崇拜者的身份去拜见他。终于，程抱一勉强答应了，但提出，时间不要超过半小时，并不无担心地问法韦罗女士："他录不录音？"

到了约好的那天，我准时来到阿尔班米歇尔出版社。我事前已阅读了关于他的大量资料，并准备好一套提纲，可以在20分钟内结束采访。等了5分钟左右，一个熟悉的身影出现在我面前。我一眼就认

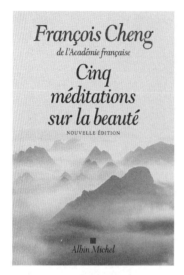

程抱一《美的五次沉思》法文版
封面

出了他。

我们来到一个小小的房间坐下，里面堆满桌椅，很乱，还有些脏，但非常安静。时间有限，我没有过多地寒暄，首先告诉他，尽管他在法国大名鼎鼎，但在中国，知道他的人还很有限，所以我想把他介绍给他的中国同胞。我问他用法文还是用中文交谈，他说，随便。我说，那就用中文交谈吧，这样亲切些，涉及有些书名和人名，翻译起来也可以准确些。于是，一个中国人和一个入了法国籍的华人在法国一家出版社的小屋里用中文开始了有关中法文化的谈话。

程抱一在法国奋斗50多年，其文化成就是多方面的。他是一个真正的中法文化交流的使者。大凡翻译家，不是中译法，就是法译中，像他那样既把法国诗歌译成中文，又把中国诗歌译成法文的翻译家是不多见的，现在尤其罕见。而且，他的介绍工作是多方面的，不仅仅是翻译文学作品，而且向法国人宣传和评介中国字画，还用法文直接创作，他的诗集《双歌》和《恋情》综合了东西方诗歌的长处，深受法国读者的喜爱。他的长诗《石与树》被选入法国最重要的诗歌选集《二十世纪法国诗选》，成了法国诗歌的宝贵财富。正如法国总统希拉克在给他颁奖时所说的那样，他"不但是中法文化交流的桥梁，而且充实了法国文化"。

我向程先生介绍了国内目前翻译法国文学的情况，谈到了翻译、选题和出版问题，谈到了当代法国的当红作家、反叛作家、畅销书作家和华裔作家，谈到了诺贝尔文学奖，也谈到了法国出版中国当代文学的情况……我发现，程先生对当代的中国社会和中国文学非常熟悉，他谈到的有些作家和作品我甚至都不知道。一个离开祖国半个多世纪的老人如此了解中国的现状，让我感到非常吃惊。不知不觉，我抛开了采访提纲，而程先生的心理防线也彻底放松了，打开了话匣子。我突然发现，他其实是个很健谈的人，因为渐渐地，不管我问什么，他只顺着自己的思路往下讲。他把我带入了他的书中，带进了他的生活，他的世界。

我们谈得最多的，还是他的小说《天一言》。尽管在这部小说出版之前他在法国就已大名鼎鼎，但《天一言》确立了他在法国文学界的地位，使人们在肯定他的学术成就的同时，也发现了他的文学创作才华。而在我看来，这本小说之所以重要，是因为这是作者生命体验的记录和总结。虽然作者一再强调这不是纪实性和自传性的文字，并假托小说中的主人公天一之"言"来转述故事，但不难看出，天一身上有程先生的很多影子。天一在巴黎所经历的文化边缘人的痛苦，很多是作者本人的写照。所以，10多年前，程抱一重病卧床，自以为生命将走到尽头的时候，拼命赶写此书，想尽快出版。他回忆说，当时，他准备开刀，根本动不了笔，是家人在床头记录的，后来又找人用打字机打出来。开完刀后，他觉得不满意，又开始重写。他说，这是一部"遗嘱式"的作品，是与自己"血肉相关"的一本书。作者试图通过人物的命运来反映人类文明的演变，小说借主人公的遭遇，几乎涉及了东西方的所有艺术领域，具有很深的文化内涵和极高的艺术价值。小说除了写天一在巴黎求艺谋生的经历外，还用了很大篇幅写他1958年回国后的遭遇。程抱一在1948年就离开了祖国，如果说他对华人在法国的奋斗有切身的感受，他对国内的历次政治运动却并无体验，是什么促使他写那段历史的呢？"使命感。"程抱一说。事实上，尽管他远离祖国多年，但一直关心祖国的一切，当他在报刊上读到有关消息，当国内来的朋友给他讲述种种悲剧，他便产生了一个强烈的愿望：要写一部作品来见证那个特殊的时代。这种见证不是旁观或客观报道，而是融入自己生命的一种铭心刻骨的体验。他说他清楚地感觉到自己有一种不可推卸的责任，一个似乎是宗教意义上的使命。他对人间的痛苦不可能无动于衷，他有一种非讲不可的需要。他认为一个作家不应该回避现实，"那种所谓的超脱现实、回避现实的睿智是没有价值的"。

作者在《天一言》中给友人的签名

正因为如此，这部作品不同于一般的爱情小说，它不但具有深厚的文化底蕴，而且有一种历史深度。小说通过主人公的遭遇，反映了一代中国知识分子在两个社会、两种文化冲击下对生命的演绎和阐释。作者说："那时的中国似乎陷入了泥沼，不可自拔，但仔细看看，用心倾听，你就会发现每个中国人都有一种顽强的精神和对生命的渴望，即使在生命受到威胁的绝境中，他们也没有停止对真理、对美和对尊严的追求。所以，许多法国人读了这部小说以后不但没有看不起中国人，反而对中国人那种顽强的精神产生了由衷的敬佩。"

关于《天一言》，我们有谈不完的话题；写完《天一言》，程抱一意犹未尽，于是，他又继续写下去。2002年，他的第二部小说《此情可待》出版了，书中的主人公道生身上所表现出来的那种理想化色彩和对爱情、友谊的执着追求，似乎在天一身上也看到过。可惜，我们没有时间再展开了，原定半小时的谈话已延长到两个多小时，而且，再有两个小时也谈不完，于是我们只好惜别。临别前，程先生给我留了他家的电话号码，要我以后去巴黎一定再去看他，并嘱咐我，千万不要把电话号码告诉别人。

2003 年

"金发中国女孩"

2011 年夏天，我去美加边境的圣凯瑟琳参加一个活动。这是一座美丽得让人舍不得离开的城市，湖泊、沙滩、瀑布、森林、古码头、旧厂房、老建筑……数不清的历史遗迹，看不完的小城风貌。我喜欢在长达数公里的圣保罗大街漫步，更喜欢在教堂街探幽。然而，一个偶然的事件让我中断了所有的活动而专注于一个家庭的离奇遭遇，并由此认识了一个不平凡的女性——安娜乐尔。她曾是加拿大最年轻的独立书商；她在上海生活了 14 年；她父亲在中国坐了 14 个月的牢。

这天黄昏，我在圣保罗大街散步，看到一家书店的橱窗里竟有一本中文书，便好奇地走了进去。书店不大，是长条形的，书呈纵向排列，层层叠叠，从地上一直爬到天花板，然后扑向楼梯，似乎要把我们带上二楼。我在书堆里寻找了很久，才发现左边书架旁坐着两个老人，一男一女，应该是夫妻，他们正惊讶地望着我。我连忙自我介绍："我从中国来，看到有中文书，进来看看。"男的下意识地重复了一句："中

圣保罗大街的书店

国。"我问："你们是书店的老板？"不等男的回答，女的就指着他，急急地抢了一句："他就出生在中国。"这回，轮到我惊讶了。我坐下来，说："真的？给我说说是怎么回事。"

史蒂夫的故事就这样开始了。他是德国人，父亲是柏林著名的书商，曾与许多名流有交往，母亲是牙科医生，两人都是犹太人。20世纪30年代，纳粹上台后进行种族迫害，他们不得不离开自己的祖国。他们曾想去南非，或者澳大利亚、新西兰，但这些国家的门已对他们关上了，唯有中国对他们伸出了双手。当时，上海是远东最大的犹太人避难中心，收容的犹太人总数超过加拿大、澳大利亚、新西兰、南非和印度收容人数的总和。

"你们在上海干什么？"我问。

"开书店。后来越开越大，在北京也设了分店。我于1945年生在上海，一直生活到7岁。"

"那时解放了。"

"可我们的处境变得艰难了，因为父亲被怀疑是西方间谍，进了监狱。一关就是一年多。同时，由于外国侨民大量撤离，我们的客源严重流失，新中国初期的政策又比较严厉，我们的生意越来越难做。"

"之后回去过吗？"

"半个多世纪了，我们家的人一个都没有回去过。"

"怨恨？"

"不，我们不怨恨中国，它曾救过我们，它是我的出生地，是我的第二故乡，而且我的外公也安葬在那里。不过，"他停了停，"如果您真想了解我们在上海的故事，去找我姐姐聊聊吧！

史蒂夫视力很不好，阅读很费力

有些事我不是很清楚，我那时太小。"

"您还有个姐姐？"

"对。她去上海时是3岁，17岁离开，在那里生活了14年。她就那段经历写了一本书。"说着，他从书堆里抽出一本《金发中国女孩》，封面是一个五六岁的小女孩。史蒂夫把书翻到中间的一张照片，指着上面的人对我说："这就是我。"

我顿时对他、对他姐姐和对他这个家庭产生了浓烈的兴趣。史蒂夫说："我姐姐的中文名字叫安娜乐尔，她就在旁边的皇后大街，也有一家书店。"他递给我一张名片，"去找她吧，她会很高兴的。"

第二天，我按照名片上的地址，找到了安娜乐尔的书店。书店很小，就是一栋普通的民居，没有招牌，没有橱窗，只在门边的墙上写了"古旧书店"几个字。我推门进去，满眼是书，几乎见不到墙。我上了两个台阶，走到正厅，等眼睛适应了周围的环境之后，开始寻找主人。这时，一个苍老的声音缓慢飘来："您是胡先生？"

我循着声音，找到了说话者：一个白发苍苍的老人，深陷在一张椅子中，正慈祥地望着我。想必她就是安娜乐尔了，但我一时很难把照片上的那个"金发中国女孩"与这个满脸皱纹的老太太联系在一起。

"请坐，"她指着对面的一张椅子，对我说，"史蒂夫跟我说您会来。"

我问她会讲中国话吗？她说不会。上海话？她也摇摇头。德语？"差不多忘了。我现在只会讲英语。"

"您在上海生活了14年，怎么会不懂中文？"

"我们住在法租界，"然后又马上补充了一句，"那时，在上海光讲英语也是能生活的，有很多外国人。"

我说："我今天是来听您讲故事的。"

"您是第一个听我讲故事的中国人。"

安娜乐尔的语速很慢，就像她的动作一样。她告诉我，他们当年去中国，并非一家三口，而是四个人，外公也跟着他们一同去了。外公曾参加过第一次世界大战，获过勋章，所以希特勒上台之后，他还

抱有幻想，不相信他曾为之流血效劳的国家会驱逐他，直到跟他一起
上过战场的兄弟被捕失踪，他才破除幻想，决定跟女儿女婿一起去
上海。他们先去意大利，然后搭船前往中国。那是 1939 年 4 月下旬，
他们在海上航行了差不多一个月。到了上海之后，他们先是住在虹口
的几间破屋里，卫生条件极差，晚上有老鼠出没，所以第一件事就是
买了只猫，那只叫"海加"的猫很快就成了安娜乐尔的好朋友。安娜
乐尔当时 3 岁，但已经开始乱跑了，让母亲很是担心，因为有一次差
点出车祸。不过，街坊邻居都很喜欢这个外国小女孩，叫她"金发中
国女孩"。半年多以后，家里的经济条件改善了，他们搬到了位于霞
飞路的法国租界，安娜乐尔也被送到犹太人办的英语学校读书。她也
许继承了当演员的奶奶的基因，舞跳得特别好，在学校里大出风头。
不过好景不长，随着纳粹的扩张，法西斯联盟的形成，侵华日军也加
紧了对上海犹太人的控制。形势越来越糟，法租界也不安全了，除了
中国本地出生或来自非敌对国家的犹太人，英美犹太人都被驱赶到城
外的集中营里。1942 年，远东的盖世太保要求日本政府执行"最终解
决方案"，日方开始扩大迫害范围，不少人被逮捕。1943 年，安娜乐
尔一家不得不搬出租界，回到虹桥，在一条小巷的尽头租了一间房，
厨房是公用的，母亲经常跟波兰邻居因用水而发生冲突。

在这期间，安娜乐尔也不断换学校，因为生源太少，学校纷纷关
门。她常常没书读，那时，她便躲在父亲的书店里看书。她说，她什
么书都看。一天，她正捧着美国作家凯瑟琳·温莎的《琥珀》看得起
劲，父亲突然出现在她身后，轻轻地把书从她手上抽走，说："孩子，
这可不是你看的书。"父亲对安娜乐尔的教育甚为忧虑，所以局势一
缓和，他便给她请了一个年老的德国家教。"那老太太可严厉了。"
安娜乐尔说。但也正是这种严厉，给她打下了良好的文化基础。

"在中国期间，你没有去其他地方走走？"我问。

"我只去过北京一次，那是 1948 年底，父亲要去北京分店，想带
我去。但我不想，因为外公病了，得了淋巴癌。我想多陪陪他。但父
亲说，北京是一个很古老、很漂亮的城市，值得一看，并说：'这也
许是你去北京的唯一机会了。'当时我并不怎么明白父亲这句话的意

思，后来才知道，父亲此行是去了解北京的局势，他已准备关闭北京的分店。"

他们是坐飞机去的，那种老式的俄制飞机，颠簸得特别厉害。从上海到北京，飞了三个多小时。安娜乐尔在北京游览了半个多月，

小时候的史蒂夫（左）和他的中国小朋友

回到上海时，外公已经离开人间，给她留下了无限遗憾。这次旅行，还给她带来了一场"艳遇"。回上海后，上海机场负责安检的一个军官突然到书店里找她父亲，他想周末带安娜乐尔出去玩，并发誓说，他绝无恶意，会绝对保证安娜乐尔的安全。原来这个军官在安娜乐尔他们上飞机时就注意到了她，当时安娜乐尔虽然还未成年，但西方少女发育早，12岁的小姑娘已长得亭亭玉立。父亲当然不放心，但又不敢不答应。不过，安娜乐尔说："他确实很绅士，很规矩，避免跟我有任何肢体接触。他带我吃饭、聊天、看电影，还开车带我兜风，并不时送一些礼物给我。他的英文不好，但我们的沟通不成问题。他的笑声很有感染力，我现在还记得。"安娜乐尔一边说，一边仰着头，沉浸在对往事的回忆之中，"他给我们家也帮了不少忙。我们家遇到什么麻烦，都由他出面去解决。新中国成立之前，气氛有些紧张，父亲就把他所收藏的最贵重的书，包括一些中文书，运到了美国旧金山的朋友那里。海关就是他去疏通的。"

"后来呢？"我急于知道结果。

"1949年3月初的一天，他突然来向我们告别，说他们要撤离了，但没说要撤到什么地方。父亲问他，局势的发展会不会对他不利？他说不会的，他安慰父亲。"

"他走了之后没有再跟你们联系？"

"没有。这件事直到今天我也有些不明白。"

我很想知道她父亲的一些事，便请她给我讲讲。

"他呀，他是一个天生的书商。"说起父亲，安娜乐尔的口气中充满了崇敬和自豪，"父亲在柏林曾有一家大书店，后在纳粹的威逼下被迫卖掉。父亲到了上海之后，在码头当了三个月的搬运工，同时准备重操旧业。他结识了来自澳大利亚的犹太人斯瓦兹，两人合作在霞飞路开了一家古旧书店，租的是一位姓赵的先生的古玩店。父亲满上海收购古旧图书，不管是英文、中文、俄文、德文、日文还是法文，什么书都收。"

"主要顾客是些什么人？"

"在上海的外国人，尤其是外交官，也有一些中国教授和学生。书店不但成了他们购书的地方，也是他们交换信息、结交朋友的场所，许多学者和作家都前来光顾，其中不少成了父亲的朋友。父亲当时在上海书界名气很大，因为没有他找不到的书。"

安娜乐尔的父亲汉斯虽然没有受过高等教育，但博览群书。他的父亲，也就是安娜乐尔的爷爷是个很成功的商人，曾给德国一名望贵族当管家，汉斯便整天泡在该望族的家庭图书室里看书。高中毕业后，他给柏林著名书商弗兰凯尔当学徒。弗兰凯尔经常派他到图书馆去借书，然后把书中的插图剪下来，插到自己的书中，以提高书价。汉斯佩服弗兰凯尔的业务能力，但痛恨他的缺德做法，学徒期一结束就离开了他。在柏林博物馆工作了一段时间之后，汉斯自己开了一家书店，当时他才21岁。书店很快壮大，吸引了很多名流。"可惜，"安娜乐尔说，"被强行转让了。新老板根本不懂书，没多久就关门了，改做别的。"

但汉斯的才能在上海得到了发挥，尽管身在异国，语言不通，他

"照片您随便拍。"安娜乐尔说

在霞飞路的书店却开得很红火，尤其是二战结束之后的那几年，顾客盈门。他不但在中国各地收罗古旧图书，还在欧洲许多国家建立了供货渠道，大量进口当时中国稀缺的科技图书和医学书籍。他零售，也做批发，读者还能在他那里订书，不论多偏门的书，只要读者需要，他就有办法搞到，所以书店吸引了大量读者，其中包括不少专家。安娜乐尔回忆说："那些年，我们家住楼上，楼下卖书。父亲经常邀请熟客到楼上来喝咖啡，吃点心，谈书，谈文学，谈艺术。"她很为父亲骄傲，说她回到租界的犹太子弟学校上学时，有个名叫贺拉的老师，在课堂上大赞她父亲的书店，说那是全上海最好的书店，却不知，书店老板的女儿正坐在教室里听他讲课。

1949年前后，许多外国机构和外国人离开了中国，汉斯的不少朋友和生意伙伴也撤离了，但他很乐观，相信困难是暂时的，等局势稳定下来，一切都会好的。然后，情况并不像他想象的那样，汉斯当时还被允许进口和出售外国出版的一些科技图书和医学教材，供中国的大学使用，但顾客流失太严重了，书店难以为继。1951年，汉斯终于考虑离开。去哪儿呢？妹妹在纽约，欢迎他带全家去，并许诺可以协助他们在纽约重开书店，但签证迟迟办不下来。这时，他想起了加拿大，便联系当时负责加拿大事务的英国驻沪领事馆，手续非常顺利。他计划于12月5日走。在这之前，他把大部分行李都装船运去了加拿大，当然，都经过有关方面的严格检查，每一件物品都有详细清单。根据规定，他们必须从上海坐火车到广州，取道深圳前往香港出境。但12月3日，他们突然接到通知，说他们的出境签证被取消了，没有任何解释。5日，安娜乐尔的母亲一早去英国领事馆，告知领事他们暂时无法离开中国。回到家里，她发现丈夫不见了。不久，公安部门打电话过来，说汉斯给美国人当间谍，被逮捕了。警方要家人准备一些衣物和日用品送去，因为"这些东西国家是不提供的"。

几个月后，安娜乐尔的母亲被传唤到公安局，警方给她出示了父亲的一份忏悔书，上面列举了许多罪行，其中包括"利用书报给美国人传送密码信"。她不相信："这不可能是真的，我和我丈夫结婚18年，我知道他不会做这样的事。"她还质疑说，汉斯连中文都不懂，如何收集情报？

汉斯在狱中先是被独自关押，手脚铐在墙上，怕他自杀。半年的独牢生活让他差点发疯，他强烈要求换监，结果转到了关着 11 个人的大监房。在这期间，母亲没有见过父亲一面，也没有狱中的任何消息。对她来说，监狱来电，要她送日用品去，就是最好的消息，因为这证明丈夫还活着。

父亲被捕后，家里被多次搜查，电话遭监听，家人被跟踪。母亲一有可能就去监狱打听父亲的消息，而因为家中断了经济来源，这时的安娜乐尔，不得不出去卖香肠赚钱养家。只有史蒂夫还整天开开心心的，因为他还小，什么都不懂。

1953 年 1 月 14 日，母亲接到监狱的电话："你可以来领丈夫了。"母亲问："要带骨灰盒吗？""没必要，夫人。"对方很有礼貌地说。

父亲出狱了。母亲等这一天等了 405 天。但出狱并不等于自由，在离开中国之前，汉斯必须每天去派出所报到。全家计划一周后坐火车到广州离境，但就在临走前一天，父亲在去派出所的路上被车撞伤了。母亲起初以为是故意制造的车祸，事实并非如此。不过，母亲以父亲有伤，坐车不便为理由，要求从上海坐船直接去香港，最后获得了准许。

船票是 3 月 23 日的，那天恰好是父亲 41 岁生日。22 日晚上，出租车把他们送到了虹口码头。这是一艘英国船，船上很空，几乎没有客人。他们上船不久，一辆军车也随之而来，下来两个士兵，在他们的船舱边守了一夜。第二天，开船之前，给他们当了多年用人的"阿妈"来码头送别。阿妈有 15 个孩子，到他们家后又带大了史蒂夫，史蒂夫经常去她家跟她的孩子们一起玩。阿妈很疼史蒂夫，把他当成是自己的儿子。

离别是令人心碎的。这个国家虽然让他们受了委屈，但毕竟在他们走投无路的情况下接纳了他们。安娜乐尔说："我虽然不是生在上海，但我是上海的女儿。我把自己当作上海人。这座城市救过我们全家的命，它在人类历史最黑暗的时期曾是无数犹太人温暖的家。"

船终于缓缓地离开了上海。进入公海时，英国船长敲门进来：

"海尔曼先生，祝贺你们！您和您的家人现在自由了！"

安娜乐尔一家离开中国前的合影

"太沉重了，"我说，"我们换个话题吧。听说您在写第二本书。"

"我写得很慢。视力不好，不知在有生之年还能不能完成。"

"写您现在的生活？"

"写我离开中国以后的生活。"她仍沉浸在自己的故事中，接着讲下去，"我们的船先到香港，再到意大利。在罗马，我们去拜见教皇。30 年代，教皇在柏林时常光临父亲的书店，是父亲的好朋友。在意大利，父亲没有忘记他的老本行，利用间隙时间去淘书，竟让他淘到了一本法国航海家雅克·卡蒂埃《加拿大之旅》的原始版本，这本书后来在加拿大卖掉之后支撑我们全家生活了三个月。接着，我们又坐火车去德国寻亲。几乎没有什么亲戚了，只有父亲的继母。"

欧洲之行是愉快的，但他们无法久留，因为他们现在的身份是加拿大移民。在加拿大，他们举目无亲，对那片陌生的土地也一无所知，不知等待他们的会是什么。1953 年 6 月 2 日，经过 6 天的航行，他们横穿大西洋，来到了加拿大。"我记得很清楚，轮船是下午 1 点半到达加拿大东部城市海法的。上岸之后，我们立即和一群胸前挂着地名的各国移民被带进一座水泥建筑，四周围着铁栅栏。"

我问："为什么胸前挂着地名？"她说，当时的加拿大移民，必须前往政府指定的地点，从事政府指定的工作。他们算是例外，不受此限制，但处境也好不到哪里去，他们在那个"铁笼子"里接受各种询问和调查，填写各种表格，整整折腾了 10 个小时，然后被塞进一辆闷罐车，向西部开去。

闷罐车西行，没夜没日地开，中途不准下车，晚上坐着睡觉。到了吃饭时间，每人只发一个小小的三明治。大人骂娘，小孩哭喊，到了第三天，母亲实在受不了，车一停下，就拉着全家人强行下车，说什么也不走了，不管这是什么地方。出了站，他们才知道，这是蒙特利尔，加拿大当时最大的城市。他们找了一个小房间住下，父亲第二天就去街上摸行情。他找到一家破烂不堪的旧书店，要求承包。店主求之不得，爽快地签了合同。

"父亲确实是开书店的行家。没多久，书店就起死回生了。这时，我也开始跟父亲学开店。父亲并不会主动教我什么。"她说，"但如果你好奇，问他，他会细致耐心地指导你，回答你的问题。"

跟以前一样，父亲的书店凝集了不少知识分子、诗人和作家，其中包括欧文·莱顿和阿尔·珀迪。莱顿有个朋友叫道格拉斯，是个书迷，经常来书店，天长日久，与安娜乐尔产生了感情。1957年，两人结婚后，移居温哥华，也学父亲开古旧书店。这时，安娜乐尔才21岁，是当时加拿大最年轻的独立书商。说到这里，她打趣说："我现在恐怕是加拿大最年老的书商了。"他们租了一个狭长的店铺，丈夫亲自当泥瓦工，筑了一堵墙，左边住人，右边当书店。他们的住所十分简陋，住了两年都没有专门的厨房。后来，她也当了母亲，为了照

《金发中国女孩》原版封面

顾孩子，1962年，她不得不关掉书店。次年，她和道格拉斯发生婚变。之后，她去图书馆工作，认识了一个经常来借书的大学生威尔梅，两人不久结婚。1969年，毕业后的威尔梅在圣凯瑟琳的布鲁克大学谋得数学教师的职位，于是全家东迁。

在圣凯瑟琳，安娜乐尔重操旧业，租了两间房开古旧书店。"我没有做任何宣传，也没有开张仪式，所以第一天，基本上没有人来。直到傍晚快关门时，才有一个高个子男人进来，他理着平头，目光犀利。

我的第一个直觉是："皇家骑警来调查了！"其实不是。他是我的第
一个顾客，非常大方，之后每周都来，每次都捧走一大堆书。"

　　她开始大量搜购古旧图书，触角伸向图书馆、学校、货摊、救
济站、废品回收中心……每当有人搬家，她都会去问问有没有旧书。
她说："开古旧书店，一要书多，二要价低。"不到两年，她的书就
多得放不下了，于是又买了一座房子，开了第二家书店。我问她，她
是否知道，她现在的这家书店有多少书。她不假思索地答道："9万多
册。"我发现每本书上都标着价格。这要花多少时间啊！她说，标价
是一门学问，能看出你懂不懂书。我说："老板太懂书，对淘书人来
说不是好事。"她笑了，说："对于爱书人，我都给他们折扣。况且，
大多顾客都认识我。"然后又说，"书要分类摆放，但不要分得太细，
要给顾客'淘书'的乐趣，让他们自己去发现。"确实，她的书堆得
上一层下一层，里一层外一层，常常要搬掉上面的书才能看到下面的
书，有时还要把外面的书统统挪开，才能看到藏在里面的书。我就曾
趴在地下，从夹板底下掏出许多中文书来，有的书还相当新，是国内
不久前出版的，如《狼图腾》《兄弟》等。安娜乐尔说，这是她从布
鲁克大学的中国留学生那里收购来的。他们要回国，书就贱卖了。她
说她以这种方式弄到了许多中国出版的书，包括各种辞典，再有新的
中国留学生来，就不用带工具书了。

　　我请她给我描述她一天的生活。她说很简单，也很单调，几乎天
天如此，白天都守在书店里。她没有假期，也不出去旅游。由于身体
不好，行动不便，收购图书的工作现在交给几个伙计去做了，她在家
用电话"遥控"。确实，在我们的谈话过程中，她一直拿着电话，不
时地回电话，而我也知趣地躲开，等她处理完事务之后才回来接着
聊。这时，她常常忘了刚才谈了些什么。我问她现在还看书吗？"看
书，多快乐的事情！手里捧着书本，闻着纸香，那种感觉，妙不可
言。你相信吗，书是有生命的，当你翻动书页的时候，它会跟你对
话？"可惜，她现在看不了书了，她的视力很差，小时候就近视，看
书太多，3岁就开始看，结果现在连书价都看不清了，要用放大镜。
"不过，我并不孤独，每天都有书作伴，还有我的顾客，他们常常跟

我讲些外面的新鲜事，我知道互联网，知道你们中国发生了什么。"

提起中国，我便问她我一直想问的问题："这么多年，您为什么不回中国，不回上海看看？"她叹了一口气，没有回答，然后摇摇头："唉，走不动了。不过，请转告您的同胞，我从来没有怨恨过中国。"

安娜乐尔今年已经75岁了，开了半个多世纪的书店。当年来买书的孩子，现在已经带儿女来买书了。我问："您准备什么时候退休啊？"她怔了一下，似乎这才明白还有退休一说。她久久没有说话，然后突然冒出这么一句："除非他们把我抬走！"

对安娜乐尔的采访持续了好多天，好几次去的时候，根本没有机会说话，因为顾客太多。那时，我便静静地在一边观察。每售出一本书，她似乎都有点依依不舍。有时，她也会给读者提些建议：这本书，我们还有另一个更好的版本，说着便喊前来帮忙的弟弟史蒂夫去找出那个版本来。

离开圣凯瑟琳的前一天，我的这篇文章也写完了。我去念给她听，她不时地纠正细节。听到写上海的那一段，我看见，她的泪水沿着满是皱纹的脸慢慢地流了下来。

2011 年

"午夜"里的灯光

　　1999 年对午夜出版社来说，是大获全胜的一年：法国五大文学奖，"午夜"扛走了两个，其中包括龚古尔奖。大奖的获得不但意味着图书销量大增，更是社会对作者、对出版社的认可。

　　然而，午夜出版社的老板杰洛姆·兰东却对得奖看得很淡。他在接受我的采访时说："我从不热衷于参赛、参展。我的宗旨是编好书、出好书，拒绝平庸，只出精品。"

　　"午夜"是这么说的，也是这么做的。半个多世纪以来，它发现和培养了一大批作家，法国当代的许多大作家都是在"午夜"的提携下出名和成才的。我们可以列举出一大串响亮的名字：贝克特、罗伯－格里耶、克洛德·西蒙、娜塔丽·萨洛特、米歇尔·比托尔、杜

兰东和他的作者们　　　　　　　　　　　　　（图片由受访者提供）

拉斯、让－菲利普·图森，以及 1999 年获龚古尔奖的让·艾什诺兹。可以说，20 世纪的法国文学史是与"午夜"、与兰东先生紧密联系在一起的。兰东先生不仅是一位伯乐，更是一个文化人。拿我们的话来说，他是一个出版家，而不仅仅是出版商。

午夜出版社位于巴黎拉丁区的贝尔纳－帕利西巷。这是一条很窄很破的小巷，从繁华热闹的圣米歇尔大街拐进这条小巷，仿佛进入了另一个世界。这里静悄悄的，有一个车库，大门紧闭，积满了灰尘；有一家咖啡馆，奇怪的是里面竟没有人。我找到了 7 号，"午夜"的所在地。

午夜出版社正门

一扇小门，已经有年头了，上面钉着一块巴掌大的小牌，写着"午夜出版社"几个字。我想拍一张出版社正门的照片，却很犯难。拍得了门，看不清字；拍得了字，看不到门。正当我来来回回选角度时，在路边窥视已久的几个流浪汉围了过来。我赶紧推开小门走进"午夜"。

漆黑、狭窄、潮湿的过道，没有人招呼，更没有人接待，但也用不着问路。因为只有一条路，一扇门。我径直往前走，上了二楼才见灯光，三位女士在一个小房间里埋首书稿。听到动静，其中的一位站起来，微笑地问我："您是中国来的客人？"不等我回答，她便指着楼上，说："兰东先生在等您呢！请上楼。"

我继续上楼。楼梯迷宫似的，我绕了几个圈，也不知上了几楼，反正在没路可走的时候又见到一个亮着灯的房间。一位清癯高瘦、头顶有点秃的老人端坐在一张巨大的书桌前。想必那就是大名鼎鼎的杰洛姆·兰东先生了。

没有客套，没有寒暄。兰东先生请我在他面前的一张椅子上坐下，问："不远万里，来到我这小小的陋室，有何贵干？"我说："我在中国从事出版工作，想来看看您这里有什么好书。"兰东先生说："我这里全是好书，没有一本坏书。有什么理由出不好的书呢？"他很高傲，很直率，直率得让人有点受不了。为了缓和气氛，我改变了话题，说："我应中国几家报刊之约，想采访一些法国的出版社，以便介绍宣传……"话音未落，兰东先生便说："我不需要宣传，也不需要介绍，更不需要推销。我从不做广告，从不参加书展，对任何奖项都不感兴趣。但我的书畅销全球，我的作者连连获奖，我的名声天下远扬，我每年只出20种书，却有100多种书被译成外文。光你们中国我就有40个客户……"这时，轮到我不礼貌地打断他了："我想，中国没有那么多的出版社出法国文学，尤其是当代文学，最多五六家罢了。"兰东先生显得有些惊讶，怔怔地望着我，想不到我会这么顶他。为了不使他难堪，我连忙补充说："不过，'午夜'在中国确实有知名度。你们出了杜拉斯的《情人》。这本书在中国极受欢迎，可能是因为书中的情人是中国人的缘故吧！"

　　提起杜拉斯，我们似乎有了共同语言。我译介过杜拉斯的不少作品，手头正在编一本杜拉斯的传记，对杜拉斯比较熟悉，而兰东先生是杜拉斯最好的朋友之一，也是杜拉斯最信任的出版人。杜拉斯后期的主要作品基本上都是在"午夜"出的。兰东谈起了杜拉斯失意时的惨状，谈起了《情人》成功时的狂喜，也谈起杜拉斯的一些生活趣事：杜拉斯如何向他索要稿费，如何要他给她买衣服、皮鞋……

《不再等待戈多》中文版封面
海天出版社2022年版

　　杜拉斯无疑是兰东最大的杰作之一，但兰东对20世纪法国文学的最大贡献，恐怕还在于他扶持了新小说派。没有兰东，可能就没有新小说派的今天。新小说派的四大作家都是在"午夜"出的书。可兰东感到最难忘的，似乎还是与贝克特

兰东与贝克特（右）　　　　　　　　　　　　　（图片由受访者提供）

的友谊与合作……

　　兰东先生陷入了回忆之中。我利用这机会请他讲讲"午夜"的历史。

　　"午夜"于1941年由作家皮埃尔·德莱斯屈尔和画家让·布吕莱合作创办。当时正值法国沦陷时期，德军占领了巴黎。他们取名"午夜"，正是暗示德占时期的黑暗，而他们所出的也大多是抵抗运动成员的作品，如艾吕雅、阿拉贡等。1945年，德莱斯屈尔和布吕莱发生矛盾，前者愤而离社，后者也对出版丧失了信心，"午夜"陷入名存实亡的境地。

　　1948年，23岁的兰东在家里的资助下，接过了这家出版社。他首先从老牌的伽利玛出版社挖来一些大作家的稿子，如莫里斯·布朗肖的《洛特莱阿蒙和萨德》《永久的狂喜》，乔治·巴塔耶的《被诅咒的部分》《修道院院长》等。这些书虽然受到文学界的好评，但销路不佳。

　　1951年，贝克特的加盟使"午夜"扭转了被动局面。贝克特的作品曾因标新立异到处被人拒绝，但兰东慧眼识珠，勇敢地接受了贝克特的书稿，结果一炮打响，不但书销得奇好，而且还团结和吸引了一大批有才华的作家。1953年，罗伯-格里耶在"午夜"出版了《橡皮》，并成了"午夜"的文学顾问。稍后，比托尔也在"午夜"出了《时情化忆》《变》等，萨洛特和西蒙也看中了"午夜"。"午夜"成了新小说派名副其实的大本营。这批大作家替"午夜"扛回了无数奖项，使它成了法国出版界一块响当当的牌子。1965年，贝克特获得诺贝尔文学奖，使"午夜"的声誉到达了巅峰。

20世纪70年代，"午夜"一度转向，减少了文学作品的分量，开始在社科和哲学领域深耕，但效果一般。80年代，兰东重新集中精力和资金发挥自己的特长。1984年，杜拉斯的《情人》风靡全球，发行量达数百万，并获得了龚古尔奖，使"午夜"达到了新的高峰。1985年，克洛德·西蒙获诺贝尔文学奖，让"午夜"再次辉煌。

在法国的300多家出版社中，仅有4家是不依靠财团独立经营的。"午夜"是其中一家。它实行家族式的经营，规模很小，人员很少。兰东先生说，他不打算扩大，也不想发展。"保持现状挺好。摊子一大，品种一多，特色就很难突出，看稿的时间也很难保证，而看稿对出版社来说是最重要的。再说，钱我赚够了。够用了。"他指着

"外国名人传记译丛"书影，海天出版社1999年版

屋子对我说，"您看，这屋子很破旧，可我不想动，不想搬，也不想修。我已在这里住了半个多世纪，出了1000多种书。"说着说着，兰东先生露出老人特有的那种固执和天真。我想，只要这屋子不塌，他就绝不会搬。因为，这里有他奋斗的足迹，留下了他的青春，记录了他的成功和辉煌。

不知不觉，和兰东先生的谈话已持续了近两个小时，这是我在巴黎拜访数十家出版社中时间最长的一次。这时的兰东先生已全然没有了开始时的那种傲慢和冷淡，变得随和可亲了，我一时竟觉得他像个小孩。临走时，我向他索要一张"午夜"的照片，因为我刚才在楼下没能拍到正门的照片。兰东说他也没有，从来没有。他打开抽屉翻了一阵，抽出一张和贝克特、罗伯–格里耶、莫里亚克等人的照片，说："送给您吧，这是我最珍贵的一张照片。"我问他能不能在中国的报刊上发表，他说："可以，我授权给您。"说完，他拿起电话，要秘书给我准备一些书。

当我告别兰东先生，来到楼下亮着灯的房间时，刚才见到的那位女士迎上来，递给我一包书。她叫韦罗尼克。

我摸黑走出黑乎乎的"午夜"，心中却亮着兰东先生书房里的灯光。

2000 年

追记：该文首次发表的第二年，兰东先生就去世了，终年76岁。

"迷失在我们这个世界中的圣人"

法国的出版社大多以创始人或老板的名字命名，P.O.L 出版社也不例外。只是，这个名字太长太难念，即便是对法国人来说也是如此，于是大家只好偷懒，取其起首字母。如果我们一定要译成中文，可以译作保尔·奥

保尔·奥柴可夫斯基-洛朗　（图片由受访者提供）

柴可夫斯基－洛朗出版社。明眼人一看就知道这不是地道的法国名字。没错，保尔是犹太血统的俄国后裔，姓奥柴可夫斯基。由于父母早亡，他由一个姓洛朗的法国人收养，所以用了一个复姓，既不忘生身之恩，又不忘养育之情。

保尔是 P.O.L 出版社的创始人，出版社的历史也是他的个人奋斗史。这家出版社很小，只有 6 个人，既没有午夜出版社那样悠久而辉煌的历史，也没有一个像新小说派那样的文学流派支撑和添彩，它完全靠自己的实力在艰难的环境中奋力跋涉。在法国出版界里，它曾是一只让人同情的"丑小鸭"。但就是这么一家名不见经传的小出版社，近年来好书不断，新人辈出，抢尽风头。不但有许多书获得大奖，而且培养出一大批畅销书作家，被誉为"畅销书作家的摇篮"。

我去 P.O.L 出版社拜访过保尔几次。每次去他那里，都有一种压抑和局促的感觉。保尔没有自己的房产，只好与其他两家小出版社合

37

租了一个黑乎乎的小院落"合署办公",其员工总是像打仗似的,手忙脚乱,跑前跑后。见到我来,他们客气地跟我打着招呼,却从不让座,因为没有坐的地方,到处都堆满了东西。每次都要过上一会儿,保尔才小跑着从里面出来,一边道歉,一边把我迎到里面。他说,在他的出版社里,只有他一个人坐得下来,而且必须坐下来。因为出版社里其实只有他一个编辑,其他人主要忙各种杂务。他不但出书,还要出版四本杂志:两本电影杂志,一本戏剧杂志,一本大文学杂志。6个人,不可思议啊!

保尔今年 56 岁,从事出版工作已 30 多年,他最初在法国一家大出版社弗拉玛利翁出版社任审读员,两年后在该社策划了一套当代文学丛书,担任主编,但干得不开心,因为缺乏自主权,左请示右汇报,最后什么事都办不成,不但浪费时间和精力,还耽误了作者。有一次,他看中了年轻作家马克·科洛丹戈的小说《仙女的国王》,但被老板否了。对一个出版人来说,还有什么比看到好书而不能出更难受的事呢?这件事,他现在提起来还黯然神伤,说:"我没有很好地捍卫这本书。"1977 年,同样的事情又发生了,他想出版一个无名作者的日记,又被老板否了:"这绝不可!"保尔终于忍无可忍,离开了弗拉玛利翁出版社。这时法国另一家大出版社阿歇特出版社看中了他的才华,以优厚的条件聘请了他,专门成立了一个"阿歇特–P.O.L"部。这其实是一个小出版社,让他大施拳脚。保尔在那里出了不少好书,如乔治·佩雷克的《生活,使用方式》(1978 年获美第奇文学大奖),达尼埃尔·萨勒纳夫的《古比奥之门》(1980 年获勒诺多文学大奖)。可惜,好景不长,1981 年,阿歇特出版社换了领导,他的权力也遭到了限制。种种挫折使保尔终于下决心成立自己的出版社。两年后,保尔实现了梦想。

保尔和午夜出版社的兰东一样,都是文学迷。在当今文学图书市场低迷的情况下,许多老牌的文学出版社如伽利玛、格拉塞等都在开辟第二甚至第三战场,实行"堤内损失堤外补"的政策,保尔却不为所动,矢志不移。他不但出文学作品,而且光出风险更大的当代文学作品;不但出小说,还出诗歌,哪怕是无名诗人的诗集。这在法国文坛可以传为佳话了。如今，诗人出诗都要看出版商的眼色，给你出一本已经是照顾了。而在 P.O.L 出版社，情况就完全不同了。即使你是第三次第四次送诗稿去，保尔还是笑眯眯地问："下一部诗稿什么时候送来？"他曾说，只要是好东西，赔钱也出。这是他的理念。他把事业看得很重，却把荣誉和金钱看得很轻。

保尔出的东西起初比较杂，诗歌、散文、小说都出，搞过"历史文丛""爵士乐文丛"，也出过法国的古典文学作品。后来，他调整力量，集中出法国当代作家的小说，而且专门选有特色的作家，开始销路当然不太好，因为这些个性较强的作家需要一个让读者熟悉和接受的过程。慢慢地，读者群扩大了，有的作家还得了文学大奖。这时，大作家杜拉斯也向他伸出了友谊之手，把《痛苦》给了保尔。《痛苦》卖了 10 万册，保尔第一次在商业上获得了巨大成功。后来，杜拉斯在他那里出的其他作品如《夏雨》《物质生活》《外面的世界》等，也销得不错。

1994 年，书业不景气，保尔被迫把一部分股本转让给了另一家出版社。可以想象，这对一个出版人来说是多么痛苦，但现实就是这么残酷。保尔叹息道："要是再让我拖两年，就不会有这样的结局了。"因为，1996 年，出版社发生了重大的转机。一个名叫玛丽·达里厄塞克的女青年送来一部叫《母猪女郎》的稿子。保尔一看就坐不住了，立即拍板录用。事实证明，保尔做对了。第二天，另外接到稿子的三家出版社也纷纷打电话给达里厄塞克，但已为时太晚。《母猪女郎》在法国创下了奇迹，销售量达 45 万册，35 个国家购买了版权。保尔在经济上彻底扭转了被动局面。

保尔有一句名言："我不是为了卖钱而出书，但我会努力让我出的书成为畅销书。"事实上正是如此，许多名著和畅销书都出自那个黑乎乎的院落，一个个年轻作者从那里走向文坛，一个个大作家从那里脱颖而出。除了达里厄塞克，我们还可以列举其他很多名字：勒内·贝勒托的《地狱》1996 年获妇女文学奖，夏尔·朱利埃的《苏醒年代》1989 年获女读者奖。至于畅销书就更多了：乔治·佩雷克的《53 天》、弗莱德里克·鲍耶的《滑稽与温柔的东西》、罗贝尔·鲍

《雪中惊魂》中文版封面
海天出版社2000年版

贝的《战争有什么新东西？》。马尔丹·魏克勒的《萨克斯的病》是1998年仅次于米歇尔·维勒贝克的《基本粒子》的畅销书，销量达25万册。埃玛纽艾尔·卡雷尔的《雪中惊魂》不但在1995年获得了费米娜文学奖，而且被拍成了电影，获得了1998年戛纳电影节评审团奖。就在我写这篇文章的时候，保尔又告诉我，卡雷尔2000年的新著《恶魔》一炮打响，平均每天销售2500册，书还没出就被6个国家购买了版权。现在，法国的大小报刊都在谈论这本书，大有超过当年达里厄塞克之势。

一个每年只出20本书、只有6个人的小出版社，为什么能培养出那么多优秀的作家，出那么多畅销书？

保尔说没什么诀窍，经验倒有两条：一是自己看稿，独立决策，要有自主权。许多大出版社有审读小组，这当然好。但书是一种复杂的精神产品，每个人对同一本书的看法都可能不一样。决策的人多了，出版社就难形成特色。但独立决策，对决策者的要求很高，一步看错，就有可能错失良机，甚至断送整个出版社的前途。保尔说，他搞了几十年的出版，对书的感觉还是不错的，但也不是没失误。最让他后悔的是没有抓住让·艾什诺兹，他曾拒绝了后者的书稿。艾什诺兹后来被午夜出版社的兰东挖走了，佳作不断，1999年还获得了龚古尔奖。

第二，他说要拥有一批好作者，这是出好书的前提。而要有好的作者，首先必须跟作者做朋友，要关心和爱护作者。他说："这种密切的关系是非理性的"，不能太势利。有的作家年轻时能写出好作品，但年龄大了，往往就力不从心了。保尔没有抛弃他们，说："他们把自己的最好的东西献给了我，我不能无情无义。"有的作家靠他成名后，转投其他出版社，他也显得特别宽容，说："误会是难免的。"他是作者的朋友、保姆和大哥。作家勒内·贝勒托说："保尔是位十全十美的先生，只有他具有这种活力、诚实和忠实，"又说，"这是一个迷失在我们这个世界中的圣人，纯洁得就像堂吉诃德。"我觉得，这正是他成功的关键。他靠着对作家的忠诚赢得了作家的忠诚。1999年下半年，保尔出版了青年作家马蒂厄的一本小说，触犯了法国某政党及其领袖，被控诽谤，结果在巴黎掀起了轩然大波，100多名法国作家联名写声援信，支持保尔。在当代法国文坛，如此动人的场面已不多见了。作家塞尔日·达内说："从此，我知道了'肥'出版商和'大'出版人之间的区别了。"

1999 年

追记：我在法国签的第一个版权合同，就是在 P.O.L 出版社。法国出版社负责版权的几乎清一色是女性，P.O.L 出版社除外。但那个满脸胡子的英俊小伙子起了个漂亮的女性名字"玛丽娅"，让我一直以为是个女孩。可惜，他不久就回意大利去了。

至于保尔，他后来年年来北京参加国际书展，我们年年见面，成了很好的朋友。可惜，2018 年 2 月，他不幸在车祸中丧生。

朗斯曼:"我专出剧本"

在比利时的欧洲文学翻译学院交流期间,我发现了一个奇怪的现象:比利时的现当代诗人和小说家差不多无一例外都写过剧本,而且几乎都是在一家叫"朗斯曼"(Lansman)的出版社出的。我在图书馆粗粗查了一下,竟发现这家出版社在短短的七八年时间里出了近 200 部剧本。在席卷全球的文学低潮中,戏剧的命运似乎比诗歌更惨,尤其是现当代戏剧,在许多国家已名存实亡。没有人写剧本,没有人读剧本,更没有人愿出剧本。那么,朗斯曼出版社为什么能逆流而上,为什么如此热衷于戏剧,又为什么能出这么多剧本呢?

我向比利时文化部图书处负责人乌代尔先生提出了这些问题。乌代尔说,还是让朗斯曼自己来回答吧。

几天后,乌代尔先生带来一个矮矮胖胖的中年人,介绍说:"这

就是朗斯曼出版社的老板爱弥尔·朗斯曼。"朗斯曼很健谈,没等我提问,他便滔滔不绝地谈起他的书和作者来。乌代尔先生对他说:"你干脆跟大家讲讲比利时的戏剧吧!"朗斯曼一点都没有推辞,稳稳地坐下来,给我上起戏剧课来。直到晚餐的钟声敲响,他还舍不得止住话头。

朗斯曼是个矮矮胖胖的中年人

(图片由受访者提供)

在餐桌上，我特地坐在他身边，想了解他出版社的情况。但他一开口就使我愣住了："不是我吹牛，就法语戏剧出版而言，我在全世界数一数二。"我问他这"数一数二"如何理解？他说："在数量上，我在法语戏剧专业出版社中排全球第一；在质量上，我说得谦虚点，也许只有法国的 Acte Sud–Papiers 能超过我。因为他们有天时地利之便。您知道，法国有很好的剧作家。比利时毕竟太小。"他补充说："我的出版社是专业的戏剧出版社，只出剧本，不出其他。"我问："为什么？剧本好卖吗？亏不亏本？"

"首先回答您的第一个问题。答案很简单：因为我喜欢。我当过小学教师和大学的心理学教授，后来专职从事戏剧促进工作，担任埃诺省戏剧协会主席和全国戏剧协会秘书长。您知道，戏剧跟诗歌一样，现在步履艰难。如果没有热心人去扶持，戏剧将会在不久的将来从我们的生活中消失。这并非危言耸听，而是已被许多国家证明的事实。幸运的是，比利时政府对戏剧工作非常重视，不断采取各种方式振兴戏剧。为数不少的戏剧节就是具体措施之一。"

朗斯曼竟然出了一本《我恨戏剧》

朗斯曼告诉我，比利时政府在政策上对戏剧予以倾斜，鼓励作家写剧本，并提供经费，资助剧本的出版和演出。尤其值得一提的是1987年全国性的戏剧促进运动。那场运动声势浩大，其对象主要是对戏剧知之甚少而又普遍不感兴趣的年轻人。具体负责此项工作的戏剧协会邀请专家和剧作家深入学校，举办各种形式的讲座和培训，鼓励学生们写剧本、演剧目。第二年，也即1988年，剧协决定趁热打铁，在全国范围内举办一场大规模的戏剧创作比赛，选出最佳作品，将其搬上舞台。学生们的热情被调动起来了。剧协收到了几百部剧本，最后选出两部。但这两部剧本都只有两个人物，很难上演。剧协打退堂鼓了。学生们的积极性眼看要受到打击。

　　这时，朗斯曼挺身而出，成立了一个编辑部，出版学生们写得好的剧本。朗斯曼承认自己当时很冲动，几乎没有考虑后果。青年们的积极性好不容易被调动起来，实在不忍心给他们泼冷水。当然，他不是孤身一人，比利时文化部和戏剧促进会在支持他，每年都拨专款赞助他。经过几年的运作，1992 年，编辑部步入正轨，成立了独立的出版社，但这时，上面给他的资助也断了。骑虎难下的朗斯曼这才真正感到危机，意识到自己肩上的重担。作为资深的戏剧工作者，他何尝不知道出剧本的风险，但他豁出去了。朗斯曼说："这跟我的性格有关。我认准的事就一定要做，不撞南墙不回头。"话虽这么说，但在实际工作中他不能不思前顾后。出版社关门是小事，但出版社的任何波折都会影响广大戏剧爱好者的信心和热情，进而影响整个戏剧创作的大环境。他说，那时候他的压力很大，把自己心爱的汽车都卖了。

　　朗斯曼是幸运的，因为他毕竟成功了。能经历十年风雨，生存到今天，本身就是一个奇迹，何况他已打开了新局面，在世界戏剧出版界都有不小的影响。问到他成功的秘诀，朗斯曼说："最重要的一点，是要有自己的特色。我的目标很明确：以现当代戏剧为主。古典和经典的东西我不出，因为竞争不过法国的大出版社。同样的剧本，如果伽利玛（法国最大的文学出版社）也出，我也出，读者无疑会首选前者。而现当代戏剧很少人愿意出，我就专出这一块。我选剧本的原则首先是要好看，台词要精彩，情节要动人，要给人以阅读的快感。第二，我尽量出没有上演过的剧本，这样读者有新鲜感。第三，我优先考虑新作者，给他们机会，培养他们，这样就能团结和发展一大批作者，也为自己做了形象广告，因为这些作者其实也都是我的忠实读者和宣传者。第四，我并不排除有名望的老作者，因为这些作家有号召力。最后一点也是很重要的一点，就是我鼓励和鼓动诗人和小说家写剧本，这些人已经有写作技巧和读者群，上手快。我对小说家说：'你不写剧本怎么能写出好对话来呢？'我对诗人说：'写过剧本你才能真正掌握诗歌的节奏。'

　　"其次，我走的是国际化道路，把重点放在欧洲大陆以外的法语地区。比利时很小，作者和读者队伍都很有限，而在法国又强手如林，难以谋到一席之地，于是我便把目光放在非洲的法语地区、加拿大的魁北克和美国路易斯安那州的法语区。这些地方的作者很乐意在欧洲大陆出书。而且，通过他们，我的书能便利地进入他们所居住的地区。"

朗斯曼的作者现在已遍布全球36个国家，这是一个惊人的数字。"甚至也有你们中国的作

朗斯曼在法国阿维尼翁宣传自己的出版物

（图片由受访者提供）

者。"朗斯曼不无得意地说。我翻看了一下他递给我的目录，果然发现有一位现定居法国的中国剧作家。"这是一位很有前途的作者，我一口气出了他三本书。"朗斯曼告诉我，他现在平均每天能收到七八部剧本，每年有一两千部。具有戏剧性的是，其中一半来自法国。"尽管我把重点放在海外，但法国人认可了我。"他显得很自豪。

出书难，卖书更难，从事出版的人都知道这一点。朗斯曼出了这么多剧本，他能卖得掉吗？他是怎么卖的？这是我更关心的问题。

朗斯曼说："不知您注意到我名片上的头衔没有？'朗斯曼出版社出版人、发行人。'有的出版人只管出不管卖，这很危险。我不敢这样做。因为我出的是剧本。尽管我认为我出的部部都是精品，但剧本在目前的图书市场上竞争力很弱，属于'特殊商品'，需要特别用心。说实话，我每天都收到那么多稿子，我无法一一亲自审读。但在发行上，我是事必躬亲的。"他说他的发行渠道五花八门，"一渠道""二渠道"都干。他在法国和比利时的大书店里都设有专柜，并与欧洲大陆的图书专业发行人关系密切。在海外，他与许多出版社建立了合作关系，即利用各自的发行渠道互相推销对方的图书。在墨西哥和加拿大，他有书店代理，在非洲则通过当地的有关社团和热心朋

友。"很重要的一点，"他说，"是把握时机，信息要灵通，头脑要灵活，腿脚要勤快。哪个剧院有演出，我便在哪个剧院设点卖书，因为那些观众都是戏剧爱好者，是我的主要读者。此外，我还不时组织作者举办一些戏剧讲座，协助有关部门策划戏剧讨论会、联谊会，通过种种活动来宣传我的书，效果比较明显。当然，剧本好销与否和文化大环境很有关系。好在法国政府和比利时政府都很重视振兴戏剧，许多城市都有定期或不定期的戏剧节，那是我促销的大好机会。"

我想具体了解一下他的图书销量和平均印数，但他没有正面回答，只是说："您知道，剧本要畅销是不可能的，但我也可以告诉您，我能维持现状，并能得到发展。我的读者群相对稳定，而且比较成熟。"这一点，我深信不疑。

朗斯曼还告诉我，他近期想来中国，看能不能找到与中国同行合作的机会。他说他的出版社已经有了网站，所有的资料都可以在网上找到。我好奇地问："您的出版社搞得这么大，现在有多少人？""这个问题提得好，"他警觉地环顾四周，压低声音，说，"我们是夫妻社。加上我，出版社才两个人。"

1999 年

"我喜欢在咖啡馆里写作"

我是在 2006 年的巴黎书展上见到莉迪·萨尔维尔的。那天下午，我正在展厅里浏览，突然被一个人拉住，原来是法国驻华大使馆的文化专员满碧滟女士。她说，要给我介绍一个作家。我们来到瑟伊出版社的展台前，那里坐着一排作家，正在给读者签名，其中有个头发棕红的中年女子，我扫了一眼放在她面前的小牌子："呀！是莉迪·萨尔维尔女士！"我脱口而出。

差不多 10 年前，我就关注过这位作家。当时，她的《幽灵陪伴》被法国著名的《读书》杂志评为年度最佳小说，很是风光。我想购买那本书的版权，却被告知晚了一步，版权已经被国内另一家出版社买走，我遗憾了好久。当我把这一插曲讲给萨尔维尔听时，她笑了。我很想跟她聊聊，但展场太吵，她又要招呼前来签名的读者，于是我便把她带到了一旁的法国对外出版局办公室。

萨尔维尔出生在巴黎，父母是西班牙移民，20 世纪 30 年代为逃避佛朗哥政府的迫害，背井离乡，来到法国，生活在外省的一个西班牙人聚集区里。

父亲没什么文化，找不到像样的活儿，所以常常与当裁缝的母亲发生冲突，莉迪从小就与

呀！是莉迪·萨尔维尔女士

（图片由受访者提供）

三个姐姐生活在惶恐之中。他们住的是破房，父母又不会讲法语，所以备受歧视。在学校里也如此，莉迪的法语讲得很差，平时都不敢开口。她说，别人都是先会说，后会写，她相反，直到30岁发表了第一部小说后，她才获得了信心和自信，开始大胆地讲法语。也正是因为讲不好法语，她才想写作，想证明自己的法语能行。70年代末，她曾在外省的杂志上发表过一些小文章，到了巴黎后，她开始写小说，但投了四五家出版社都没被录用。后来，她另起炉灶，用这些素材写了另一本小说《宣称》，寄给弗拉玛利翁出版社，出版社的反应虽然很慢，但毕竟肯定了这部小说，提出了修改意见。这时，朱利亚尔出版社的编辑伊丽莎白发现了这部小说，立即约见莉迪，当场签了约，小说在朱利亚尔出版社出版，当然惹恼了弗拉玛利翁的文学部主任韦尼，但莉迪说，伊丽莎白的热情、信任和效率让她不惜冒犯强权的韦尼。

《宣称》从一个心理医生的角度，讲述了一个家庭的故事，书中有父亲的许多影子，为此，莉迪担心遭到父亲的责骂。"幸亏父亲的法语太差，基本上读不了小说。"不过她母亲读了小说，而且读了不止一遍，她是把它当作《圣经》来读的，觉得女儿道出了她心中的苦。小说出版后受到了媒体的好评，还获得了一个文学奖。有人问她这部小说对她的生活有什么影响，她回答说："没有让我的生活发生任何改变，只是让我的作品有了一些用处，让我更想写下去了。"

莉迪在给读者签名　　　　　（图片由受访者提供）

此后，莉迪一发而不能收，至今出版了10多本小说，作品已被译成15种文字，应该是能靠写作养活自己的成功作家了。但她说，她写作时不考虑读者，书好不好卖她不在乎，因为她还有第二职业。她是个执业心理医生，现

莉迪是个电视迷，什么节目都看　　　　　　　　　　（图片由受访者提供）

在还在一个诊所上班，每周去四天。我问她怎么会想去学医的？她说，这跟她的家庭有关，可以说，她从小就生活在两个国家、两种文化和两种语言当中，往往感到无所适从。她小时候很压抑，自我觉得心理有问题，而且她的父母不和，家庭矛盾严重，常常出现暴力，她觉得这有心理方面的原因。所以，学了三年文学后，她改学心理学，想研究家庭暴力的起源和对策，解释父亲的疯狂举止，但后来发现不便从心理学的角度着手，于是想通过文学来反映和揭示这些问题。在《苍蝇的力量》中，一个杀人凶手在狱中不断地向法官、心理医生和看守叙述自己的故事，而《普通生活》中那个专横而自私的老板就很像作者的父亲。她说，作为一个心理医生，她比别人更懂得人的心理，学心理学大大有助于写作。在诊所里给病人看病，那也是她接触社会、获得写作素材和灵感的途径，所以她不会放弃当心理医生，她会一直在两种职业中过两种生活。

莉迪的小说可以说是用小题材去反映大问题，写的都是普通家庭或普通人的不幸故事，主题很沉重，但语言很幽默，讽刺性很强。《奖章》就是一部契诃夫式的小说，作者在书中揭露了滥用权力的小工厂主的可憎面目，小说发表后引起了很大的反响。《幽灵陪伴》写得也很滑稽，法院执达员来送传票，女儿用文雅的语言与对方说理，母亲却一味用粗话谩骂，而执达员则从头到尾一言不发。在随后一本与此相关的小说中，这个执达员却在同事面前吹嘘，面对"那两个女人，我毫不犹豫地把她们当成恶魔"。《米拉疗法》中的主人公把垂死的母亲接到家中尽义务，并按照笛卡儿的《方法论》来做，却发现那套哲学根本行不通，最后只得召来巫婆米拉。

莉迪说，她是个电视迷，什么节目都看，目的只有一个，了解社会各界的生活状态。我曾听人说，她喜欢在咖啡馆里写作，便问她是不是真的。她说："我不单在咖啡馆里写作，在火车上，地铁上，餐桌上，什么地方都能写，就是在书房里写不下去。"她喜欢待在公共场合里，听别人聊天。她说她不看报纸，因为她不相信传媒，只相信人们口头传说的东西。她每天5点起床，修改前一天写的东西，中午泡咖啡馆，她从不做饭。她说写作是一种幸福，她一直在寻找完美的语言，在她看来，那种语言应该是建立在古典语言基础之上的街头语言。作家应该接触社会，了解和学习老百姓的鲜活语言，她说她随身带着纸笔，一有灵感就记下来。有时半夜睡觉，一有什么好的想法，或想起什么好的词，她会立即起床，怕失去灵感和激情。"语言像情人，要去寻找，它有时潜伏在那里，等待着我，我可不能错过。"

2006 年

德莱姆，悠闲地呷着啤酒

对菲利普·德莱姆的采访是在伽利玛出版社的小会议室进行的，几年前，我曾在那里参加过博斯凯诗歌奖颁奖活动。见面的那天，由于交通堵塞，我迟到了，出版社负责通联的卡特琳娜女士已焦急地在门口等待。不过德莱姆倒是不慌不忙，十分和蔼，没有一点架子。他身材高大，脸红扑扑的，说自己早上才从外省来到巴黎。他说他是乡下人，不喜欢巴黎，所以，20多年前，当法国国民教育部把他派到厄尔省的一个小村庄去教书时，他正求之不得，"我对那里的生活一见钟情"。

他住在森林边的一栋小屋子里，旁边就是山谷和河流，那里空气清新，流水潺潺，一切都纯净得让人清心寡欲。当别人在电脑旁啃三明治时，他可以在自家花园的躺椅上午睡；当别人小跑着赶地铁或挤公交时，他可以悠闲地呷他的啤酒。正是这种宽松的环境和悠闲的生活使他得以细细品味人生，享受生活。"也正是这种生活节奏给了我写作的时间，使我产生了写作的愿望。"1976年，他开始尝试写作，但稿子寄出去之后如石沉大海，直到1983年才出版处女作《第五季节》，但没什么反响。之后的几本书也同样，只印了一两千册。但他说，他已经很满足了，能出书就不错了。他的文章短小精悍，适合在报刊上发表，所以他定期给《法兰西杂志》撰文。1997年2月，一位和他相熟的杂志编辑向伽利玛出版社推荐他，建议把他发表在报刊上的短文结集出版。当时，谁也没有对这本取名为《第一口啤酒及其他小乐趣》的小册子抱有希望，哪里知道该书一出版就迅速登上畅销书榜首，巴黎的大报小报都在谈论这位名不见经传的"乡下人"，著名

在伽利玛出版社的小花园里，德莱姆摆好姿势让我拍照

的读书节目主持人贝尔纳·皮沃也在法国电视二台隆重推出德莱姆的专辑，德莱姆一下子红遍了法国。在当年秋天法国的"文学回归季"和德国的法兰克福国际书展上，德莱姆更是出尽风头，30多个国家购买了这本书的版权，意大利的出版商为争夺版权还差点打了起来。而在法国，半年多来它一直稳居畅销书榜首，上榜时间长达105周。第二年，也就是1998年，这本书竟然卖得比第一年更好，这在法国乃至全球出版界都是极罕见的现象。直到今天，这本出版多年的小说仍以每天1000册的速度在全球畅销，总数已超过120万册，还不算袖珍本……现在，他是伽利玛出版社第二畅销书作家。第一是谁？《小王子》的作者圣埃克絮佩里。

这是一个奇迹，而创造这种奇迹的竟是一本不到100页的薄薄小书，这本小书由数十个短篇组成，没有惊心动魄的故事，也没有离奇曲折的情节，写的都是人们司空见惯的一些日常小事、杂事、琐事，有的只有五六百字，长的也只有一千来字。在小说尤其是短篇小说普遍不景气的情况下，这部作品竟如此受到欢迎，对许多人来说，的确是个谜。

其实，谜底并不复杂。德莱姆说他受普鲁斯特的影响，认为不一定写大题材才有出路，小题材也可以写得很有意思。他把生活中大家都不在意的小事提炼成富有哲理的作品，把大家都能感觉得到但不知如何说出来的激情变成文字。看了他的文字，人们往往会说："啊，是的，就是这样。"许多事情本身很平常，但一经作者写出来就具有了无穷魅力。他就像一个高明的厨师，能把普通的菜肴做得有滋有味，而其中的秘诀就在于他对生活的爱。他像品啤酒一样，细细地去品味生活，寻找其中的乐趣。许多读者读了这本书以后，改变了自己的生活态度，他们发现自己忙于名利的角逐而忘了人生本来的意义。生活本来就应该像德莱姆那样去细细品味，找出乐趣来的。可以说，这本书在一定程度上帮助许多人发现了自我。

继《第一口啤酒及其他小乐趣》之后，德莱姆每年仍推出一两部著作，《每个周日都下雨》写的是外省人在巴黎发生的趣事；《她叫马莉娜》写的是一个叫作马莉娜的女孩随当画家的父亲去乡下度假，给一个长期生活在农村的小男孩带去了惊喜；《大门》写的是一位得了抑郁症的作家，为排遣忧郁，出外寻找他两个已经成人的孩子，可孩子们有自己的生活圈子，作家不但得不到安慰，反而在心灵上受到了更大的创伤。这些作品篇幅都很短，但味道很浓，就像一杯醇酒，后劲十足，让人回味无穷。

《第一口啤酒及其他小乐趣》法文版封面

2001年上半年，德莱姆又出版了一本新书《被谋杀的午睡》，再次在法国掀起了德莱姆热。这本书可以说是《第一口啤酒及其他小乐趣》的续篇，由36篇几百字的小短文组成，写的仍然是日常生活中的一些小事和琐事：出门逢雨难回家，电影院抢占好位，林中散步遇狗追，拿着手机满街喊，朋友赴宴老迟到，"今晚由我倒垃圾"……

比起《第一口啤酒及其他小乐趣》来，《被谋杀的午睡》结构更紧凑，叙事方式更幽默，讽刺性也更强。《您想跟他说话吗》写的是女秘书的势利，如果是陌生人、普通人找上司，她往往会编出各种借口挡驾；但一旦知道对方的身份或对方与她的上司关系非同一般，她立即低声下气，礼貌有加。《地铁让座》则细腻地刻画了一些小市民坐地铁时的矛盾心态：不想让座而又不好意思不让座，从而在每个站都希望少上些人，尤其是老年人和小孩。压轴之作《被谋杀的午睡》写的是"我"在三伏天的下午美美地睡着午觉，但附近的道路拐弯处不断有汽车刹车和鸣笛，有辆车甚至还爆了车胎。美梦被打破了，午睡被"谋杀"了，带来了一天的坏心情。

德莱姆爱静，不喜欢社交，但成功以后要保持平静就不那么容易了。尽管他偏居一隅，但来访不断，电话不停，不得已，他只好拔掉电话线，谢绝一切采访。他深知自己的成功来自平静的生活和宁静的内心，如果破坏了这种心态，也就破坏了他成功的基础。不过，他又客观地说："从某种意义上来看，成功保证了我的这种宁静生活"，使他可以不为五斗米折腰，做他自己想做的事情。他现在仍然当老师，但只上半天班，"我辞掉这份工作没有一点问题"，可他仍想与外界保持一定的联系，尤其是和孩子们在一起，能使他变得更加年轻。况且，生活中的德莱姆并不是不食人间烟火的，恰恰相反，他是

他的脸红扑扑的，他说他是乡下人

（图片由受访者提供）

一个极需要爱别人也需要别人爱的人。幸运的是，他有一个疼他的太太和一个他所爱的儿子，他的太太马莉娜也是一位作家，专攻儿童文学，而且擅长绘画，《她叫马莉娜》就是马莉娜配的插图。而24岁的儿子则是他的宝贝，"如果他两三天不打电话来，我就有不祥之感。"他把儿子成长过程中每一阶段的照片都挂在墙上。当然，墙上还挂着其他东西，如他喜欢的北欧画家的作品和外国报刊对他的评论，其中，他感到最得意的，是中国报刊对他的介绍。他并不把那些方块字当作文字，在他看来，那完全是画。

德莱姆最喜欢的作家是普鲁斯特和阿加莎·克里斯蒂娜。普鲁斯特的作品是他的枕边书，而克里斯蒂娜的影子更是无所不在，他把自己的屋子布置得像书中所描述的那样。但德莱姆也有许多不喜欢的东西，他最恨的是手机和电脑。关于手机，他已在不少作品中予以抨击和讽刺，认为那玩意儿打破了生活的宁静，破坏了生活情趣，尤其是有的粗人旁若无人、不分场合地大叫大喊，最让他讨厌。至于电脑，他也不知道自己为什么对它有一种排斥感，"我不愿把那个'小动物'引进家里来"，"我似乎落后了15年"。他用那架用了多年的打字机写作。只有对着打字机，他才有写作的灵感。

2006 年

安娜，内心强大的弱女子

安娜，一个普通得不能再普通的法国人名；戈达尔，一个让人熟悉得不能再熟悉的姓，但当这个姓和这个名连在一起的时候，就连法国人也不知道那是谁了。不过，那是几个月前的事了，现在，安娜·戈达尔的名字频频出现在报端，她的大幅照片挂在出版社和书店的玻璃橱窗里，大家都在谈论她，法国文坛又诞生了一颗新星。

我是在安娜即将启程访华的前几天，在巴黎的午夜出版社采访她的。8年前，我曾来过这家出版社，但这次，当我走上摇摇晃晃的狭窄楼梯，迎接我的已不是出版社的创始人兰东先生，而是他的女儿，出版社的现任负责人伊莱娜。伊莱娜把我让进了一间小小的会客室，然后去请安娜。

安娜和照片上的她一样，美丽而清纯，只是没了照片中的那份宁静，显得有些激动，似乎还没有从成功的喜悦中平静下来。我首先问她，法国有那么多年轻作者，她是怎么脱颖而出的？前不久，《费加罗文学报》有个调查，说6%的法国人写过书投过稿，也就是说，有250万15岁以上的法国人在挤文学这条独木桥。大一点的出版社，每年会收到1万部左右的自来稿，只有一两部被录用，有时甚至一部也没有。安娜

安娜美丽而清纯　　　　（图片由受访者提供）

说，"午夜"是个小社，每年也收到4000多部稿子，他们已经4年没有采用新人的处女作了。我说，你的处女作不但被采用了，而且很快就获了奖，受到了普遍的肯定。你有什么秘密？难道你的家族真和那个著名的导演戈达尔有什么关系？她笑着摇摇头，说当然没有。

其实，我最想知道的是，她是如何敢向"午夜"投稿的。"午夜"在法国出版界以"苛刻"闻名，他们对小说的文学质量要求极高，一般的作者，就算是已经小有名气的

安娜最满意这张照片

（图片由受访者提供）

作者，都不敢问津"午夜"，更不要说一个初出茅庐的小女子了。安娜说，她像许多第一次投稿的文学青年一样，也是一稿多投，不过她投得不多，只投了4家，有的作者一投就是20多家。但她投的都是著名的大社啊，伽利玛出版社她也投了，而且也给了她肯定的答复，只是慢了一步，"午夜"已经约见她了。安娜说，她之所以往"午夜"投，并不奢望能在那里出，而是想得到一些指点，因为她听说伊莱娜亲自看稿，而且回复很快。果然如此，伊莱娜肯定了稿子，但提出还要修改。安娜说，伊莱娜并没有说要怎么改，只说喜欢书稿中的哪些部分，不喜欢哪些。她说，真是高明的出版人，既不强加自己的观点，又给作者指点了迷津，悟性高的作者一点自明，知道该怎么改了。

安娜的这部处女作叫《无法抚慰》，写的是一个母亲，因长子自杀，悲痛欲绝，夜思日想，久久不能走出阴影。尽管她还有别的孩子，丈夫也在身边，但都"无法安慰"她。她情绪低落，常常把自己一个人关在房间里，目睹儿子的遗物，思念、哭泣，最后，丈夫和孩子们都忍受不了她，纷纷离开。

小说的情节很简单，故事也没有完全展开，全书译成中文只有三万字左右，充其量是个中篇，但文字老练，结构严密，语言富有节

奏感和音乐感。我承认，作者驾驭文字的功力是不错的，尽管是第一次写小说，风格已经凸现出来。看得出，安娜非常注重小说的文体，但这也是许多法国当代作家的通病：过于注重形式，过于自我，缺乏与读者的交流，难以引起共鸣，所以失去了大量读者。但安娜的这部小说却不同，它不但得到了评论家的好评，也得到了众多读者的喜欢。安娜说，她所获得的 RTL《读书》栏目大奖，是由普通读者而不是由专家评选的，她感到格外欣慰。至于小说为什么那么受欢迎，我跟她探讨了很久，她也试图给我一个解答，但我们始终都没有搞明白。我对她说，小说中的母亲，她的那种爱，那种怀念，有点到了"病态"的地步。我说原谅我使用"病态"这个词，因为我觉得她完全应该振作起来，重新开始新的生活，而不是像小说里写的那样，不但毁了自己，也毁了丈夫和其他几个孩子的生活。我说，你赞成还是反对"母亲"的这种生活方式？她说，我在小说中采用第二人称，正是基于这种考虑，这使得我跟"母亲"保持一定的距离。我说不管怎么样，小说写得很"硬"，很残忍，这与你温柔的形象和个性似乎不符，我不相信写的是你自己的经历，你当母亲了吗？她摇摇头，说，这当然不是自传体小说，但也不是凭空捏造，我有部分事实依据，我只是把许多东西揉在一起罢了。

安娜现在是巴黎第三大学的教师，教文学史和语言学，这部小说是 10 年前写的，写完后就放下了，直到两年前才拿出来修改。我说不少作者的成名作和代表作往往都是处女作，你能超越自己吗？在一定程度上来说，第二部小说比第一部小说更难，因为读者对你的要求会更高。安娜说，我有信心，我在不断读书，不断充实自己。我问她有没有读过中国的小说，她说她对中国文学知道得很少，尤其是当代的中国小说，她说你能向我推荐几个作家吗？我说莫言不错，苏童也不错，还有毕飞宇，他们的许多小说都已经译成了法文，她认真地把这些名字都记了下来。我说，对了，听说你父亲是开书店的，卖的是什么书，是古旧书吗？她说他是一般的书店职员，已经退休了。我一阵失望，因为我在巴黎天天在淘旧书。

2006 年

"我所认识的波伏瓦"

时间： 2006 年 9 月

地点： 北京 —— 西安 —— 厦门 —— 杭州 —— 上海

被采访人： 玛德莱娜·戈贝尔 - 诺埃尔（联合国教科文组织原文艺处处长）

采访者： 胡小跃

问：您是怎么认识波伏瓦的？听说您年轻时只身前往巴黎见波伏瓦，为什么？

答：我 15 岁就给她写信。1958 年 5 月，国际博览会在布鲁塞尔开幕，加拿大展台要选 30 名成绩好的女大学生作向导，我被选中了。那年我 20 岁。到布鲁塞尔的第一个周末，我就坐火车去了巴黎，波伏瓦在那里等我。我从 13 岁开始就读她的书，我喜欢她的书，非常希望能认识她。

问：她是怎么接待您的？还记得当时的情景吗？她跟您说的第一句话是什么来着？

答：她脸上带着灿烂的微笑欢迎我。我对她说："我来了！"这让她笑出声来。这个女人非常漂亮，蓝眼睛，直爽，善良。我和她聊了起来，这一聊就是 30 年，直到她 1986 年去世。我们什么都谈，生活、爱情、戏剧、电影、旅游，尤其是文学，因为我们俩都是大书虫。

问：她给了您什么建议和帮助？

答：波伏瓦很大方，把我介绍给她的朋友们，如萨特、热内、米

59

玛德莱娜在北京法国文化中心作讲座

歇尔·莱里斯等许多人。她经常请我到巴黎的高级饭店吃饭，让我品尝她喜欢的波尔多红葡萄酒。当时我还是个大学生，她想在经济上帮助我，让我能继续在巴黎生活。我拒绝了她的帮助，因为我读过她的名著《第二性》。她在书中说，一个女性应该靠自己的工作来养活自己，应该独立，这是获得自由所必不可少的条件。所以我回到了加拿大，在渥太华的卡勒东大学当文学老师，同时也是报社、电台和电视台的记者。

问：您后来又去了巴黎，并且定居那里。这和波伏瓦有关吗？

答：1971年之前，我常常在暑假期间去巴黎，巴黎是这个世界上我最喜欢的城市。1971年，我毫不犹豫地在巴黎定居下来，后来又进了设在巴黎的联合国教科文组织。当然，我很高兴，因为这样就能经常见到波伏瓦了。这是我从此生活在巴黎的原因之一。

问：她的哪本书给您印象最深刻？

答：她的书，我最喜欢的是《一个规矩女孩的回忆》。这是一本很重要的书，充满了智慧和激情，从中可以看到作者从童年时代开始的足迹。当然，我也很喜欢《第二性》。1949年出版的这本书使她成名，她在书中从历史、哲学、人类学、文学以及女性的经历对女性的状况进行了严肃而权威的分析。这是一部巨著，我读了以后觉得自己不再孤单。我也喜欢她年轻时候的小说《女宾》和《名士风流》中关于爱情的描写。她写得最好，也是让－保尔·萨特最喜欢的书是《安详辞世》。那本回忆录写的是她母亲的死，如同一首乐曲。

《安详辞世》中文版封面
海天出版社2000年版

问：听说当年您常常陪同波伏瓦外出。能描述一下她的日常生活和工作情况吗？

答：波伏瓦是个非常勤奋的女人，每天都写作，甚至在节假日也不例外，每天从早上开始一直工作到下午两点。我总是在下午两点以后去看她。她从不失约，尽管工作大半天后她往往已经很疲惫了。我们一起喝一小杯威士忌，交换一些书，两点半的时候，我们就到蒙帕那斯的高级饭店去吃一顿，如圆顶饭店、多姆饭店、帕莱特饭店等，我们吃着佳肴，喝着美酒，讨论着文学。四点半的时候，我陪她去萨特家，然后他们一道工作。他们互相拿出自己的作品来讨论，不经过她的同意，萨特什么都不会拿出来发表。晚上，他们往往待在一起，或者跟各自的朋友聊天。典型的知识分子生活。

问：您觉得波伏瓦是一个什么样的女人？文学家、思想家、社会活动家还是女权主义者？她最伟大的贡献在什么方面？

答：对我来说，波伏瓦首先是个作家，她自己也一辈子想当作家。当然，她也是一个社会活动家，尤其是在晚年，她成了女权主义战士，为妇女事业而斗争，为女性争取避孕权、流产权和工资平等而斗争。但她最喜欢的还是看书和写作。

问：今年是波伏瓦100周年诞辰，如果她还在世，您会对她说些什么？

答：如果她还活着，我会对她说，我依然热爱她，崇敬她，她仍然是我的榜样。三年来，我在全世界的许多大学里巡讲，带着我所拍摄的关于她和萨特的电影，这可以说是一种还债，我想让年轻一代了解她。

问：有人说波伏瓦是一个近乎完美的女人，您怎么看？有人说她的贡献比萨特要大，您同意这种观点吗？

答：不，波伏瓦从不认为自己是个完美的女人。这是个天才的女人，在当时影响很大，现在人们还常常谈起她，因为她直接面向她的读者，向他们提出问题，而萨特的才能则表现在其他方面，他当然是比她更伟大的哲学家，但波伏瓦的著作更具现实意义，因为它不仅涉及女性，也涉及每一个人。

问：她跟您说过她为什么爱萨特吗？

答：萨特和波伏瓦的关系十分奇特，他们是在 20 来岁的时候认识的，互相之间想建立一种绝对的盟约，同时又保持独立。他们俩都有其他恋人，但他们之间的关系是最重要的。他们互相"需要"。这对伴侣非常独特。

问：您曾经给萨特和波伏瓦拍过一部纪录片，能介绍一下那部电影吗？

答：1967 年，波伏瓦 59 岁，萨特 62 岁。在萨特脑部患重病之前，我有幸替加拿大电台拍摄过一部关于这两位作家的纪录片，当时他们正处于荣誉的巅峰。在那部电影里（他们首次接受拍电影），萨特谈起

玛德莱娜（左）与波伏瓦（影片截屏）

了越南战争，谈起他为什么拒绝诺贝尔文学奖，还谈了他的《福楼拜传》；波伏瓦则谈了她的"回忆录"系列，谈了女性的生存状况。我们还遇到了萨特的母亲和波伏瓦的养女，在片中还可以看到萨特在弹钢琴，波伏瓦和我重访了她小时候和年轻时待过的地方。这是一部非常罕见的资料片。

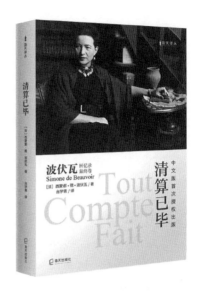

《清算已毕》中文版封面
海天出版社2021年版

问：波伏瓦对萨特的创作和思想有些什么影响？听说她曾经修改萨特的文章？

答：没有波伏瓦，萨特甚至不会写作。萨特曾对我说："我是为她而写。"他总是把自己的作品给她看，请她当自己的"出版许可人"。他写作的时候往往文思如泉涌，而她则往往请他对自己的思想作些解释，她读黑格尔的著作比萨特读得早，她对黑格尔的思想观点有一种直觉，这对萨特非常重要。

问：在跟萨特和波伏瓦在一起的岁月里，您也见过其他许多女作家，如萨洛特、杜拉斯、萨冈等。您觉得波伏瓦跟她们相比有什么不同？

答：波伏瓦与萨洛特、杜拉斯、萨冈等是很不一样的作家，娜塔丽·萨洛特是"新小说派"的创始人之一，是个伟大的文体学家，懂得人们所谓的"潜对话"；中国读者很熟悉的杜拉斯笔法抒情，主要写爱情；而萨冈则潇洒地给我们描述了一个富裕的、贪图享乐的和无所事事的社会阶层。波伏瓦的作品更加有力，更加严肃，针对当时的整个社会。她给我们留下了什么呢？人们在将来的很长时间内还会读她的《第二性》。这部著作表明，女性的命运与自己的性别无关，而与文化有关。

2006 年

诺冬，第二次采访

时间： 2006 年 3 月 15 日

地点： 巴黎，阿尔班米歇尔出版社。

被采访人： 阿梅丽·诺冬（比利时法语作家）

采访者： 胡小跃

问：你好，很高兴再次见到你。还记得我们上次的见面吗？

答：……（有些尴尬）

问：（提醒）在路口的露天咖啡座，8 年前……

答：哦，原来是你。对不起，时间太长了。

问：没关系。你干吗天天来出版社呢？在家里看书写作不是更好吗？

答：我每天上午来，处理信件。你看（她指着身后的信件），全都是读者寄来的。

问：那么多，你要一一复吗？

答：尽量吧，不过一辈子也复不完。

问：你是否能从中得到灵感，或者说，它们是你的创作源泉？

答：它们是我的精神支柱，因为知道有那么多读者在关注我、喜欢我的作品、在乎我的作品，所以我才写。有的读者，一连十多年，年年给我写信。

问：我曾邀请你去中国访问，你为什么不接受？

答：我实在太忙，连欧洲都跑不过来。

问：你应该回中国去看看了，现在的中国远不是你小时候所见的

《管子的玄思》中文版封面
海天出版社2002年版

《爱情与破坏》中文版封面
海天出版社2004年版

中国了。

答：大家都说中国的变化很大，但我还是喜欢以前的那些小灰楼。

问：再让你重写《爱情与破坏》，你还会那样写吗？

答：这种可能性不大，我不会重复自己。

问：你一年写一部小说，每部小说都这么成功，秘诀何在？法国读者往往喜新厌旧，你的小说为什么经久不衰？

答：我纠正你一点，我每年写4部小说，而不是一部，但只发表一部，其余3部都锁到抽屉里了。这能部分说明我成功的秘密。第二，我的成功不是爆发的，而是有基础、有后劲的。不像《母猪女郎》的作者玛丽·达里厄塞克，她的第一部小说太成功了，所以以后不可能更成功。

问：8年前，我曾在《爱情与破坏》和《午后四点》之间犹豫不决，不知该选哪本，后来选了《爱情与破坏》，因为那是写中国的，但我觉得《午后四点》写得更好，我今天就是来弥补这一遗憾的。你本人更喜欢哪一部？

答：我的作品我都喜欢，不喜欢的我不会拿出来。

《午后四点》中文版封面
人民文学出版社2007年版

问：你是一个弱女子，小说中为什么有那么多暴力与死亡？

答：也许受童年的影响吧，我生在日本，后来又回去过。日本是一个有着潜在暴力的民族。

问：我原以为《午后四点》不会死人了，两个老人，那么文明，那么彬彬有礼，为了寻求安宁，隐居在一个那么偏僻的地方，几乎连邻居都没有。

答：你不觉得那对夫妇身上有很强的日本人的影子吗？如果是欧洲人，他们对谁不满，会直接说出来，直接发泄出来，而不会像那对夫妇一样，表面上彬彬有礼，实际上恨之入骨。把仇恨憋在心里，最后肯定会酿成暴力，爆发出来。

问：能给你拍张照吗？报纸上用。

答：对不起，我今天没有化妆。不过你可以问我的新闻专员要，他们那里有很多。

追记：一个星期后，我在巴黎书展上给她拍了许多照。那时，她戴着一顶很大的白色圆帽，脸上的脂粉涂得厚厚的。像个日本女人。

吉勒·勒鲁瓦，得了龚古尔奖

时间：2007 年 12 月 31 日

地点：电子邮件采访

被采访人：吉勒·勒鲁瓦（法国作家，2007 年龚古尔奖得主）

采访者：胡小跃

问：首先，一个也许有点可笑的问题：您是法国人吗？不知道为什么，中国有媒体说您是美国人。是因为您研究美国文学，这本书写的又是美国人，还是说 2006 年美国人乔纳森·利特尔获龚古尔奖影响太大了？

答：我是法国人，说得更确切点，是老家在巴黎的法国人。我的父母祖宗两代都是巴黎人，这是不多见的。我从小就读很多书，到了 20 岁的时候，我发现我受法国文学影响太深了，对外国文学却几乎一无所知。我想给自己打开世界的大门，于是开始涉猎外国文学。出于偶然，我看得最多的是美国文学，几年后，它对我来说已经跟法国文学同样重要了。我想，就写作而言，美国文学比法国文学对我影响更大，不知道为什么。我曾给戏剧导演阿尔弗雷多·阿里亚斯写过一个剧本，他有一天甚至说，我是个"美国作家"！他看起来是在开玩笑，其实是认真的。

问：中国读者还不怎么认识您，您能简单介绍一下自己吗？

答：我是个正常但有点受挫的男人。我生于巴黎近郊，小时候住在用人房里，读了很多与年龄不相称的书。我是个乖学生，一个忧心忡忡的孩子，16 岁那年在彼得格勒遭遇了第一次爱情，爱上了一个比我大 10 岁的人，后来据此经历写了一本小说《俄罗斯情人》。1981 年到 1988 年，我失去了全家人，也失去了一半朋友，他们都是被一种叫艾滋病的新病夺走生命的。我一直在写作，如果说我小时候写的信也算是写作的话，但我花了很长时间才明白自己想干什么。我在中学当过教师，在电视台当过记者，后来都辞了，专心写作。有一天，我接到出版家西蒙娜·伽利玛的电话，约我去谈谈，然后就签了出版合同。西蒙娜去世以后，她的女儿伊莎贝尔接管了出版社。我失去了生物意义上的家庭，但找到了文学上的家庭。这是一种十分奇怪和特别的感情。

问：作为作家，您的一天是怎么度过的？

答：这要看我写书的进度。刚开头的时候，我很散漫，像疯子一样记笔记，但我没有严格的时间表，后来越写越快。我的生活很简单：早上 6 点左右起床（不需要闹钟），煮水泡茶，然后出去遛狗，把狗喂饱后，我便开始写作，一直写到精疲力竭为止，通常要到下午一两点钟。如果天气好，我会在花园里弄弄花草，要不就打电话给朋友们，他们都很耐心地听我说话。谢谢他们。

问：您是怎么会想起来要写菲茨杰拉德夫妇的？他们的故事已为人所熟知，您就不怕重复别人？您觉得自己可以在哪些方面超过关于他的其他小说或传记？或者说，您书中的新意或特色在什么地方？

答：接触美国文学之后，我很快就被司各特·菲茨杰拉德吸引住了，当然也包括他的妻子泽尔达。他们两人的命运融为一体，难以分开。我从 25 岁起就迷上了这对夫妻。我知道总有一天，我会写写关于他们的什么东西，但并不知道会怎么写。两年前，我在书桌的抽屉里找到了一张他们的

菲茨杰拉德夫妇

合照，这张照片使我深深地陷入了梦幻，这既是一个文学梦，也是一个充满激情的梦。于是我迈出了这一步，决定写这部小说。我很快就意识到，泽尔达比司各特更迷人。司各特也许在我年轻的时候让我着迷，因为我把自己想象成他。对一个想成为作家的年轻人来说，这是很自然的：怎么能不羡慕司各特的迅速成名，羡慕他热闹、极端也很危险的生活呢？但随着时间的流逝，人成熟以后，对泽尔达的喜欢便超过司各特了：我觉得她的命运太浪漫、太有悲剧性了。泽尔达毁了自己的一生，却没能实现自我价值，没有被当成一个作家或画家。从这个方面来看，她比司各特更有悲剧性。我这部小说的挑战性在于，把自己当作泽尔达。尽管我是个男人，但我要再现她的声音，再现我在读她的文章、信件时我所想象、所感觉到的声音。我要写的是一部小说，而不是传记或论著，所以我从来没有想过要跟众多写过菲茨杰拉德夫妇的传记作家和文论家相比。我把菲茨杰拉德夫妇当作小说中的人物，像对待虚构的人物一样对待他们，有时忘了真有其人。这并不难，因为事实与虚构往往混淆在一起。可以说，他们的生活如同小说，尤其是在年轻的时候。

问：在您看来，《亚拉巴马之歌》是一首颂歌还是一曲悲歌？他们的悲剧是时代造成的，还是他们自己造成的？有人说："他们自己折断了翅膀，自己毁了自己。"您同意这种说法吗？

答：既是颂歌，又是悲歌，是的，我希望是这样。我认为他们耗尽了自己的生命力和才能。是这样。有一天，弗朗索瓦丝·萨冈对泽尔达和司各特的女儿司各蒂说："说到底，您父母拥有幸福所需的一切，却做了种种事情让自己不幸。"话说得很朴实，但非常对。这两个非常浪漫的人身上有一种"可诅咒的东西"。

问：许多人都认为，是泽尔达背叛

《亚拉巴马之歌》法文版封面

了司各特，妨碍他写作，造成了他的毁灭。您颠覆了这种观点，您想在书中还泽尔达以公正，揭开司各特的真面目？在您看来，泽尔达到底是个什么样的女人？您喜欢她身上的什么，或者说，她身上的什么东西打动了您？

答：我想恢复一种平衡：司各特的许多朋友都痛恨泽尔达，而传记作家采访的往往就是他们，并且相信了他们对泽尔达的说法。他们的客观性和真实性值得怀疑！泽尔达身上的什么东西吸引了我，我一直都搞不清楚：写了这本书并不意味着洞穿了一切秘密。相反，有时会越来越糊涂。我想，我喜欢她的理由是多种多样的。有美学方面的原因，也有道德方面的原因，还有感情方面的原因……也许还有出自无意识的一些原因。我觉得她身上非常动人的一点，是她的性格力量，她的抵抗能力和她身上强烈的创作欲望。

问：本书的结构非常特别，您循着什么节奏或者逻辑？

答：我采取了快节奏，快得让人喘不过气来，就像书中人物的生活。他们全都那么年轻，那么匆匆。他们及时行乐，忘了储蓄，但他们也很快就失去了一切。为了重现那种热情和疯狂，我选用了很短的章节，还必须重现不稳定的感觉，在30年代他们就开始走向地狱了，泽尔达则发了疯。同样，我也采用了双重的时间线索：一方面按时间顺序，从他们相遇写到他们死亡；另一方面是泽尔达的口述和回忆。那是1940年她与一个年轻的心理医生谈话时说的，那个医生完全不知道菲茨杰拉德夫妇是什么人，也不知道泽尔达在成为他面前的这个过早衰老的丑老太婆之前是多么漂亮和出名。

问：去年，我采访龚古尔奖评委会主席夏尔－鲁夫人时，她曾告诉我，这个奖可以改变一个作者或一本书的命运。您得奖之后有了什么变化？书卖了多少？多少国家购买了版权？

答：是的，人们告诉我这会改变我的生活，但现在还言之太早。所谓的新生活，就是媒体的采访报道和法国疯狂的促销节奏。从明年1月份开始，我就要去国外了。我这个人长期生活在孤独之中，突然遇到那么多人，有时会让我不知所措，我和他们其实并没有时间真正交谈，但这是我喜欢的一种快乐，一种能量。书的总印数目前在26

© John Foley/Opale.

吉勒·勒鲁瓦

万册左右，但最好还是向我的出版人再核实一下。现在，这本书正被翻译成 20 种文字，欧洲和亚洲的许多国家都购买了版权。当然，我希望美国也能翻译出版。

问：最后一个问题：您是否觉得法国当代文学和法国经济一样处于低潮？文坛缺乏像萨特和加缪那样的大作家，而且很多年没有得诺贝尔文学奖了；很多文学奖都被外国作家或移民作家捧走了，畅销的也往往是他们的书。在您看来，这是什么原因呢？您喜欢哪些当代作家？

答：法国人往往毫无保留地欢迎用他们的语言写作的外国作者，并且尊敬他们，给他们以荣誉。20 世纪就有许多母语不是法语的"法国"大作家，如贝克特、尤内斯库、齐奥兰等。确实，今日的法国文坛缺乏能与加缪和萨特媲美的作家，加缪和萨特在全世界得到了承认。不过，在我的同辈人当中，我也喜欢一些"走自己的路"的作家，比如莫迪亚诺。我得承认，我非常怀念最近去世的一些作家：乔治·佩雷克、克洛德·西蒙（法国上一个获诺贝尔文学奖的作家），尤其是玛格丽特·杜拉斯。在我同龄人当中，我最喜欢的作者……是美国人！他叫布雷特·埃斯顿·埃利斯，他在当代再现了我们这个时代的神话，那种才能和能力让我敬佩。

2007 年

71

"我写作的时候什么也不怕"

时间： 2004 年 3 月 12 日

形式： 电子邮件采访

被采访人： 菲利普·克洛代尔（法国作家，龚古尔奖评委）

采访者： 胡小跃

问： 首先，祝贺您的小说《灰色的灵魂》获得勒诺多奖，尽管它与龚古尔奖失之交臂，但它得到了广大读者的承认。我注意到它在《观点》和《快报》的图书销售排行榜上连续数周位居第一，销量也比阿梅特获龚古尔奖的《布莱希特的情人》要好。而且，这本书被权威的《读书》杂志评为 "2003 年 20 本最佳图书" 之首。您对这种结果满意吗？没有获得龚古尔奖，您遗憾吗？

答： 最大的奖赏不是文学奖，而是作品得到读者的承认。对《灰色的灵魂》来说，这一点是无可争辩的。书商、记者和读者马上就喜欢上了这本书，我没想到，完全没想到。勒诺多奖是一个文学大奖，所以书没有得龚古尔奖我并不感到失望。事实上，2003 年我是不可能得龚古尔奖的，因为我的中篇小说《小机械人》年初已经得了这个奖。（注：龚古尔奖除年末的正式大奖外，还颁发其他分类奖。）

问： 读完这本小说，我的第一个感觉是：终于有了故事！因为法国的当代作家往往喜欢描写感觉、揭示心理状态或演绎概念，小说中缺乏连贯完整的故事，情节处于次要的地位。当然，现代派文学，包括新小说派，它们在文学史上有其作用和价值，但不能因此而否定小说的本质。小说家不能取代哲学家、理论家或心理分析学家，您觉得是这样吗？

答：对我来说，小说首先要有故事、人物和情景。最近的法国文学，作者太关注自身了。读者喜欢《灰色的灵魂》，原因之一，是它有悬念、有情节、有人物，这与书店里很多所谓的小说不同。

菲利普·克洛代尔 （图片由受访者提供）

问：我注意到法国当代文坛开始出现一种倾向，即回归现实主义，比如说，在2003年的"文学回归季"中出现了许多现实主义风格的小说，有以现实为题材的弗莱德里克·贝恩伯德的《世界之窗》、吕克·朗的《"9·11"，我的爱》、马克·埃杜阿尔的《战火中的春天》，还有许多历史小说。但我觉得《灰色的灵魂》是一部严格意义上的现实主义小说，形式传统，非常符合现实主义创作方法的原则。法国的许多评论家认为这本书中有吉奥诺的影子，我却认为巴尔扎克和司汤达的痕迹更重。您觉得您更接近谁？

答：我更接近自己，接近自己的口味。当然，我受到过您提到过的那些经典作家的影响，吉奥诺、西默农、塞利纳都是对我影响很大的作家，但我不觉得我的小说形式古典到那种地步。我很注重形式，这部小说是伪古典的，正如它是伪侦探小说一样。在很长时间里，人们都不很清楚叙述者是谁，叙述的时间顺序也是杂乱的，叙述者四处出击，这些都不是太古典的东西。

问：对当代作家来说，写现实主义小说是非常危险的事，因为19世纪的巨匠们已经达到了巅峰，很难超越他们。也许正因为如此，法国的许多当代作家不愿意或者说不敢写现实主义小说。您不怕吗？

答：我写作的时候什么也不怕！因为我什么都不想，什么人都不想，更不去与什么东西比较。我所写的一切都来自心中。我总是努力最大限度地接近自己的感情，自己的真实内心。我之所以写作，是因为它对我来说是不可缺少的。

问：回到您的小说上来吧！《灰色的灵魂》从一桩命案开始，调查这个案件成了贯穿整部小说的一根红线，其背景是第一次世界大战。但我认为这既不是一部侦探小说，也不是一部战争小说，您在书中致力于揭示一些"灰色的灵魂"。您认为，没有完全白的灵魂，也没有完全黑的灵魂，也就是说，没有完全的好人，也没有完全的坏人，比如说，受人尊敬的德蒂纳同时也是个杀人犯，甚至叙述者本人也杀了自己的亲生儿子，而马切耶夫上校，尽管他坏得流脓，但他仍然有辉煌的历史。不过，我不认为您在书中只想告诉我们这个大家都明白的道理。

答：这部小说是一个混合体，里面有许多东西，一些东西出现了，另一些东西消失了。写完后，我发现它是多重性的，既是社会小说，又是历史小说、侦探小说和爱情小说，甚至是一部思考写作的力量的小说，几乎什么都有。也许正因为如此，才赢得了读者的青睐。每个人都能在书中找到一些自己喜欢的东西。

问：因为爱而杀死自己所爱的人，这有点不可思议。但我知道在现实生活中有这样的人，我在法国的报刊上就读到过，法国曾有人以爱情的名义杀死甚至吃掉了自己的爱人。您能接受这种事实吗？

《灰色的灵魂》法文版封面

答：我不知道。但是，不单是爱，疯狂、贫困、恐惧也能让人做出可怕的事来。杀了人，是没有任何借口可以原谅的。但不能原谅，不等于不能理解，我们有时能够理解我们当中的某一个人为什么会走出这可怕的一步。

问：小说的故事发生在您所居住的法国东北部，那里总那么灰暗、寒冷和偏僻。您在监狱里当过教师，很了解监狱里面的生活。您是否认为一个作家只能写自己熟悉的东西，正如我们中国人常说的那样，"创作来自生活"？

答：对我来说，地点和地方是相当

重要的，它能使我找到平衡。您说得对，创作来自生活，来自自己的生活，自己的生活也呼应和综合了别人的生活。但是，我从来不根据自己的生活经历直接写书，因为我醉心于想象，想象是指挥一切的。我知道，生活存在于一个人的感情、色彩、快乐和痛苦中。

问：《灰色的灵魂》马上就要在中国出版了，您有什么话要对中国读者说吗？法国当代小说在中国并不是非常受欢迎，许多超级畅销书，甚至连米歇尔·维勒贝克的《基本粒子》和阿梅丽·诺冬的小说也没有收到预期的效果。您觉得您能征服中国的读者吗？您对这本书在中国的前景有没有信心？

答：我的书要在你们这个伟大的国家出版了，我感到既光荣又骄傲。还有一件让我非常震惊的事：我在法国写了一本薄薄的小说，几个月后，在几千公里以外，语言和文化背景不同的读者就能读到这本书了，真是不可思议！《灰色的灵魂》将被译成20多种语言，但它很快就要在中国出版，这尤其使我激动，因为我深深地敬重你们国家的历史、文明和勇气。

在蒙帕纳斯的阳光下

老诗人与"蓝天使"

1977年深秋的一天，一辆黑色的大轿车碾过满地的黄叶，驶进蒙田大街，停在一栋豪华的别墅前。一位戴着墨镜的老妇人在仆人的搀扶下，缓缓走进铁门。

不远处，停着两辆警车，几个警察警觉地扫视着四周。

第二天，巴黎传媒爆出一条惊人的消息：好莱坞著名影星玛琳·黛德丽来巴黎了！

公众哗然了。玛琳·黛德丽，多么响亮的名字！她与嘉宝、梦露曾是好莱坞的三大台柱。她主演的《蓝天使》风靡全球，《红色女皇》《维纳斯女神》和《摩洛哥》在欧美家喻户晓。黛德丽22岁在德国登台，在欧美影坛上红了几十年，后来又进军歌坛，用她那略带沙哑的歌声唱红了美国，唱红了欧洲。在第二次世界大战中，她在炮火中为盟军的士兵们演唱她自己编的那首《莉莉·玛琳》，奇迹般地平息了军中出现的浮躁情绪，给血腥的战场带来了女性的温柔和母爱的温暖。当时的军人，几乎人人都会唱这首《莉莉·玛琳》。

黛德丽的美貌和魅力曾引起当时称霸欧洲的希特勒的觊觎，可希特勒做梦也没想到，浪漫多

好莱坞影星玛琳·黛德丽

情的黛德丽对他表现出极大的蔑视和冷漠，她像躲避瘟神一样离开了德国，投身好莱坞。

黛德丽到巴黎隐居后，委托美国驻法使馆给她物色一名知识女性作女伴，替她处理信件和账务。使馆工作人员几经周折找到了女雕塑家诺玛。诺玛的丈夫是个作家，名叫阿兰·博斯凯。博斯凯是法国文坛上的一名宿将，著作等身，屡获大奖。当他得知诺玛被黛德丽选中时，心里一惊，往事历历浮现在他的眼前：

50年前，博斯凯还是个初出茅庐的小伙子，在纽约的一家报社当编辑。一天，报社邀请纽约的文艺名流聚会，黛德丽也在被邀之列。那天，她出尽风头，像个女皇，大家都围着她转。博斯凯被人介绍给她时，心里慌乱极了，笨拙地吻了吻黛德丽伸过来的手，脑门上沁出一层汗珠。但黛德丽根本就没有在意这个毛头小伙子。

博斯凯第二次见到黛德丽也是在纽约，那已经是15年后的事了。一天，他随朋友到黛德丽家去参加影人沙龙。黛德丽还是那样艳丽动人，但她对当时已小有名气的博斯凯毫无印象，只微微地朝他一笑，连手都没递给他吻。

当黛德丽得知诺玛的丈夫博斯凯是位大作家，并且在50年前见过她时，对他表现出极大的兴趣，她要了博斯凯的几部著作去看，并不时来电话与博斯凯聊天。有意思的是，黛德丽谈日常琐事时讲的是英语，谈哲学和政治时讲的却是法语。几年过去，博斯凯和黛德丽已成了无话不说的朋友。他们几乎天天通电话，一天听不到对方的声音就觉得少了点什么似的。这天，黛德丽和博斯凯在电话中谈起了烹调，黛德丽说："我做的德国菜比法国蜗牛还鲜美，改天让你尝尝我的手艺。"可博斯凯一直没接到邀请。一天，他忍不住问黛德丽："玛琳，你到底什么时候请我吃你的德国菜啊？"第二天，黛德丽让诺玛给博斯凯带来一道什锦沙拉，还附了一封短信："亲爱的阿兰，我不过是个小小的厨师，愿为你效劳。"

诺玛说："你以为她真会请你去她家吗？她永远不会见你的。"

博斯凯一惊，问："为什么？"

"因为她不想让人看到她衰老的模样，尤其是以前见过她的人。

她已人老珠黄，今非昔比。"博斯凯突然明白了，怪不得他在电话中一提起她昔日的影片她就默不出声。

由于年轻时的成功和走红，黛德丽养成了任性的毛病，事事以自己为中心，反复无常，说变就变。有一次诺玛忍不住了，愤然离去，发誓再也不去黛德丽的家。黛德丽天天来电话道歉，诺玛就是不讲和。博斯凯苦口婆心地做了三个星期的思想工作，终于说服了诺玛。黛德丽对此十分感激，她以独特的方式来表达自己的谢意，隔三岔五地给博斯凯寄些小玩意。她知道博斯凯有高血压，便收集了许多相关的剪报让诺玛带给他；她得知博斯凯喜欢骑马时，又流露出极大的担心，打电话给博斯凯说："一定要好好选马。有的马服过兴奋剂。"她本来对跑马不感兴趣，但为了博斯凯，她阅读了大量有关跑马的文章和资料，并一再写信给博斯凯，嘱咐他一定要多加小心。

"蓝天使"玛琳·黛德丽

博斯凯对黛德丽的关心非常感动，他回信说："谢谢，我的天使。你是众人当中最杰出的一位。愿上帝赐福予你！"

黛德丽接到信后马上打了一个电话来："你知道我为什么这么爱你吗？因为你的声音与我前夫的相似。"

"那我50年前就应该对你说：我爱你！"

几天后，黛德丽通过邮局给博斯凯寄来一本书，扉页上写着："献给阿兰，我所尊敬的人，我的吻，我的爱。"不久，她又让诺玛带给他一匹铜马，并附有一封短笺，上面写着："我的爱人，没有你，这个世界将一片空空。"

博斯凯也回赠了两本新书给她，黛德丽打电话来说："我尽量读，我能一段段读完的。你要我说些什么呢？我是一个85岁的老太婆。我爱你，欣赏你。除此以外，我还能做些什么呢？"

这天，博斯凯一大早就被电话铃给吵醒了，黛德丽的声音显得比往日兴奋："阿兰，如果我没记错的话，今天是你的生日。我寄了个生日礼物给你。"

法国著名诗人阿兰·博斯凯

博斯凯等啊等啊，直到傍晚才收到邮差送来的礼物。他颤抖着双手，打开包装精致的礼品盒：天哪！什么礼物，不过是一张生日贺卡，上面什么贺词也没有，只有黛德丽手抄的一些星座运程。

博斯凯大失所望，打电话给黛德丽："玛琳，原来，这就是你的礼物。寄生日卡也罢了，还在上面写些乱七八糟的东西。"

黛德丽生气了："那你要我写些什么？写上一些情意绵绵的句子吗？阿兰，那已经不再属于我们。"

但作为补偿，黛德丽第二天还是补寄了一张照片给博斯凯。那是她年轻时的一张生活照。照片上的黛德丽戴着巨大的钻戒，微仰着头，一副傲视一切的样子。她在照片的左上角写了一行字：

送给你，阿兰，我的爱。——玛琳

1984年6月，法国电视一台播放了嘉宝演的几部经典影片，黛德丽打电话给博斯凯，问他感觉如何。博斯凯知道黛德丽对嘉宝有成见，可又不愿昧着良心贬低嘉宝，于是便巧妙地回答说："从某种角度来看，嘉宝是个出色的影星，她的身材、容貌和演技无可挑剔。不过，嘉宝对我来说，仅仅是个演员，而你，玛琳，你是一个神话。你们俩是不能相提并论的。"

黛德丽对博斯凯的回答非常满意，第二天让人给他送来了一大盆花，作为对他的奖赏。

黛德丽有个独生女儿，叫玛丽娅。由于母亲的风流，玛丽娅从小就对母亲没有感情，一成年就离家远嫁了。博斯凯曾多次劝黛德丽，想让母女俩和解，可黛德丽根本不和博斯凯谈论此事，博斯凯一提起这事，她就把话题岔开。1990年冬，博斯凯见黛德丽的身体越来越差，便想在她有生之年消除她们母女俩之间的隔阂。他在电话里兜了一个大圈子，说了许多好听的话，然后看准机会，单刀直入："玛琳，我想跟你谈谈玛丽娅。我不明白你们之间的关系为什么会这么紧张。你现在连见都不愿见她，这未免太绝情了吧！"

黛德丽听了后很生气，但还是竭力保持风度，说："阿兰，只有你才能这样跟我说话。"

"当然，因为你知道我对你的情谊有多深，可我没有忠诚到盲目的地步。告诉我，你准备跟玛丽娅怎么样？"

黛德丽软了下来，说："我对她有些内疚。"

博斯凯明白她说的内疚指的是什么，深深地叹了一声：

"人为什么总要伤害自己所爱的人。我知道你恨玛丽娅是因为她离开了你，是因为她是你年轻时的见证人。可她没有选择！"

黛德丽说："我是个可怜的女人，老朽不堪，缺乏自信，孤独无援。阿兰，作为我晚年唯一的朋友，我希望你能理解我。"

"对不起，玛琳，我永远也无法理解。"

"那好，让我拥抱你。"说到这里，黛德丽又把话题岔开了，"今晚看第三频道，放我演的电影呢！所有那些曾把我搂在怀里的美男子都离开这个世界了，而我还活着。"

"今晚放的是哪部片子？"博斯凯问。

"我也弄不清是哪一部。我从来不看自己演的电影，只看片尾的演员表中自己的名字！"

黛德丽到了晚年，由于挥霍无度而经济拮据，有时甚至连房租都付不起。她所住的房子是一个比利时男爵的，男爵对黛德丽拖欠房租很不高兴，以为是黛德丽故意与他过不去，他经常通过他在巴黎的事务所向黛德丽施加压力。后来，男爵死了，他的侄子继承了房产权。此人更粗鲁无礼，常常来信来电催债，并扬言要上法庭告黛德丽。博斯凯火了，跑到比利时驻法国大使馆，毫不客气地对使馆的官员说："告诉你的公民，让他客气点。不就是几万法郎嘛！犯不着这样咄咄逼人。我现在还是比利时皇家学院的院士，我有权对此表示抗议！"到了20世纪80年代末，黛德丽的情况越来越差，最后竟公开卖自己的东西，先从回忆录开始，卖给一个加拿大出版商，10万法郎。德国和美国的几个追星族闻讯而至，要黛德丽把她在《蓝天使》和《红色女皇》中穿过的裙子卖给他们。黛德丽也答应了，得到了5万法郎。好莱坞听说她在出卖物品，也派人前来联系，要求买她在30年代常戴的那顶大礼帽和那串念珠。黛德丽想都没想就给了他们。之后，她又卖起了自己的服装、手套、活动穿衣镜等，甚至连鞋袜胸罩都卖。博斯凯的心颤抖了。一代巨星，晚年竟如此凄惨！他想在经济上帮助她，但又知道这会伤她的自尊，所以他只得另想办法。他利用自己在文化界的威望，让传媒尽可能地去采访她，黛德丽由此而获得了可观的劳务费。为了表示对博斯凯的由衷感激，她终于决定要见博斯凯一面。她对博斯凯说："咱们打了十多年电话了，现在，我一听电话铃就知道是不是你打来的。我已经快90岁了，随时有见上帝的可能。现在，我想为你破个例，在家中见你。你愿意见我这个丑老太婆吗？"

博斯凯按捺不住心头的激动，说："当然，夫人！"

两人约好三天后在黛德丽家里见面。黛德丽再三叮嘱："一定要悄悄地来，不能让任何人知道。"

博斯凯在焦急地等待那个盼望已久的

博斯凯在焦急地等待那个盼望已久的时刻

时刻，千百次地想象黛德丽现在的模样。他坚信，岁月的风霜是无法征服像黛德丽这样的丽人的。

终于，难熬的三天过去了。这天，黛德丽一大早就打电话来，博斯凯紧张得一把抓住听筒，在心中默默地祈祷，但电话那头还是传来了他最害怕听到的话："真是很抱歉，阿兰，我有点不舒服。改天好吗？"

可这一改就是三四个月，直到这年年底，黛德丽才又重提此事："阿兰，这回我决定了，你明天来。我一定在家里等你。"

晚上，电话铃又响了，黛德丽说："阿兰，我非常激动，明天，你就要来了。我起码得花 10 小时才能让自己平静下来。不，我不能让你见到我衰老的面孔，我得从箱子里把面纱找出来。"

但到了第二天，黛德丽又变卦了，找借口推迟约会。博斯凯此时已不感到意外，早就有心理准备，只是觉得有点失望，他不无幽默地对黛德丽说："夫人，你在我心中永远是那么年轻，那么漂亮，那么迷人，那么富有魅力。你永远是我的天使。"

黛德丽乐了，说："阿兰，你是个真正的诗人！"

1990 年以后，黛德丽的身体明显变差，活动也少了，外界对她的沉默非常敏感。1991 年 11 月，德国有报刊说黛德丽已经死了。黛德丽听说后又好气又好笑，打电话给德国最权威的杂志《明镜》周刊，说："告诉德国人，说我还活着。"《明镜》周刊马上在显著位置发了一条消息："玛琳·黛德丽打电话给本刊，说她还活着。"

为了辟谣，同时也是为了重新鼓起黛德丽生活的信心，博斯凯于 1991 年 12 月 27 日黛德丽 90 岁生日那天，在法国最大的报纸《世界报》上发表了一篇充满激情的长文，题目叫"给玛琳的一封信"。信是这样开头的：

"只有时间会变老，而你，亲爱的玛琳，你青春永在；只有空间会变小，而你，玛琳，你超越空间。你活着，可又悄悄地隐居一隅；你关心这个世界，可又不让任何人接近你……"

接着，博斯凯又写道：

"四天前，你寄我一首古老的德国民歌，并在上面写了这么几个字:'没有你我怎能说幸福'。你高擎着爱情之火，作为一个有幸被你爱上的男人，他应该随时准备为你牺牲，不是吗？哪怕赤脚横穿撒哈拉也在所不辞！……

"只有时间会变老，而你，亲爱的玛琳，你青春永在。"

"三天前，我收到你送来的一大束鲜花。你每个月都送花给我。你说你不愿意看见这些玫瑰凋零的惨景。这些花是你的崇拜者放在你家门口的最迷人的面孔。

"你固执地生活在孤独之中，生活在你的神话当中。必须不惜一切代价地保持你的传奇色彩，谁都不该去碰它。我向你保证，亲爱的玛琳，时间它并不存在，空间它听命于我们，服从于你。"

这封信在《世界报》上登出来以后，被欧美30多家报纸转载。美联社更是推波助澜，刊发时还加了编者按：玛琳·黛德丽的一个老朋友，法国作家阿兰·博斯凯声称：黛德丽不会参加任何活动，她将与世界保持距离。

欧美震动了，人们又想起了那位迷人、艳丽、热情似火的"蓝天使"。由于大家都不知道黛德丽的地址，博斯凯便成了众矢之的，英、美、德的十多家报馆打电话给博斯凯，要求采访。大量的鲜花和礼物潮水般涌到诺玛手中，要她转交给黛德丽。诺玛望着这些鲜花，鼻子一酸，落下泪来。她是在为黛德丽高兴。毕竟，人们还记得她。博斯凯则一天打几次电话给黛德丽，向她报告观众对她的热情："亲爱的玛琳，我今天一天就收到了240封来自世界各地的电报，都是向你问好的。诺玛刚才数了一下鲜花，竟有400多束。玛琳，你应该勇敢地走出来，接受世间的爱和人间的情。"

但此时的黛德丽已卧床不起，甚至无法听清诺玛所念的信。到

《玛琳·黛德丽，电话之恋》
法文版封面

了1992年3月份，黛德丽的病情开始恶化，神志不清，晚上常常突然醒来，问："今天是几日？几月？"

令人不可思议的是，博斯凯生日那天，她的头脑变得异常地清醒。一大早，她就要诺玛把她的相册全拿来。她在照片中挑了又挑，最后选中了一张。她的手颤抖得几乎拿不住照片，但她却以惊人的毅力在照片上签上了自己的名字。博斯凯接到这张几乎认不出签名的照片，禁不住老泪纵横。他抓起电话，可黛德丽已不能回答他了，但博斯凯相信他听到了黛德丽无言的祝福。

5月，黛德丽与世长辞，终年91岁。噩耗传来，博斯凯泣不成声，望着那架与黛德丽通了15年话的电话机，他泪如雨下。他赶到黛德丽家中，在她的遗体旁站了好久好久，很想掀开盖在她脸上的那块绸布，看一看她。但他忍住了。他不愿违背黛德丽的愿望，对他来说，黛德丽永远是那么年轻，那么漂亮，就像她演的"蓝天使"一样。

1993 年

追记：黛德丽去世不久，博斯凯便把他与黛德丽的故事写成一本书，叫作《玛琳·黛德丽，电话之恋》。书一出版他就寄给了我，还怕我收不到，一连寄了两次。以上故事编写自书中内容。

与诺冬喝咖啡

　　和毕加索一起喝咖啡是不可能的了，但要见诺冬也不容易。她现在是欧洲最红的畅销书作家之一，拍电影、上电视、签名售书……忙得不亦乐乎。一个偶然的机会，我遇到了比利时文化部主管图书的第一参赞乌代尔，向他表示了想采访诺冬的愿望，他面有难色，说诺冬不喜欢见人，而且，"挺有个性"。我听出了他的话外音，但我想我能跟她谈得来。乌代尔见我态度坚决，便把诺冬家的电话号码告诉了我，并一再嘱咐，千万不要在上午打，因为诺冬上午要写作。我是在下午 4 点给她打的电话，她不在，是她母亲接的电话，说诺冬在巴黎，一周后中午 12 点的国际特快列车回布鲁塞尔；并说，如果我想见诺冬，届时可以再打电话联系。可我恰好在一周后的中午离开比利时去巴黎，车票也是中午 12 点的。这就是说，我们将在途中迎面而过却不能见面。但我并没有死心，到了巴黎后，我去了她签约的阿尔班米歇尔出版社。在版权部里，我请主任法韦罗女士向我推荐他们社的图书。她问我喜欢哪类书，我说要当代小说，并提了几个条件：要有故事情节，但不要落俗套；要有新意，但不要现代派；要有文学性，但不要太晦涩。法韦罗女士说，那我向你推荐诺冬。我忍不住跳起来，对她说，我正是为诺冬而来。

　　在法韦罗女士的安排下，我在一个秋日的下午在阿尔班米歇尔出版社里见到了诺冬。由于出版社里过于嘈杂，诺冬建议说，去喝一杯吧？于是，我们便在附近的一家露天咖啡馆坐了下来，边喝咖啡边聊了起来。

　　眼前的诺冬比照片上更青春，更靓丽。那天，她穿着一件牛仔

《敌人的美容术》中文版封面
海天出版社2023年版

衣，施淡妆，显得格外精神。我说，你跟照片上不太一样，都认不出来了。她开玩笑说，是漂亮了还是丑了？事实上，她并不像人们所说的那么高傲和古怪（有人把她叫作"坏女孩"），也不像作品中的女主人公（往往是她自己的影子，而且同名同姓）那么刁钻刻薄。我首先问她："你究竟是哪国人？"我当然知道她是比利时人，但在欧洲文坛上，比利时和法国往往界限不清，绝大多数比利时作家都是在法国而不是在比利时出书，而且大多住在巴黎，法国人也从来不把他们当外国人看，许多文学奖都颁给了比利时作家。具体到诺冬身上，情况就更复杂了，因为她生在日本，长在中国，并在亚洲许多国家居住过。

果然，诺冬回答说："我是无国籍人士。"她说，她家是比利时的一个望族，出过许多名人，当作家的也不只她一个。她父亲是比利时的驻外使节，曾在日本、中国、老挝等国当大使。她随父母在亚洲一直待到18岁才回比利时上大学，学的是哲学。大学毕业后，她回过日本几次，因为她太爱日本了，小时候曾一度以为自己是日本人。她的日语讲得很好，曾在日本的一家公司工作，但不习惯那里的人际关系和等级制度，一年后便匆匆回国，开始写小说。她的第一部小说《杀手保健》是在海湾战争期间写成的，她自我感觉良好，所以寄给了法国最大的文学出版社伽利玛出版社，但被该社文学部主任、著名作家菲利普·索莱尔斯"枪毙"了，索莱尔斯认为这个小女子对作家太不恭敬，还没踏入文坛，就敢对获诺贝尔文学奖的大作家指手画脚，竭尽讽刺挖苦之能事。

于是，她又把稿子送到了法国另一家大出版社阿尔班米歇尔出版社，该社的审读班子读了稿子后一致叫好，老板马上拍板录用，并跟她一口气签了 4 本书的合同。诺冬并不心慌，她抽屉里有的是书稿。尽管《杀手保健》是她出版的第一本书，但在这之前，她已经写了 10 多部书。她自称有"书写癖"，每天不写上 4

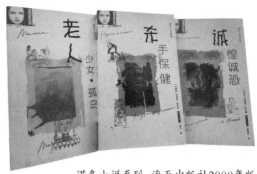

诺冬小说系列，海天出版社2000年版

个小时便会坐立不安，整天不踏实。

《杀手保健》出版之后取得了巨大的成功，成了当年的畅销书之一，又是拍电影，又是拍电视，还得了两个奖，诺冬一下子就出名了。第二年，也即 1993 年，诺冬出版了她的第二部小说《爱情与破坏》，获得了同样的成功。《爱情与破坏》写的是她 5 到 7 岁在北京度过的那两年，当时恰好是"文革"时期，物质匮乏，生活单调。刚刚离开风景如画的日本山区（她在日本住在一个风景区里），来到三里屯的外国使馆区，诺冬在内心深处有一种抵触情绪，于是，北京在她的笔下显得有些灰暗。我曾问她："你不喜欢中国？"她说："恰恰相反，我很喜欢中国。但在'四人帮'统治时期，日子确实不好过。"

她竟然知道"四人帮"，我不禁哑然失笑。但诺冬承认说，她更喜欢日本，因为那是她的出生地，她在那里度过了生命中的最初 5 年，但这并不妨碍她后来在许多小说（如《诚惶诚恐》，获法兰西学院小说大奖）中毫不留情地揭露和讽刺了日本人的保守、冷酷和排外。

听说我要购买她的小说版权，在中国出版，诺冬感到非常高兴，她说她有一个表妹，嫁给了中国人，但表妹夫不懂法文，所以只知道表姐的小说很好看，却从来无缘拜读。这下好了，诺冬说，有了中译本，他的愿望就可以满足了。

1998 年

当萨冈遇到杜拉斯

  杜拉斯和萨冈可以说是法国当代最著名的两个女作家。杜拉斯比萨冈大 21 岁，1954 年，当萨冈出版处女作《你好，忧愁》时，杜拉斯已大名鼎鼎，《抵挡太平洋的堤坝》奠定了她在法国文坛的地位。她除了写作，还积极参加社会活动，报刊上常有她的消息。所以，当默默无闻的 18 岁女孩萨冈面对她时，心里除了崇敬，更多的是胆怯。

  萨冈第一次遇到杜拉斯是在伽利玛出版社门口。杜拉斯的丈夫马斯科罗是那里的审读员，她的书也是在那里出的。但那天不知为什么，她没有进去，而是待在停在门口的车中。也许是以为没人会发现她，她一副疲态，竟打起盹来。但萨冈"从红色的唇膏和菩萨般的眼皮上认出是谁来了"，"玛格丽特就那样睡着了，一张被淹死的年轻女人那样光亮的脸，让人不敢打搅"。

  萨冈是去那儿找她的朋友弗洛朗丝的。弗洛朗丝比萨冈大两岁，20 岁就进入伽利玛这家法国最著名的文学出版社工作。

  当时，杜拉斯住在圣伯努瓦路 5 号，一些文坛好友常在她家聚会，被人称作"圣伯努瓦路帮"。当萨冈把在门口瞥见杜拉斯的事告诉弗洛朗丝时，弗洛朗丝便问她想不想去

《萨冈的1954》中文版封面
海天出版社2018年版

杜拉斯家做客，萨冈当然求之不得。于是，到了那天，弗洛朗丝就带着她的好友去了圣伯努瓦街 5 号杜拉斯家。

她们带了一瓶红酒。一进门，就看见墙上挂着一把张开的大剪刀，客厅里堆满了书籍、报纸和从世界各地收集来的种种东西，杜拉斯的儿子乌塔正坐在地毯上玩。杜拉斯穿着围裙从厨房里迎出来，发现两个女孩有些拘束，便跟她们攀谈起来，介绍她做的菜。

当晚客人的名字都如雷贯耳：格诺、巴塔耶、卡尔维诺、蓬热、布朗肖等。这些人，萨冈以前只闻其名，现在见到真人，她都不敢相信自己的眼睛。此刻，她太崇拜和羡慕杜拉斯了，"假如像科莱特和杜拉斯那样被人喜欢，就是一个女作家的生活，那人们愿为之付出一切"。

在餐桌上，大家谈得更多的是政治。萨冈不太感兴趣，她还太年轻。杜拉斯发现两个女孩被冷落了，便主动问她们一些问题。弗洛朗丝说她的朋友写了一本小说，下星期就要出版了。18 岁的少女出书，应该是一件了不起的事情。但这是什么地方？巴黎文坛中心的中心，名人都在这儿呢！谁也不把这个小女孩写的书当一回事。有人问："在哪家出版社出的？"这个问题的杀伤力太强了，"巴黎式的问题，就像一个陷阱，言外之意是'你算老几？'"。

但大家毕竟都是有教养的人，还是祝贺了一下这个陌生女孩，然后谈其他问题去了。

谁都没想到的是，那天晚上"坐在桌角、害羞地缩在椅子里的女孩，很快就在全世界出名了。虽然她被这些仅有一面之交的同行看不起，但她很快就比围坐在那张桌前吃饭的大多数人出名"。一个星期后，萨冈的《你好，忧愁》出版，首印 20000 册，很快就销售一空，后来印数不断增加，达到 81 万册，成为战后法国的第一部畅销书。

相比起来，大姐杜拉斯头上的光环有些暗淡了：虽然书还在出，但没有新的突破；电影拍了很多，艺术探索固然宝贵，但由于太小众，喝彩的人少，让她缺乏成就感。直到 1984 年，《情人》的出版才让她扳回一局，重获辉煌。但这时，距萨冈的成功已经整整过去了 30 年。

2017 年

"海狸"的秘密爱情

2004 年 4 月 22 日，伽利玛出版社隆重推出了波伏瓦和萨特的学生雅克－洛朗·博斯特的《两地书》。这部厚达 992 页的书信集在历史上首次公开了一段秘密的姐弟恋。

1938 年，波伏瓦 30 岁，在巴黎的莫里哀中学教哲学，此时她已与该中学的另一位哲学教师萨特同居 8 年，萨特当时出版了《恶心》，开始在文坛成名走红。由于波伏瓦总是披着一条海狸毛围巾，所以萨特给她取了个绰号"海狸"。他们的爱情是奇特的，两人相约：精神上要绝对忠诚，但肉体是自由的，而对外关系则必须透明、公开，不相互隐瞒。

22 岁的博斯特是巴黎的一个大学生，他是牧师的儿子，家中有 10 个孩子，他最小。萨特在勒阿弗尔中学当老师时，博斯特曾是该校的学生，特别喜欢听萨特的课，他被这位年轻教授的风采和才能深深吸引了，萨特常常抛开教案，把学生们带到小酒店去讲黑格尔，还在操场上和学生们练拳击。中学毕业后，博斯特跟随他所敬仰的萨特来到巴黎，并出入萨特的小圈子。

波伏瓦很快就发现萨特的这个崇拜者不但聪明英俊，而且和她有着相同的爱好：远足。于是他们经常相约，一起徒步远游，在小路

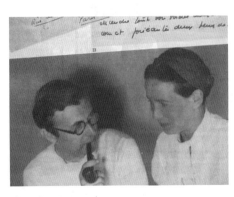

博斯特与波伏瓦

上一走就是 8 个小时，甚至 10 个小时，简直疯了。波伏瓦好像永远都不会累似的，而博斯特也装出一副男子汉大丈夫的样子，不甘落在后面。共同的爱好和长期的相处，使他们在感情上越走越近。7 月的一个晚上，他们来到了蒂涅山上的一个谷仓里，不可避免的事情终于发生。

由于波伏瓦与萨特曾有"透明"之约，她很快就写信给萨特，把这一"事件"告诉了他："我遇到了一件极为有趣的事情，出发时我并没有预料到 —— 我和那个小博斯特已经睡了三天……我盯着他傻笑，他问我：'你为什么笑？'我说：'我在想，如果我提出来要跟你睡觉，你会怎么样？'他说：'我还以为你在想：我想拥抱你而又不敢呢！'"

萨特得知这件事后并没有太激动，他信守自己的诺言，没有干涉他们的关系，但博斯特此时仍与"小团体"中的另一个年轻女人奥尔加·科萨基耶茨保持着亲密关系，而且难以割断，所以，他与波伏瓦的关系只能是"地下的"，悄悄地进行。

1938 年，博斯特参了军，两人不得不分别，但他们几乎每天都通信。他们在信中无话不说。博斯特讲述他的军中生活，谈起了他在阿尔萨斯"滑稽的战争"，描述了自己在雪中和泥中狼狈地跋涉和训练，而波伏瓦则在信中告诉他巴黎的各种政治和社会风波。"两地书"持续了两年多，1940 年，博斯特回到巴黎，与波伏瓦一道，在萨特的领导下，参加了各种斗争。随后，他赴前线当了战地记者，并开始写作，写小说、电影剧本和电影评论，战后，他在法国著名的《新观察家》周刊当了 15 年记者。波伏瓦则一直待在巴黎，关于她在这一期间的活动，许多史书都有记载。

《两地书》由波伏瓦的养女西尔维·勒蓬整理和作序，勒蓬前两年曾整理出版过波伏瓦与美国作家纳尔逊·奥尔格伦的《越洋情书》，在许多国家都大受欢迎，我国也出版了中译本。勒蓬这次整理的《两地书》收集了波伏瓦和博斯特在 1937 年至 1940 年的来往信件，虽然近千页，遗憾的是并未收全，因为波伏瓦前期的信件已经丢失了。

2004 年

美国大兵的法国新娘

　　就在欧美多国隆重纪念盟军诺曼底登陆 60 周年之际，法国塔郎迪埃出版社推出了一本名叫《美国大兵之恋》的新书，讲述登陆后的美国士兵与法国女郎的一段段亦苦亦甜的婚恋故事，引起了大洋两岸读者的极大兴趣。

　　这本书的作者伊拉里·凯泽是巴黎第十一大学的文学博士，英语与跨文化交流学科讲师，长期从事第二次世界大战历史的研究，曾发表过不少关于美国士兵在法国的论文。在《美国大兵之恋》中，他揭示了被辉煌的战绩所遮盖的另一面：1944 年 6 月 4 日，盟军在诺曼底登陆之后，很快就扭转了二战的局势，德军节节败退，来到法国的美国大兵们被当作英雄，这些来自"文明、自由之国"的小伙子们，年轻、英俊、强壮，虽然登陆后仗没打多少，但背包里塞满了巧克力和爵士乐唱片，无疑成了法国姑娘追逐的对象。当时，遭受战争摧残的法国物质匮乏，美国对她们来说宛如天堂，于是，人们不时可以看到美国大兵和法国姑娘在军用吉普车旁边热吻，在舞会上搂抱着跳舞，此外，美军也雇用了许多法国姑娘当秘书，办公室的恋情更是势不可挡。而当父母的也支持女儿与美国大兵交朋友，觉得这是家中的光荣。当美国大兵奉命回国时，多情的法国恋人依依不舍，她们宁愿离开祖国，离开父母，前往陌生的"新世界"与美国情郎相厮守。由于要嫁到美国去的法国新娘太多，美国军方只好采取集体行动，由部队出资，在红十字会和其他组织的协助下，把这些新娘和准新娘统统集合在酒店里，然后转移到勒阿弗尔港附近的军营中，最后用军舰把她们运回了美国。一到纽约，志愿人员很快就把她们送到丈夫或情人的身边，并教她们如何在美国做个好妻子。美国政府也很快替她们办了入籍手续，并给予一定的经济补贴。

到了美国后的法国新娘很快就发现，她们将面临三大挑战：第一是语言、文化和社会经济的差异使夫妻产生了许多隔阂，给她们的生活带来了不少麻烦；第二，法国女性在美国名声不好，美国人往往认为法国女人轻浮、不忠；第三，许多美国大兵都是农民出身，脱下军装后，很多英俊的军人便成了粗俗的牛仔甚至酒鬼，而且，很多军人都在战争中受到了精神创伤，战后暴露出心理问题。当时，嫁到美国的法国新娘共有6000多人，命运和遭遇各不相同，但总的来说，幸福的少，离婚的占了一半。奇怪的是，最后回到法国的只有150人，绝大部分法国妇女离婚后都留在了美国，有的成了教师，有的成了歌手，也有的成了模特儿。

无独有偶，几乎与此同时，法国的另一家出版社也翻译出版了美国犯罪学专家罗伯特·李里写的一本相关题材的书《美国大兵的阴暗面》，作者在书中讲述了第二次世界大战期间美国大兵在法国、德国和英国所犯的强奸案。他说，"美国士兵在欧洲做出了一些令人厌恶的事情"，人们往往看到美国士兵在欧洲的荣耀与辉煌，而他的这本书是试图"在这种理想化的看法和他们的真实行为之间重新建立平衡"。他从军事法庭的档案资料中找到了大量的证据，并进行了比较，发现美国大兵在德国犯的强奸案最多，共11000件，而在德、法、英三国的总数才18000件，而且，德国的处罚最轻。在法国，情况又要比英国严重，因为英国的军事当局和政府都采取了得力的措施来制止性侵犯。

最让人吃惊的是实行性侵犯的美国士兵的身份。作者研究发现，共有116名美国士兵在法国受到审判，其中81%是黑人。军方认为，这是因为与美国白人比起来，美国黑人的性生活相对匮乏；但作者认为，最主要的原因是军中有种族主义倾向，他们对黑人男子与白人女子发生性关系难以容忍。

法国，有那么几个写作狂

乔治−让·阿诺德堪称法国的写作"冠军"

在文坛上，有的作家"十年磨一剑"，有的则一年能写六七本书。法国就有那么几个写作狂，他们天天"码字"，纠缠于白纸黑字之间，其中的"冠军"竟然已经写了近500部小说。

塞尔日·布鲁索罗，法国畅销书作家，他的魔幻小说"魔眼少女佩吉·苏"系列在法国大受欢迎，在中国也有了译本。这位中年作家从1981年至今已经出版了150部小说，平均每年6.5部。他还不算多，乔治－让·阿诺德堪称法国的写作"冠军"，他出版了近500部小说，其中包括法国历史上最长的一套科幻小说丛书，共65部。今年85岁高龄的亨利·维尔纳也不服老，刚刚推出他的"博布·莫拉纳历险记"系列第187部。类似的写作狂还有法兰西学院院士亨利·特罗亚、著名历史小说家马克斯·加罗，"山民作家"皮埃尔·佩洛，他们都写了100多部小说。

他们为什么如此疯狂地写作？是为了钱，为了名，还是有其他原因？一般来说，起初是为了钱，比如说阿诺德，未成名之前，他经济拮据，家徒四壁，偏偏又胃口大，喜欢吃。为了填饱肚子，他不得不拼命写作。他用了几十个笔名，几乎什么东西都写，侦探小说、科幻小说、爱情小说、间谍小说……"可以说，我成了法国文坛的一种现象。"他从24岁开始写作，至今已半个多世纪，现在仍保持着年轻时的快节奏，且没有放慢速度或停下来的打算。"每天早上，如果我没有写上几页，我会难受死的。"写得这么多，这么快，质量有保证吗？他承认有许多作品质量一般，但也写出了不少好作品。"有几本书，我本来想写得细一点的。但质量与速度无关，写得快能写出好小说，也能写出不好的小说。"布鲁索罗也说："不是我写得太多，而是别人写得太少。"他曾有过五六年的"黑暗岁月"，他说："那几年我穷得像叫花子一样，所以我不敢放下笔。"现在，他成名了，发财了，但仍然拼命写作，写作对他来说已经成为一种需要。

一直生活在孚日山区的佩洛常常突发灵感，他有随手记录的习惯，也有随手乱丢的习惯，没有丢掉的便成了他的写作素材。他之所以大量写作，除了这种写的冲动，也有经济方面的原因。一本侦探小说或科幻小说，通常只有3000美元的稿酬，每年不写上四五本就难以活命。加罗是大作家、大教授，在经济上没有后顾之忧，他现在写作完全成了一种习惯。他每天早上5点即起，一直写到8点，然后吃早餐，吃完后接着写，一直写到中午。下午就要"充电"了，读些书刊报纸。他属于学者型作家，不像佩洛那样全凭灵感和冲动。今年93岁的龚古尔奖获得者亨利·特罗亚也同样，他每天在固定的时间里写作，而且是用手写，不用打字机，更不用电脑。"几十年的习惯了。"他说，"我需要这种规律。诗人可以听从灵感的召唤，而小说家则必须不断写作。"他的创作非常有规律，现在还每一两年出一本书，只是，原先写的是大部头，现在写的大多是小故事。

帕特里克·科万－克洛德是为快乐而写作。他也写得很快，而且很少修改。朋友们对他说："你改改呀，可以写得更好。"但他不愿意，他说："我是个短跑选手，而不是长跑运动员。如果我得不断修改，那些东西就会变得太学究气，写作的快感也就消失了。"他也是每天写作，从上午9点写到12点，但不再多写。"我强迫自己停下来，免得灵感枯竭，哪怕状态很好的时候也不例外。我不相信灵感，我只知道必须不断地写下去。大家都在写，小说家和非小说家的区别就在于前者能把东西写完。"

写完了又怎么样？"手往往会背叛思想。"特罗亚说。很多时候，写出来的东西不能如愿，这时，严肃的作家便会把书稿锁在抽屉里。特罗亚就是这样，他的抽屉里有许多这样的稿子。"也许有一天，我会把它们拿出来修改或重写，但在此之前，我不会拿出来发表。"阿梅丽·诺冬是个超级的畅销书作家，十多年来，她一年出版一部小说，部部响当当，似乎轻而易举，殊不知，她抽屉里藏了许多"废稿"。她有"写作癖"，"如果不得不停下写作，我会觉得非常难受。即使度假，我也要每天写上 4 个小时。我是一台名副其实的写作机器。"她说作品就是她的"孩子"，并称写作为"怀孕"，但万一"孩子"不能让她满意，她会毫不犹豫地不让它"出生"。30 多岁的她已经写了 39 部小说，但只发表了 12 部，其余的三分之二只有她自己，还有与她情同手足的姐姐朱丽叶能够读到。她说发不发表，写完后才能决定。根据什么标准？并不完全根据质量，对她来说，更多是根据自己的意愿，有的作品写得不错，之所以不发表，仅仅是因为她不愿意拿出来与大家分享。

亨利·维尔纳也许是一台更疯狂的"写作机器"。他从 1951 年开始写作"博布·莫拉纳历险记"系列，53 年写了 187 部，最多的一年写了 6 部，质量还挺不错，已被译成 12 国语言，总销售量达到 9000 万册。他的写作方法比较特别，先是想好题目，然后写上一章，接着就顺其自然了，"我动笔的时候根本不知道故事的结局如何"。"博

弗雷德里克·达尔以"圣安东尼奥"为笔名出版了100多部侦探小说

布·莫拉纳历险记"系列一启动就停不下来了，成了他的"需要"，只是，这种需要不但他自己能满足，有时别人也能满足。他承认他有个写作班子，"当我实在太紧张时，我便写个故事梗概，然后交给某个写手，让他们写出初稿，我在初稿的基础上修改，最后定稿"。有人指出，这种写法是该系列的质量参差不齐的主要原因，他却声明所有的作品最后都是由他完成的，没有一部不经他修改就出版的。关于他的写作班子，他一直保守秘密，从不透露他们的姓名，不过有人知道，其中一人是他的出版商。

当"写作机器"并不能永远拥有快乐时光。弗雷德里克·达尔以"圣安东尼奥"为笔名出版了100多部侦探小说，在全球销量达2.7亿册，但代价是每天都要写上25页。他几乎没有业余时间，可偏偏又爱上了两个女人，一个是他妻子，还有一个是情妇。分身无术，痛苦万分，一天晚上，他喝完闷酒后干脆上吊自杀，幸亏被及时发现，送到医院抢救。可住了半个月的院，回家以后的第一件事就是继续写作。阿诺德也常常写得晕过去："在一个时期内，我什么都不干，埋头写作。我关在书房里，一边写一边狂吃滥喝，体重急剧增加，甚至得了精神分裂症。当我坐在打字机前面时，除了写作，好像其他的一切都不存在了。幸亏，我有一个好太太，她把家务全包了。说实话，我不是一个好父亲，写作吞噬了我。但写作给我带来了多大的快乐啊……"

2004 年

世界末日的爱情

一架满载乘客的波音 747 客机在巴黎近郊失事坠毁，机上 240 人死亡，并造成地面一个贫民小区数十人死亡。当时，小区里有两个年轻人正在做爱，突然轰隆一声巨响，飞机的机头直插他们的卧室，在离床几步远的地方停下来。天昏地暗，真像是世界末日来临，两个年轻人受到惊吓，从此无法再过性生活。

飞机坠毁的时候，盗车贼热罗姆刚好经过现场，捡到了飞机上的黑匣子。他有案底，最近又被卷入一起杀人案，所以他不敢把黑匣子交出去，怕惹是生非，带出其他问题。他逃到附近的一个小镇上，向素不相识的女教师罗玛娜借宿，"一个女人藏起了我"。

《世界末日，一个女人藏起了我》
中文版封面，海天出版社2001年版

飞机为什么会失事？机械故障，人为破坏，抑或是责任事故？可能是恐怖分子所为，也可能是男女飞行员在机舱里谈情说爱，疏忽大意，造成飞机坠毁。为了弄清事实真相，警方迫切需要黑匣子，于是便对小区进行了拉网式搜查。这又引起了小区居民的抗议和集会示威，因为小区里住的都是一些失业者和低收入者，他们认为警方无视人权，歧视他们这些无权无势的下等人。

《世界末日，一个女人藏起了

我》就是在这种背景下展开了主人公的爱情故事。热罗姆和罗玛娜相敬如宾，各怀心事，起初，两人甚至连话都很少说，不敢正视对方，晚上两人独处时只盯着电视机。慢慢地，他们开始敢看对方了，开始说话了，并作出小心的试探和含蓄的表示。罗玛娜先是无声地拒绝，然而她的身体语言和行为语言却分明是在表示同意。后来，热罗姆对与罗玛娜通电话的人、题词送书给她的作家，对罗玛娜的学生，甚至对罗玛娜养的猫都产生了妒忌，最后发展到跟踪、偷窥、翻箱倒柜地寻找罗玛娜的秘密。他们从不认识到认识，从陌生到熟悉、理解、产生爱情，表面上一平如水，没有死去活来的表现，也没有惊天动地的壮举，他们的爱情只是一首温柔的小诗，一杯冷水泡的茶，一碗淡淡的酒。如果不是"世界末日"，我们肯定感觉不到那诗的意境，尝不到茶的浓香，品不出酒的后劲。

作者帕特里克·格兰维尔善于用现代派对世界的看法来反衬传统的爱情之美。现代派作家通常认为世界是不合理的、无序的、荒诞的，"世界末日"就是他们常常使用的词语。虽然从技术的层面上来说，作者看起来不属于现代派，因为他没有那股上天入地、左伸右突的"意识流"，也没有"新小说"打破时空关

2018年，格兰维尔当选法兰西学院院士

系、淡出情节的安排，更没有超现实主义梦幻一般的无意识写作，然而在骨子里，在对世界的看法上，他是属于现代派的。从他对"世界末日"那凄惨而又不乏嘲弄的描写里，我们难道不觉得这个世界是多么荒诞、多么荒谬吗？而在那一片混乱中，男女主人公演绎出的看似平淡其实浓烈的爱情故事，仿佛是世外桃源，显得格外美好。小说于是用"动"的外部世界来衬托"静"的两人世界，外面是空难，是惨

象，是游行示威，是警察搜查，总之是一种动荡、喧嚣、烦乱而悲惨的生活，里面却是平凡的世界，平静的生活、平淡的恋情。外面是一座火山，喷射出滚滚熔岩，升腾起遮天蔽日的浓烟，里面却有如一泓小溪，微微地翻着波浪，清澈得可以见底。外面的惊天动地使里面的静愈发显得独具魅力。

作者还用一些荒唐而丑陋的男女关系来衬托男女主人公纯洁的爱情，书中写了世界末日的三组男女关系，他们不是姐弟乱伦，就是勾搭私奔，还有一对男女更加荒唐，丈夫自愿把妻子介绍给一个淫秽作家。

与他们相比，热罗姆和罗玛娜的爱情虽然平凡，但十分纯洁，没有利益的驱使，没有病态的荒淫，没有末日的疯狂，完全是至情至性的表现，充满了动人的细节。一个动作，一个眼神就可以使你感到这种爱的纯洁和温馨。

世界末日和美好爱情是两个针锋相对的概念，也是两个截然不同的意象，把它们糅合在一部小说中，用前者来突出后者的美，又以后者来反衬前者的荒诞和混乱，使小说有了引人入胜的感染力和震撼人心的想象力。把纷繁杂乱的末日景象与平静平淡的似水柔情熔于一炉，创造出一部杰出的作品，确实需要不凡的功力。

2001 年

天才与疯子之家

人们常说，天才与疯子只有一步之遥，但许多天才并不在乎这一步，他们有的跨了过去，有的跨过去以后又跨回来，还有的干脆就跨在二者之间，尤其是作家、哲学家和音乐家，当他们在创作中燃烧自己的生命时，这一步之间的距离往往会变得非常模糊。

19世纪的法国是一个文学巨匠辈出的地方，一个个伟大的名字如雷贯耳：波德莱尔、雨果、巴尔扎克、司汤达、莫泊桑……然而，在辉煌的后面，又掩盖了多少难言的悲剧，"小说之王"莫泊桑疯了，大诗人内瓦尔自尽了，《恶之花》的作者波德莱尔也失去了理智，在异国他乡的阴沟里醉生梦死……然而，19世纪的天才－疯子们又是幸运的，因为他们有艾斯普里·白朗希医生。白朗希出生于医生世家，1821年，他来到巴黎，在蒙马特高地开了一家疗养院，收治精神病人。当时，对精神病的研究才刚刚起步，医生们对患者大多采取体罚治疗，其野蛮程度非常人能够想象，所以，白朗希的温和疗法受到了病人家属的普遍欢迎。白朗希把病人当作客人，把疗养院办成了一个舒适的旅馆。他让病人与自己的家人共同生活，一起吃饭、娱乐，让他们享受家庭的温暖，而他的主要疗法是谈话和倾听。白朗希的人道主义疗法

《白朗希大夫疯人院》法文版封面

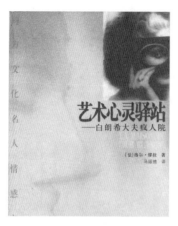

《艺术心灵驿站——白朗希大夫疯人院》中文版封面
河南人民出版社2004年版

为他赢得了大批顾客，内瓦尔进来了，莫泊桑进来了，雨果的兄弟进来了，凡尔纳的儿子米歇尔和凡·高的兄弟泰奥也进来了，国内外的一些贵族富商也把自己家中的患者送来了，其中有苏格兰女王，拿破仑的情妇，法国的伯爵和男爵夫人，西班牙、奥地利的贵族家属，有的还全家入住，如作家阿勒维一家。

白朗希的服务是周到的，但收费却是昂贵的，这就使得像波德莱尔这样贫穷潦倒的诗人被拒之门外。但疗养院却迅速发展起来，发了财的白朗希在巴黎帕西的高尚住宅区买了一大片房产，把它改造成一家豪华的公寓式精神病院，增添了各种设施，修建了暖室、马厩，花园直达塞纳河边，病人们可以在里面散步、做操、唱歌、打牌。新址位于文人骚客出没的文化区，就在巴尔扎克的寓所旁边，不但成了疯子的天堂，也成了文人之家。当时的不少文艺名流都是这里的常客，如《茶花女》的作者小仲马，科幻小说家凡尔纳，诗人维尼、戈蒂埃，画家德拉克洛瓦、马奈，音乐家柏辽兹等。白朗希也组织了"哲学家晚餐"，吸引了大批贵宾，几十年来，拉马丁和勒南从来没有缺席过。"白朗希大夫疯人院"实际上从一个侧面反映了法国的浪漫主义到印象派的全过程，成了19世纪法国文化运动的见证人。

"白朗希大夫疯人院"收治的两个最著名的病人，一个是内瓦尔，一个是莫泊桑。1841年，疯病发作的内瓦尔赤身裸体地在街上流浪，被警方逮捕，其父亲闻白朗希大名，把他送进了白朗希的精神病院，一待就是14年。在长期的治疗过程中，白朗希一家与内瓦尔结下了深厚的友谊，大家都喜欢他，他也感到自己成了这个家庭的一员。白朗希与他谈心，听他讲述自己的幻象，并鼓励他继续写作。内瓦尔著名的《幻想集》和《奥蕾莉亚》就是在那里写成的，他写完后还把手稿给白朗希看。1855年的一个冬夜，内瓦尔与白朗希发生了口角，一气之下出走。第二天清晨，人们发现他吊死在塞纳河边的一根灯柱上。

如果说，内瓦尔的自尽是白朗希永远难以原谅自己的一个过失，他的儿子小白朗希的遗憾则是没能治好莫泊桑，莫泊桑住进来以后就没有再出去过，最后死在里面。其实，小白朗希并没有什么可遗憾的，因为根据当时的医疗水平，医生们还不足以对付各种精神疾病。有趣的是，尽管没有一个患者治愈出院，患者家属仍源源不断地把亲人送来。"白朗希大夫疯人院"事实上已成了一个人道主义的收容所。

由于这些名人，白朗希医生也成了名人。但长期以来，人们只知其名，却并不知其详情，更不知道他与病人之间的关系和病院里的秘密，因为白朗希父子严格为病人保密，小白朗希去世前，还要求家人烧毁病院里的所有档案。所幸的是，法国的法律要求医生保留所有的原始医疗记录，这才使得《白朗希大夫疯人院》的作者能够获得珍贵的第一手资料。作者劳尔·米拉今年才34岁，但已出版过《民族之殿》和《作家们的巴黎》等有影响的著作。在这本书中，她再次显示了驾驭历史题材的能力。她十分重视历史的真实性和细节的准确性，为此收集了病人家属与白朗希父子的大量通信，并查阅了许多医疗档案。在叙述中，她常常停下来解释、补充和插述有关的背景，也许法国读者会感到累赘和多余，但对不太熟悉法国历史的中国读者来说，却是恰到好处。最让我感动的是书后的几十页注释和索引，简繁得当，似乎知道读者想了解什么，可见作者的苦心。文史著作离不开注释，但把握好这个度其实很不易。

不过，米拉的这部著作似乎缺乏文采，语气像公证人一样，没有感情，但由于作品本身的内容太丰富太生动，读起来并不觉得枯燥，《费加罗报》的书评家甚至说："这个关于疯子的故事，比小说还有趣。"

2003年

外交部部长出诗集

法国外交部前部长德维尔潘

尽管中外历史上不乏当外交部部长的诗人，但我仍然难以把彬彬有礼、不苟言笑的外交官与热情浪漫的诗人联系起来，在我看来，"外交辞令"和"外交腔"似乎是与诗的真诚、热烈相矛盾的。尤其是多米尼克·加卢佐·德维尔潘，这位上任了一年多的法国外长，似乎天生缺乏浪漫细胞，他说话严密，动作果断，目光犀利，苍白消瘦的脸上难得挤出几条笑纹。所以，当我听说他出了一本诗集，而且还厚得像砖头一样，而且还是在法国最权威的文学出版社伽利玛出版社出版时，着实吃了一惊。

法国的许多民众与我的反应一样，只是，他们更多是质疑作为负责国家外交事务的长官，在目前如此动荡复杂的国际形势中，怎么还有闲心去写这样一部巨著。他们在心里嘀咕，部长先生不是不安心工作，就是走后门出书，利用自己的权势和影响，拼拼凑凑，抄抄写写，或者是把平时的工作资料甚至有关报告也塞入书中。这种情况在法国的历史上并不是没有出现过，并且还不少，所以，法国民众对政客写书一直抱着不信任的态度。

种种怀疑、议论甚至指责都在意料之中，似乎也用不着去辩解，最好的说明是作品本身。其实，今年50岁的德维尔潘并不是第一次出书，早在总统府担任秘书长期间，他就出过《流放的语言》《分裂》和《百日》等作品，而这本《盗火者赞》，据作者自己称，并不是即兴之作，也不是"凭技巧或灵感写就的，它从小就酝酿在我的心中，伴随着我一同长大"，是他的"生命之作"。多年来，他利用点滴的业余时间，悄悄写作，"带着被灵魂之光染上的伤感色彩，怀着对美好生活的巨大希望，想展现迷人之美，以满足诗人自己的热情"。由此看来，部长先生是忙里偷闲，似乎还写了大半辈子。既然这样，大家也没什么话说了，有人甚至还产生了敬佩之情。

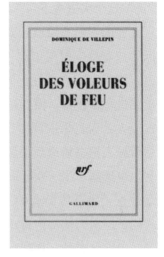

《盗火者赞》法文版封面

　　《盗火者赞》是一部散文诗式的作品，结构清晰而严密，全书共分10章，每章又细分若干小节，每个章节都有比较形象的标题，如"在世界的边缘""圣火""火的形状""令人眩目的深渊"等。就形式和风格而言，让人联想到兰波的《地狱一季》和波德莱尔的《巴黎的忧郁》。事实上，德维尔潘受这两位诗人的影响很大，在书中多次引用他们的名言，语气中也有不少模仿的痕迹。但在内容和文字表述上，这部作品要自由得多，作者谈今论古，纵横天下，有充满激情的诗句，也有冷静的分析和深刻的思考，有奇思，也有怪异的想象，视野的确比一般的诗人要开阔些，气魄也要大得多。不过，有人说，言多必重复，说话如此，写作也如此，兰波和波德莱尔的那两部传世之作只有几十页，德维尔潘却写了800多页，他真有那么多话要说，有那么多东西可写吗？仔细翻一翻，我们就不难发现书中有许多引文、引言，涉及法国历代的许多诗人，还有许多注释，还有不少重复的地方。但作者在后记中说，重复是故意的，所以不叫重复，而应该叫"呼应"，而书中那些引文，也是故意为之，因为他有"一个疯狂的意图和天真的愿望"，想把各时代、各流派所有诗人的精华都集于

"诗"这个大概念下。

　　他的宏愿有没有达到，且听伽利玛出版社总裁安托万·伽利玛在回答记者提问时是怎么说的吧："这是一部充满激情、雄心，语气自由、博学而富有个性化的作品，我有什么理由不出版？"他还表示，出书过程很正常，没有任何交易，他用不着高攀，部长先生也没有以权压人，而且采取许多作者常用的投稿方式：先打了一个电话咨询，然后派人把书稿送到了出版社，放在收发室。就这么简单。不过，伽利玛也透露，出于众所周知的原因，这本书没有按惯例上会论证，而是挑选了审读委员会的三个委员审稿，虽然他们对作品的看法不尽相同，但对书稿都抱肯定态度。无论如何，书都是要通过书店走向市场，走向读者的，伽利玛的书也不例外。但我觉得，无论这本书的命运如何，伽利玛还是为法国的文化事业做了好事，因为，法国和世界各国一样，现在出本诗集太不容易了。

2003 年

"太漂亮的男人是祸水"

　　都说"红颜祸水"，但法国作家吉勒·勒鲁瓦却认为太漂亮的男人也是祸水。他在他的小说《亚拉巴马之歌》（获 2007 年龚古尔奖）中，借泽尔达的母亲之口说："我不知道你的大兵中尉是否就是你所说的那个舞王，但他无疑是我至今为止见过的最帅的男人。轮廓优美规则，皮肤细腻……肤色如桃，一头金发是那么柔软，就像是桃子上的细毛……真像个女孩子。你无法长时间留住他的。太漂亮的男人对女人来说是祸水。他们肯定会堕落……"

　　《亚拉巴马之歌》写的是 20 世纪二三十年代美国大作家司各特·菲茨杰拉德和他的妻子泽尔达的故事。这对"疯狂鸳鸯"曾是一代美国人的偶像，他们年轻、漂亮、富有，充满野心，拥有名望，活跃于纽约的社交界，充分享受年轻的生命和成功的快乐，纵情挥霍财富、爱情和性，夜夜笙歌，挥金如土。"我们出现在报纸的头版，曼哈顿的电影院和戏院的正面墙上挂着我们的肖像。人们花大价钱请我们做广告，而我们所要做的就是准时到达，不要喝醉酒，露出微笑，衣冠整洁。我们让他们出名，让他们赚钱。"

《亚拉巴马之歌》法文版封面

　　然而，这对金童玉女，尽管拥有幸福所需的一切，最后却成了最不幸的人，没完没了的猜忌、吵架和暗算时刻伴随着他们，最后闹得夫妻反目，母女分离。菲茨杰拉德因酗酒而失去灵感，因挥霍而导致破产，疾病缠身，40来岁就离开了人间。而泽尔达比他更不幸，她因精神病多次发作而被送进疯人院，"最后被困在病房里，变成一个断腿女人，穿着束疯子的紧身衣"，后来，一场大火把她活活烧死在疯人院的顶楼。

长期以来，人们都把指责的矛头对准泽尔达，认为是她祸害了菲茨杰拉德这个天才的作家。她太虚荣，太放荡，挥霍无度，嫉妒心强，脾气太坏，"我是法官的女儿，某议员和某州长的孙女：我抽烟、喝酒、跳舞、走私，想和谁就和谁。我一个眼色，基地的飞行员就会互相打起来"，"我很想解开可笑的胸衣，把它扔了"，她敢一丝不挂地当着小伙子们的面在河里游泳，而且还做过比穿着透明的裙子下水坏一百倍的事，"我在曼哈顿所有俱乐部的每张桌子上都跳过舞，裙子掀到了腰部，我高高地架着双腿，当众抽烟，嚼口香糖，喝酒醉得滑到了阴沟里。"她不喜欢海明威，因为她怀疑那位硬汉作家是他文弱丈夫的"恋人"，而在某个晚上，当菲茨杰拉德因为与美国舞蹈家邓肯谈兴太浓，冷落了她，她竟自残泄愤。她把菲茨杰拉德的文学梦看成自己的情敌，当丈夫醉心写作时，她便进行破坏，固执地把他拉到酒会上，将他灌得不省人事。海明威曾坚信菲茨杰拉德在《了不起的盖茨比》之后，不会再写出伟大的作品，原因就是泽尔达的疯狂毁灭了他。

但勒鲁瓦在《亚拉巴马之歌》中想颠覆这一成见，为此，他"披上泽尔达的皮，深入泽尔达的内心，用泽尔达的声音来说话"，想让大家通过泽尔达的目光看到事实的真相。在勒鲁瓦的书中，泽尔达不再是一个轻浮、浅薄和自私的女人，而是一个具有独立精神、敢说敢干的女人。她出于爱情嫁给了菲茨杰拉德，却发现自己"嫁给了一个野心勃勃的艺术家，

《亚拉巴马之歌》中文版封面
作家出版社2008年版

陪伴一个债台高筑的著名酒鬼已经 12 年，成了一个最自命不凡、庸俗可笑的妇人"。为了他，泽尔达付出了很多，她拒绝了无数有钱有势的求爱者，得罪了父母，以至于他们都不来参加她的婚礼。她的写作才能不亚于丈夫，甚至比他更有天分，却长期生活在名人丈夫的阴影下，作品不能发表，除非加上丈夫的名字。是的，是泽尔达首先红杏出墙，但那是因为她在司各特那里得不到真正的爱情。勒鲁瓦指责菲茨杰拉德自恃英俊，到处滥情，不懂得珍惜真正的爱情。他让泽尔达在书中说，"我有时想，他是否有过一天爱我胜过爱路易斯、威尔逊、毕晓普。那种想拥有我的强烈欲望，是不是就是人们所谓的爱情？他从来没有像那天晚上看路易斯那样专注、专心地看过我。"让他们走到一起的，可能是"野心，跳舞，酒精 —— 是的，当然，还有想出人头地的巨大欲望"。她没有自己的人格，"作为他的妻子 —— 如果不让人渴望，那就永远一无所有"。作者还借泽尔达的法国情人乔森来谴责美国男人的粗鄙和大男子主义："我想大部分法国男人都有这一长处：他们真的喜欢女人，而我们的男人呢，亚拉巴马州的男人和美国其他地方的男人好像怕我们，出自本能地蔑视我们 —— 他们当中有些人还诅咒我们……法国的男人，并不是因为他们比别人英俊，远非如此。而是因为他们渴望我们：对他们来说，一个委身于男人的女人并不是婊子，而是王后。"当菲茨杰拉德以她精神失常为由，不让女儿跟她生活在一起时，她真的感到了绝望："我被剥夺了抚养权，又有哪个律师会保护我呢？我又该向谁求救呢？"这种悲愤的呼喊无疑是对那个男权社会的控诉。

2007 年

左拉先生的双重生活

　　9月2日，法国著名作家左拉的曾孙女布里吉特·爱弥尔－左拉出版了《致让娜·罗泽洛书信集》，披露了这位大作家的婚外恋。这批书信是第一次公开发表，左拉的儿子雅克要孙女许诺在21世纪以后才能出版这些书信，布里吉特信守了诺言。

　　左拉与让娜的爱情始于1888年5月，当时，左拉的妻子亚历山德里娜雇佣让娜来梅塘的家中当保姆，21岁的让娜年轻漂亮，性格文静，清纯可爱，48岁的左拉正在写《卢贡－马卡尔家族》，差不多已写了十七八部，累得身心憔悴，见到清纯可爱的让娜，精神一阵轻松，人也显得年轻了，内心重新萌发了青春的活力，不禁对让娜一见钟情。尽管左拉仍爱着妻子，没有离婚的打算，但妻子不能生育，而左拉太想要孩子了，做梦都想当爸爸，所以，认识让娜的第二年，他们的女儿德尼丝就出生了，两年后，又生了一个儿子，取名雅克。

　　左拉的地下婚姻曾遭到许多好友如著名作家爱德蒙·龚古尔的嘲笑和讽刺，但左拉不为所动，仍周旋于两个女人之间，过着双重的家庭生活。终于，1891年，东窗事发，亚历山德里娜发现了左拉的婚外恋，家庭发生危机，两人频频吵架，妻子甚至要挟左拉。但亚历山德里娜毕竟不是一个不讲理的女人，左拉并不想抛弃，而且她也为自己不能为左拉生孩子而感到内疚，于是，她开始接受让娜，甚至帮着让娜照顾孩子。1902年，左拉意外去世后，亚历山德里娜正式收养了让娜和左拉所生的两个孩子德尼丝和雅克，以便他们能得到父亲的著名姓氏。

　　《致让娜·罗泽洛书信集》共收入了左拉自1892年至1902年这10年间写给让娜的207封信，其中只有一封发表过，其余206封都是首次公开。这些书信可以分成四个阶段：1892 年至 1894 年，左拉的婚外恋被亚历山德里娜发现，家庭关系日趋紧张，左拉写给让娜的书信很多很密，信中流露出内心的痛苦和不安，同时也充满了柔情和美好的愿望，此时的左拉小心翼翼，希望在尽量少伤害亚历山德里娜的前提下能继续看望他"亲爱的爱人和孩子"。从信中可看出，这位大作家有时勇敢，有时又很胆怯；有时柔情万般，有时又循规蹈矩。这位"有点爱做家务"的大作家甚至

左拉、让娜·罗泽洛和他们的孩子

会被自己引起的家庭风波弄得不知所措，笨拙得像个孩子。第二阶段：1895 年至 1897 年，亚历山德里娜开始原谅左拉的婚外恋，左拉和让娜可以经常见面，所以两人的书信来往相对较少，1897 年甚至一封都没有。第三阶段：1898 年至 1899 年，左拉写了《我控诉》，支持德莱福斯上校，结果受到迫害，被迫流亡英国，甚至差点入狱。此时，孤独的左拉在伦敦和英国别的地方几乎每天都给让娜写信，但信中很少谈及政治和他所进行的斗争，更多是谈自己的痛苦、悲伤和急于见到亲人的心情。1899 年，德莱福斯上校的罪名得到昭雪，受牵连的左拉也重获自由，回到了法国，继续过着双重的家庭生活，直到走完生命的最后一程。这一阶段的书信也不多，写的大多是一些有趣的小事。

　　《致让娜·罗泽洛书信集》的公开出版，有助于人们进一步了解这位大作家的生活、创作及其个性，同时，它们也是十分珍贵的文学史料。法国评论家认为，这些书信情真意切，文笔优美，是左拉"最动人、最具个人色彩的作品"。可惜，让娜写给左拉的信没有保存下来。

2004 年

罗兰，狂爱三十年

几天前，惊喜地收到了多米尼克·罗兰的来信。她告诉我，她从比利时文化部得知，我正在主编"比利时文学经典译丛"，拟选入她的作品，特寄来有关著作和资料，供我选用和参考。

信是写在一张64开的名片上的，字迹娟秀、有力，完全不像出自一个90岁老人之手。再看她的照片，更难相信她已年过耄耋。罗兰身材高大，皮肤细腻，头发浓密，连脸上的皱纹也显得那么和谐。早就听说罗兰很会保养，不把自己收拾得干干净净、漂漂亮亮绝不会出门。果不虚言。

我没见过罗兰，但对她并不陌生。当年在比利时的欧洲文学翻译学院进修时，我曾读过她的不少作品，也常常听人讲起她。一个作家，要让大家都喜欢是很难的，但她似乎有这个本领，因为我所接触到的人，不管是官员、作家还是评论家，提到她都肃然起敬。虽然她已在巴黎住了半个多世纪，但比利时人仍把她当作国宝，封她是当今比利时法语文学的领袖。而且这似乎无可争辩。在一次讨论会上，比利时评论家协会主席德德凯曾把她比作比利时的杜拉斯，但为人比杜拉斯可爱，没有那么怪异和刁钻。的确，罗兰是

罗兰，优雅的女士　　（图片由受访者提供）

罗兰女士的笔下和身后留下了多少精彩的故事　（图片由受访者提供）

一个典型的慈母，脸上永远挂着慈祥的微笑，熟悉她的人都说，她说话轻声细气，从来不发火。

但作为一个作家，人好并不足以让大家尊敬，首先必须以作品说话。罗兰写了60年书，用著作等身来形容是一点也不过分的。至于她这辈子得了多少奖，恐怕连她自己也说不清了。1989年，她接替马格丽特·尤瑟纳尔，成了比利时法语语言与文学皇家学院院士，并被选为法国费米娜文学奖评委。

罗兰的主要作品有"思乡三部曲""抽象四部曲"，20世纪80年代末开始写带幽默色彩的爱情小说。"思乡三部曲"写法比较传统，调子比较灰暗，主要写家庭暴力、爱情悲剧和没有乐趣的童年，可以看作罗兰对严格的家庭管束的一种控诉。60年代开始推出的抽象作品带有"新小说"色彩，但和一般"新小说"不同的是，她的作品不枯燥，语言优美，而且结构新奇，如她的代表作《永在自身》分"春""夏""秋""冬"四部分，"冬"又分"7时（眼）""8时（鼻）""9时（嘴）"三部分，"春"则分"10时（耳）""11时（脑）""12时（心）"三部分，现实与梦幻相结合，别具一格，很耐读。但我最喜欢的，还是她的爱情小说，如《狂爱三十年》《两个女人一个夜晚》等。《狂爱三十年》中吉姆和玛丽不顾年龄悬殊，冲破种种旧观念束缚，在威尼斯和巴黎谱写着他们动人的爱情篇章。2000年，这对恋人又在罗兰的自传体小说《爱情日记》中出现了，这

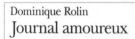

《爱情日记》法文版封面

《不变的爱》法文版封面

时，许多读者终于证实了自己的预感，书中的玛丽有罗兰的影子，玛丽的故事就是罗兰的故事。但谁是那个年轻英俊、陪伴了她几十年的天才作家吉姆呢？人们最后在法国大作家菲利普·索莱尔斯几乎同时出版的小说《不变的爱》中找到了答案，因为两人的书中有类似的情节，一推算，一对照，一个神奇的爱情故事就出来了：他们是40多年前在法国一位大出版商的乡村别墅吃中饭时相遇的，当时罗兰刚刚丧夫，沉浸在痛苦之中，而索莱尔斯虽然比她小20多岁，但在法国文坛已颇有名气，两人很快就相爱了，年年结伴去威尼斯度假，威尼斯和巴黎成了他们的两个停靠港。剩下的时间呢？各自写作，通通电话，周末约会。多么高雅，多么富有诗意，只有永远年轻浪漫的心才有如此忠诚纯洁的情。

让我感到惊讶的是，罗兰和索莱尔斯在法国是两个知名度很高的公众人物，他们的恋情竟能40多年密不透风，让人难以置信。我相信，在这么漫长的岁月中，他们不仅仅创作了一大批精彩的小说，也一定创造了许多爱情神话，我们没理由不期待他们将来的著作会给我们带来新的惊喜。

2002 年

追记：罗兰女士于 2012 年去世，终年 98 岁；索莱尔斯于 2023 年去世，终年 86 岁。

奥斯坦德海滨的恋情

　　1998 年，我在欧洲文学翻译学院交流期间，每天傍晚都有作家到访。这天，院长请来的是一对夫妇，男的是诗人，女的是小说家。院长特别向我们推介那位女作家，说她曾得过法国的文学大奖，而我却被她那位满头银发的诗人丈夫吸引住了。座谈会上，丈夫讲得多，她讲得少，但来自欧洲各国的翻译们似乎对她更感兴趣，提问的焦点也都集中在她的一本小说上。我以前没听说过这位叫雅克琳娜·哈普曼的小说家，也没有读过她那本叫作《奥斯坦德海滨》的小说。会后，我想我应该读一读，却发现图书馆里的三册《奥斯坦德海滨》全都被借走了。我轮候了一个多星期，好不容易才借到这本小说，一读就被吸引了。这是一部久违了的爱情小说，也是作者年轻时的真实故事，写法很传统，但情真意切，故事非常动人，尤其是人物的心理刻画得非常细腻，把握得非常准确。我在巴黎遇到著名小说家阿梅丽·诺冬时，曾跟她谈起这本小说，她说，她是哭着看完的。

　　在院长的安排下，我在离开学院的告别晚会上再次见到了哈普曼

比利时爱情小说女王哈普曼　　　　　　　　　　　　（图片由受访者提供）

117

《奥斯坦德海滨》中文版封面
海天出版社2001年版

夫人，并与她进行了长谈。哈普曼夫人1929年生于比利时一个富裕的犹太人家庭，二战中，为躲避希特勒的迫害，全家逃到摩洛哥，哈普曼就是在那儿上的学。当时，教她文学的巴特小姐非常漂亮，她被迷住了，上文学课也格外认真。她立志长大后当演员，所以熟读拉辛，拉辛许多悲剧中的台词，她能脱口而出。二战结束后，她回到了比利时，考上布鲁塞尔自由大学医学系，但她对医学并没有多大的兴趣，还是天天看小说。1950年，她因结核病进了疗养院，在那儿住了将近两年。在那段时间里，她除了吃饭睡觉就是看小说，并开始写作，她的第一部小说《危险的游戏》就是在这个时候写成的。1952年，她从医学系退学，集中精力写作，1959年《匆匆阿卡迪亚》受到法国出版商朱利亚尔的赏识，被认为是新《克莱芙王妃》，并获得了比利时的罗赛尔奖。但1961年她结婚后就没有再写小说了，只替报刊写些小文章，直到1965年才推出第三部小说《善良的野蛮人》，但朱利亚尔去世了，继任者没有接受她的小说。她被迫停下了笔，并得以冷静地总结和思考自己的得失。她发现自己功底还欠缺，底气还不足，于是又上了比利时大学的心理系，获得心理治疗师文凭，毕业后开始行医，并替报刊撰写专业文章。

1985年，她终于忍不住又开始写小说了，两年后，她出版了《纷乱的记忆》，开始了她创作的第二个阶段。哈普曼第二阶段的创作，以鲜明的心理分析为特点，人物的形象非常饱满，作者致力于揭示人物复杂的内心世界，主题更深刻了，结构也更讲究了，尤其是到了90年代，她的小说不但产量高，而且也越写越好，形成了她创作的黄金期和收获期。

哈普曼最著名的小说除了《奥斯坦德海滨》以外，还有《被毁的

女儿》《我，不识男人》《奥兰多》《中
断的风暴》等。《被毁的女儿》写的
是女儿、外婆、母亲三代女人的复杂
关系；《中断的风暴》写的是一个动人
的爱情故事：一位女士结束了不幸福
的婚姻，从巴黎坐火车回布鲁塞尔，
途中遇到了她心目中的白马王子，两
人到站忘了下车，忘了行李，忘了羞
怯，勇敢地走在了一起。如果说，这
两部小说基本上还属于现实主义范畴
的话，其余两本就或多或少带有现代
主义的梦幻色彩了。《我，不识男人》

《奥斯坦德海滨》法文版封面

以一个小男孩的角度，讲述了 40 个失去记忆、被关在一个笼子里的
女人的心理状况；《奥兰多》是哈普曼最重要的作品之一，1996 年曾
获法国的美第奇文学大奖，小说讲的是一个叫阿莉娜的女人，在巴黎
北站等火车时，翻开了英国作家伍尔夫的《奥兰多》，读着读着，她
的灵魂也像书中的主人公一样开始出窍，落到了对面一个金发小伙子
身上。于是，她寄居在别人身上，细细地观察自己的肉身，发现自己
的肉身原来是这么卑鄙、丑陋和无聊。小说具有强烈的反省意识和马
利伏式的高雅诙谐，普鲁斯特和弗洛伊德的影响也非常明显。

　　哈普曼至今已出版了 13 部小说，她最近的作品是《最后那年的
故事》（2000 年出版），这部小说和《被毁的女儿》一样，讲的也是
三代女人的关系，只不过《被毁的女人》中的三代女人之间没有爱，
只有恨，而《最后那年的故事》则刚好相反，老少三代互相支持和关
怀，与命运作斗争：黛尔菲娜·莫贝尔自丈夫在飞机失事中丧生后，
便与母亲和女儿马蒂尔德生活在一起。这年夏天，她到意大利去度
假，患了感冒，久治不愈，后来才发现是肺癌。母亲和女儿知道后，
无微不至地关怀她，鼓励她。在亲人的支持下，黛尔菲娜表现出惊人
的勇气，坦然地面对死亡。她的这种精神感动了替她治病的医生勒特
里埃，年轻的勒特里埃爱上了这个将不久于人世的女人。几个月后，

FICHE DE LECTURE
DOCUMENT RÉDIGÉ PAR NAUSICAA DEWEZ

La Plage
d'Ostende

JACQUELINE HARPMAN

PetitLittéraire.fr

《奥斯坦德海滨》研究资料

黛尔菲娜在亲人和爱人的身边告别了人生。在这部小说中，我们仿佛又看到了《奥斯坦德海滨》中的那种勇敢、大胆、火热的爱情，而且人际关系在特殊背景下得到了净化和升华，全书格调明快，充满了浪漫的气息。

哈普曼被认为是比利时的"爱情小说女王"，因为她所有的小说几乎都围绕着同一个主题——爱，情人之爱，夫妻之爱，友人之爱，亲人之爱，也有因爱而生出的恨以及随之而来的背叛和谎言。她说，爱情是个永恒的主题，也是一个取之不尽的源泉。她这辈子得到了许多爱，所以她要把自己的爱献给读者，因为"大家都在谈论爱情，但很少人遇到过真正的爱情"。

2000 年

追记：1998 年之后，我多次见哈普曼，并且出版了她的《奥斯坦德海滨》。她烟不离嘴，最后死于肺癌，终年 83 岁。

新年第一书轰动巴黎城

新年第一书，可以理解为新年出版或上市的第一本书，也可以理解为新年最轰动、最畅销、最受关注的书。但无论从哪个角度来看，称这本书为新年第一书都不会错。因为，新年一开始（应该说新千年一开始），这本书就出现在书店的显著位置上，并马上成为报刊电视争先报道的对象。一时间，法国的其他书好像都不存在了，只剩下这本书。据出版商透露，这本书平均每天销售 2500 册，近 20 个国家的出版商正在联系版权，而英、美、德、意大利、瑞典、丹麦、希腊、荷兰八国则在法国版出来前就拿到了翻译版权。这跟1996年《母猪女郎》出版时的情景相似。但据行家分析，这本书的社会影响和市场销售将超过近几年所有的畅销书，而且，在年底的文学奖中，它将稳操胜券。因为，这本书的作者是一位屡获大奖的著名作家，所写的故事在欧洲尤其是在法国家喻户晓，许多人仍记忆犹新。但是，当作者和出版商沉浸在成功的喜悦中时，一场官司正等着他们。

这本书的作者叫埃玛纽艾尔·卡雷尔，这本书叫《恶魔》（也可译成"撒旦""魔鬼""骗子"，书名原文为希伯来文）。它是根据当年轰动欧洲的一个真实案件写的"小说"，然而书中的人物、事件和地点都是真的。真实得让人

《恶魔》中文版封面
海天出版社2000年版

觉得可怕，真实得书中的人物原型要跟作者和出版商打官司。

还是先让我们来回顾一下这桩当年轰动一时的案件吧！

1993年1月8日，法国一名叫让－克洛德·罗曼的医生在家中突然用擀面杖砸烂了妻子的脑袋，然后冲进客厅，用长矛挑死了正在看《三头小猪》动画片的两个孩子，7岁的女儿卡洛琳娜和5岁的儿子安托万。接着，他直奔父母家，用斧头砍死他们后返回家中，吞安眠药自杀，并放火烧屋。

让－克洛德·罗曼和他的家人

这个案子立即轰动了法国。罗曼为什么要杀死全家，既不放过年迈的父母，也不放过年幼的孩子？人们立即会想，他是个精神病患者。错了，他非常清醒；不但事后清醒，而且事前更清醒。他跟家人有仇？事实上，对孩子来说，他是一个充满爱心的父亲；对父母来说，他是一个孝顺的儿子；对妻子来说，他是一个体贴的丈夫。那么，是家庭困难，经济拮据？也不是。他有一份体面的工作，住在一栋漂亮的屋子里。据说，他是个医生，在设在日内瓦的国际卫生组织工作。他经常在全世界旅行，参加各种报告会和学术讨论会，在医学界负有盛名……

这么一个前途光明的人，为什么会做出这种伤天害理、不可思议的事情？

谜最终是要揭开的。况且这个谜一点都不复杂。原来，罗曼是个大骗子。他自称是医生，但一直没有从医学院毕业，他年年注册，但一到考试就溜号。为了不让父母亲和女朋友失望，他不但骗他们说拿了文凭，还说在考试中得了第五名。1975年，他自称被国际卫生组织录用，任首席研究员。同年，他结婚了，婚后，他带着妻子离开了里昂，在热克斯地区的一个小镇上住了下来。他很忙，早出晚归，经常到国外开会。其实，他整天在汝拉山的森林里散步，开车兜风，泡咖啡馆，上按摩院。他常常告诉妻子说去东京或圣保罗开国际会议，其实是躲在机场旅馆里。为了满足自己的日常需要，维持骗局，他骗取了亲友们的巨款，说把钱存到瑞士的某个金融机构，可以得到18%的红利。就这样，他骗家人，骗朋友，骗了整整18年。后来，他有了一个情妇，不但骗色，而且骗钱，骗了那个叫高里娜的年轻女人90万法郎。1992年，高里娜突然催他还钱。结果东窗事发。18年的骗局一旦揭穿，罗曼将身败名裂，面临着整个社会首先是家人的嘲笑，于是便有了开头的那场悲剧。

　　1996年6月24日，罗曼案在法国安省的重罪法庭开庭审理，法庭里挤满了人。记者席上有一位脸色阴沉、戴着眼镜的中年人。他就是埃玛纽艾尔·卡雷尔。为了更好地了解案情，他是以《新观察家》杂志记者的身份出现的。卡雷尔擅长写社会问题的小说和恐怖小说，喜欢研究怪人、狂人、骗子、局外人等，如《胡子》中的偏执狂，《不受伤害》中的赌博狂。尤其是《雪中惊魂》，为卡雷尔赢得了巨大的声誉。这部小说写一个叫尼古拉的孩子整天做噩梦，梦见自己被器官盗贼劫杀。后来，果然出现了器官盗贼。但他怎么也没有想到，这个盗贼竟然是自己的父亲。《雪中惊魂》于1995年获得法国文学大奖，并成为法国《读书》杂志年终推荐的

罗曼医生在法庭上受审

好书之一。1998 年，该书被改编成电影，又获得了戛纳电影节评审团奖。

罗曼案无疑吸引了卡雷尔，因为罗曼与他研究的人物是如此相近。他想分析这个好父亲、好丈夫和好儿子是怎样变成杀人狂的，想弄清为什么没有失去理智的人会做出荒唐的事情。1993 年 8 月，他写信给罗曼，说想以对方为原型写一本书："在写之前，知道你为什么会这样做对我来说是很重要的。利益，敌意，冷漠？"但狱中的罗曼没有理睬。两年后，他在狱中读到了《雪中惊魂》，从中看到了自己的影子。于是，他给卡雷尔回了信，同意配合写作。于是，一个大作家和大罪犯走到了一起。长时间近距离的接触，使卡雷尔得以深入罗曼的内心，"在那里，漆黑一团，一切都纠缠在一起，没有一点亮光"。他发现，虚荣心和说谎的习惯把罗曼逼进了深渊，使他越陷越深，以致最终无法脱身。他以第一人称来写这本书，从罗曼的地位和处境来思考和推理。慢慢地，他甚至觉得自己成了罗曼本人，"在相当长的一段时间里，我觉得自己一分为二了"。他有一种罪恶感，精神极为压抑，几次停笔。1999 年年初，书终于写完了。这时，卡雷尔却像大病初愈；脸色苍白。他痛苦地走出了这场体验，结束了这场与"恶魔"的斗争，声称从此以后再也不写这类悲剧了，"我要做些别的事，寻找宁静，稍微朝生活笑一笑"。

书一年前就写完了，但卡雷尔心里太沉重了，不想马上出版。"我无法接受写下的东西，我为自己是这些东西的作者感到羞耻，甚至在孩子面前也这样。"

书虽然写得很真实，但小说毕竟不是法律文件和庭审记录，不可能与真实事件毫无出入。由于书中人物大多沿用真名，卡雷尔不无顾虑。有的人名，他考虑再三，最后还是改了。但他没有担心过卡特琳娜·埃雷尔这个名字。埃雷尔曾是《解放报》的记者，也采访过此案，并替法国电视二台制作过一个关于罗曼案的节目。当年，在审判罗曼时，他们在法庭上多次相遇，并一起进过餐。1999 年秋，两人再次相遇，埃雷尔邀请卡雷尔看一个电视节目，卡雷尔则说要寄她一本书，并说书中写到了她。

写完此书，卡雷尔心情沉重

12 月中旬，在书正式上市之前，埃雷尔收到了卡雷尔寄给她的书。在第 199 页，她读到："我和一群记者一起吃饭，其中有一个《解放报》的老记者，名叫卡特琳娜·埃雷尔。'罗曼，'她说，'是一堆垃圾，坏到顶了……死刑取消了，他将活着，在监狱里过上二三十年……'对于这种傻子，"书中接着写道，"埃雷尔并不反对恢复死刑。"

埃雷尔马上写信给卡雷尔和他的出版商洛朗，表示了愤怒。她抗议作家强加给她的语言，说："我从内心里反对死刑。我是国际监狱观察组织的主席，主张在所有死刑依然存在的国家里废除死刑……对我来说，那些人既不是'傻子'，也不是'垃圾'。那些话不像是我说的，那些观点也不像是我的。"她要求在书中插入更正标签，或在主要的书店贴出提醒文字，但遭到洛朗的拒绝。于是，埃雷尔正式控告作者和出版商诽谤，要求赔偿 10 万法郎，并在出售的书中夹附页说明，重版时删除卡特琳娜·埃雷尔的名字。

面对埃雷尔的指责和指控，卡雷尔表示"很遗憾，心里很烦"。他说，他尊重她的感情，但其中有误会。他并没有把她当作死刑的同情者。至于谈到死刑时所说的"这种傻子"，他说那是"一种语言的夸张"。他说："换掉她的名字是很容易的，就像我已经改掉其他人的名字一样。但我认为她当时表述得非常清楚，所以没必要改名字。"

洛朗的态度则更强硬，他说："书出版之后已请律师读过，他对那一段没有提出任何批评。而且，埃雷尔的那段话根本没有引起读者的负面反应。"洛朗是法国著名的出版商，在文学界非常有影响，出过杜拉斯的小说，近几年的许多畅销书如《母猪女郎》《萨克医生的病》等也都是他出版的。1999年，他因出版马蒂厄·兰东的小说《让-玛丽·勒庞案》也被一政坛要人指控诽谤，结果，100多名作家联名写请愿书，支持洛朗，所以，要告倒他和卡雷尔不是一件容易的事。

据悉，这场官司将于2月21日在巴黎法院开庭，谁胜谁负大家将拭目以待。但无论如何，洛朗和卡雷尔都不会吃亏。因为这场官司起到了一个免费广告的作用，《恶魔》的销量现在直线上升，初印4万册已经售空，第二次印刷的5万册正推向市场。

2000 年

杜拉斯和她的情人们

　　我国读者大多是通过《情人》认识杜拉斯的。《情人》给杜拉斯带来了殊荣，使她跻身于法国当代大作家之列。尽管在这之前，杜拉斯在法国文坛已拥有一席之地，但《情人》受欢迎的程度几乎是空前的：50 多个国家购买版权，发行量近 300 万册，并在出版的当年即 1984 年获得了法国文学的最高奖——龚古尔奖。1991 年，随着《情人》被搬上银幕，世界各国又兴起了"杜拉斯热"，杜拉斯的作品再度热销。

　　杜拉斯原名叫玛格丽特·多纳迪厄，1914 年生于越南，父亲是法国驻越南殖民当局的教育委员会职员，母亲是小学教师。杜拉斯有两个哥哥，皮埃尔和保尔，由于父亲早亡，他们在越南属于"贫穷的白人"，有地位的法国人看不起他们，他们又放不下架子接近当地人。所以他们不但贫穷，而且孤独，由此心理有些变态：母亲严厉而凶狠，经常毒打女儿；大哥不务正业，染上了种种恶习。杜拉斯成了他们的出气筒，后来还成了他们的摇钱树。

　　在家中，唯一给她些许温暖的是她的二哥保尔。保尔比杜拉斯大 3 岁，杜拉斯亲热地称他为"小哥哥"。他是杜拉斯小时候的守护神，在杜拉斯眼里，"小哥哥"是男子汉的象征。他勇敢无畏，敢

《中国北方的情人》法文版封面

《那场爱情：我和杜拉斯》
中文版封面
百花洲文艺出版社2015年版

于独自到森林里去打黑豹，杜拉斯以一种不可思议的方式爱着保尔。大哥皮埃尔离开越南后，保尔是杜拉斯生活中唯一的男人。杜拉斯最初就是在他身上体验到男性的阳刚之气的。兄妹俩的关系有些微妙。杜拉斯像爱未婚夫、爱孩子、爱不允许她爱的情人那样爱她的"小哥哥"，她称保尔为"亲爱的小哥哥"，而越南人正是这样称呼自己的年轻情人的。

16岁那年，杜拉斯遇到了生命中的第一个情人。他叫李云泰，是个中国人，家里很有钱，老家在辽宁抚顺，祖上来越南经商，发了财，湄公河边那栋漂亮的蓝色别墅就是他家的。他还有一辆宽敞的黑色轿车，这对杜拉斯是个巨大的诱惑。他们是在湄公河的渡轮上相遇的，当时，杜拉斯度完暑假，搭公共汽车回西贡的寄宿学校。李云泰被这个头戴女帽、身着短袖衫的法国少女迷住了，但杜拉斯对这个身穿柞丝绸、风度翩翩的中国男子并不感兴趣。而李云泰却执意要"俘虏"这个他一眼看中的白人女孩。船到岸了，他提议用自己的私家车送她去学校。她犹豫着，他却不由分说地取下了她放在公共汽车上的行李。

于是他们认识了，熟悉了，开始来往，恋爱了，发生了一系列公开的、半公开的和一直没有公开的事情。

杜拉斯和李云泰的这段爱情持续了不到两年。18岁那年，她要回法国上大学。临走那天，李云泰远远地把车停在码头上，坐在车中，没有出来。"她根据标记认出那辆轿车。他身形模糊不清，纹丝不动，十分颓丧。她像初次在渡轮上见面时那样，靠着舷墙。她知道他在凝望她，她也在凝望着他。她已经看不见他了，但仍然朝那辆有吸引力的黑色轿车望去。终于，轿车的影子也消失了。港口消失了，陆地也消失了……"（《情人》）

初恋是最难忘的。对杜拉斯也不例外。虽然杜拉斯一生有过许多情人，但这段爱情在她的心目中占有特殊的位置。20世纪80年代初，李云泰曾去巴黎，不敢见杜拉斯，但忍不住给杜拉斯打了电话。尽管几十年没见，但杜拉斯一听就听出来了。她后来在《情人》中写到了这个细节："他给她打了电话。是我。她一听声音就知道是他。他说，我只想听你的声音。她回答说：是我。你好。他有点发慌，跟过去一样胆怯。他的声音也突然颤抖起来。听到这颤抖的声音，她立即辨出了那种中国口音。他说他和过去一样，他仍然爱她，他不能停止爱她。他爱她，至死不渝。"1991年，她听到李云泰病逝的消息时，老泪纵横。"我根本没想过他会死。"她停下了手头的一切工作，沉浸在往事的回忆当中。"整整一年，我又回到了在永隆的渡轮上横渡湄公河的日子"，"在这一年中，我沉浸在中国人和孩子（指书中女主人公）的爱情当中"，并写出了一本新著《中国北方的情人》。

《杜拉斯的情人》《我的情人杜拉斯》中文版封面
海天出版社1999年版

杜拉斯的第二个情人是后来成了她丈夫的罗贝尔·安泰尔姆。安泰尔姆是个作家、出版家，后来与她一起参加由密特朗领导的法国抵抗主义组织。可以说，安泰尔姆既是她的同事、战友，又是她的老师。杜拉斯对安泰尔姆倾注了真情，当安泰尔姆被纳粹逮捕，关进集中营时，她不惜一切代价，甚至不惜牺牲自己的人格尊严，去拉拢和诱惑纳粹分子。但杜拉斯并不吝啬自己的感情，她爱安泰尔姆，同时也爱她和安泰尔姆共同的朋友马斯科罗·狄奥尼斯，后来还和狄奥尼斯有了一个孩子。撇开道德不谈，就她对安泰尔姆和狄奥尼斯的爱情来说，在中外历史上也实属罕见。这是一段奇异的爱情，两男一女竟如一家人一样和睦生活了好几年。对杜拉斯来说，这种三人世界的生活也许是她一生中最幸福的日子。爱情、事业、生活，一切都令人满意。两个男人呵护着她，她可以任意地发脾气，耍性子。

如果说杜拉斯与安泰尔姆和狄奥尼斯的爱情是可歌可泣的，那么她与雅洛的爱情就显得有些荒唐了。雅洛是个花花公子，是个出名的"玩"家，身后跟着一大串女人。他之所以看中并不年轻、已不貌美的杜拉斯，纯粹是为了找个文人换口味。起初，杜拉斯躲着他，但"他王子般的优雅吸引着她"，她欣赏他"罕见的演说口才，记者的天赋和在无足轻重的事情上得体的撒谎"。一旦爱上，她便抛弃了一切，忘记了一切，与雅洛过着醉生梦死的生活，甚至连母亲去世也未能使她有所收敛。他们沉迷于酒精，疯狂做爱，闭门不出，沉浸在世俗的享乐之中。但关于这段历史，杜拉斯闭口不谈，更没有留下文字记录，可见冷静下来的杜拉斯还是耻于这一段"迷乱"的。

扬·安德烈亚是杜拉斯的最后一个情人。扬认识杜拉斯时才27岁，是大学哲学系的学生。一个偶然的机会，他在同学那里读到了杜拉斯的小说，从此被迷住了，不再看哲学书，只读杜拉斯的小说。他收

扬·安德烈亚是杜拉斯的最后一个情人

齐了杜拉斯的所有作品，每一部都读了好几遍，直到对内容和句子滚瓜烂熟。在他眼里，世界上只有一个作家，那就是杜拉斯；世界上只有一种书可读，那就是杜拉斯的小说。杜拉斯成了他的偶像，他的一切。1980年夏，杜拉斯来到他所在的城市举行电影《印度之歌》的首映式，并进行了座谈。座谈后影迷们还觉得不过瘾，邀请杜拉斯去喝酒，扬当然也在此列，但腼腆的扬当时并没有引起杜拉斯的特别注意。分手前，扬壮着胆子走上前，问能不能给她写信。杜拉斯只是随口说了句"可以。寄到我巴黎的家里来吧！"。但当扬真的给她写信时，她却置之不理。事实上，她已完全忘记了这个年轻人。对她来说，他不过是她众多崇拜者中的一员。但扬锲而不舍，虽然从来没有得到过回信，他仍一直不断地写。终于，他的精神感动了杜拉斯。一年后，杜拉斯给他回信了。但扬还不知足，迫不及待地问："我能去你家吗？"

杜拉斯跟着扬外出旅行

一个风和日丽的中午，扬提着一个小包，来到杜拉斯在特鲁维尔海边的黑岩公寓。杜拉斯在楼上含情脉脉地看着她的这个追求者走近大门，四下张望，抬手敲门。为了庆祝他们的相遇，她要他去买酒。他听话地出去了，但几分钟后又回来了：他口袋里一分钱都没有。是的，他什么都没有。没有钱，没有名，没有职业，没有过去。他是一张白纸。从此，杜拉斯将在这张白纸上画上最新最美的图，写上最动人的篇章。他成了杜拉斯的情人、秘书、助手、读者、司机、护士，成了她的奴隶、用人、出气筒。他整天替杜拉斯整理稿子、打字、购物、搞卫生、干杂事，还要开车陪杜拉斯兜风，替杜拉斯洗澡擦背，听杜拉斯说话，受她气，挨她骂，让她罚，被她训。谁能受得了这份折磨？扬也是血气方刚的七尺男儿啊！他出逃了，有时彻夜不归，在车站或酒吧里过夜。但过不了几天，他又乖乖地回来了。他已经不能没有杜拉斯。杜拉斯欢迎他回来，就像欢迎迷途知返的孩子，亲热地把他搂在怀里。于是，生活又重新开始，悲剧和喜剧又开始重复。爱与恨、温柔与粗鲁、服从与反叛交织成一首真实动人、让人心颤的生命之歌。1981 年，杜拉斯因酗酒而昏迷，引发各种疾病，生命垂危，被送进医院。在杜拉斯住院的几个月里，扬表现出一个情人的忠诚。他陪伴着在死亡边缘挣扎的杜拉斯，忍受着她的乖戾、粗暴、无礼和无端猜忌。在那提心吊胆而单调乏味的日子里，他提起了笔，记下了眼前发生的一切，记下了杜拉斯说的话，做的事。当杜拉斯战胜了死神，回到家中时，扬也完成了他平生的第一本书《玛·杜》。

杜拉斯并不支持扬写作，她怕扬暴露自己的秘密。她不愿意公开自己的隐私，要公开也只能由她自己有条件、有保留地公开。她曾说她的经历，她的故事只属于她自己，任何人都不能"侵犯""剽窃"。事实上，很多朋友因此得罪了她，被她疏远，成了陌路。自从开门接纳扬后，她几乎不再跟任何人来往，家中也再不接待客人。连她唯一的儿子乌达也不知道母亲在哪儿，在干什么。杜拉斯也不准扬跟亲人和朋友联系，连打电话都不让。扬的母亲来巴黎时，扬曾偷偷出去见她。他当时害怕极了，与母亲说话时神不守舍，不时地看手表，好像犯了天大的错误似的。

10 多年过去了，伴随着快乐、满足、猜忌、痛苦、仇恨，对扬来说，日子不算长，但也不算短。他已完全适应了杜拉斯，成了她满意的一件作品。他们俩似乎谁也不能离开谁了。1996 年年初，一个

他们俩似乎谁也不能离开谁了

寒冷的夜晚，杜拉斯突然从睡梦中醒来，推醒扬，对他说："杜拉斯，完了。"她预感到自己的日子已经不多，生命已走到尽头。她抚摸着扬的脑袋，爱怜地对他说："我要死了。跟我一起走吧！没有我你怎么办？"

1996年3月3日，星期天。上午8点，杜拉斯离开了人间，离开了她的情人。法国的电台和电视台闻讯后当即中断了正常节目，插播了这一重要新闻。第二天，法国各报都在一版的显要位置刊登了杜拉斯去世的消息和大幅照片，杜拉斯的作品在书店里也被抢购一空。大家都在谈杜拉斯，谈她的小说，谈她的电影，谈她的"情人"。突然，大家发现扬不见了。自从杜拉斯去世后，他便从人们的视野中消失了，到处不见踪影。有人说他在以色列，躲在他妹妹家里；也有人说他在希腊的某个小岛，隐居在教堂里。其实，扬并没有走远。他就躲在同一条街上的另一个房间里，整天"不出门，不见人，不说话，光吃，光喝，光睡，光抽烟。酒瓶堆了一屋子，家里乱得像个垃圾堆，连落脚的地方都没有"。几个月过去，他蓬头垢面，多次想自杀。关键时刻，他母亲来到了巴黎，把他接到了外省的老家。

《我，奴隶与情人》中文版封面
海天出版社2000年版

杜拉斯与扬·安德烈亚的爱虽然谈不上轰轰烈烈，但可以说是最动人的爱情之一。60多岁的杜拉斯为什么会爱上20多岁的扬？她图什么？金钱？扬很穷，连买酒的钱都没有。地位？扬默默无闻，一个大学生而已。性？年老的杜拉斯已力不从心。在年龄、地位、性格和阅历上有如此巨大的区别，他们能有真正的爱情吗？又能维持多久？事实上，杜拉斯的这段黄昏恋不但最让人感动，而且持续时间最长。10多年来，扬一直默默无闻地陪伴着杜拉斯，受她的气，挨她的骂，替她服务，为她担惊受怕。那么，扬又图什么呢？金钱？他知道杜拉斯非常吝啬；杜拉斯曾明确告诉他："扬，你什么也得不到的。"长期生活在杜拉斯身边的扬应该知道杜拉斯并不是在开玩笑。杜拉斯去世后，他没有得到任何东西，杜拉斯曾答应给他一个戒指，最后也不了了之。名声？他并没有沾到什么光。他们两人在10多年中一直保持低调，避开公众，生活在郊外的住处或外地的别墅。应该说，扬对杜拉斯更多是崇拜，他熟读杜拉斯的每一部书，熟悉书中的每一个细节，并成了她书中的人物，与其说他是杜拉斯的黄昏情人，不如说是杜拉斯生命中的一部分。他对杜拉斯的精神安慰和生活上的帮助，恐怕是任何人都替代不了的，包括杜拉斯的儿子。这些，扬在他的第二本书《我，奴隶与情人》中都有叙述。

1999 年

莎乐美 —— 收割男性的女神

　　莎乐美，一个熟悉的名字。她是《圣经》中一个善舞的美女。她的母亲又嫁给了叔父，施洗约翰看不惯，责备了几句，她便怀恨在心，让人砍下了施洗约翰的头。然而，我们这里说的莎乐美，并不是那个狠毒的女子，而是一个和她同样美丽无情却又才华横溢、充满传奇色彩的女性，她征服了历史上的三个天才 —— 尼采、里尔克和弗洛伊德。她叫露·安德烈亚斯 - 莎乐美，一个"大腿修长，腰肢细软，两只大眼睛炯炯有神，小小的鼻子笔挺，嘴很性感，一头金色的长发，额头很高"的俄罗斯尤物，"她对男人来说就像是毒品，一旦尝过滋味便再也无法离开"。

　　她的第一个恋人是个牧师，叫吉洛。吉洛"一头金发，十分英俊，声音迷人，对星期天急急忙忙来教堂听他布道的那些女人极具杀伤力"。莎乐美听了吉洛的讲道后，被深深地吸引了，回家后便给他写了一封信，说想跟他聊一聊。吉洛欣喜若狂："到我家里来吧！……"他伸出双臂欢迎她。于是，他们每天都在吉洛的书房里见面，"他让她坐在自己的膝盖上，一个 17 岁的姑娘，那可不是她坐的地方。他到底对她做了些什么，我们不知道"。吉洛的不幸之处在于莎乐美不懂得肉体冲动。"她喜欢男人，却对他们没有感情；她智力超群，所以无视肉体。"一天，吉洛在激动中一把搂住她，向她求婚，他甚至已经为婚礼做好了准备。但莎乐美冷冷地对他说："我将永远是你的孩子。"从此不再见他。

　　21 岁时，莎乐美在意大利遇到了保尔·雷，那个多愁善感的哲学家尽管很丑，但非常聪明。他在朋友家中发现了这个大眼睛的年轻姑娘后，马上就爱上了她，但莎乐美清楚地告诉他，对她来说，爱情这一页已经翻过去了，她的生活中再也没有爱情。深受折磨的保尔变得十分神经质，这时，莎乐美跟他开出了条件：她要和两个男人同住一屋。爱得发昏的保尔竟然答应了这种荒唐的计划，并在几年当中被她消除了男性的阳刚之气。一天晚上，莎乐美告诉他，她爱上了一个名叫安德烈亚斯的男人。保尔不是一个喜欢吵架的人，马上就离开了家，当时外面下着倾盆大雨，莎乐美没有阻拦他。天亮后，人们在河里发现了保尔的尸体。

尼采认识莎乐美，还要感谢保尔呢！保尔在实现莎乐美的"三人同住"计划时，故意找了一个年长的朋友来当这个陪同，这个男陪同就是尼采。保尔给尼采写了一封信，说："一个年轻漂亮的俄罗斯女性急于见你。"尼采当时已经 37 岁，尚未成名，穷得够呛，孤独难忍，见有这等好事，连忙赶来。但莎乐美却不太喜欢这个"中等身材、不苟言笑、眼睛近视的怪人"，而尼采却一厢情愿，没住几天，就想娶莎乐美了。他哪里知道，保尔正疯狂地爱着这位同居女友，想托他当"红娘"呢！但尼采不想放弃，他喜欢这个他梦寐以求的尤物，这个女人懂得他正在思考的理论，能跟他讨论问题，他说莎乐美是他见过的"最聪明、最有天赋的女人"。他曾跟莎乐美去意大利旅行，并在山上双双失踪，"时间长得有点不正常"，还和莎乐美在陶腾堡小村住了几个星期，"被命运推向幸福"。他想用自己的思想来影响莎乐美，还想跟她合作写一本书。他有点忘乎所以，甚至给莎乐美的母亲写信，说他已经跟莎乐美悄悄地订婚了。莎乐美崇拜他，却不爱他，她深知跟尼采交往能得到什么好处。果然，评说尼采的文章和她与尼采的关系，"加快了她成名的速度"。当尼采最后明白，他永远也抓不住这个女人，永远也不可能在身体上接近她时，他开始痛恨莎乐美，并写了许多可怕的文字贬低她。失望的尼采最终丧失了理智，一天，他"在都灵的大街上走着，一辆马车驶来，他突然向马脖子扑去……"。

莎乐美后来嫁给了安德烈亚斯。这个身材矮小、一脸胡子、肤色很深的波斯文化专家有什么魅力，竟然得到了那么多人觊觎已久却又

得不到的尤物？他敏感得近乎病态，与大自然、动物和植物保持着密切的关系，常常赤脚走在草地上，吃素，身上从来不离刀。一天，他和莎乐美坐在餐桌边时，突然拔出一把刀子，插向胸口。这是在迫使莎乐美嫁给他。他赢了，但莎乐美提出了条件：形式上的婚姻，永远如此……

他同意了，还以为是这个年轻女人一时心血来潮，但莎乐美显得十分执拗。一天晚上，当她睡着的时候，他试图让她屈服，睡眼蒙眬的莎乐美掐住了趴在

莎乐美，俄罗斯尤物

她身上那个男人的喉咙。后来，她惊恐地发现，自己差点把他掐死。"在此后的40年中，她让安德烈亚斯上她的床，然而又拒绝他，他们不说话，不做爱，所以也没有孩子。他们也根本不在一起工作……当她懒得再到处流浪时，她见他的时间一年也不会超过一周。"

在遇到里尔克之前，还有个男人闯入了莎乐美的生活，那就是作家兼政治家乔治·勒德布尔。勒德布尔是个出色的男人，很自信，死死地追她，他的人格魅力冲破了莎乐美的防线，但没有战胜她的肉体。莎乐美表示愿意接受勒德布尔向她表示出来的这种爱情，她相信能与他保持柏拉图式的爱情，可她的丈夫安德烈亚斯却不准备原谅勒德布尔。一天晚上，他们在朋友家相遇了，安德烈亚斯拔出刀来……

里尔克是欧洲最后一批抒情大诗人之一，"这个布拉格的孩子，一出现在柏林和慕尼黑的文坛，就让人感到不同凡响"，但这个"似乎迷失在人间的天使，像波德莱尔一样，恨自己的母亲，进而恨一切女性，然而，他很快就爱上了莎乐美"。他当时只有21岁，而莎乐美已经36岁。他们成了恋人，发生了许多故事。里尔克为了莎乐美而改名、改笔迹，并写诗送给她，他的《日记》中每一页都有她。但

莎乐美"永远忠于回忆，但不忠于男人"，她说："我渴望源源不断的爱情，然后把它抹掉。"她邀请里尔克一同前往俄罗斯，并同住一屋，但拒绝与他睡在同一张草垫上。里尔克一气之下去了教堂。当他回来时，莎乐美冷冷地对他说："你应该走了……滚！"里尔克深受刺激，精神失常，临死前想见一见莎乐美，但遭到了无情的拒绝。

在与里尔克交往的那几年里，莎乐美还和维也纳的一个神经科医生泽梅克有过交往，她在认识里尔克之前就认识他，在与里尔克分手之后就和他生活在一起。此人比莎乐美小7岁，许多人都看不起他，说他在精神上配不上莎乐美，但他却在莎乐美的床上睡了差不多11年，而且，莎乐美至少为他怀孕过一次。在泽梅克之后，跟她一起同居的是个瑞典的精神分析学家，叫比埃尔，长得很英俊，一头金发，很有教养，对莎乐美很忠诚。他们是在一个朋友的家里相识的，曾在一起体验了"神圣的疯狂"。比埃尔的太太对此很妒忌，这种妒忌不可避免地影响他和莎乐美的关系。两年后，当他离开维也纳回斯德哥尔摩时，莎乐美已经对他判了死刑，换了一个比她小22岁的瑞典精神分析学家格布萨特尔。她和格布萨特尔通了许多信，信中语气的变化表明他们的关系曾经很亲密。后来又有一个叫托斯克的克罗地亚医生闯进了莎乐美的生活，他比莎乐美小16岁，但没有因此被吓倒，莎乐美也没有。他们匆忙得甚至没有时间去玩恋爱游戏。托斯克太生猛，像"一头猛兽"，而莎乐美喜欢的正是这一点，她希望她的爱能使他得到平息。他们在一起很幸福，两人相敬如宾。那个有过一次不幸婚姻的克罗地亚人，非常高兴找到了一个能使他心平气和而又美丽聪明的女人，但莎乐美最后还是抛弃了他……托斯克深受打击，另找了一个女人结婚，但结婚前夜，

《莎乐美，一个自由的女人》中文版封面
河南人民出版社2005年版

他阉割了自己，自杀身亡。

一个如此残酷的女人，为什么还会吸引这么多男人，而且大多是优秀的男人？尼采曾分析说："莎乐美是个魔鬼……她可能破坏了一些人的生活和婚姻，但和她在一起是令人振奋的。人们可以感到她才华横溢。和她在一起，你会觉得自己更加伟大。"弗洛伊德不愧是精神分析学的大师，他深知这一点，所以，他更多是与莎乐美在"智慧"场上游戏，而抵制性的诱惑。他把莎乐美当作自己的姐妹和学生。当她在第三届精神分析学大会上被介绍给弗洛伊德时，她的直率和大方赢得了弗洛伊德的喜欢。于是，在著名的"星期三心理学会议"上，她享有了特权，弗洛伊德每次都让她坐在自己身边。她听大师讲课，参加讨论，只有她可以批评大师的观点却一直得到大师的信任。在莎乐美拿到精神病医生的执业证书后，弗洛伊德还给她介绍客户。多年来，他们保持通信，交换照片。弗洛伊德曾在文章中多次引用莎乐美的作品，而莎乐美则把记在心中的东西写成一本书，并给这本书起名为《我对弗洛伊德的感激》。十月革命后，莎乐美父母的财产被冻结，她失去了经济来源，是弗洛伊德在极其困难的条件下资助她。"如果有必要的话，他们的关系还可以更近一步"，但他们没有跨越那一步。正因为如此，他们的友谊持续到了永远。

无疑，莎乐美是许多男人爱慕的对象，"从来没有一个女人被那么多男人爱过"，她的武器就是美貌和智慧，"她用精神来探索别的女人用性来探索的东西"。她常常恋爱，又常常与男人断绝关系，她更多是爱别人而非让别人爱，从这方面看，她是一个极端的女权主义者。她渴望自由，"而一个自由的女人，就是能选择自己生活的人"，然而，一个自由的女人往往是残酷的，莎乐美是这样，乔治·桑也是这样。这是《莎乐美，一个自由的女人》的作者给我们的解释。

2005 年

"我的情人毕加索"

1935年的一天，"一个喜欢闪电和暴风雨的漂亮女性"，在电影《朗热先生的罪行》的首映式上见到了一个"小个子大男人"，他的目光、动作和笑声深深地吸引了她，"初次见面，我就知道会成为他的情人"。三个月后，她在著名的双叟咖啡馆里又见到了那个叫毕加索的西班牙画家，便用小刀割伤了自己的手指。面对一个受了伤的年轻貌美的女性，毕加索怎会无动于衷？况且，从黑色手套中渗透出来的鲜红的血引起了他的无限遐想。他马上走过去，问："您是谁，小姐？"真是西班牙人，问话都像公牛，直来直去。他脱下了这位漂亮女士的线网手套，说："疯了，竟然遮住这么美丽的手。您疯了！"画家的典型语言，懂得美，并善于发现美。他声称从来没有见过一只如此漂亮的手被这么虐待过，并以治疗它为借口，把它握在自己的手里，不想再松开。可是，这个28岁的漂亮女子身边有的是男人，而且都是当时大名鼎鼎的人物，著名作家乔治·巴塔耶、著名摄影师曼·雷、著名诗人普鲁东、著名心理学家雅克·拉康……然而，"他的才能让所有的竞争者都黯淡无光"，而且，他在情场上勇敢无畏。一天傍晚，在海边的沙滩上散步时，他猛然把这个"漂亮、高

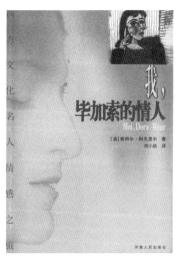

《我，毕加索的情人》中文版封面
河南人民出版社2005年版

大、自由"的"缪斯"拉到怀
里,"别回头,《圣经》里就是
这样写的。我们不回头,一直走
到穆然,走进我家,永远不再出
来。你愿意不回头吗?"

这个叫多拉·马尔的女摄影
师就这样走进了毕加索的生活,
当时,他已经53岁,而多拉才
28岁。毕加索有太太,叫奥尔
加,"不肯跟他离婚,每天都用
多种语言给他写一封信,信中充
满了辱骂的语言,并问他要钱。

多拉·马尔,一个"漂亮、高大、自由"的
缪斯

他还有个女人,叫玛丽-泰莱斯。"玛丽17岁就成了他的情人,隐
姓埋名地跟了他好多年,还给他生了一个女儿,叫玛娅。她觉得自己
对毕加索是有贡献的,而且,毕加索也知道,她是真正爱他的女人,
她爱的不是作为画家的他,而是他这个人。所以,她无法容忍多拉的
出现,并终于闯进来大打出手,"玛丽有双重优势,一是她有运动员
的身材,腰圆膀阔;二是她火气实在太大了。"而毕加索在干吗呢?
"他一动不动地看着这场打斗。也许是在研究我们的身体曲线。总之,
我们打斗的姿势对他以后的创作会有用的。"

毕加索和多拉的爱情,还受到多拉母亲的阻挠。多拉的母亲恨
他,说他年龄太大,女人太多,说多拉跟他在一起失去了尊严。生活
在孤独之中的她常常在晚上打电话给多拉,要女儿回家,离开毕加
索。但多拉不听她的,尽管母亲就住在几百米开外的地方,她也不愿
意离开毕加索去看她,终于把母亲给活活地气死了。然而,"在欲望
的道路上,一切都被夷为平地",有了爱情,没有战胜不了的困难,
哪怕是战争,是宵禁,是轰炸。整整10年,他们生活在一起,互相
欣赏,共同创作,留下了一大批稀世珍品。

从1935年到1945年,毕加索和多拉共同生活的10年,是毕
加索创作的转折期、成熟期和高峰期。多拉是个有成就的摄影师,

曼·雷的高足，布雷松的好友，她的时装摄影、广告摄影和新闻摄影在当时很出名，她是个入世的艺术家，深入社会各界，接触各式人等，与当时的超现实主义诗人走得非常近，对毕加索的创作也产生了很大的影响。毕加索曾停画一年，专心写诗，那些诗带有强烈的超现实主义色彩，没有一个标点，只有抽象的思维、割裂的形象和跳跃的语言。他的画风也由此发生了重大的变化，从早期的写实过渡到抽象和变形。他以多拉为模特儿，创作了许多作品，但这些作品大多主题灰暗、线条抽象、色彩夸张，反映了画家内心难言的愤怒和仇恨。西班牙内战刚刚结束，第二次世界大战又爆发了，战争、屠杀、逮捕让这个正直的画家欲喊无言，只好通过这些扭曲的形象来宣泄。《哭泣的女人》，许多作品中都是同一个哭泣、悲伤的女人，是多拉吗？不像，但显然是被他热爱、同情却又受了伤的女人。然而多拉说那个女人就是她，10年来，她是毕加索唯一的模特儿，却从来不让毕加索对着画，毕加索从她身上汲取了灵感、激起了创作的欲望和冲动，这一时期，他创作了大量的作品，都与多拉有关，有的干脆写上多拉的名字。他对多拉说，这些都留给你，在没有我的日子里，它们能保证你的生活。多拉留下了这些画，但没有用它们来换钱，哪怕是在晚年经济极为拮据的情况下。在当时，多拉不仅是毕加索的模特儿、缪斯、伴侣，还是一个忠诚而有用的助手，她利用自己的摄影特长，在毕加索创作他的代表作《格尔尼卡》的那几年中，用胶卷记录了他创作的全过程，给世人留下了一份极其珍贵的研究资料。这些大大小小的底片和照片，现在就陈列在巴黎的毕加索博物馆内。而毕加索博物馆内，最漂亮的一组画之一，是毕加索为布封的《自然史》画的插图，在那本送给多拉的书中，毕加索署上了自己的名字。多拉发现，在这本书的边上，画满了她的头像，后来，用这些头像单独出了一本书《毕加索画在布封的书边上的40幅画》。

然而，危险总是出现在意想不到的地方。尽管多拉不愿意承认，她最担心的事情还是发生了。就在毕加索送她布封作品的那一年，他们在饭店里遇到了两个漂亮的女孩，她们自称是学画画的大学生，是毕加索的崇拜者。多拉知道完了，年轻、漂亮、艺术、崇拜，这正是毕加索所需要的东西。毕加索是个情圣，他可以同时爱好几个女人，多拉想起来了："有一天，我收到了一件和玛丽的尺寸完全相同的裙子，很有可能玛丽也收到了同一个情人同一天十分大方地送给我的裙子。"1945年，巴黎解放了，多拉却失败了。那个女孩战胜了多拉，夺走了毕加索。

其实多拉大可不必伤心，在我看来，毕加索并不懂得爱情，他追求的也不是爱情，而是女性的美貌、年轻甚至肉体在他心中唤起的创作激情。一个女人，哪怕她再美、再年轻，如果不再能激起他的创作冲动，在他眼里也就失去了价值，否则，怎么理解他会不爱多拉了呢？

然而多拉不能接受这种事实，她的精神深受刺激，最后进了精神病院，接受电击治疗。多么残酷的打击啊！她压抑得不想再活下去，"十个广岛才能消除我的痛苦"。这时，她的朋友、著名心理医生拉康向她伸出了援助之手，让她明白了毕加索是个"神"。她醒悟过来了："一个让我受了致命伤的男人，但他的才能又使我超越了痛苦"，并庆幸自己"有幸被激情活活烧死"。毕加索的许多敌人曾希望她站出来公开指责那个大画家，但她抵制住了所有的挑拨和离间，甚至不想告诉那个比毕加索小半个世纪的女孩子："我们都想要毕加索这个牛身人面怪兽身上的一小块肉，但这头动物的肉是啃不动的，小孩子的牙会啃断的。"而那个怪兽起初会贪婪地吞噬她，然后在饮酒过度、口干舌燥时把她吐出来，她不是第一个，也不会是最后一个。

就这样，多拉一直生活在对毕加索的回忆中，孤独地生活着，因为谁都无法替代她心目中的那个神，"在毕加索之

油画《哭泣的女人》，毕加索创作

143

后，只剩下了上帝？如果我没有这样说过，别人会让我这样说；如果我没有真的没有这样说过，我却永远没有停止过这样想"。她每周一次请指甲修剪师到家里来，"她的任务不是美化我的手，而是让它们保持毕加索在的时候的状态"。这份痴情，真让人感动。

她给毕加索写过信，"想拯救他的灵魂"，可他执迷不悟；她与他过去的一个崇拜者同居，想让他妒忌，可没达到目的。毕加索给她寄过一张旧椅子，她回赠了一把生锈的铁锹。典型的儿童游戏！8年后，他们在一个朋友家里偶然相遇，此时的毕加索已被那个女人抛弃，他对多拉说："我老了。现在，站在你面前的是一个孤独的老人。她走了，带走了两个孩子，我把她变成了王后，她却把我当作小丑。"但多拉发现，他仍像头公牛，好斗性一点都没改。又过了19年，92岁的毕加索离开了人间。多拉没有哭，也没有去参加葬礼。1960年年底，毕加索最后一次送她东西，信封上用银灰色的铅笔写着："致多拉。我死后才能拆。"现在，这一刻终于到来了。多拉颤抖着手，拆开了信封里的小盒子，里面是一个金戒指，好像是结婚戒指，但里面安着一枚针。"如果我戴上戒指，它肯定会无情地刺破我的手指。"戒指的两端各刻着一个字：多，毕。毕加索和多拉。多拉明白这个戒指想传递的信息："这个戒指是我们爱情的证明。那枚针，是被我们共同经历过的那个战争年代吓坏的所有女人伸出来的舌头，是个锥子。是'格尔尼卡'，是'哭泣的女人们'，是永远平息不了的饥渴，也是愿望。这是无法辨认的痛苦，它钻进肉中，想给它一个永远的印记……"

2006 年

追记：本文资料来自《我，毕加索的情人》。在毕加索身边的女人中，多拉·马尔不是最出名的一个，但无疑是对毕加索的创作影响最大的一个。当我在巴黎的毕加索博物馆看到她的照片时，我才明白，她为什么能给毕加索那么多的创作灵感和冲动……

多拉于1997年去世，终年90岁。1998年，她所收藏、捐赠和拍卖的450多件作品进入了毕加索博物馆。

圣日耳曼大街的咖啡馆

读书人贝尔纳·皮沃

20 世纪 80 年代末,我在一个法国朋友家里做客时,看到一本叫作《读书》的法国杂志,介绍新旧图书,评论大小作家,有长篇调查和专访特稿,也有文坛动态信息简讯,而且,杂志里有大量珍贵的图片资料,让我爱不释手。朋友见我喜欢,就说你拿去看吧。从此,我就迷上了这本杂志,以至于后来不惜每月花费半个月的工资,托朋友在法国订阅。几年后,杂志换了主编,质量开始不稳,到了 2002 年,我实在忍不住了,趁去巴黎出差的机会,跑到位于蒙帕纳斯塔的编辑部,找继任主编阿苏里也就是该杂志原先的首席记者和主笔提意见去了。又过了数年,第三任主编上任,杂志越发难看,我终于痛下决心,不再订阅这本我订了近 20 年的杂志。

这本杂志的首任主编就是贝尔纳·皮沃。

贝尔纳·皮沃任法国龚古尔学院主席,龚古尔奖评委会主席。有人说他是"法国读书第一人",这虽然没有具体的数据来佐证,但他读书的数量之多,他对作者和图书的熟悉程度,他在法国书界的影响和贡献,在法国确实很难找到第二人。

说来也有意思,这位"大读者"是从书荒里走出来的。皮沃 1935 年出生于

年轻时的皮沃

里昂，父亲是小商人，二战期间不知为什么被抓去德国，母亲只好带着孩子们躲到乡下。十几岁正是好奇心强、求知欲旺盛的年龄，小皮沃喜欢读书，但在乡村找不到什么书。除了课本，他手头只有一

皮沃的手头离不开词典

本《拉封丹寓言选》和一本《小拉鲁斯词典》。读完寓言，没有别的书可读了，他只好读词典，谁知一读就上了瘾，竟然把整本词典来来回回读了好几遍。他从中找到了无穷的乐趣，不但认识了许多单词，还了解了词与词之间的关系，懂得了词语的来源和变化，大大增加了他的词汇量，这就给他以后的阅读"插上了翅膀"，阅读的质量提高了，速度加快了，对作品的理解也更准确和更深刻了。他后来在书中感叹道："读小说之前读词典是一件幸事。因为词语的味道已经深深地留在我的大脑中和舌头上。"

读词典的爱好一直伴随着他终生，他现在手头还离不开词典，动不动就要翻词典，并且针对法语书写易错、法语语法复杂等问题，创办了法语听写大赛。这项活动不但在法国和法语国家盛行，还推广到不少非法语国家，成了"保卫与发扬法兰西语言"的有效措施，对提高学生的书写能力和单词掌握能力起到了很大的作用。让他没有想到的是，他这个从读词典起步的大读者，到了晚年，他的名字竟然被法国最出名的两本词典《小罗贝尔词典》和《小拉鲁斯词典》收入，成了词条。同样，这个点评图书成千、介绍作家无数的书评人，也被作者们写入了书中，成了他们书中的人物或研究的对象。

皮沃这辈子从事过无数职业，但一直都围着书转。他在大学里学的是新闻，毕业后在里昂的《进步》报任实习生，一年后进入《费加罗文学报》当编辑，可惜这份周报几年后就停刊了。1974年，他创办了《读书》杂志，同时在《观点》周刊和《星期日报》开文学专栏。1975年，他主持的电视读书节目《顿呼》也开播了。之所以选皮

沃当主持人，是因为他口齿伶俐，反应机敏，而且读书很多，况且，他早在1967年就上过电视，谈论著名歌手约翰尼·哈里代，1968年又在"书店橱窗"节目谈文学评论。之后，他还替欧洲一台和卢森堡电视广播公司主持过广播节目。除了在电台和电视台谈书，他自己也写书，并给根据小说改编的影视节目配音，还登上戏剧舞台朗读图书。

2002年，他在电视台主持了20多年读书节目后，告别演播台，本想好好休息，却不料被选为联合文学奖评委，2005年又进入龚古尔奖评委会。皮沃说，他注定要与书相伴终生。他的每一天都是与书一起过的，"几十年来，我不看电影，不看戏，不听音乐会，不看展览，不逛公园。每天看书10个小时，有时甚至更多，包括周末。这是做好一档文学节目必须付出的代价。我不可能不认真地、不从头到尾地阅读被邀嘉宾的书。我觉得，如果跳过一章，作者和电视观众都会发现。一个瓶颈没解决，我都会心虚；一目十行，会让我不自信，不敢多说。这是看得出来的。"（《读书》）尤其是每年的七、八、九三个月，作为龚古尔奖评委，他要看60来部小说，还得把自己的读书感想和意见通过信件寄给龚古尔学院的另外9个成员。他的家俨然是个"书海"，60多年来，每天门铃响个不停，不是邮递员，就是大楼的门房或是出版社派来送书的人，他说他平均每天收到各类图书50多本，"包括春播手册、魔术大全或教人如何避税的书籍"。他家除了书还是书，走廊上的书都堆到了天花板。皮沃回忆说："我家里的书总是一摞一摞的……有时，成堆的书会倒下来。我做《顿呼》节目期间，书轰然倒下时发出巨响，让在楼下给病人看病的医生不得不安慰病人，幽默地向他们解释声响的来源。"（《读书》）

皮沃属于做什么成什么的人，他所参与的任何工作都被做到极致，但让他感到最难忘的，除了《读书》杂志，就是他主持的《顿呼》了。

这台读书节目每周一次，周五晚上9点半，这对晚餐时间较晚的法国人来说无疑是黄金时段；每次75分钟，对于一档读书节目来说，可谓给足了时间。嘉宾一般四至五人，通常是作者，采取对谈、问答和讨论的方式。节目是直播的，所以现场有时会出意外，比如莫迪亚诺上演播台后长时间说不出话，也有嘉宾醉酒上场，或口无遮拦，大吵大闹，还有的嘉宾动作不检点，去摸女嘉宾的手，等等，这些都要求主持人有很强的把控能力和应变能力。但皮沃迎难而上，一开始就向电视台提出，节目要现场播出，内容不剪接，事先不安排，不做广告，不接受资助，以保证节目的真实、自然和公正。

《顿呼》越做越火，一度成为法国电视台收视率最高的节目之一，观众最多时达到600万。被点评的图书和作者往往第二天就成为人们的谈资，图书的销量也随之暴增，节目对年底的几大文学奖也产生了巨大的影响。有观察家指出，在"'电视杂谈'时期，一个作家，如果没有被皮沃的节目邀请，他就像不存在一样"。

节目开播不久，刚刚竞选总统失败的密特朗就出现在演播台上。节目播出之后，他的人气大升，他很遗憾节目没有早点开办："许多看过节目的人都对我说，如果我去年就上节目，竞选结果可能会不一样。"几年后，德斯坦总统也来到演播现场，谈他喜欢的莫泊桑。这是法国在任总统第一次参加这类节目。

皮沃与法国前总统密特朗

1984年，杜拉斯的《情人》出版，皮沃专门给她做了一期特别节目，嘉宾就杜拉斯一人。结果，节目播出三个星期后，该书销量增加了3倍，到了年底，《情人》还获得了龚古尔奖。杜拉斯高兴坏了，给皮沃寄了一本书，上面写着："给贝尔纳·皮沃，我的同志、朋友和情人……"

皮沃在《顿呼》邀请杜拉斯当嘉宾

10多年来，昆德拉、埃科、索尔仁尼琴、苏珊·桑塔格、西默农、诺曼·梅勒、尤瑟纳尔、布迪厄、克洛德·列维－斯特劳斯、特吕弗、戈达尔、罗曼·波兰斯基等名人纷纷走上他的演播台。1975年，他邀请了《洛丽塔》的作者纳博科夫，口拙的纳博科夫提出两个条件：一、演播台上要有书作背景和道具，问答要事先准备好，藏在摆在桌上的书中；二、他要喝威士忌，否则会缺乏灵感，影响表达。为了让那位大作家上台，皮沃只好满足他的要求，让人在演播台给他搭了一个书房；至于当众喝酒，似乎有些不雅，皮沃灵机一动，把酒装在了茶杯里。

萨冈是皮沃很敬仰的一位作家，但她讨厌电视。不过，皮沃还是在她每出一本书的时候都邀请她，"她是被迫上演播台的，我知道她很不喜欢。由于我们俩同龄，二战期间又都在里昂生活，所以我常常拿我们的童年作比较，但我从来不敢对她说。我是电视台的小职员，每周读四五本书，我跟她喜欢的人完全相反。她喜欢的是有冒险精神、风流倜傥、具有魅力的男人。总之，我见到她就胆怯。"他还说，"我很想面对面与她共进午餐，但不敢提这个要求。她让我怦然心动。"

和皮沃有缘的女嘉宾还有获得奥斯卡最佳女主角奖、好莱坞演员简·方达。简·方达的自传在法国出版后，皮沃请她来做节目。在演播台上，他被"她的美貌和声音吸引，竟然冷落了其他嘉宾"。他承认："那天晚上，我犯了职业错误。"简·方达对他的印象也很好，回到美国之后，还把报纸上的有关报道剪下来寄他。

由于风头太劲，皮沃也得罪了不少名人，时任法国总统顾问、著名学者雷吉斯·德布雷就是其中之一，他"控诉"皮沃是"一人裁判"，是"图书市场的独裁者"，皮沃主持的节目"对法国人的精神生活影响过大"；著名哲学家德勒兹也无情地批评他，说《顿呼》没有任何文学评论的成分，在皮沃的节目里，"文学成了杂耍表演"，而这种"杂耍表演将大大贬低文学的价值"。

2018 年，皮沃与女儿塞西尔合写了一本书，书名就叫《读书》（中译版《与皮沃父女左岸读书》），讲述他们各自与书的故事。算起来，这应该是皮沃的第 21 本书了。他在 1959 年就出版了处女小说《时髦的爱情》，后来在繁忙的读书和评书工作中仍抽空笔耕，但他一直不承认自己是作家，说自己写的书太杂，充其量只是个写作者，但龚古尔奖评委会还是破例吸收了这个"不是作家"的人。1992年，皮沃获得了荣誉军团勋章，这是法国政府颁授的最高荣誉骑士团勋章，也是世界上最著名的勋章之一。但皮沃拒绝了，说："这是一个奖给名人的奖，我不想披着红绸带站在我所敬佩的人跟前，我知道他们比我更应该获得这个奖。"

《与皮沃父女左岸读书》中文版封面
海天出版社2019年版

2019年，皮沃的女儿塞西尔来中国宣传她与父亲合写的《与皮沃父女左岸读书》

塞西尔是皮沃的二女儿，也是个超级书迷。为此，皮沃感到很宽慰。他原先害怕自己的读书生活会害了女儿，因为家里全是书，他的全部时间和精力都被书给占据了，很少陪女儿逛街、娱乐，甚至连跟家人说话的时间都不多，他因此非常自责。在《文字一生》中，他痛苦地承认："我的家人有理由认为他们受到了伤害，因为我没有给他们足够的时间和关心。"他担心女儿会迁怒于书，所以千方百计地培养女儿的阅读兴趣，只要女儿在看书，他就免去她的一切义务，可以不做家务，不受打扰。幸亏，女儿也爱上了书，成了家中的"第二代"书迷。

《读书》的中文版在中国出版了，我希望皮沃能来中国"剪彩"，与熟悉和不熟悉他的读者见面。他说他从来没有来过中国，很想来，但他今年84岁了，年龄和健康状况都不允许他再长途旅行。不过，他现在继续为《星期日报》、为龚古尔学院、为自己的快乐而读书，他说："我希望自己死的时候手里能拿着一本书。"

2019 年

追记：贝纳尔·皮沃于 2024 年 5 月 6 日去世，终年 89 岁。当天，正在接待外国首脑的法国总统马克龙在国宴开始前发推特吊唁道：贝纳尔·皮沃"用他的听写教会人们书写，用他的电视节目《顿呼》教会人们发现书籍与作者……他将永远是大众喜爱的、要求极严的、法国人心爱的摆渡人。向他的亲人表达我的哀思"。

马班走了

老韩来邮件伤心地告诉我："马班走了。"

尽管心里早有准备，但得知这个消息，我一时还是接受不了。往事历历，浮上心头。

马班是法国诗人、小说家、外交官，但对我和老韩来说，他更多是一个朋友。我不知老韩是什么时候认识他的，可能比我早。老韩是译林出版社的法文老编辑，国内最早从事法国文学版权引进的人士之一，译林版《追忆似水年华》《蒙田随笔全集》的责编。我是经法国著名诗人博斯凯介绍认识马班的，而博斯凯是武汉大学老教授叶汝琏介绍给我的。我很喜欢博斯凯的诗，译了很多，后来交给译林出版了。博斯凯想见我，设法让我去法国。可他是个文人，不知道行政机构的运作，所以让我碰了很多钉子，他便说"找马班""找马班"，让我感觉到马班应该是个重要人物。果然，一打听，马班是法国外交部书籍与写作处的负责人，大权在握。他很快回复博斯凯，说在文化部的图书中心没有查到我的名字，我们这才知道该去哪里申请。

但当我终于到巴黎时，博斯凯已经去世。陪同我去博斯凯墓的，除了他的遗孀，还有女诗人克罗蒂娜。原来，他们都属于一个"诗人帮"，马班也是成员之一。克罗蒂娜建议我去拜访马班，博斯凯遗孀也竭力鼓励，并帮助联系，于是我便去了位于圣日耳曼大街的外交部书籍与写作处。这里虽没有总部那么壁垒森严，但各种检查还是很严格，相机也不准带进去。办完手续，门卫通报上去。十几分钟后，马班的秘书出来接我，带我上三楼，进入一个高大宽敞的阅览室。马班的办公室在装修，他暂时在这里办公。

马班在法国外交部的办公室

第一次见面，我们就谈了很多。我了解到，他是布列塔尼人，在巴黎东方语言文化学院学习土耳其语、阿拉伯语和波斯语，毕业后进入外交部工作，曾任驻英使馆文化专员，回国后在外交部负责国际文化交流，主要任务是让法国文化"走出去"。当时，法国当代文学在世界上的影响力逐渐削弱，外交部所谓的文化交流只是往主要国家的法国文化中心寄一些图书，收效甚微。马班提出了新思路，设立了"司汤达计划"，挑选一些有代表性的年轻作家到国外出访、游历、交流，让国外读者了解法国的当代作家与作品；设立"阿朗贝尔基金"，资助法国文艺家在国外举办展览、讲座、演出等活动；最重要的是建立了长效机制，资助法国文学作品在国外的翻译与出版，这个项目在不同的国家有不同的名称，在我国叫"傅雷出版资助计划"。老韩说，这个名称还是他和马班闲聊时起的呢！当时马班问他中国翻译法国文学最著名的翻译家是谁。老韩说，应该是傅雷。马班说，那就叫傅雷出版资助计划吧！

马班设立和推进的这些项目，申请简单，手续简便，受惠者众，对法国文化"走出去"起到了极大的作用。如今，法语图书在国外被翻译和出版的数量仅次于英语图书，2018年光是法国本土的图书版权转让就达14000多种，连续15年增长，而中国早在2014年就成了全球年引进法国图书版权最多的国家。所以，马班去世后，法国《世界报》给了他很高的评价，称他是"法国外交部图书与思想国际交流政策的创始人"，是"法兰西思想与作品走向世界的不知疲倦的摆渡人"。

马班对中国的出版人特别友好，除了我和老韩，他在中国的出版界、高校和政府部门还有很多朋友。最初的资助，几乎就是他一个人说了算。对我们这些老熟人，几乎什么手续都不需要，只需告诉他一个书名。当然，他能够这样做，是因为上级对他充分信任。继他之后，资助就程序化、正规化和行政化了，还设立了一个评估和管理机构。当然，马班对我们的帮助，并不限于资助，他也是我们的"图书馆"。我在巴黎的时候，想要什么书，问他要就是，书籍阅读处有自己的藏书，他也可以从书店和出版社调书。我回国后他也经常给我寄书，我有时也夹带一点"私货"，有的书并非工作需要，仅仅是我自己喜欢，他也照寄不误。记得有一年，我组织了一场法国图书展，列了一大张书单给他，他很快就通过外交邮件把几大箱书寄到使馆转给我，其中大多是装帧精美的图书和画册，展览后我当然都扣下自己珍藏了。

2003年开始的中法文化年，马班是主要推手和执行者之一。被希拉克总统任命为中法文化年法方主席的安格雷米是马班在外交部的老同事，两人曾一同在法国驻英大使馆工作，后来又一起在国际文化交流处共事。那几年，安格雷米频频来华协调，马班则在法国配合。在这之前，他突然寄给我一本安格雷米在20世纪70年代初写的小说《情陷紫禁城》。原来，安格雷米60年代曾在法国驻华使馆和驻香港总领事馆工作过，这本书写的就是他在那个时期的生活。我连忙组织翻译，出版后成了中法文化年的一个亮点。安格雷米也多次来看我，考察和调研海天出版社在深圳开展中法文化交流活动和出版法国当代文学的努力。

马班为人谦和真诚，乐于助人，所以在法国文学界、出版界和外交界都颇有人缘，圈内人几乎都知道他，他也乐意把自己的朋友介绍给我们。每年三月的巴黎图书沙龙，他成了最受欢迎的人，差不多每个展位的人都认识他。他曾带着我在里面到处转，一路走，一路两边打招呼，真有天下谁人不识君的感觉。他最亲密的朋友有哲学家德勒兹、新小说派代表人物克洛德·西蒙、大作家于连·格拉克、龚古尔奖得主艾什诺兹等。他给我介绍过多少作家和出版家，我已经记不清了，有的转身就忘了，有的则一直保持联系。有一次他请我去蒙帕纳斯的"菁英"饭店吃饭，说这里往来无白丁，你信不信？说着，他就拦住对面走来的一个老头，介绍说，这位就是埃里克·奥森纳，法兰西学院院士。奥森纳是我很敬仰的一位作家，曾写过《棉花国之旅》《水的未来》《一张纸铺开的人类文明史》等书。我后来拿到了他的《语法是一首温柔的歌》等作品的版权，还计划一同重走郑和下西洋的路线。

2006年，我应法国国际出版署邀请，去法国的出版社实习。马班发现对方给我安排的实习单位不太适合我，建议我去几家著名的百年老出版社，说在那里能学到更多的东西。为此，他联系和沟通了很久，最后终于说服了阿尔班米歇尔出版社。该社负责接待我的法韦罗女士后来悄悄地问我："伊夫·马班跟您什么关系？他为您的事来找过我们老板几次。"那段时间，也是我跟马班来往最多的日子。他常常请我去他家，当时他住在斯坦尼斯街的一套小公寓里，房间之小、陈设之简陋让我不敢相信。他离异了，前妻据说是个美丽高雅的艺术家，但马班从来没有提起过她，巧的是我的房东认识她。有一次我冒失地提到了这事，他什么都没说。他们有一个女儿，在一个现代艺术博物馆当馆长，所以马班不时会打电话让我去取票看展览。马班早年应该还有一个夭折的儿子，他根据那段经历写过一个中篇《伤逝》，我后来把它翻译成中文，与他的另一本小说《赤道悲鸟》合在一起出了，书很受欢迎，当年就重印了。马班写过不少小说，老韩很早以前就在译林出过他的《温情的人》。但马班自己最看重的，还是诗歌。他出过15本诗集，得过马克斯·雅可布奖、魏尔伦奖、博斯凯奖和法兰西学院的埃雷迪亚奖等重要奖项，业内对他的诗评价很高。我以前编译过大型的法国诗选，所以老韩委托我选译一本马班的诗选。但我一拖再拖，因为他的诗实在太难译。他说他的诗是为自己而写，为艺术而写，并不考虑受众，他的诗"灵魂深度让人眩晕，常常让人在想象的小路上迷失"（法国诗人德尼·厄德雷语）。翻译过程中，我常向他请教，可他有时自己也解释不了，说那是一种感觉、感受和瞬间的灵感，并不受逻辑束缚，你能悟到，就是读懂了，否则我怎么讲你也不会懂。

也是在那年，我回国后，想邀请波伏瓦的女友玛德莱娜·戈贝尔－诺埃尔女士来华举办巡讲活动，但法国驻华使馆告诉我，他们发现玛德莱娜并不是法国公民，尽管她在法国生活了30多年，且在联合国教科文组织任过职。我让玛德莱娜赶紧去

马班作品中译本封面

找马班，她却给我带回一个惊人的消息：马班因脑梗瘫痪了！

此时离他退休仅一年。

他病后，我们在很长一段时间里失去了联系，他搬了家，好像去了女儿家住。邮箱已经不用，他也无法打字。经多方打听，总算得知他暂时没有生命危险，将来能恢复到什么程度就不知道了。在这之后，我每次去巴黎都设法跟他联系，但都石沉大海。也许他无法回复，也许他不想以现在的状态见人。我想，他需要安静，这是肯定的，于是便尽量少打扰他。2012年年底，我从加拿大回原单位工作，老韩告诉我，马班现在能回邮件了，脑子还很灵活，就是下肢不能动了；并说有空可以跟他通过邮件聊聊天，在翻译方面有什么问题也

马班在忆旧，在总结自己的人生

可以请教他，让他觉得自己还有用，还被需要。当时我正在翻译拉马丁的诗，确实遇到了一些难点，问了不少法国朋友都得不到满意的解答，于是立即给马班写邮件。果然，他很快就回信了，详细解答了我的问题：说这里省了一个词，那里换了词序，这个单词在这里应作这样的解释。经他一番解释，一切清楚了，可见他文学功底之深和对诗歌的熟悉程度。

《像风一样疯》中文版封面
译林出版社2013年版

这样的交流持续了很长一段时间，直到有一天，他很久才回邮件，说自己近来身体不舒服，我这才意识到，他是个重病之人，于是适可而止，此后大多是在节假日去信问候。而在这期间，老韩又翻译了他晚年的一本重要小说：《像风一样疯》。书中写的是一个法国外省青年在伊斯坦布尔与一个英国女孩的爱情故事，老韩说，"其时其境并非虚构"。我明白，马班在忆旧，在总结自己的人生了。在这前后，他的创作热情空前高涨，小说大量出版，《废物作家肖像》《夕阳下的老人》《身体的囚徒》。正如作家库里-加塔所说，他"把自己的病变成了文学的素材"，或追忆往事，或"清醒而无情地审视自己的身体"，表达自己的精神的苦闷、身体的苦难和心中的无奈，他不愿自己的生命像"沉默的花菜一样结束"，想抓住这最后的机会，把以前想写而没有时间写、想说而没有说的东西都倒出来。

2018年，我再次去法国。途经巴黎时，我发邮件给他，提出去看他。他很爽快，马上就跟我约了时间，但第二天，他又要求取消，且没有说明原因。老韩说，你一定要去，他最近情绪波动很大，甚至有轻生的念头。我大吃一惊，再次发邮件给他，强调是代表老韩和我两个人去看他，时间不超过一刻钟。过了半天，他终于同意了。第二天，我在约好的时间去了他的新住址。前来开门的是一个高大的黑人

病后的马班气质大不如前

青年，我猜应该是他的养子。马班见到我很高兴，他虽然坐在轮椅上，但气色不错，与我想象的完全不同。他显得很轻松，跟我开着玩笑，说你还记得吗，你第一次来巴黎时，被人偷了钱，是我资助了你？我说当然记得，我的签证过期，也是你开条子给警察总局的。他说，有个问题我一直弄不清楚，中国女子笑起来的时候为什么要用手捂住嘴？比如你们北大的某某教授，说着，他模仿那位女教授笑不露齿的样子，逗得我哈哈大笑。他又说，你们中国人讲义气，重感情，比如说你和老韩，这么多年来一直关心我，尽管我现在已经不能给你们任何帮助了。我说，中国的朋友都牵挂你，想念你。你还记得吗，你当年答应我退休以后第一个要去的国家就是中国？他苦笑着摇摇头，说，去不了啦。

　　不知不觉已过去半个多小时，不能再久留了。我知道，他表面上这么轻松愉快，肯定是不想让我们担心。我随身带了相机，打算跟他拍张合照的，但怕他敏感多想，所以一直没有拿出来。这成了我终生的遗憾。

2020 年

三月三，我在杜拉斯墓前

　　2006 年 2 月，我应法国国际出版署邀请，前往巴黎出版界进行文化交流，被安排在阿尔班米歇尔出版社实习，这是法国屈指可数的大出版社之一，罗曼·罗兰的《约翰·克利斯朵夫》最早就是该社出的，华裔作家程抱一、畅销书作家诺冬以及许多法兰西学院院士、龚古尔学院院士都在那里出书。该社已有 100 多年历史，拥有自己的一栋大楼，这还是当年的创始人米歇尔留下来的。大楼的北面是繁华的拉斯帕伊大街，西边是巴黎的"世贸大楼"——蒙帕纳斯塔，而南面，隔着一条已被改为路边停车场的马路，就是著名的蒙帕纳斯公墓，法国历史上的许多名人如莫泊桑、波德莱尔、波伏瓦、贝克特等都安葬在这里，1996 年，杜拉斯去世后也在此安葬。

　　我的办公室面朝东南，高大的落地窗正好对着墓地的大门，杜拉斯的墓就在大门左边 10 来米的地方，紧挨着围墙。每当看书或看电脑累了的时候，我常常凝视着百米外的那个地方，感叹着生命的无常和时间的威力。

　　我每次来巴黎都去杜拉斯墓，第一次，我难过得说不出话来。一个如此著名的作家，一个在法国文学史上写下重重一笔的作家，就这么简单地安葬了。她的墓不但说不上显眼，甚至可以说很寒酸，一块青石而已，上面写着"玛格丽特·杜拉斯"几个字，下面是"1914—1996"，墓前刻着两个字母"M.D"，这是"玛格丽特·杜拉斯"的法文字母缩写，也是她最后一个情人扬·安德烈亚写的一本关于她的书的书名。

　　杜拉斯的墓没有碑，青石很脏，很旧，好像一直没有人清扫，而

从墓地里面往外看，对面的那栋大楼就是阿尔班米歇尔出版社

旁边隔着几米，就有一个华人女孩的墓，高大而华丽，墓碑上镶着照片，烫着金字，上面写着某某"英年早逝 永垂不朽"几个字，一看年代，这个女孩是 1965 年生的，1992 年去世，果然早逝，但能否"永垂不朽"，那就不知道了。

后来有一次去杜拉斯墓，意外地发现墓上有几枚小小的硬币，仔细一看，是俄罗斯卢布。看来，还是外国人记得她。那天，我身上刚好也有几个中国的钢镚，便也放了上去。杜拉斯毕竟是中国人的"情人"啊！

这次来巴黎，由于隔得近，所以常常来，基本上天气好的时候都会过来看一看。墓前有一盆花，早就枯萎了，青石上还有两盆，也已枯死。莫非她的亲朋好友已把她忘记？

杜拉斯墓，墓石上刻着"M.D"两个字母

我没忘记她。一个多月以来，我一直在寻找和阅读有关她的书，几乎天天给有关出版社打电话发邮件。杜拉斯的最后一本著作《这就是一切》是我几年前就看中的一本书，这是她在生命中最后几年陆陆续续口述的，由最后陪伴她的扬记录整理。这是杜拉斯对自己一生的总结，也是对所有作品的概括，所以取名叫"这就是一切"。但这本书字数极少，法文才 60 多页，翻成中文只有两三万字，怎么成书？书是由法国著名的 P.O.L 出版社出的，老板保尔和我很熟，我出过他的《母猪女郎》，出过他的《雪中惊魂》，也出过他的《我的情人杜拉斯》。我多次跟他商量怎么办。文字是一流的，十分富有亲和力，真实而感人，如果配上一些照片，这本书会做得非常漂亮。我兴奋极了，但保尔提醒我不要高兴得太早，因为最后要得到杜拉斯的儿子让·马斯科罗也就是乌达的同意，而根据他对乌达的了解，同意的可能性不大。果然，乌达一口拒绝，态度坚决，没有讨价还价的余地。尽管我早就听说此人有些怪异，不好商量，但还是抱着一丝希望，想试一试，可保尔打消了我的这个念头，说完全徒劳。这已经是几年前的事了，我没有忘记这本书，想趁杜拉斯去世 10 周年之际，说服乌达改变他以前的决定。

《玛格丽特·杜拉斯——真相与传奇》
中文版封面，作家出版社2007年版

一天，我偶然发现与我同办公室的法国同事安娜–劳尔的桌上有本大 16 开的《玛格丽特·杜拉斯——真相与传奇》，这是一本写得相当生动的传记，作者是著名的杜拉斯研究专家，也是杜拉斯的生前好友阿兰·维贡特莱。书里有 100 多张照片，其中一半多我从来没有见过。我借来看了一个晚上，第二天就决定一定要拿下这本书的版权，国内现在正需要这种书。我马上打电话给出版社，但当我知道这是 10 年前的旧书时，我差点气得背过气去。这 10 年我都干什么去了？介绍了这么多法国书，收集了这么多杜拉斯的资料，竟然不知道有这么一本好书。但当我知道这本书的中文版权还在时，心里的一块石头总算落地，我马上赶到了出版社，可当我报出我的书价和印数时，对方的脸色一下子变了。中国的书价比法国低十几倍，至于印数嘛，中国有 13 亿人呢！我说 13 亿人不可能人人都是杜拉斯的情人。对方说这样吧，他们要先征求一下文字作者和照片的版权持有人即杜拉斯的儿子让·马斯科罗的意见。我马上听出了话外音，当晚，便到处打电话找朋友求助，最后还惊动了文化部和外交部的一些官员，但他们都有些不屑，说你要找大作家，找院士，我们随时给你介绍。乌达？我们不认识！

这时，我又发现了一本好书。这是一本关于杜拉斯的研究文集，书中收入了各国的杜拉斯研究专家的研究成果，介绍了杜拉斯在各国的影响，其中还有杜拉斯的许多亲朋好友的回忆文章、写给杜拉斯的信和与杜拉斯的对话，最珍贵的是书中还有 14 篇首次公开发表的杜拉斯的文章，当然，还有照片。从某种程度上来看，这本书比其他书都更有价值，不但有学术性、资料性、权威性，而且极富可读性，开篇就是杜拉斯的一篇从未发表过的文章《中国的小脚女人》，结尾是主编写的《杜拉斯之后的杜拉斯》。尽管全书有 40 多万字，但没有什么好犹豫的。出这本书的出版社是专出学术著作的，出版物质量很高，但我以前与他们没有联系，打电话到版权部，没人。问总机，总机说你发邮件给他们吧！我按她提供的地址发过去，几天没有回音，再打电话，还是没人。邮件已经接连发了几封，再发也没有用。在法国找人要提前约，否则是很不礼貌的，对方也不会见你。我向出版局求助，他们给了我出版社老板的电话，我打电话过去，秘书问明原因后，说你得找版权部联系。我十分沮丧，晚上偶然上了中国的网站，发现国内几个月前就有专家介绍过这本书，进而发现，这个专家也有文章被收入了这本书中。我知道这位专家，他翻译过许多书，与国内的许多出版社有联系。明白了，于是不再抱希望。

安娜-劳尔看我愁眉苦脸，便问我什么事。我把这些天遇到的难处告诉了她。她说，我把维贡特莱的电话告诉你吧，但你不能说是我透露的。找到了维贡特莱，就等于找到了乌达，他们的关系很好。真没想到大救星就在自己身边！但维贡特莱家的电话不知为什么停机了，打他的手机，响了很久才有人接。他在大街上，说话不方便，匆匆交谈了几句，他让我晚上再给他打，但到了晚上他又不接听，我在他手机上留了言，讲清了我的意图，可他并没有回复。我又追了几天，终于，他抵挡不住了，说版权的事你应该找出版社，我帮不了忙。我说知道，但我现在不想跟你谈杜拉斯，我想跟你谈谈你的其他书。我已料到他不愿介入这种事务性的纠缠中浪费时间，事先在网上查阅了有关他的资料，知道他其实写了不少好书，不仅仅是关于杜拉斯的。我对他说，你的不少书我都感兴趣，想把它们介绍到中国去。谁知他挺牛，说我的书被几十个国家翻译了，他们抢都来不及，包括你们中国，尤其是那本《传奇的爱情——康素爱罗与圣埃克絮佩里》。我想起来了，我也曾介入过那本书的版权竞争，圣埃克絮佩里是《小王子》的作者，他的爱情故事堪比缪塞与乔治·桑的故事，而维贡特莱也写过缪塞和乔治·桑，事实上，那三本书属于同一套丛书，都有大量精美的照片。我还知道，维贡特莱是杜拉斯文学奖的主席，还是"杜拉斯之友"协会的创始人。这样一谈起来，话就多了。最后，他悄悄地对我说，这样吧，我把乌达的电话和地址给你，但你可不要说是我给的。又说，乌达现在不在巴黎，一个月以后才回来。你最好先写信给他，没有回复再给他打电话。但我现在的兴趣已经转移到他身上，觉得从他身上得到的东西可能比从乌达身上得到的东西更多。我问他什么时候来巴黎，想与他见见面。他说他在外省当老师，要上课，并不常来巴黎。我说，要不，我去外省看你。他想了一会儿，说，这样吧，3月20日，巴黎书展期间，我会到现场签名售书，届时你可以来找我。他告诉我他马上要推出一本新书《沿着杜拉斯的足迹》，为了写这本书，他去了杜拉斯的家乡，然后又去了越南杜拉斯年轻时生活过的地方，接着是巴黎、特鲁维尔等地，完整地勾勒出了杜拉斯的一生。他说他还有一本书也不错，叫作《有一个叫杜拉斯的地方》，写的是杜拉斯出生的那个村庄。我说就这样吧，20日见面以后再说。我心疼我的电话费。

3月3日，我一直记着这个日子。今年是杜拉斯去世10周年，我想应该有比较大的纪念活动。前几天我打电话给杜拉斯的"闺中女友"米歇尔·芒索，问她"三月三"有什么活动，她说不知道，她马上要出差，3日不在巴黎。芒索曾是杜拉斯的密友之一，两人友好相处了10多年，她后来把这段经历写成了一本书，还是我把它译成中文的，翻译期间我曾拜访过她，之后跟她一直有联系。

年轻时和年老时的杜拉斯

随后，我又打电话给维贡特莱，问他3月3日巴黎有没有纪念活动，他也说不知道。我说你不是"杜拉斯之友"协会的会长吗，杜拉斯去世10周年，这么重要的日子也没有活动？他说没有，只有5月份有一个杜拉斯奖颁奖仪式。我又试着打乌达家的电话，没人接，看来，他果真不在巴黎。我想起了杜拉斯的最后一个情人扬。我出过他的两本书《我，奴隶与情人》和《我的情人杜拉斯》，但当我打电话给他的法国出版社时，得到的答复还是令人失望：扬失踪已经数年，谁也不知道他在哪里。

我想，"三月三"，我至少应该到杜拉斯的墓前去看看，也许能发现什么。

前一天，巴黎阳光灿烂，我事前侦察好杜拉斯墓的斜对面有一张椅子，我想明天就带着相机在那里守一天，看看有没有人来，是什么人来。但到了3月3日，天下起雨来，而且还不小。阴沉沉的天，风雨交加，早上的气温是零度。我在墓前转来转去，但天太冷了，转了几十分钟就回办公室取暖，然后又回去。就这样来回往返了数次，直到中午也没有人来。下午，我从窗口突然看见一支车队进了墓地，这是很罕见的事。我连忙冲出门去，直奔墓地。许多人正从车中出来，个个西装革履，我一阵激动。他们终于来了！然而，他们并不是奔杜拉斯而来，而是绕过杜拉斯墓，往前走了。我失望得简直想哭。然后，天快黑的时候，当我第 N 次地回到杜拉斯墓前时，我惊喜地发现，青石前的那盆枯萎的花中，有人插了一枝小小的红玫瑰。虽然在风雨中显得很可怜，但很鲜艳。总算还有人记得她！我感到一丝欣慰。

尽管杜拉斯的亲朋好友都没来扫墓，尽管法国的主流媒体没有任何反映，但 3 月 3 日当天，法国一家出版社专门推出了一本叫《杜拉斯——一生如同小说》的新书，用来纪念杜拉斯去世 10 周年。这是一本 8 开的大画册，文字不多，作者叫让·瓦里埃，曾是法语培训中心驻纽约的负责人，20 多年前在美国遇到杜拉斯后，两人便成了朋友，常有来往。书中有大量的图片和杜拉斯作品与书信手稿，看得出来，编得很用心。作者说，为了编这本书，他整整花了 9 年时间，调查了 9 年，修改了 9 年。作者下个月还要出版一本关于杜拉斯的传记《1914 年至 1945 年的杜拉斯》。

还有一本新书要在 3 月 17 日出版，书名叫《圣伯努瓦路 5 号，4 楼靠左》，这是杜拉斯在巴黎拉丁区的住址，她在那里住了几十年，她的许多故事和作品都与那个地方有关。前几天，我曾去那地方拍照，但怎么也拍不好，外面如此杂乱，让人

《圣伯努瓦路5号，4楼靠左》法文版封面

怎么也无法将之与 20 世纪的一个文学大师联系起来。这本书的作者特别有意思，叫让 – 马克·图里纳，24 岁时曾勇敢地写信给杜拉斯，请求杜拉斯允许他把《劳儿·V. 斯泰因》改编成电影剧本，遭到了拒绝。杜拉斯当然不会让一个毛头小伙子来改编她的作品，但这一封信却开始了一场长达 25 年的友谊。图里纳不但走进了杜拉斯的生活，而且与她的儿子乌达及其父亲马斯科罗结成了好友，成了"圣伯努瓦路 5 号，4 楼靠左"的常客。后来，他们真的一起拍电影了，首先是拍《黄太阳》，图里纳整天泡在片场，但什么也干不了，他只为了待在杜拉斯身边。不过，到了 1984 年拍摄《孩子们》的时候，图里纳却成了专家，他是剧本的改编者之一，他的梦想终于实现了。

这本书讲述了作者 20 多年来与杜拉斯一家的关系，他们的关系并不一直都那么和谐。图里纳发现，他所崇拜的杜拉斯有时是那么乖戾，那么不可思议，那么难以相处。不过，他不像扬，不是杜拉斯的情人，受不了的时候他可以逃跑，可以远离。他在书中展示的是"一个热爱文学与电影的青年与 20 世纪下半叶一个神圣的名字之间的真正友谊"，讲述的是作为一个女人、一个母亲的杜拉斯的日常生活，而不是作为名人的杜拉斯的光辉历史。他说，这本书之所以在杜拉斯去世 10 年后才出版，是因为不想添乱。他指的是扬吗？

晚上，我一直盯着电视看，并频繁地换台，终于在快到午夜的一个论坛节目里，看到了几张熟悉的面孔：大作家亨利 – 贝尔纳·莱维和女作家安热。如果他们今晚不谈一谈杜拉斯，我以后不会再看他们写的书。他们没有让我失望，尽管时间不长，但盛赞了杜拉斯一番，电视台也播放了半分钟的录像，是杜拉斯当年在电视上的一段讲话。但最让我兴奋的，还是出杜拉斯研究文集的那家出版社回了邮件，约我下周一见面。我的"三月三"，终于以"利好消息"结束。

2006 年

这一回，萨冈真的死了

　　出差多日，消息几近闭塞，忽接到彭伦兄从上海打来电话，说"萨冈去世了"。我心中一惊，世上竟有如此巧合：1996年，我刚寄出给杜拉斯的信，杜拉斯就去世了；2002年，我给法国另一位著名女作家弗朗索瓦丝·吉鲁的信还未寄出，又传来吉鲁意外身亡的消息；而这一次，我出门之前，还专门跑到办公室给萨冈的出版商发电子邮件，要求续签她的《你好，忧愁》等几本书的合同……

　　1998年，我到出版社上班后策划的第一套丛书，便是"萨冈文集"，当时的规模很大，准备收入萨冈的10多部小说，但谈版权时遇到了问题。法国的出版社告诉我，有不少作品的版权在作者手里，要我直接跟萨冈联系。我给萨冈写了好几封信，但一直没有回复。不久，我去了法国，请求法国文化部书籍阅读处帮忙，但他们表示爱莫能助，因为他们也找不到萨冈。不过，他们给了我萨冈在巴黎的住址，说试试运气吧，说不定哪天您能碰到她。

　　萨冈住在塞纳河边的奥赛河堤路71号，就在著名的奥赛博物馆旁边，离文化部的书籍阅读处不远，走几步

写作中的萨冈

就到我整天逛的拉丁区，所以，在巴黎期间，我常常走累了就拐到奥赛河堤路去，坐在萨冈家门前的石阶上休息，看着塞纳河边来来往往的行人，希望那个熟悉的身影有一天会突然出现在我眼前。可惜，奇迹一直没有发生。

事后我才知道，萨冈在巴黎有几个住处，而且她晚年很少住在巴黎，而是待在外省的家乡。萨冈出生于法国南部小镇一个富裕的家庭，10岁随父母移居巴黎，13岁开始写诗，14岁开始读兰波、普鲁斯特和萨特的作品。但她在学校里成绩不佳，而且行为反叛，常常出言不逊，几次被学校开除。1953年，18岁的萨冈在升学考试中落榜，为了获得心理平衡，证明自己并非一无是处，她泡在咖啡馆里写小说，并对她的闺中密友，大作家罗马尔的女儿弗洛朗丝说："今晚，我要写本书。它会成功，我会赚很多钱，去买辆'美洲豹'。"

她的那本"会赚很多钱"的小说，是写在小学生的练习本上的。几个星期后，练习本已写了几本，弗洛朗丝看后大加赞赏，鼓励她去投稿。于是，1954年1月6日，萨冈吹着口哨，披上大衣，头发梳得像个男孩，来到朱利亚尔出版社，把那160页作文纸放在了前台，并留下了自己的地址。第二天，该社文学部主任雅威尔打着哈欠翻开了她的作文小说，"这种感觉以烦恼而又甘甜的滋味在我心头萦绕不去，对于它，我犹豫不决，不知冠之以忧愁这个庄重而优美的名字是否合适"。第一句话就把雅威尔吸引住了，为了证明自己的判断，他马上喊来该社最权威的审读员勒格里克斯，勒格里克斯看完小说后的评价是："真实，充满才华，既是小说又是诗歌，毫无虚假的成分，交织着邪恶和天真……十分迷人，让人难忘。"

18岁的萨冈

稿子送到老板朱利亚尔那里，

朱利亚尔看完后大为激动，当即决定出版。10天后，萨冈在父亲的陪同下，来到了出版社。看到年轻的女儿要出书，当父亲的当然高兴，但书中的大胆描写又让这个有身份的绅士感到为难。最后，他要萨冈使用笔名，以免玷污他"高贵"的姓氏。萨冈想起了《追忆似水年华》中她喜爱的那个萨冈王子塔列朗－佩里戈尔，便决定署名为弗朗索瓦丝·萨冈。从此，法国文坛上诞生了一个名叫萨冈的著名作家。

这本薄薄的小说，书名来自法国诗人艾吕雅的一句诗——"你好，忧愁"，写了一个为所欲为的18岁少女，一个风流不羁的单身父亲和他的两个情人，一段假日，正如书中的赛西尔所说："我们具备了一场悲剧的所有要素：一个勾引女人的男人，一个半上流社会的女人，一个有头脑的女人。"出版时，朱利亚尔给这本书配了一个红色的腰封，上面写着"魔鬼在心"几个字，指的是又一个拉迪盖诞生了。拉迪盖是法国的一位年轻作家，才华横溢，但桀骜不驯，以《魔鬼附身》闻名。

一个胆大妄为的女孩，写了一本"不道德的小说"，这是评论界对《你好，忧愁》的评价，但人们却对这部小说无法释手，连《世界报》文学版的专栏作家，法兰西学院院士艾米尔·昂里奥老先生也迷恋这本小说，把它放在手边，读了又读，"看完这本书，一切都显得淡然乏味了"。著名作家莫里亚克则称赞萨冈为"可爱的小精灵"，"以最简单的语言把握了青春生活的一切……她的文学才能从第一句就显示出来了，而且无可争辩"。

《你好，忧愁》法文版封面

小说初印20000册，之后不断加印，三个月后卖到10万册，很快又突破20万册，到1958年，该书已在法国销出81万册，成了二战之后法国最畅销的小说，并获得了"批评家奖"。1955年，小说的版权以6000万法郎的天价卖到了美国，英译本旋即成为《纽约时报》畅销书排行榜的冠军，销量超过百万册。如今，《你好，忧愁》已被译成20余种语言，并拍成了电影，全球发行逾200万册。在美国，不少学者以萨冈作为研

萨冈小说中文版封面，柳鸣九主编
海天出版社2000年版

究课题，撰写论文；在俄罗斯，许多学生通过萨冈的小说来学习法语；在日本，有萨冈俱乐部；而我国读者对萨冈也不陌生，她的多部小说都已译成中文出版，其中《你好，忧愁》竟有数个译本。萨冈创造了法国文坛上的神话，成了出版界的一种"现象"。

2002年3月，我去巴黎参加书展，在飞机上发现刚刚出版的《新观察家》杂志中有一篇文章《你爱萨冈吗？》，不禁哑然失笑。萨冈曾问读者："你爱勃拉姆斯吗？"现在，我们又要回答她的另外一个问题了。但对广大萨冈迷来说，这是一个不能不回答的问题。萨冈的小说明快、简洁、典雅，语言优美，富有乐感和诗意，散发着淡淡的愁绪，有一种令人神往的忧郁，非常迷人。然而，这位年轻、漂亮、富有、充满活力、18岁就出了大名的作家，却不惜挥霍自己的青春和生命。她喜欢酗酒、抽烟、飙车、赌钱，甚至吸食毒品。她白天睡觉，晚上在烟雾弥漫的地下室跳舞，在酒吧里喝得酩酊大醉，或在赌场上通宵达旦地搏杀。有一天凌晨，她赢了8万法郎，马上打电话到外省，9点钟就用这笔钱买了一座屋子，晚上匆匆赶去睡觉。她用版税买了两辆高级跑车，常常赤脚开飞车。1957年，一场车祸使她伤了11根肋骨，但她仍不思悔改，对警察说："我相信自己有权自毁，只要这不伤及他人。"1990年，警察在她家搜出300克可卡因和300克

《萨冈,一个可爱的小精灵》
法文版封面

海洛因,她入狱了,并被处以巨额罚金,尽管她鼎鼎大名;1995 年,她又因吸食和拥有毒品被判 12 个月监禁及 4 万法郎罚金。2002 年 2 月,在她晚年的时候,她又爆出丑闻:逃税,被判一年缓刑。

至于感情,对她来说就像飙车,每一站都转瞬即逝。1958 年,她和出版人居伊·斯肖莱尔结婚,两年后离婚;1962 年旅居美国时,她又嫁给了美国画家罗伯特,但生下儿子德尼斯后也分手了。她视爱情为一种"病态的迷醉",并坦言自己的爱情可以持续"三四年,但绝不会更久"。1993年,她曾回忆说:"我的运气好极了,因为我长大时,正好有了口服避孕药。我 18 岁那年,整天怕怀孕怕得要死,但避孕药出现了。此后 30 年,性爱自由了,不必担心后果。后来,艾滋病就出现了。我成年时代的那 30 年,正是纵情取乐的年代。"她跟她书中的人物一样,看破红尘,醉生梦死,追求感官刺激,不顾一切地尽情享乐。这样一个"魔鬼缠身"的女精灵,你喜欢吗?

然而,不少读者却对她表现出极大的宽容,有人说:"也许她欠了法国许多税款,但法国欠她的可能更多。"还有人替她辩解:她之所以花天酒地,是因为她赚了太多的钱。当初,当她拿到数千万法郎的版税时,父亲对她说:"在你这个年龄,拿到这么多钱,这太危险了。赶紧花了它!"她第一次没有违抗父命,拼命花钱:"我邀请了 30 个朋友到圣特罗佩度假,一连 5 年,直到债台高筑。"她之所以酗酒,是因为面对记者感到羞怯;之所以飙车是因为采访一场接着一场,让她烦不胜烦;而之所以吸食毒品,是因为治伤所需,当年车祸在医院昏睡数月,没有吗啡又如何平息痛苦? 90 年代初,包括杜拉斯在内的 10 多名作家还联名给当局写请愿信,为萨冈说情。

　　然而，这位身份高贵的"公主"自然不会满足于一辈子厮混于酒吧之中，她要结交政要和名人，获得社会地位。她有这个资本，也有这个能力。20世纪60年代初，萨冈的写作势头减弱之后，开始对社交和政治感兴趣，她曾在著名的《121声明》上签名，支持军人休假后不回阿尔及利亚参战；70年代初，她又签名声援支持堕胎的运动。1968年，法国爆发了著名的学生运动，她开着豪华跑车来到奥德翁剧院，当时学生们正在集会，看到她来，惊讶地问："萨冈同学开着法拉利是来支持革命的吗？"她幽默地答道："不，这不是法拉利，是玛莎拉蒂！"

　　萨冈还是法国两届总统的座上宾，蓬皮杜是她的老乡，素有交往，而密特朗可谓是她的密友，多次利用权势保护她，并说她是"兰波所说的理想的朋友，不热情也不冷淡的朋友，真正的朋友"。密特朗曾带她出国访问，可惜，她太不争气。1985年，她随着总统去哥伦比亚的波哥大时，由于当地地势高，肺部已经损伤的萨冈呼吸出现问题，严重缺氧，昏迷过去，总统只好动用专机，把她送回法国急救，当然，用的都是纳税人的钱，总统因此还受到了批评。但密特朗并不介意，事后还安慰萨冈说："下次，我带你去地势低一些的国家。"

写到得意时……

在法国，不少作家都有接近政要的爱好，但一般都很注意分寸，免得让双方陷入被动。但萨冈与政要的交往是赤裸裸的，她曾写信给密特朗，公然为朋友的企业争取合同，并因此得到巨额佣金，但也是这笔佣金，掀起了"萨冈逃税风波"，差点把她送进监狱。萨冈与大作家萨特的恋情则更多被传为一段佳话。1978 年，她少女时代的偶像萨特双目失明，疾病缠身，萨冈听说后，写了那封著名的《给让-保尔·萨特的情书》，在两家报纸上同时发表，她在信中倾诉自己对大师的仰慕和爱恋，鼓励他勇敢地生活下去："这个时代被认为是疯狂的、非人道的、腐朽的，而您，仍然是那么智慧、温柔、不朽。我们是多么感谢您啊！"萨特深受感动，约萨冈见面吃饭，称她为"我的小调皮莉莉"。两人无所不谈，相见恨晚，尽管波伏瓦像影子一样在身后进进出出。以后，两人每 10 天就单独见一次面，共进晚餐时，萨冈还殷勤地为萨特切肉。"我们聊着天，像两个在站台上相遇、永远不会再见面的旅客。"回家时，她挽扶着他走在人行道上，而他则在精神上扶着她。为了让萨特能随时随地听到自己的"情书"，萨冈用了整整 3 个小时朗读并录制了那封长信，留给萨特在深夜独自回味。这段忘年恋直到 1980 年萨特去世才画上句号。

萨冈与法国前总统密特朗

在近半个世纪的写作生涯中，萨冈出版了 50 多部作品，其中 20 多部是小说，较著名的有《你好，忧愁》《某种微笑》《一月之后，一年之后》《你爱勃拉姆斯吗？》《狂乱》等。萨冈还写过不少剧本，其中《瑞典城堡》获得了空前的成功，随后，她又开始"触电"，编写了不少电影剧本，并亲自参加拍摄，她自己的许多小说也先后被拍成电影。

萨冈的作品大都描写中产阶级的感情生活，书中的人物大多和她一样，玩世不恭，萎靡不振，沉醉于酒色之中，忧郁、孤独和哀伤笼罩着她的全部作品。然而，这位"忧愁小姐"却正如法国一位评论家所说："朋友很多，却没有一个真正的朋友；爱情很多，却没有真正的爱情；看似孤独，其实并不孤独"，她是"少年不识愁滋味，为赋新词强说愁"。她生活在快乐之中，不知痛苦为何物；她年纪轻轻便一举成名，没有经历过奋斗的艰辛。她一辈子追求快乐，连写作也是获得快乐的手段。她公开承认，自己算不上什么大作家，她是为快乐而写作。1998 年，为了写《肩后》一书，一直拒绝写回忆录的萨冈第一次重读和回顾自己的作品，不无惊讶地发现："那些幼稚的作品竟出自我的手"，她感到汗颜，并表示如果现在再写，一定能超过以前。

的确，萨冈算不上法国的一流作家，她的作品视野较窄，缺乏大气，但它反映了一个时代，一个闲散、放纵、享乐的时代。当时，美式文化开始冲击欧洲，性解放登陆法国，道德防线被冲破了，而避孕套的发明又在技术上为人们的种种放荡行为提供了保证。萨冈就是那个难忘年代的符号，《你好，忧愁》就是 20 世纪法国道德解放的奠基之作，书中流露出来的反叛思想和玩世不恭的处世态度，与那个时代的精神气质极为吻合，它是慵懒、忧伤和失望的一代的宣言书和代言人，它把享乐主义引进了存在主义哲学，就像在"冷水中的一缕阳光"（萨冈的小说名），苦闷和彷徨的一代人从此在忘我的享乐中找到了解脱。现在，尽管时过境迁，人们已很少读她的作品，但依然记得她，尊重她，因为她是法国当代文学史上一位绕不过去的作家。

法国当代文学史上一位绕不过去的作家

　　萨冈是不死的，因为她已经死过多次。在 1957 年的那场车祸中，医生曾宣布她临床死亡。她的脉搏已经停止了跳动，人们甚至摘下了挂在她脖子上的项链，合上了她的眼皮，但她活过来了；1978 年，她被诊断为乳腺癌，做手术时，她请求医生如果发现没救了，就不要再让她醒来，结果是一场误诊，萨冈又捡回一条命；1985 年的哥伦比亚之行，她胸膜破裂，浑身插满导管，是总统的专机救了她；而 1992 年的暴病则更有戏剧性，报纸都已经刊登了她去世的消息，但她又活过来了。这一次，萨冈真的死了，但人们对她的去世表现出出奇的平静，因为大家都认为萨冈是不死的。

2004 年

一个与政治调情的女人

2002年出访法国，一个很重要的任务便是拜访弗朗索瓦丝·吉鲁。吉鲁是法国知名作家，又是国务秘书，还是传媒巨头，但她的不凡身世和传奇经历比她的身份更吸引我。几年前我就想写一写这个传奇的女人，并收集了许多资料，还从她的出版商那里调来她的不少作品。当我遇到自己特别想写的人和事，常常会把素材压下来，放上一段时间，甚至很长时间，直到它们在我心中"发酵"，驱使我不得不写时才动笔。但能让我这样深藏多年的作家并不多。

在法国电视五台总裁克莱芒先生的帮助下，我联系上了吉鲁，并约好了见面时间，但一场意外的变故使我未能赴约。再约，对双方来说都已不可能，因为当时已是"文学回归季"，各项文学大奖也已揭开序幕，作为主角的吉鲁根本无法脱身，而我的日程也安排得满满的，无缝可插。回国后，我一直想给她写信，但一拖就拖到了新年。春节之前，当我终于把信寄出去时，却传来了吉鲁去世的消息，我在震惊之余深感痛惜。

历史一再重复，当年，我对杜拉斯就犯下了同样的错误。

作为一个女人，吉鲁拥有了她能够拥有的一切：美貌、才华、财富、健康、权力……在政治上，她位居国务秘书，是总统的专业顾问和助手；在新闻界，她是法国最大的新闻周刊《快报》的老板，同时涉足法国的其他几大周刊和报纸；在文学上，她成果卓著，出版了30多部作品，并编写了许多电影和电视剧本。她周旋于政客、富商和文豪之间，与密特朗共商国是、与基辛格谈论政局、与马尔罗谈笑风

吉鲁,一个传奇的女人

生、与纪德共进午餐、与萨特喝咖啡、与加缪聊天、与莫里亚克一同改稿。她是国际反饥饿组织的名誉主席、法国电影投资委员会主席、法国国家文艺委员会成员、妇女文学奖评委,获得过法国荣誉勋章、法国国家级勋章、佛罗伦萨美第奇国际学院奖,并兼任美国密歇根大学名誉教授。

然而,这个辉煌得有些耀眼的女人却是苦大仇深,而且身世坎坷。她的老家在土耳其,祖父本来很风光,是专门给苏丹治病的医生,也就是御医,但后来得罪了王室,被流放到伊拉克,吉鲁的父亲沙里·古吉就生在巴格达。沙里后来当了记者,并创办了一家电信社,但他太耿直,不为当地官员所容,只得离乡背井,前往欧洲,在瑞士生下吉鲁。吉鲁是在巴黎长大的,7岁时,父亲就去世了,母亲的精神几近崩溃,她成了家中的男人,家里的重担全都压在了她的肩上,她连中学都没读完就被迫走向社会,赚钱养家。她先是在书店卖书,后来又当打字员,16岁那年遇到了电影导演马克,马克和她父亲有些交情,便留下了她。二战期间,吉鲁为逃避战乱,离开巴黎,到外省投奔姐姐。为解决生计问题,她试着给报刊写新闻,后被外省一家报社录用,负责采访戏剧新闻。与此同时,吉鲁在姐姐的影响下参加了抵抗运动,后因叛徒告密而被盖世太保逮捕,但她竟然在流放途中成功逃脱了。二战结束后,她的命运开始发生转折,才能逐渐被人赏识,尤其是与大记者让-雅克·塞文-斯伯莱的相遇,使她步入了人生的辉煌期。

当时,她已经35岁,而且有两个孩子,让-雅克才28岁,但吉鲁对这个才华横溢的年轻记者一见倾心,认定他就是她梦中的白马王子。为了得到这个男人,她不仅离开了丈夫,而且不惜抛弃她心爱的两个孩子，整天围在让－雅克身边，她"穿着袒胸低领服，走起路来裙子呼呼地飘，魅力不可抵挡"。面对吉鲁的疯狂追逐，让－雅克终于投降了，因为，尽管吉鲁已不再年轻，但她仍然貌美，而且，这个女人懂得保养和打扮，有情调，有个性，是个十足的小资女人。但最让让－雅克动心的，还是这个女人对新闻事业的热爱。共同的理想和爱好使他们走到了一起，他们经常一起参加社会活动，一起写稿、改稿，策划选题。人们经常看到，在游行队伍中，让－雅克走在前头，吉鲁则在队伍中间鼓动。很快，他们就不满足于现状了，他们要用自己的智慧和能力去影响社会和政治，充分体现自己的人生价值，两人不约而同地萌发了一个宏大的计划——创办一家新闻周刊。

吉鲁和让－雅克相爱了 7 年，吉鲁把自己全部的爱都献给了让－雅克，所以，1959 年，当让－雅克决定离开她时，她如五雷轰顶，难以接受这个事实，怎么也想不到让－雅克会抛弃她。她一直爱着让－雅克，也坚信让－雅克是一直爱她的，坚信让－雅克之所以离开她，是因为他想要个孩子，而她不能给他，否则，他们的关系不会中断。那段时间，吉鲁非常消沉，也许是生命中唯一的一次。她甚至打算服毒自杀。她说，这辈子都是她驾驭男性，在与男人的斗争中她从来没有输过，只有这一次被让－雅克打败了。

吉鲁是法国新闻界呼风唤雨的人物，她不但是法国最大的新闻周刊《快报》的老板，而且兼任法国另一著名时事周刊《新观察家》特约评论员，并在《费加罗报》和《周日报》上辟有专栏。一个中学都没毕业的女子竟能成为新闻界的巨头，这在法国近乎神话，但吉鲁善于创造神话。她虽然没上过几年学，但读的书却不少，从卖书、打字、当场记的时候起，她就有意识地提高自己的文字水平。在给各报供稿期间，她又锻炼了自己的新闻敏感性。别忘了还有遗传因素，她父亲就是土耳其的著名记者，后来还在巴黎办过一份政治日报。正因为如此，法国当时读者最多的妇女杂志《女性》的主编艾莱娜会看中她，让她主持编辑部长达 8 年，直到她与让－雅克创办《快报》。

吉鲁是《快报》的老板之一，也是第一任首席记者，她的文章角度新，火力猛，文笔犀利，文风活泼，是法国新闻界公认的大手笔，法兰西学院院士里纳尔蒂称她是"充满才华、非常专业的杰出记者"。吉鲁是个工作狂，她每天早上10点准时到办公室，嚼着口香糖，或叼着香烟，一坐就是十几个小时，往往是她的部下在休息室里喝茶聊天，而她仍在办公室里工作。多年来，吉鲁凭着自己的职业敏感和政治嗅觉，配合国内外形势，抓住了一个个热点问题，策划了一系列报道，赢得了众多的读者，杂志的销量节节上升。半个多世纪以来，这份周刊见证了世界历史变迁，参与了法国社会的各项变革，极大地影响了法国的国计民生。

作为老板，吉鲁不但具有经营头脑和管理能力，而且思想开放，头脑清醒，毫不守旧。1964年，美国的新闻杂志登陆法国，对法国的本土杂志构成了巨大的威胁。吉鲁马上放弃了法国贵族式的傲慢，面对现实，果断地调整了自己的策略，"我对辉煌的过去丝毫不感兴趣，对未来也不感兴趣，我喜欢的，是现在"。她立即要求杂志改变文风，面对普罗大众，要朴实、平易。结果，法国的其他杂志纷纷关门倒闭，唯有《快报》在竞争中一路攀升，日发行量达70万份，拥有500多名员工，成为与美国《时代》周刊、德国《明镜周刊》齐名的国际知名杂志。

吉鲁知道，从政不可能不引火烧身。但作为一个新闻从业人员，她不可能远离政治。事实上，她像条警犬，时时警觉地盯着政坛，并且终于明白，权力能对事业、对社会起什么作用。为什么妇女有那么多问题解决不了？不就是因为女人没权吗？她发现："哪怕是一个平庸的女人掌握了权力，妇女的一切问题也都会迎刃而解。"

于是，吉鲁向政坛进军了。1974年，她在总统大选中为密特朗奔走呼吁，虽然密特朗失败了，她却被新任总统吉斯坦看中，被任命为国务秘书，负责全国的妇女事务，后来，她又成为负责文化事务的国务秘书，在那个位置上干了10年。其间，她曾参加巴黎的市长竞选，失败了，却进了巴黎15区的区政府，并成为法国激进党副主席。作为政治家的吉鲁，有政客的无情，也有女性的精明。为了在民众中树立自己的威望，她曾在公开场合就民众所普遍关注的地铁票价问题，当面质询吉斯坦总统，大胆得近乎无礼。总统有点下不了台，她却威信大增。然而，她并不总是这样为难"老板"，这是一个聪明的女人，也是有人情味的女人。在另一个公共场合上，她就社会安全预算问题也曾向密特朗总统尖锐地提出问题，然而，密特朗却答得滴水不漏，合情合理，获得了满堂喝彩。后来，人们得悉，吉鲁事先把写有答案的条子偷偷地塞给了总统。

　　吉鲁一直被认为是"女权主义者"，她自己却坚决否认，她认为只有无权才会去要求权力，只有处于弱势的女人才会成为女权主义者，而她从来就不需要向男人要求权力。她说，她的第一个上司是《女性》杂志主编埃莱娜，是女人不是男人，此后，便是她向男人发号施令，指挥男人。她不愿服从男人的领导，更不愿成为男人的附庸和玩物。19岁那年，她曾听从女演员约塞特·黛的建议，傍上了一个"看起来像只大猴子的"富商，两人在摩洛哥厮混了三天。那只"猴子"得到这么一个年轻漂亮的尤物，受宠若惊，给她买了大量的钻戒和时装。然而，她第四天就受不了了，把富商送给她的东西全都扔了回去，逃之夭夭。她很看不起男人，说"男女之间的区别是，每个男人都有一个女人，而女人却不是这样"，所以，"要打败男人很容易，因为女人才是文明人"。她对男人的这种抵制和抗拒与她的身世有关。她知道，她一出生就让父亲失望了，"啊，是个女孩，多么不幸啊！"父亲的这句话毕生在她耳边回响。她从小就有种自卑感，为自己是女人而感到耻辱，所以，她一直想让男人承认她、注意她、尊重她。她深深地记着小时候母亲跟她说过的一句话："男人脚很大，胆很小。"她明白了，男人是靠不住的，一切都要靠自己，"当我不再

这是一个聪明的女人，也是一个有人情味的女人

为自己是女人而哭泣的时候，我就成了最快乐的人"。

然而，吉鲁所对抗的男人，是作为群体的男人，而不是单个的男人。事实上，她在一生中遇到过许多好男人，并对他们心怀感激，甚至爱他们。电影导演马克是她遇到的第一个好男人，当吉鲁在阴暗的地下室不分白天黑夜打字赚钱的时候，是马克把她拯救了出来。尽管吉鲁对电影一窍不通，他还是想提携她，培养她；在二战期间，当她穷得快饿死时，"一个蓝色的夜晚"，大诗人路易·儒弗出现了，悄悄地把一张支票塞到她手里。这些，吉鲁至死也不会忘记。

"巴黎女郎是天下男子最向往的情人"，此话虽是笑言，却也说明了巴黎女郎的魅力。那么，巴黎女郎究竟是什么样的呢？只要看看吉鲁就知道了，她就是巴黎女郎的象征："目光迷人、笑声爽朗、身材苗条、举止优雅，穿着名牌服装，身上总飘着高级香水的味道"，她待人亲切有礼，做事独立自主，言谈风趣幽默，知识渊博，见多识广，精力充沛，就像一节"永久"电池。她具有"水做的肉身，铁铸的意志"，身体魅力、人格魅力和智慧魅力集于一身。

"怎样才能做个漂亮女人？" 1950 年 7 月，她在杂志上答女读者问时说："首先要勤快，如果你很懒，马上放弃当美女的愿望。漂亮，这是女人的责任，面对你的丈夫，你的孩子，你一定要漂亮。"她又说："如果你感到漂亮，你就会感到美丽，如果你感到美丽，你就会感到很美好。"她欣赏西蒙娜·德·波伏瓦的一句名言："女人不是天生，而是后天养成的。"并补充说："女人的漂亮是洗出来的。女人要有魅力和诱惑力，就一定要洗，洗才能变得漂亮。"她总是很注重自己的仪表，直到晚年，她的衣着打扮仍一丝不苟，一头短发总梳得整整齐齐，漂亮的衣服总是纹丝不皱。她讨厌衰老，也害怕衰老，她说她决不做那种"走路颤颤巍巍，说起话来愤怒得发抖的老女人"，也不做"身体纤弱，坐在皮椅上晒太阳的弱女人"。她最看不起不修边幅的女人，哪怕是著名的女演员。让·莫罗？"一个肥胖的棕发女人。"加比·莫莱呢？"三个电影发行员的手都抹不平她脸上的皱纹。"

然而，她也深知，"青春是短暂的，生命却是漫长的"。要让美丽永在，就必须完善自己的人格，要有自己的个性和主见，做一个坚强而独立的女人。7 岁时，她和堂兄一起外出玩耍，曾遭到一批流浪汉的攻击，堂兄撇下她自己逃跑了。当她一瘸一瘸，浑身是血，哭哭啼啼地回家时，母亲没有责怪堂兄，而是对她说："他很胆小，但你很笨。不要再哭了，自己去治疗。"从此，她时时告诫自己："不要抱怨，永远不能忍受侮辱，更不能被人抓在手里。不要依附别人，不轻言放弃，拒绝愚蠢和平庸。昂起头来，生活是一场战斗，要经受必要的苦难，但不要被苦难击倒，因为被击倒就意味着死亡。"1972年，她的爱子在暴风雪中意外死亡，她的一个女部下跑到办公室去安慰吉鲁，谁知吉鲁冷冷地回答说："听着，姑娘，干活去！"对她来说，名叫"吉鲁"，就意味着要坚强。

吉鲁曾说："我为写作而生，也为写作而死。"写作，对吉鲁来说不仅仅是新闻写作，也包括文学创作。吉鲁的创作生涯始于二战期间，一个偶然的机会，她在里昂遇到了逃离巴黎的《巴黎晚报》主编米耶，在米耶的鼓励下，她开始写短篇小说，并陆续发表在该报上。吉鲁的第一个文学创作高峰出现在她与让－雅克分手之后，为了排遣内心的痛苦，她开始疯狂写作，但这些作品大都放了十几年，直到时间渐渐冲淡记忆后才陆续出版。如果说吉鲁的第一个文学创作高峰是受爱情的刺激，第二个高潮则是受生命的驱使。在吉鲁的 30 多部作品中，有一半以上是她 70 多岁以后写的。70 岁，对一般人来说已该休养生息了，吉鲁却以前所未有的热情投入了文学创作，她要与时间赛跑。

吉鲁的作品与她的政治生涯、新闻职业有密切关系，她喜欢写纪实作品和传记，或揭露政坛内幕，或展示社会百态，或描写各国女性，她的《一个可敬的女人》《革命中的女人们》《一个巴黎女人的日记》和《法国女人——从高卢女人到避孕套》都曾在法国文坛引起过轰动。但法国读者最感兴趣的，还是她的政治小说，如《如果我撒谎》《权力的喜剧》等，尤其是以密特朗总统的隐私为题材的《快乐》，因为当时密特朗的私生女丑闻尚未披露，这本书后来还被吉鲁本人改编成电影，搬上了银幕。吉鲁被拍成影视作品的书很多，除了

《快乐》以外，还有《第四把手》《居里夫人》等，《居里夫人》还在蒙特卡洛国际电视节上得了金奖。多年来，吉鲁一直与影视保持着若即若离的关系，她早年当过场记和导演助理，拍摄过《法妮》《巨幻》等几部影片，后来又在法国电影界担任要职，并参与了许多电影和电视剧的改编和拍摄工作。但她对影视又爱又恨，当年，马克一心想拉她入行，说："你看，电影的前途多么辉煌！"而她感叹道："啊，电影，多么肮脏的领域，尤其是对女人来说！"

吉鲁曾直言不讳地说，她只喜欢漂亮的男人。她也喜欢女人，但她喜欢的女人不但要漂亮，而且要有才华、要有灵气、要有教养。长期以来，吉鲁一直在寻找和研究这样的女人，也写过许多这样的女人，如《瓦格纳夫人》《居里夫人》《马克思夫人》《马勒夫人》等。我最喜欢的，是她的近作《莎乐美，一个自由的女人》，写的是一个像她一样美丽而神奇的女人：莎乐美，一个俄国贵族的后裔，她大腿修长、细腰柔软、大眼明亮、金发浓密，迷倒了 20 世纪三个伟大的男人——尼采、弗洛伊德和里尔克。她有丈夫，却从不与丈夫同床；她身边的男人络绎不绝，但从不允许他们碰她一下，柏拉图式的爱情在这个性感的美人身上得到了完美的诠释。但莎乐美并不是个花瓶，她出版过不少小说，写的诗文竟让里尔克感到吃惊，写给弗洛伊德的书信不但具有很高的史料价值，而且完全可以当作美文来欣赏。更重要的是，她还是这些追求者的创作源泉（当然也是痛苦的根源），没有她，尼采就写不出《查拉图斯特拉如是说》，而里尔克又写了多少诗给这位可望而不可即的美人，甚至要为她自杀。

吉鲁写这本书的时候已 80 多岁，但书中的文字和她本人一样，似乎没有"衰老"的痕迹，这本书好像出于一个正在热恋的少女之手，主人公的浪漫故事和作者的激情完全融合在一起。一个没有爱、没有热情、没有青春活力的人是断然写不出那样的文字的。显然，莎乐美是吉鲁所向往的女人，她在这个女人身上寄托了自己的希望和梦想。不过，她又在书中不无得意地揭露，莎乐美 36 岁时偷偷流过产，是谁的孩子？不得而知。吉鲁还据此进一步推理说，莎乐美不允许男人碰她，并不是生理原因，而是心理原因：她小时候长期被包围在宠爱她的男人当中，有过乱伦倾向，这使得她后来在身体上对男人有一种恐惧和抵制。但吉鲁并没有证据，这只是她的一种直觉，她的这种推测让人明显觉得她是在妒忌，可这并不妨碍这本书一出版就成了法国的畅销书。

2003年，86岁的吉鲁还在写书。去年年底，她的出版商告诉我，她刚刚完成了一本小说《豹斑》，将于今年2月出版。于是我便等啊等，谁知，等来的不是新书，而是吉鲁去世的噩耗。

吉鲁这么快就离开了人间，我没想到，她本人肯定也没有想到。她对自己很自信，对自己的才华自信，也对自己的身体自信。今年1月16日，她约作家亨利－莱维的夫人阿丽丝去巴黎喜剧院看《大美人和小笨蛋》首演，一同前往的还有一直在照顾她的弗洛朗丝。看完演出，她的心情很好，一边走，一边和阿丽丝谈笑风生。就在这时，意外出现了，下楼梯时，也许弗洛朗丝忘了扶她，更可能是她没要弗洛朗丝扶她，结果一脚踏空，摔了下来，当即昏迷不醒。救护车很快就把她送到了医院里，她与死神搏斗了3天，19日，还是撒手而去了。

吉鲁的去世在法国引起了巨大的震惊和悲痛，各界纷纷表示哀悼。法国总统希拉克说："我和许多法国人一样，欣赏她智慧而锐利的目光、狡黠的幽默和才华横溢、细腻优美的文笔。"总理拉法兰说："无情的笔、热情的声音、犀利的目光，使她成为现实与思想之间的一根红线。"文化部部长阿雅贡则称她为"思想最闪光的法国女人之一"。

吉鲁的一生是异常丰富的一生，她爱过，恨过，痛苦过，幸福过。她几乎体验了人生可以体验的一切，可以说她活了几辈子，所以里纳尔蒂感叹道："我从来没有见过比这更美的人生！"对于死，吉鲁并不感到害怕。早在1977年，她就在散文集《活着的幸福》中说，面对死神，她很坦然，并希望她死后，遗体能够成为花肥，让鲜花开得更加艳丽。她的愿望是能够实现的，如此富有活力的生命，回归大地后，一定能开出最美丽的花朵。我们没有理由不相信这一点。

2005年

出版大亨：克洛德和安托万

　　伽利玛出版社是由著名作家纪德于 1908 年创办的《新法兰西杂志》演变而来的。100 年前，也就是 1911 年，诗人克洛代尔建议纪德在此基础上成立一个出版工作室，纪德同意了，拉朋友施伦贝格尔热入伙，但两人一个太忙，一个不善经营，便想物色一个头脑灵活且又喜欢书的人来管理。加斯东·伽利玛被选中了，因为他"……足够有钱，能给杂志的财务添砖加瓦；足够无私，能不计较短期利益；足够谨慎，能把此事办好；足够听话，能执行创始人其实就是纪德的指示"。不过，两年后，纪德他们便完全撒手不管了，加斯东成为这个工作室的唯一主人。1919 年，加斯东拉胞兄雷蒙进社，兄弟同船，天作之合，一个对书敏感，一个善于理财，工作室很快就发展成出版社，加上纪德等人的影响，不久就凝聚了大量名家，推出了很多佳作。加斯东把另一个当工程师的兄弟雅克也拉了进来，三个"伽利玛"把出版社搞得极其红火。

　　加斯东有个独子，叫克洛德，攻读政治学和法律，23 岁大学一毕业，便被父亲安排到出版社重点培养。雷蒙也有个儿子，叫米歇尔，比克洛德稍小，4 年后也进了出版社。两个第二代，一个负责出版大作家的作品，一个负责编辑重量级的"七星文库"，都是重任在肩，被寄予厚望。表兄弟间虽有竞争，但各管一摊，加上老的还在，倒也相安无事。米歇尔有个好朋友，叫马斯科罗，也就是著名作家杜拉斯后来的丈夫，他一进社，问题就来了。他的做法引起了克洛德的不满，进而引发了他和马斯科罗的保护人米歇尔的矛盾。两人的冲突越来越厉害，波及他们的父亲。这种家庭纠纷在 50 年代末达到了高潮，施伦贝格尔热曾出面调解，但没有结果。就在冲突愈演愈烈，严重影响出版社正常工作的时候，一个意外改变了一切：1960年，米歇尔和马斯科罗带着著名作家加缪开着名车去法国南部旅行，中途发生车祸，三人全部身亡。

这下，出版社清静了，克洛德也毫无争议和障碍地成了加斯东唯一的接班人。不过，克洛德也的确像他父亲一样，是个天生的出版人。在加斯东的支持和指导下，他三管齐下，首先，对出版社内部进行了调整，招收新的编辑骨干，更新和扩大审

克洛德是个天生的出版人　　　　© Éditions Gallimard

读员队伍，强化管理层，设立新部门，尤其是青少部，青少读物后来给出版社带来了巨大的利润。其次，丰富图书品种，除了主攻文学之外，开始涉足高层次的社科著作和心理分析学著作。1956年，他还邀请后来成了法国文化部部长的马尔罗跟他一起策划艺术类图书，考虑出一本权威的艺术全史。经过4年努力，《形式的世界》隆重出版。1965年9月，他成立一个特别编辑部，邀请著名历史学家皮埃尔·诺拉当主任，出版了许多高质量的人文社科丛书，如"社会书库""文献丛书""历史书库""证人丛书"等。他还对出版社的旧书进行二度开发，出袖珍丛书，用较低的价格重新出版仍有价值的各类著作，尤其是文学作品，主要面对学生和低收入人士，有"思想""诗歌""历史"系列，也有科幻小说和课外读物丛书，其中的"Folio"丛书，至今仍长盛不衰，品种已经上千。这类丛书给出版社带来巨大的经济效益，也给普通读者带来了很大的实惠，因为有的丛书一本才两欧元。

融资是克洛德的另一个大手笔。早在1949年，他就说服并推动父亲主动出击，兼并小出版社，为将来成立集团打下基础。50年代，

2015年，巴黎市政府决定将伽利玛出版社所在的塞
巴斯蒂昂-博丹路改为加斯东伽利玛路

© Éditions Gallimard

伽利玛出版社先后收购了德诺埃尔、圆桌和水星出版社。1971年，克洛德又干了一件漂亮的大事：中断了与阿歇特出版集团的合作。30年代初，为了保证图书的发行，加斯东与阿歇特集团签了发行合同，并在1949年和1956年两次续签。但阿歇特随着集团的日益壮大，要价也越来越高，条件越来越苛刻，不但把发行折扣提高到48%，而且取消了销售保证，也就是说，书卖不掉他们将全部退回给出版社。1971年，合同又到期了，还签不签？签，明摆着吃大亏。但不签，发行又该怎么办？谈判非常艰难。现在，双方都换了头：伽利玛方面是克洛德出面，此时的加斯东早已不管事；阿歇特方面也是第二代，伯尔纳·法卢瓦，两个刚刚掌权的中年人都想向前辈和下属证明自己的能力，互不让步。克洛德分析了内外形势，果断地终止了合同。这是一个重大的决定，充满了风险。克洛德顶住巨大的压力，着手筹建自己的发行公司。半年后，第一个发行公司开始运作，三年后，又成立了第二个发行公司。发行渠道逐渐畅通，使出版社摆脱了受制于人的局面，真正做到了独立。这时，后悔的是阿歇特，因为伽利玛的图书占了它发行总额的13%。

克洛德不单是管理高手，对文学也很有感情，昆德拉对克洛德十分怀念，多次说，是克洛德给了他移民法国的建议和决心。1967年，他的《玩笑》在布拉格出版后，出版商悄悄地把书寄给了伽利玛出版社，希望这本书能介绍到法国去。负责处理来稿的编辑把书交给了一个原籍捷克的女审读员审读，谁知这个审读员却说此书乱七八糟，毫无价值。后来，一个朋友把书送到了著名诗人阿拉贡手里。阿拉贡是伽利玛出版社的作者，也是加斯东和克洛德的朋友，很有威望和影响力。他把书推荐给克洛德，克洛德答应会抽时间看看前言，虽然后来并没有兑现，但这已经足够了。一年后，书被译成法语出版了。

昆德拉回忆说，捷克被苏联占领时，不时有外国作家去那里看望受监视的同行，但没有一个出版商去，只有一个例外：克洛德。克洛德多次去布拉格，不是去寻找畅销书，而是以一个文化名人的身份，试图支持那里被扼杀的文化。在克洛德的鼓励下，昆德拉完成了另两本小说，其中包括《告别圆舞曲》。克洛德先后把手稿带回巴黎，并很快出版了。

克洛德发现昆德拉生活和创作的处境都很艰难，多次劝他和太太移民来法国。"就这样，有一天，我们真的到了雷恩。我很高兴能像外省教授那样过着几乎是田园般的隐居生活，不想再写任何东西了。"但不可能，克洛德在呼唤他。伽利玛出版社创办了一套"论争"丛书，需要他的支持，盛情难却，《小说的艺术》就是为这一丛书而写的。后来，出版社的资深编辑索莱尔斯负责的"无限"丛书又频频约他写稿。那一阶段，他心情极佳，可以说是他一生少有的幸福时光。他写了很多散文，后来收入《被背叛的遗嘱》中。据悉，今年3月，伽利玛的"七星文库"将分上下两册推出昆德拉全集。对此，昆德拉充满了感激之情，赞扬伽利玛出版社现在的掌门人安托万说："这些年来，克洛德的儿子安托万继续保持出版社古老的优秀传统，这是欧洲唯一的，世界唯一的。当下，文学的影响可怜地越来越小，要做到这一点并不容易，这使我对它更为忠诚。"

克洛德有两儿两女，他让四个子女先后都进入了出版社。像父亲早早就培养他一样，他也培养继承人。长子克里斯蒂昂是当然的接班人，1968年就进社参加管理，并且也显示出很强的经营能力和行政魄力，1981年被任命为出版社的总经理。但他太自负，不听劝告，在发行方面盲目投入巨资。克洛德十分生气，多次指责克里斯蒂昂，说他的这种冒险行为会断送整个出版社的前途。克里斯蒂昂觉得自己没法干了，撂挑子去瑞士逍遥了。1988年，已经得了老年痴呆症的克洛德对他彻底失望了，不得不扶次子安托万上马，结果，引起了四个子女间的不和。哥哥克里斯蒂昂和姐姐弗朗索瓦丝一直看不起安托万，觉

1986年的克洛德（右）和儿子安托万

© Éditions Gallimard

得他性格软弱，能力有限，根本掌管不了这份产业。为了阻碍安托万接班，他们开始制造障碍。弗朗索瓦丝提出要分家，要拿走自己的那份财产，卖给别的企业。她故意请一家英国银行来评估家庭财产，结果评估出来的价值高出正常价值的两三倍。老父亲好像早已预料到这一点，他偷偷地多给了安托万20%的股份，这下，又被大哥克里斯蒂昂抓住了把柄。克里斯蒂昂将他告上了法庭，说父亲隐瞒协议。一时间，家中充满了火药味，比当年克洛德与米歇尔之争厉害多了。媒体大肆渲染，同行在看笑话，敌人则乘机攻击诽谤。而年迈的母亲则保持中立，谁也不得罪，谁也不偏袒。这时，小妹伊莎贝尔终于站出来主持公道。她是社会学硕士毕业，喜欢影视，曾从事剪接工作，先后在高蒙电影公司和法国电视二台工作，1985年进伽利玛出版社，负责影像作品的版权。她从小浸淫书海，与父母住在大学路紧邻出版社的屋子里，天天看见那些大作家进进出出。为了保住出版社，她把自己的股份交给了安托万处理，加上叔叔雅克三个子女的股份，他们占了大多数，而克里斯蒂昂和弗朗索瓦丝的股份加起来只有12.5%。

安托万·伽利玛于1949年出生，是家中的老三。他可以说是在出版社里长大的。"很小的时候，我就在院子里玩了。我不能叫，也不能发出声响。这里所发生的一切对我来说都很神秘。我知道汽车是怎么制造出来的，可书是怎么制造出来的呢？我想象我的祖父和父亲都像外交部的那些人，正在解决与阿拉贡、马尔罗和萨特的关系问题，而不是在考虑怎么少印书多赚钱……我觉得他们都是在搞外交。我对鸡尾酒会的印象特别深刻，甚至在那里见到了伊朗末代王后法拉赫·迪巴！祖父家里天天都有作家。我很喜欢吉奥诺，他会讲很多故事；我也喜欢罗歇·尼米埃，他喜欢讽刺和挖苦人。还有阿拉贡，他给我念他最新的小说《真假难辨》。至于保尔·莫朗，他好像总是处于失重状态，丢了魂似的。"他常见到"小偷作家"让·日内，"父亲经常给他钱，总是给现金，装在手提箱里。我提着一箱一箱的钱给他送去。我很开心。我曾跟他聊天，谈了很长时间。我喜欢他不落俗套的思想，直至喜欢他谈论恐怖主义的方式。"

童年的回忆充满了温情："小时候，当我在学校里考了好分数，我便会得到一册'七星文库'。"有时候，他也给家里惹点麻烦，曾在外面吹牛说，出版社拒绝了某某的书稿，结果某某很不客气地给他父亲写了一封信。克洛德想请对方吃饭，把事情大事化了，谁知遭到了严词拒绝。那个某某，就是著名汉学家、作家魏延年。

巨大的遗产，家族崇高的威望，伽利玛这艘出版界的"泰坦尼克号"似乎永远不会沉没。长期以来，安托万为自己的姓氏感到骄傲，但并不打算将来进出版社工作。他总是躲着家里的其他成员，想走自己的路，不想上那座桥，那座桥上已经有很多伽利玛，第一代和第二代都还在，以及他们各自的后代，"家里的关系很复杂"。年轻时，他曾想当哲学家，父亲不以为然，说："要么就当让-保尔·萨特，要么就别当哲学家。"不过，安托万也不是学哲学的料，没考上巴黎高等师范学校。父亲想让他学法律，强行让他在法学院报名，"于是我来到了巴黎第二大学。那时刚好是在 1968 年 5 月之后。一个发声、反叛、梦想的时期。我没有参加任何打斗，但参加了游行"。次年，不上学的安托万去美国漫游，以搭便车的方式走遍整个加州，并且"被凯鲁亚克的小说迷住了"。

从美国回来后，安托万去了外省。说是读书，其实天天听摇滚乐，还给报社写稿，又想当记者了。1972 年，他一事无成，回到巴黎。父亲看他无所事事，不知道干什么，便让他进了出版社，在法律咨询部工作。他一点都"没有压力，没有因为要继承遗产而紧张，这与我的哥哥克里斯蒂昂刚好相反。当时，还有很多建社初期就在的老人，他们就像是中国皇帝的禁卫。镇静，念旧，喜欢跟人诉说过去，给人以很大的安全感"。之所以有这种感觉，是因为长期以来生活在阴影中，忍受哥哥蔑视的目光，出版社的作者和编辑也不怎么把他这个性格内向的富三代放在眼里。

但就是这只丑小鸭，现在要在伽利玛这艘出版巨舰上当老大了。很多人都对他没有信心，觉得这个新老板太温和，太腼腆，优柔寡断，性格软弱，业务不精，驾驭不了这艘巨舰。午夜出版社的老板兰东对他的评价只有四个字："软弱，肤浅。"阿苏里一提起安托万刚接班的情景，脑海里就会浮现1952年埃及政变时的照片："第一排，坐在神采飞扬的军官们当中的是纳吉布和纳塞尔，后面，左边，缩在一边的，是萨达特。安托万就像是萨达特。"但他又能怎么样呢？1991年克洛德去世，情况更加糟糕，许多大作家和名编辑觉得大树将倒，纷纷离去。安托万遭遇了人生最黑暗的时期。兄弟反目给了他巨大的心理创伤，他虽然胜利了，但也失去了亲情，哥哥和姐姐从此不再见他，形同路人。同行们则冷眼相向，一副鄙视的样子，下属也表现出对他不信任。安托万后来承认，这些都大大地伤害了他，"但作者离开出版社最让我痛苦"。所以，他上任的第一件事，就是设法留住作者，稳定编辑队伍。他虽然不喜欢交际，不善言谈，但还是天天请人吃饭，扮演外交家的角色。一部分老人出于对出版社的感情，留下了，给了他很大的安慰和支持。但他不满足，还要不惜重金招募新人。当然，他心里很清楚，光靠感情和金钱是难以长期把有才能的人留住的，关键要给他们创造一个良好的做事环境，让他们看到希望。于是，他像父亲那样，通过资本运作，巩固了自己的实权，加强了资本地位，赢得了人们的忠诚。他依靠一些有威望的编辑和作家，充实审读委员会，使之成为他的业务顾问。他捍卫伽利玛出版社的传统，致力于在编辑、营销和资本上保持独立，突出文学、袖珍版图书和青春读物三大强项，推出旅行指南，重新规划"七星文库"，加强"黑色系列"丛书。终于，沉默了两三年后，出版社重新活跃起来，迅速发展，15个系列在市场上都很成功，各方面的图书都有出色的品种，作者们又开始给他赢回来一个个大奖。1999年，《哈利·波特》落户伽利玛；2003年，他通过家族控股公司，获得集团98.15%股份；2006年，利特尔的《复仇女神》获龚古尔奖，光在法国就销售了85

© Éditions Gallimard

安托万刚上任时大家都不看好，认为他太软弱

万册；2008 年，勒克莱齐奥获诺贝尔文学奖……

　　安托万可以喘一口气了。他说："接手出版社，对我来说是一个挑战。现在，我可以说，我成功了，我没有违背出版社的精神。如果祖父和父亲回来，我可以毫不羞耻地把出版社的钥匙交回给他们。"他也常常反省这些年的得失：里纳尔迪、韦尔冈、吉纳尔走了，但索莱尔斯、昆德拉、莫迪亚诺、勒克莱齐奥、端木松还留在社里；重金挖来了菲力普·江、马丹·阿米。可惜，当年拒绝了"母猪女郎"达里厄塞克，还把帕斯卡尔·罗丝挡在了门外，罗丝后来获得了龚古尔奖。做出版，总有失手的时候。

　　和父亲不同，安托万比较好接近，表面上并不严厉。克洛德当权时，出版社的气氛严肃而紧张，"不准喧哗，不准交头接耳"。老员工特蕾莎回忆说："我刚入社时，办公室的门都是关着的，编辑们有事都只能传纸条。"安托万上任后，大家放松多了。但正如索莱尔斯所说的那样："千万不要搞错了，在出版社里，离开放还远得很。狭窄的走廊，螺旋形楼梯，矮矮的隔层，紧挨着的办公室。规矩还在。"有编辑曾因一句话没有听明白而被冷落了两年。大家都小心翼翼，生怕撞在枪口上，但没挨过剋的人很少，哪怕最资深的编辑也难逃厄运。

这一点，他的秘书艾芙琳娜最清楚了，大家怕她，而她怕老板。她就像晴雨表，从她的语气中便可预知出版社今天的天气是好是坏。在一个大作家多如牛毛的出版社，谁也不能摆谱，今天招你进来，明天就可以让你走人。不过，他身边总是不乏能人，他懂得重用和提拔他在某阶段要用的人。他似乎很放得开手，选中了便不再干涉，让你安安静静地去做，但这是假象，他会通过各种"天线"来了解你的工作情况。事实上，出版社的任何事情，尤其是涉及财务上的事情，包括作者的版税，全要他过目。没有他的签字，什么都不能执行。

安托万坐稳位置后，大家对他的看法和评价就改变了，原先的缺点也成了优点，"他的腼腆被当作谨慎，优柔寡断被当作盘算，顽固被当作坚决"，不过，他仍很低调，不愿出头露面，不轻易发表意见。2003年中法文化年间，他与法国出版代表团来北京参加国际书展。他没有正式拜访官员和同行，而是由助手约一些小编辑谈话，自己静静地在一旁听，不时插点话，不知道的人根本想不到他才是大老板。正如最了解他的特蕾莎所说的那样，他最大的优点就是冷静、务实、谨慎，他没忘记哥哥当年失宠就是因为冒失。特蕾莎，一个比他大一岁的意大利女子，两人在1974年认识，当时一个28岁，一个29岁，互相钦慕。安托万曾力排众议，把当时一文不名的特蕾莎安排在自己身边当助手，一干就16年，权倾一时。但她发现，安托万从来就没有朋友，他永远都提防着你，对你保持警惕。他可以和你一起旅游，一起吃饭，但要是把这当作友谊，那就错了。2005年，她终于离开了安托万，并不无怨气地说："他的出身很绅士，但做事却不那么绅士。"局外人则看得更清楚："他们的办公室已经太小，没有足够的氧气供两人使用。"

家人却不这么看他。小外孙女清楚地记得《哈利·波特》法文版首发的那天，外公在现场扮巫师逗她玩。事实上，一离开出版社，"他就成了一个无政府主义者"。别的大老板坐豪华轿车，有专职司机，他却喜欢骑一辆轻便摩托，独往独来。他喜欢旅行，一有可能就往海边跑，可惜现在没有太多的时间。他是一个很不错的帆船赛手，勒克莱齐奥得诺贝尔文学奖那天，大家都找不到他，原来他高兴得放了自己一天假,关了手机,尽情地享受了一场帆船赛。

2001 年,法国政府曾给安托万颁发荣誉军团勋章,但他不要文化类勋章,而要经济类勋章,"因为我证明了我有能力管好一个企业",可见他对当年的讥笑还耿耿于怀,想报一箭之仇。但到了 2009 年,他的勋章晋级时,他又同意接受文化类的了。这时的他,已经十分自信,不需要再靠奖项来证明自己的能力,因为他的出版集团已拥有数千名员工,在法国财富榜上名列 184 位。如果说,他当时是被父亲硬逼着上马,现在却"产生了当企业家的兴趣",并明显表现出企业家的远见。他清楚地意识到,"出版业变了,我们不能再坐在大板椅上搞出版。我们要把箭射得越远越好,不要害怕新技术"。他盘点了出版社的旧书,扫描两万册,他想利用技术手段开发经典,尤其是市面上已经找不到的那些作品。在与时俱进的同时,他也不忘传统,相信纸质出版在相当一个时期内仍会唱主角。他表示要为弘扬法兰西文化尽一份力,绝不向市场规则和时尚低头,现在还每年出版大量 20 世纪的文学史料,包括日记、通信、未发表过的文章等,甚至开始返修出版社大楼,因为那也是法国文化发展史上的一份遗产,留下了很多

伽利玛出版社,花园一侧　　　　　　　© Éditions Gallimard

《加斯东·伽利玛》中文版封面
人民文学出版社2010年版

珍贵的痕迹。2010年6月，他被选为法国出版联合会主席，一向低调的安托万觉得也应该为整个出版行业尽点力了。他上任之后，频繁出访，参加活动，发表讲话，态度坚决，捍卫图书单一价，捍卫书店的独立性，强烈反对在电视上做图书广告，认为"那是愚蠢而危险的商业行为"。

法国的出版社大多是家族企业，但能成功维持三代而保持独立，不被别的财团或企业兼并的不到10%。伽利玛暂时逃过了这一劫，但以后会怎么样呢？安托万有四个孩子，全是女儿，不过这并不妨碍她们接班。他和祖父、父亲一样，把孩子都安排在出版社里，四个女儿掌握了出版社60%的股份。他说："我希望第四代能接我的班。这完全可能。我的大女儿夏洛特对出版行业很感兴趣。我没有逼她。她曾在英国和美国的大出版社实习过，现在替我掌管一个分社。我想先给她一个小小的用武之地，考验考验她。"

但愿他的愿望不会落空。

2011年

诗人卡雷姆和他的秘书

　　一个 16 岁的少女，在参加全市作文比赛时，突然被主持评比的评委会主席深深地吸引住了。那是一位深具魅力的中年男人，也是一位著名诗人。以前，她只在课本上读过她的诗，如今，当诗人真的出现在她面前时，她心慌了："我心头一震，无法解释当时的感觉，但我无疑乱了方寸。"

　　从此，她寝食不安，神情恍惚，整天捧读诗人的诗集。两年后，她终于如愿以偿，来到了诗人身边，此后再也没有离开。她成了他的秘书、知音和第一读者，替他整理文稿，照顾他的生活，陪他游历讲学。他们一起度过了 35 年，但一直没有结合，因为他有太太。后来，诗人去世了，女孩固守在诗人家里，硬是把诗人之家变成了诗人的纪念馆，并创办了基金会，每年出版研究诗人的文集，举办各种讲座，还设立了以诗人之名命名的诗歌奖。又是 20 多年过去，昔日的少女如今已是 70 多岁的老太太，但她仍独守空房，好像诗人并没有走远。

　　这是一个动人的爱情故事，但并不新鲜，在古今中外文学作品里似乎俯拾皆是；这是典型的柏拉图式爱情，但如今的年轻人也许会不屑一顾。然而，当你亲眼见到故事中的主人公，亲耳听她讲述那铭心刻骨的爱情时，你仍会感到震撼。你会不由自主地走进故事，走进

卡雷姆，一个深具魅力的诗人

邮票上的卡雷姆

那种传奇。

我是 10 年前认识那个"女孩"的。一天,我收到一个叫让妮娜·伯尔尼的陌生人从比利时寄来的邮包,里面是几本卡雷姆的诗集,在这之前,我甚至都没听说过这个叫莫里斯·卡雷姆的诗人,但邮包上贴的邮票及下面的几个字引起了我的注意:卡雷姆邮票。能上邮票的诗人可不多见,于是,我开始对他刮目相看,并查阅了有关他的资料。结果令我汗颜:我是外国诗歌专业研究生毕业,算是正儿八经的科班出身,这些年来也一直在翻译和研究外国诗歌,并组织编写过 10 卷本的《世界诗库》,自以为对各国的名诗人不能说了如指掌,但起码都不陌生,然而,却不知道卡雷姆这位大名鼎鼎的诗人,可见我们仍然很封闭。

卡雷姆是比利时的"诗王",曾获法兰西共和国总统大奖和法兰西学院大奖。他的诗已经被译成 30 多种文字在世界上数十个国家出版发行,包括越南、波兰、爱沙尼亚等国。法语国家的小学课本都选有

卡雷姆诗选《黑蜘蛛》中文版封面
河南人民出版社2002年版

他的诗歌,世界各国有 200 多名作曲家根据他的诗谱曲或其将改编成剧目,在比利时,还有以他的名字命名的公园和马路……

1998 年,我去了比利时,让妮娜在布鲁塞尔火车站接我。接头暗号当然不是李玉和的信号灯和手套,而是一本卡雷姆诗选。一出站,我远远就看见一个一头银丝的老太太举着一本书在四处张望。她无疑就是我要找的人,因为我熟悉那本书的封面。

我应邀在卡雷姆的旧居"白屋"中

《你就这样几小时地听着雨声》
中文版封面
南方出版社2022年版

《你就这样几小时地听着雨声——莫里
斯·卡雷姆诗选》中文版封面
台湾远流出版事业股份有限公司2013年版

住了几天。让妮娜告诉我，屋中一切依旧，什么都没动，仍保持着诗人生前的样子，只是墙上多了一些卡雷姆的照片和画像——画像都出自名家之手。让妮娜一一向我介绍了屋内的陈设，每件物品都能带出许多故事：这是诗人生前最喜欢的贝壳，《北海》中有不少诗篇写到过它；那张波斯地毯，是她陪诗人从中东扛回来的；这个壁炉，诗人常在它前面踱步和沉思。屋内的所有东西，几乎都被卡雷姆写遍了，而每提到一件东西，让妮娜就能背出相应的诗句。卡雷姆写了1000多首诗，让妮娜基本都能背。她抱出一大堆卡雷姆诗集，要我考考她。我选了《心爱的女人》，只见她的眼睛发亮了。我知道，这是一本爱情诗选，是写她的，也是献给她的，扉页上还有诗人亲笔题写的一行字：专为让妮娜而写。让妮娜说，集子中的每一首诗，她都记得写作时的情景。她打开一个箱子，翻出几本发黄的本子，那是作品的手稿，手稿中有两种笔迹，让妮娜说，一种是卡雷姆本人的，另一种是她的。不少诗都是卡雷姆口述，她记录，有一些她还提了修改意见，被诗人采纳了呢！说到这里，让妮娜显得有些自豪。

在比利时的那几天，让妮娜几次开车带我外出，我们去了根特、布鲁日、奥斯坦德，后来我才知道，她是带我追寻诗人的足迹去了。

在布鲁日，她带我绕来绕去，走进一条僻静的小路，来到一栋红瓦木屋前，说卡雷姆曾在这家小旅店住过，《逝水》中的不少诗篇就是在这里写的；在根特，我们在一家巧克力店排了很久的队，最后买了两块新出炉的榛子巧克力，她说，以前她和卡雷姆每次到根特，都要来这里品尝新制作的巧克力；在布鲁塞尔的大广场，我们几次都在同一家饭店的同一张桌子前吃饭。我猜，这一定是他们以前的专座。果然如此。当侍应上完菜，让妮娜突然怔怔地望着我，问："你怎么也喜欢吃腌虾仁？"原来，那是卡雷姆最喜欢吃的小菜。她说我有许多地方和卡雷姆很相似，就连名字也相同。我连忙解释，我的法文名字"莫里斯"可是 20 多年前法国老师给我起的，绝无"盗名欺世"之嫌。

离开"白屋"的那天，我忍不住问让妮娜："你们这么相爱，为什么不结婚？"她伤感地说："他有妻子。他虽然不爱她，但不忍心抛弃她。"接着又补充说，"他妻子身体不好，脾气也不好。其实他们俩一点都不般配。"我从最后这句话中读出了恋爱中的女人特有的那种妒忌。我犹豫再三，后来还是大胆地问出了我很想知道的一个问题："你们没有在一起生活过？"她陷入了回忆，许久才说："从来没有。这并不那么容易，也不重要，因为我得到了卡雷姆身上最宝贵的东西——他的心。"她走到卡雷姆的一尊蜡像前，抱着诗人的脖子，说："现在好了，我可以天天都抚摸他，抱他吻他了。"我突然感到一阵酸楚，难以想象那 30 多年他们是怎么过来的。一对挚爱的情人，近在咫尺，却不能互相拥有，还有什么比这更痛苦的吗？

让妮娜终于从痛苦的回忆中摆脱了出来。不，谁说是痛苦的？让妮娜说，没有什么爱比他们的爱更纯洁、更甜蜜，它能让她回忆一辈子，享用

让妮娜在巴黎书展展示卡雷姆各种文本的诗集

晚年的让妮娜站在卡雷姆油画像前

一辈子。她推开客厅的窗子，说："你还没去过花园吧？你看，玫瑰开了。"我惊讶地发现，偌大的花园里种的全是红玫瑰。让妮娜说："莫里斯曾在诗中写道：'屋子也有生命，它懂得呼吸……'我种了一园子玫瑰，它能看得到，闻得到的。"

1998 年

　　追记：让妮娜每年春天都会从布鲁塞尔开车去巴黎参加图书沙龙，在角落设个摊，展出卡雷姆各种文本的诗集。我每次去都会去那个角落找她，她毫无例外地会塞给我一盒比利时巧克力。20 多年来，我多次去比利时，大多是她来车站接送。她带我看博物馆，参观名胜古迹，吃当地美食。2020 年 11 月中旬，我发邮件告诉她，《你就这样几小时地听着雨声 —— 莫里斯·卡雷姆诗选》中文版继台湾版之后，将再次在中国大陆出版。我可以想象她高兴的样子。然而，反常的是，她没有像往常那样立即就回信。几天后，一个陌生人用她的邮箱给我发来信息，说让妮娜·伯尔尼夫人上周去世了，终年 95 岁。

"我需要漂亮的女孩给我灵感"

第一次见到让－皮埃尔·安格雷米先生是在法国驻广州总领事劳查理的府邸。那天，高朋满座，劳查理设家宴高规格接待到访的安格雷米。安格雷米是法兰西学院院士，曾任法国国家图书馆馆长，又刚被任命为中法文化年法方组委会主席，可谓权倾一时。领事馆的几个小随员在背后悄悄地指指点点，言谈举止中流露出对这位重要人物的敬畏。家宴开始时，劳查理庄严地致了欢迎辞，然后请安格雷米讲话。安格雷米一本正经地站起来，说："总领事先生如此热情，我也就不能不讲几句。不过，不是现在，而是在饭后。现在，大家开吃！"众人愣了一下，然后哄堂大笑，气氛一下子轻松起来。

这老头很幽默，这是安格雷米给我的第一印象。之后的多次接触，证明了我这一判断。他虽然有许多显赫的头衔，被耀眼的光环包

2005年在北京国际图书博览会上，从左到右，译者、安格雷米、余中先和笔者

裹着，常常出现在重要场合，有时也摆摆架子，其实是个很随和的人。

今年67岁的安格雷米既是外交家、政治家，又是文化官员和著名作家，他先后毕业于法国政治学院、法学院和巴黎索邦大学，学习政治学、经济学和社会学。大学毕业后，他师从德裔美国哲学家马库泽，在麻省理工学院给这位世界著名的哲学大师当助教。回国后入法国国立行政学院进修，1963年开始进入外交界，5年后回法国文化部工作，在文化交流司负责艺术交流活动，随后又被派往法国广播电视局任总裁助理，并领导法国电影电视合作委员会。1974年，安格雷米重返外交界，在法国驻英国大使馆任文化参赞，4年后再次调回文化部，任戏剧表演司司长，并负责巴黎"音乐城"和巴士底新歌剧院等重大文化工程的建设。1985年，安格雷米被任命为法国驻佛罗伦萨总领事，两年后调回法国外交部任科教文化交流司司长，随后被派往联合国教科文组织任大使和永久代表。1997年，他担任法国国家图书馆馆长，2001年被任命为2003—2005年中法文化年法方组委会主席。安格雷米还是"普鲁斯特之友协会"和"柏辽兹国际委员会"主席，曾获法国国家级荣誉勋位、国家级勋章和文艺指挥官荣誉称号，1988年被选为法兰西学院院士，成为40名"不朽者"之一。

2006年，安格雷米与笔者在海天出版社浏览该社出版的法国文学作品

安格雷米把自己的复名前后换了顺序，又把姓去掉前两个字，取了个笔名叫皮埃尔 - 让·雷米。自 1963 年以来，他以这个笔名出版了 50 多部作品，其中写中国的《情陷紫禁城》曾获勒诺多文学大奖，《东方快车 II》曾获法兰西学院中篇小说奖，《死城》曾获法兰西学院小说大奖。安格雷米长期当外交官，所以他的许多作品都是反映国外生活的，如《德国城堡》《托斯卡纳》《伦敦》《新英国的红色坟墓》等。近年来，安格雷米先生仍笔耕不辍，出版了《半个世纪》《贪多之人》《费拉尔之夜》等，去年上半年还推出了一本写中国的小说《北京的小屋》。除了小说以外，安格雷米还写了许多音乐评论和音乐家传记，如《加拉的一生》《柏辽兹》《意大利歌剧》等，并与影视界合作拍摄了《东方快车》《魔鬼在心》等作品。

谈起安格雷米的小说，不能不提到《情陷紫禁城》，这部被誉为"20 世纪法国文学经典"的作品，1971 年出版后即轰动法国，引起"中国热"。小说以中国作为大背景，让那些在政坛、战场、情场和商场厮杀累了的西方人在紫禁城的光照中思考人生的意义和奋斗的价值，书中描写了 100 多个人物，有外交官、哲学家、经济学家、工程师、医生、诗人、杀手、特务、牧师、画家、无赖等，清宫秘史、西域传奇、二战风云、北非战争、英伦迷雾、巴黎风情尽收其中，被法国评论界认为是一部巴尔扎克式的作品，是 20 世纪上半叶的"人间喜剧"。

安格雷米的作品一般都很厚，但语言简单，节奏明快，丝毫没有许多法国当代小说的那种晦涩和故作高深。《情陷紫禁城》虽然洋洋洒洒有 50 多万字，但读起来一点不觉枯燥，故事一个接着一个，不知不觉已经几十页过去，小说自然得似乎没了文体，流畅得没有雕琢的痕迹。没有痕迹是确实不曾雕琢。他写得如行云流水，大气磅礴，有时欲罢不能，只顾自己讲故事。我曾跟安格雷米先生说，世界上有两类作家：一类是用生命写作的作家，如中国的曹雪芹、路遥等，他们写的作品不多，但倾其全部精力甚至生命，写得很苦，也很壮烈；还有一类作家，写得很快很轻松，读者也读得轻松愉快，我说我觉得你就属于后者。安格雷米说自己确实写得很快，但快不等于潦草，简

2005年，安格雷米在北京为读者在中文版《情陷紫禁城》上签名

单也不意味着肤浅，事实上，他的每部小说都是深思熟虑的产物，尤其是小说的结构，更是精心安排。《情陷紫禁城》的结构就是仿紫禁城的，横竖交叉，工工整整，人物呈扇形逐渐出现。安格雷米头衔很多，工作繁忙，社会活动频繁，据说周末和假期从不写作，却如此高产，且质量上乘，我问他秘诀何在。他笑着说，他生来就是为了写作的。同时做许多事，接触许多人，跑很多地方，对写作并没有坏处，丰富的工作和生活经验十分有助于他的创作，"我需要朋友，需要写作，需要大家的面孔给我以灵感"。

安格雷米有个中国名字，叫杨鹤鸣。杨鹤鸣被任命为中法文化年法方组委会主席，这一点都不奇怪，因为他与中国有着千丝万缕的联系，对中国有很深的了解和很深的感情。20世纪60年代初，他曾在法国驻香港总领事馆当副领事，后调到北京，在法国驻中国大使馆任二秘。他跑了中国的许多地方，读了许多关于中国的书，爱上了中国，爱上了中国文化。他常常在皇城根踯躅，在颐和园流连，他对故宫如数家珍，对四合院了如指掌。他早年在北京工作时，正值局势动荡，他对中国的政治有过不解，对中国的前途有过担忧，但没有对这个民族失去过信心，因为他深信中国能创造出如此灿烂的文化，具有如此伟大的文明，也一定能战胜时代的悲剧。他就像《情陷紫禁城》中的西蒙，把自己当作了中国人，当他被迫离开北京时，他犹如五雷轰顶，似乎天要塌下来一样。但回国后，他的中国情结并没有断，他写了许多关于中国的书，向法国人民介绍中国，表达自己对中国的怀念之情。中国改革开放后，他多次来到中国，许多城乡都留下了他的足迹。2001年，他从法国国家图书馆馆长的位置退下来之后，心想以后到中国的机会可能不多了，谁知，三个月后他被任命为中法文化年法方组委会主席，他说，这真是天助我也。这几年，他简直把中国当作了他的家，经常来往于巴黎和北京之间，以至于法国文坛流传着这么一个笑话："要找安格雷米，去北京！"不久前，我曾问他，中法文化年结束后怎么办，他还会常来北京吗？他回答说："中国对我来说决不会因此而结束！"他透露说，他把儿子和女儿都送到了中国，儿子在成都翻译中国小说，女儿在上海工作，他很欣慰，也很自豪。

我曾多次陪同安格雷米出游，几乎无话不说，可有一个问题我一直难以启齿。许多人都告诉我说，安格雷米喜欢女孩，每到一个地方就要找漂亮的女孩，而且，我也发现，爱情一直是他书中的"主题曲"，就连《情陷紫禁城》这样富有政治历史色彩的小说也被蒙上了一层玫瑰色，跨国界、跨年龄的爱情在书中占了很大的篇幅，文化冲突、伦理冲突和感情冲突在一对对恋人身上展现得淋漓尽致。《北京

《情陷紫禁城》中文版封面
海天出版社2004年版

的小屋》其实也是一部爱情小说，写的是一位法国小说家回到阔别30多年的北京，给北大的中国学生上课，在回忆中重新演绎昔日的爱情故事。安格雷米写爱情时抒情、多情和深情，具有很强的感染力和震撼力，而且真实可信。他悄悄地告诉我，他太太看了《北京的小屋》后"吃醋"了，跟他吵了一架，怀疑书中的那个小说家就是作家本人。我趁机问他，外界关于他的那些桃色传闻是真是假？他一点都不忌讳，明确说自己喜欢年轻漂亮的女孩，"但我只给她们爱情，从来不给她们金钱"。这句意

2006年，安格雷米参观深圳大鹏所城

味深长的话让我觉得他活得非常真实。在前不久举办的北京国际图书博览会上，他在关于他的专场研讨会上也大大方方地承认，他喜欢女孩，尤其是年轻漂亮的女孩，并说，北京的女孩个个都很漂亮，他常常在长安街上一站就是几个小时——看北京的女孩。会后，有个听众不敢相信这位大人物会这样说，还以为是翻译译错了，专门跑过来求证，当时我刚好在场，便把他的话译给安格雷米听。安格雷米说没错，"我是这样说的，我需要漂亮的女孩给我灵感"。

好率真的老人！

2007 年

追记：安格雷米于 2010 年去世，终年 73 岁。

格兰维尔，得了龚古尔奖

　　2002 年年底，我刚从欧洲进修回国，法国驻中国大使馆新任文化专员满碧滟女士就来深圳找我。海天出版社是她上任后走访的第一家出版社。我们商谈了中法文化年期间的合作项目和计划，我提出希望在 2003 年"深圳读书月"期间邀请法国著名作家来深圳参加第二届"法国图书日"，她欣然同意，并表示会全力支持和配合。

　　不久，法国驻广州总领事馆的文化专员石雷先生又专程来深圳与我具体落实邀请法国作家访深事宜。首先是物色人选。"海天"出版过法国许多当代大作家和畅销书作家的作品，我原以为请几个作家并不难，可真正操作起来才知道不那么容易。我首先想到的是女作家玛丽·达里厄塞克，她的《母猪女郎》是我到"海天"后做的第一本法国小说，也是第一桶金，重印了三次，我对它情有独钟。我跟玛丽挺熟，前几年就想请她来中国。于是先跟她联系，可她羞答答地告诉我，她又怀孕了，准备生第二胎，出不了远门。尽管她一再表示歉意，我还是感到很失望和遗憾。

　　第二个出现在我名单上的，是埃玛纽艾尔·卡雷尔。卡雷尔是法国著名作家和电影人，我们出过他的《雪中惊魂》和《恶魔》，这两本小说都已被拍成电影并且都在戛纳电影节上获了奖。我想，请他过来不但能讲文学，还能放电影，实现小说和电影互动。卡雷尔很愿意来深圳，可惜他身不由己，片场时时在等着他，他的时间并不属于他自己。他问 8 月底再给正式答复行吗？我一听，悬，赶紧另找人。

　　石雷向我推荐漫画家卡比，我一听就跳了起来。卡比是个风趣幽默的艺术家，足迹遍及全球，也来过中国，"海天"曾出过他的三本漫画集《卡比游中国》《卡比逛日本》和《卡比在美国》。他来了可以举办画展，可以跟深圳的画家交流，还可以现场给读者和观众画漫画，效果一定很好。可是，卡比"失踪"了，谁也不知道他的踪迹。我们等了几个月，毫无音讯，最后，他的出版商不无遗憾地告诉我，他们爱莫能助了。

卡比漫画系列
海天出版社2000年版

　　我狠狠心，动了邀请《基本粒子》的作者维勒贝克的念头。曾有很多朋友建议我邀请他，因为他当今是轰动欧洲的大作家，可我一直犹豫不决。我跟他私交不错，他对中国也很友好，以前对我也是有求必应，但是，这家伙太反叛，太爱搞事，法国文坛常常被他搞得一惊一乍的，我担心他来了会给我惹麻烦。为了大局，忍痛割爱吧！

　　这时，大使馆方面向我建议请诺冬，我说算了吧，我前几年已经请过，请不动。这丫头，我那年在巴黎跟她谈得挺好的，现在，随着名声越来越大，脾气也越来越怪，她现在除了意大利，哪里都不去。她的出版商曾悄悄地暗示我，她恐怕患了抑郁症。但大使馆方面不信邪，我说那你们出面试试吧，说不定你们的面子比我大。结果，他们同样遭到了拒绝。

　　突然，我的目光落在了书架上的一本小说上：《世界末日，一个女人藏起了我》。对呀，怎么不请格兰维尔呢？他是法国文学大奖的评委、《费加罗报》的文学评论员，文学教授，还获得过法国最大的文学奖龚古尔奖。我想起来，今年是龚古尔奖颁奖100周年，请他来不但能讲法国文学，还能举办纪念龚古尔奖的活动。非他莫属了，目标立即就锁定了他。但我随后马上就担心起同样的问题来：他能来吗？

　　他的出版商是唯一给我带来好消息的人：她告诉我，格兰维尔愿意来，也可以来。第二句话对我来说更重要。"但是，他的腿动过手术，行走不便，你们恐怕得用轮椅去接他。"最后这句话让我傻了眼。如果他不能行走，请他过来还有什么用？我总不能推着轮椅搞活动吧！

我决定先探探格兰维尔自己的态度，如果真要用轮椅推他，那只好作罢。但格兰维尔只字未提自己的伤腿，我也装作不知。我们很快就进入实质性的操作阶段：制订计划，安排日程。此时已近10月，我赶紧给法国驻华大使馆和驻广州总领事馆打报告，然后是办理各种手续，填各种表格，想不到法国的公文旅行也那么烦琐，最后的终点将是法国外交部图书司，幸亏司长马班是多年的老朋友，一路绿灯，急事急办，不到半个月，格兰维尔就顺利地拿到了机票和来华签证。

想象中的格兰维尔应该是个不苟言笑的人

想象中的格兰维尔应该是个不苟言笑的人。照片上的他目光冷峻而深邃，并带有一丝嘲意，似乎能看穿一切。这符合他的身份：他是教授、评委和评论员。然而，尚未见面，他就跟我开了一个大大的玩笑：我在香港机场等了他三个多小时，他却凭我给他应急用的几句中文，独自摸索到深圳来了。我好不容易才在半夜发现他的踪迹，连忙派人堵截他。等我气急败坏地赶回深圳时，他正坐在地王大厦的肯德基餐厅啃鸡翅，说饿坏了，也冷坏了。

是他带来了诺曼底的寒冷和阴雨，几个月没有下雨的深圳，竟在我们举办"法国图书日"的上午，哗哗地下起大雨来，气温骤降10度。幸亏，11点左右，风雨暂歇，我们连忙进行开幕仪式。格兰维尔本来不准备在仪式上讲话，但主持人急中生错，把他推了上去，而他也急中生智，发表起即席演说来。讲得不错，毕竟是当老师出身，只是，他忘了是在中国，在场的几千人中，只有法国领事馆的几个官员和应邀的翻译家懂法文。他毫不停顿地讲了一大通，弄得我一句话也插不上。事后，我提醒他，应该留点时间给我翻译嘛！他一惊：还要翻译？玩笑在继续。当天下午的签名售书时，他不断对读者做鬼脸。他摸摸自己的脸，然后指着书中的照片，说，我现在老了，不好看，可年轻时很英俊。他把第一个找他签名的女孩拉到身边，说："你真漂亮，来，合个影。"在大梅沙海滩，他又若无其事地"混"入看海的中国游客之中，俨然成了他们的伙伴，并悄悄地招呼我给他拍一张。有一天晚上散步，他还跟我10岁的儿子扮神弄鬼，两人用毛衣蒙着头，在大街上做"幽灵"状，还互相"袭击"，路上的行人根本想不到那是个大名鼎鼎的作家。格兰维尔的幽默才能在给大学生们作讲座时得到了充分的展示，他的表情、声调、机智和俏皮使全场笑声不断。讲座结束后，师生们都对他依依不舍，要不是我强行把他拉走，他那天非误了回国的班机不可。

7日晚上，格兰维尔一进他下榻的万德诺富特酒店，就看到大堂里醒目地立着一块牌子，上面写着"热烈欢迎法国著名作家格兰维尔先生入住我店"，当时，他简直不敢相信自己的眼睛。进入客房，又发现房间里摆放着一个漂亮的花篮，礼仪小姐还专门给他送来了果盘。原来，酒店的员工前两天已在《晶报》上看到介绍格兰维尔的文章，当发现这位法国大作家竟然入住自己的酒店时，他们便以这种方式来表示自己对作家的敬意。格兰维尔对此非常感慨，说："尊重作家，尊重文化，说明了一个城市的文明。"

同样，在大梅沙，格兰维尔一出现在沙滩，立即就被一群男女青年围住了，纷纷要跟他拍照，他大惑不解。一问，才知道他们也在报上看到了他的照片和有关报道。偶然与这位大作家相遇，他们感到又惊又喜，不想放过这个难得的机会。格兰维尔说："我真想在深圳当作家，到处都受宠。深圳的作家太幸福了。"

在家乐福南山分店签名售书时，雨下得很大，外面布置好的场地不能用，作家和翻译家们只好缩在门口几平方米的一个角落里。当时他很怀疑：这地方怎么会有人来买书，而且是买文学作品？但买书的人却出奇地踊跃。他说，由此可见深圳人的整体素质很高，普通市民对文化的爱好和对图书的热情，最能说明一个城市的文化底蕴。最使他感动的是，由于下雨和塞车，我们赶到海天福田书店去进行第二场签名售书时天色已晚，但有几个书迷一直等在那里。我们还没坐下，书就递过来了。书店的赖总说，有的读者吃过午饭就在这里等了。

格兰维尔在法国经常和妻子及母亲光临中餐馆，但到了深圳以后，他发现国外的中餐馆太"水"了，不但品种单调，而且味道也不纯正。在深圳，我们每餐都给他换口味，从粤菜、湘菜、川菜、潮州菜、客家菜、东北菜、江西菜到小肥羊火锅，每餐都不重复，他感到很不可思议，说中国竟然有这么多种菜。我告诉他，即使他再在深圳多待 10 天，他吃的菜也不会一样。他感叹道："不来中国，就不知道真正的中国菜是什么样的。法国也号称是美食王国，但无法与中国相比。"开始，他每吃一道菜，都要求我给他解释是什么菜，叫什么，是什么原料做的，然后一一记下来，但后来，他收起了纸笔，说："不记了，太复杂，太丰富了，我根本记不过来。"

格兰维尔说他胃口不大，但在深圳，他每餐都吃得很多，他说，没办法，经不起诱惑。其实早就饱了，但停不下来，看见了还想吃。他临走前悄悄地告诉我，好几个晚上他都半夜里醒来，口渴，直冒汗——吃多了！他说深圳的美食，是他所见过的最好的中国菜，在这里能吃到各地的风味。15 年前，他曾去过北京、上海、杭州等地。他说深圳的片皮鸭比北京烤鸭好吃得多，"西湖春天"的许多杭州菜他在杭州也没见过。回国后，他还打来电话，告诉我说，在深圳 4 天，他竟重了 3 公斤！

格兰维尔虽然喜欢吃中国菜，但不会用筷子，所以饭店往往都给他准备刀叉，但有的菜无法用刀叉吃，比如粉条，那时他就惨了。有一次我给他点了拔丝土豆，他很喜欢吃，而那家饭店偏偏又没有刀，用勺子不成，用手也不成，那次真把他折磨惨了。还有一次在"老东北"吃饺子，他猛地一口咬下去，饺子汁把他溅了个大花脸。他很狼狈，也感到大惑不解，说在法国吃饺子，里面从来没有汁。我说只有技艺高超的厨师才能让饺子里面充满了汁而皮又不破。他说好险，幸亏没有把汁溅到邻桌那位漂亮的女士身上，否则，脸可就丢大了。

格兰维尔酷爱中国的方块字，尤其是书法。他来深圳前，《晶报》登了一版介绍他的文章，并配了他的一张照片。我把报纸给他传

格兰维尔在深圳利用空隙时间做记录

真了过去，他第二天就来电说："看到自己的照片被神奇的中国字包围着，我非常激动，那种感觉，难以言表。"他把我的传真件又传给了他80多岁的老母亲，老母亲也激动了，说："儿子呀，你真了不起。"格兰维尔说，他记得，母亲只在他获龚古尔奖时说过这句话。

在深圳，每当在商店里看到书法作品时，他都会久久地驻足欣赏，并且常常出神地望着街头的霓虹灯招牌，说中国的汉字太漂亮了，能给人以美的享受和创作灵感。给我们开车的司机小谭是个书法爱好者，见他这样喜欢书法，便写了一张送给他，他说什么也不要，小谭大惑不解，心想是不是嫌他写得不好，于是他又用心写了一张，但格兰维尔还是拒绝了。我后来一了解，才知道格兰维尔是不敢要，他说："这么贵重的东西我受不起呀！"我告诉他，上面都写着他的名字了，不用再推托，他兴奋得像个孩子，连连道谢，说回去后一定找个好裱画师，挂在客厅最显眼的地方。后来，在民俗村，当店员们拉他去看字画时，他自豪地大喊："不看了，不看了。我的司机就是大书法家！"

尽管格兰维尔来过中国，甚至还在广州住过几天，但此前一直不知道有深圳这么一个城市。接到海天出版社的邀请后，他还犹豫过一阵，不知道值不值得去一个以前甚至没有听说过的"小城市"参加活动。他说，他这次是"骗"出来的，他告诉校方说是到中国去进行教育交流，因为他是在职教师。而且，调课很不容易，法国的学生可不好伺候。

但到了深圳以后，他没有失望，一切都使他感到惊讶。当他听说满街跑的靓车大都是私家车时，说，深圳人比法国人富多了，巴黎街头都是破车；在地王大厦顶层观赏深圳的夜景时，他久久地贴着圆形玻璃，感叹道："太美了！简直就是纽约，不，比纽约还美！"在中信广场，他再次被深圳的美震撼，说四周的建筑充满了艺术性和现代化气息，跟龙岗客家围屋和大鹏所城的古典美互相呼应，深圳是一个具有历史文化遗产的现代化城市。当我们开车从大鹏回到市区，经过海边的华侨墓园时，敏感的格兰维尔突然叫停，说那是墓地吗？能不能下去看看？他在墓园上上下下，寻寻觅觅，说太壮观，太美了，并且对我说："您知道吗，墓地也是一种文化。如果您到巴黎，不去蒙帕纳斯公墓或拉雪兹神父墓地，那就太遗憾了。"他在墓地停留了很久，时而眺望大海，时而低头沉思，手里一直拿着小本子在记录。他说："此时，我想起了法国诗人瓦雷里的著名组诗《海滨墓园》。深圳这么好的地方，一定能诞生大诗人、大作家。"

在陪伴格兰维尔的几天时间里，我们聊了很多，天文地理，无所不聊，但聊得最多的，还是文学。我发现，他是法国当代文学的活辞典，许多著名作家都是他的好朋友。他与晚年的杜拉斯关系密切，杜拉斯经常打电话给他，而且都在深夜。他说杜拉斯有很深的亚洲情结，他们在塞纳河边散步时，她常常指着塞纳河说："瞧，这是湄公河。"格兰维尔曾给杜拉斯的小说《北方的中国情人》写过评论，杜拉斯对他说："你点到的地方连我都没想到。"他还悄悄地告诉我："杜拉斯觉得我挺英俊的。我有一次还埋怨我妈，杜拉斯都说我英俊，而你从来就没说过。"

我说，杜拉斯好像是个挺难相处的人。他说不，杜拉斯是个很可爱的老太太，不像外界传说的那样乖戾和专横，她非常单纯。相反，她最后一个情人扬倒是喜怒无常，很难打交道。不过，他跟他们都处得很好，常常跟他们去兜风，扬开车，杜拉斯坐在扬的旁边，他坐在后排。我说，我出过杜拉斯和扬的不少书，也有许多文字和图书资料，怎么从来没有看见杜拉斯的汽车后排还有一个人？格兰维尔滑稽地耸了耸肩。

谈起今年的龚古尔奖获得者阿梅特，格兰维尔说，他是个很出色的作家，早就很有名了。格兰维尔还评论过他的第二部小说，给予了热情鼓励，但后来，他认为格兰维尔太自负了，说他自我膨胀，膨胀得像青蛙一样。我问为什么，格兰维尔说因为他远离巴黎的社交圈，不喜欢跟传媒打交道。每年3月巴黎图书沙龙期间，他都会接到文化部部长的宴请，但他从来不参加。我说我比你俗多了，我去年第一次受到邀请，毫不犹豫就去了。

《北方的中国情人》中文版封面
中国文联出版公司1992年版

《法语作家大辞典》说格兰维尔是"左拉的自然主义最纯粹的继承人之一"，"把自然主义的神话和基本原则发挥到了极致"，可我觉得他的作品和自然主义相去甚远。他解释说，他继承的是自然主义的精神，而不是形式和方法。自然主义是用准确的描写和叙述去复制社会现实，而他是真实地挖掘人类的原始冲动和本能。事实上，他不但试图继承自然主义精髓，也深受浪漫主义、现实主义、超现实主义和新小说派的影响。比如《世界末日，一个女人藏起了我》，就是一部以灾难小说或恐怖小说的形式开头的爱情小说，它写的人类心灵深处的情欲冲动，是爱与欲的诗意展示，并且有很深的象征意义。那架坠毁在巴黎郊区的波音飞机，就是"美式"文明的象征。现代化给我们的社会带来了很多益处，也在一定程度上造成了人性的异化。他想通过这部小说提出这么一个问题：如果现代文明这座大厦坍塌了，我们还剩下些什么？我们还能找到些什么？

格兰维尔很年轻就得了龚古尔奖，他说他沾了龚古尔的光，因为这个奖改变了他的命运。在法国，普通作家是无法用文字养活自己的，而一旦成名，生活就不在话下了。我问他《金凤花》获奖后得了多少奖金，他说，龚古尔奖的奖金很少，只有象征性的 50 法郎，谁都不会把那张支票拿去换钱。但获奖后作品的销量成倍、甚至几十倍地翻，出版社和作者都能获得可观的收益。有的出版社凭一本得奖书就能吃上几年。我问《金凤花》销了多少册，他狡黠地说："我只管写书，不管卖书。您跟我的出版商很熟，您去问他吧！"过了一会儿，他又忍不住偷偷地告诉我："我用那本书的版税买了一栋房子，一辆新车，然后带着我的太太去周游世界了。"我问他还记得当年获奖时的情景吗？他说，记得太清楚了，大奖揭晓那天，他接受了 54 场采访，连失去联系 10 多年的初恋情人也出现了。那时，真觉得整个世界都属于自己的了。

短短的四天很快就过去了。最后一天，我们举办了龚古尔奖百年纪念有奖知识竞赛，格兰维尔还给大学生们作了有关法国当代文学的报告。格兰维尔是个精力非常充沛的人，思路敏捷，不知疲倦，经常说个不停。但那天回市区时，他在车上第一次沉默无语，眼睛望着窗外，心情显得非常沉重。我问他怎么了，他说没什么，舍不得离开，时间过得太快了。过关之前，他站在联检大楼的天桥上，久久地望着火车站广场，然后掏出相机，不停地拍。他说："太美了。我要把这一切都带回法国。"他竟拍完了整整一个胶卷。

在香港的列车上，他给我留下了许多资料，包括他讲课的手稿，上面用红笔和蓝笔画得密密麻麻，说"也许您能派上用场"。他问我什么时候再去法国，我说可能明年吧，明年的巴黎图书沙龙不是以中国为主宾国吗？他说："那我破个例，到时候我一定去参加文化部部长的晚宴，说不定我们在那儿能再见。"我说一言为定。

我们本来想在沙田转乘机场巴士，但不知不觉早已过了站。看来，格兰维尔是真的不想走了。

2003 年

追记：文中提到的法国漫画家卡比，2015 年在巴黎《查理周刊》的恐袭事件中被杀身亡。

博斯凯……囊获法国各类文学奖

4月16日《参考消息》编发了美联社巴黎的一条电讯:"博斯凯……囊获法国各类文学奖。"这个消息又把我带入了对博斯凯的追思之中。

阿兰·博斯凯是法国著名诗人、小说家和评论家,原籍乌克兰,年轻时在比利时生活,第二次世界大战期间曾加入美国军队,在美国主持过《法兰西之声》文艺副刊,还一度在柏林的盟国管委会工作。20世纪50年代初,他定居法国,先在多家大学任教,并创作了大量文学作品。他是法国当代诗坛的泰斗式人物,他创作的小说和剧本也颇受欢迎,诗论《语言与眩晕》被当作20世纪法国最重要的诗歌理论专著之一。半个多世纪以来,他出版了50多部作品,诚如美联社电讯所说,法国所有文学奖他几乎都得过,许多国际知名作家,包括不少诺贝尔文学奖获得者,如托马斯·曼、贝克特、拜斯、阿斯图利亚斯等都非常敬重他。阿斯图利亚斯称赞他的诗"精炼而富有灵感,一个布满光芒的世界。不可思议",布勒东说他的诗"美不胜收",加缪也说:"博斯凯的思想是如此了不起地独立

目光深邃的博斯凯

《博斯凯诗选》中文版封面
译林出版社1994年版

于他人。"法兰西学院院士保尔·莫朗对博斯凯更是赞誉有加："您是个大师……前无古人，后无来者。"

算起来，我认识博斯凯已有15个年头，先是熟悉他的诗，后来结识他本人。正如欧美的许多读者一样，我迷上了他的诗，忍不住把它们译成了中文，曾在译林出版社出了一本《博斯凯诗选》。从此，我们的联系更密切了，书信来往非常频繁，后来嫌邮寄太慢，便互发传真，有时干脆就打电话，谈法国诗，也谈中国诗。有一次，他看完中国影片《霸王别姬》，心里很激动，打电话跟我聊了近半个小时，表现出对中国文化的强烈兴趣。

与博斯凯聊天是一种巨大的精神享受，他的睿智与激情常常触发我的灵感，给我启迪。在他的影响和鼓励下，我也写了不少法文诗，并斗胆寄去请他指教。他有一次点评道："诗感不错，惜略嫌忧郁，摆脱你的周围，与宇宙对话吧，一切都会豁然开朗。"

1992年，我在飞白先生领导下，主持《世界诗库》法文卷的组稿和编译工作，博斯凯成了我的顾问，帮我推敲选目，选择诗人，还介绍我认识了不少诗评家。《世界诗库》出版后，我寄了他一套，他"赞叹中国进行了这么一项巨大的诗歌工程"，说要为我们请功。我以为这不过是一句客套话，谁知他真的写信给法国当时的文化部部长，引起了法国有关部门对这套书的极大关注。

1993年，由于工作的变动和孩子的出生，我跟博斯凯的联系少了。但我的孩子快满周岁时，他竟然还记得，来信索要孩子的照片。收到照片后，他马上打来电话，感谢我寄去照片，并对孩子表示祝福，说可惜来不了中国，否则真想来看看。不久，他寄来一封信，是写给我的孩子的，信中写道：

亲爱的小胡丞：

给你写信的是一位老诗人。他生活
在地球的另一端，在一块叫作欧洲的大陆
上……他凝视着你的照片，祝你在这个地
球上生活幸福。他在你机灵的目光中看到
了诗意：别丢了它呀！

他无数次向你微笑。

阿兰·博斯凯

邮票上的博斯凯

随信还有一张他的名片，上面写着：
"请留着，以后给胡丞好吗？"

博斯凯的这一举动当时并没有引起我的特别注意，我只当是诗人
的友情和冲动。现在回想起来，事情并不那么简单。他正是在那个时
候被查出肝癌，面对死神的来临，他更加珍惜生命，更加留恋这个世
界，他不但在孩子的眼中看到了诗意，更希望自己的艺术生命能在年
轻人身上得到延续。

然而，死亡的阴影紧紧地笼罩着他。几年内，这位 70 多岁的老
人动了三次大手术。但他不畏死神，他年轻时就在战场上与死神较量
过。在漫长的诗歌创作生涯中，他也无时无刻不在向死亡宣战。他曾
在五六十年代连续写了《第一遗嘱》《第二遗嘱》《第三遗嘱》和《第
四遗嘱》四组诗，探寻人生的意义和生命的真谛，表现出对死亡的极
大蔑视。

死神真的在他面前退却了。尽管医生早在 1993 年就宣布他最多
只能再活两年，但直到今年年初，他仍顽强地活着。朋友们都以为出
现奇迹，以为蔑视死亡的诗人真是不死的，以为人的意志真能战胜
病魔……

事实上，死神此刻离博斯凯仅咫尺之遥。去年年底，博斯凯把他
最信任的一些朋友介绍给我，嘱我尽快与他们联系。我似乎预感到了
什么。圣诞前夕，我犹豫许久，终于拨通了他家的电话，很久没有给
他打电话了，怕打扰他，但我实在太想听他的声音了。

《墨西哥忏悔录》中文版封面
海天出版社1999年版

接电话的是博斯凯的夫人诺玛。她告诉我,博斯凯身体非常虚弱,我说那就别叫他了。但博斯凯听说是我的电话,非要下床来接不可。差不多过了一分多钟,他才气喘吁吁地抓起听筒。他的声音很小,断断续续。在电话中,他一再要我与他的朋友们保持联系。

今年年初,博斯凯最著名的小说《我的俄国母亲》中译本出版,我在许多报刊上作了推介,并准备尽快把他的另一部得奖小说《墨西哥忏悔录》译成中文。博斯凯听到这个消息后十分高兴,当即发来传真,说:"尽快呀!我等不及了。"此时是3月5日,我刚好签毕伽利玛出版社寄来的版权合同,并收到了法国文化部寄来的访法邀请。我把这两个好消息写信告诉了博斯凯,对他说:"一到巴黎,我首先去看您。"

但博斯凯没能等到这一天,仅12天后,他就离开了热爱他的亲友、读者和他所眷恋的这个世界。诺玛告诉我:"你的信让他在临终之前得到了很大的快乐,可惜他当时已无法给你回信。"

博斯凯的死,在法国文坛引起了很大的震动,法国几乎所有的报刊都作了报道。在他的葬礼上,文化名流云集。大家流着泪,把他的诗一页一页地撒在他的墓碑上,以这种特殊的形式追悼这位杰出的诗人。

博斯凯著作等身,但生活节俭。老两口以文为生,手头并不富裕,但博斯凯生前嘱咐,用他的稿费设立一个"博斯凯基金会",奖励那些有突出贡献的诗人。朋友们为了纪念他和感谢他,则成立了一个"博斯凯之友"协会,法国出版巨头、伽利玛出版社总裁安托万亲任主席。诺玛告诉我,她已替我报名。我对她说,等我到了巴黎,第一件事,就是请她带我去博斯凯墓,我要看看这位不曾见面的老朋友和可敬的诗人。

1998年

雅克琳娜，多少美好成回忆

据法国《出版周刊》报道，法国出版联合会国际委员会主任兼阿尔班米歇尔出版社对外版权贸易部经理雅克琳娜·法韦罗女士日前去世。我十分震惊，我知道她近年来身体欠佳，但不过是腿脚有疾，行走不便罢了，不至于要命。2008 年，我途经巴黎，当时她刚好病后回单位上班，瘸着腿一定要请我吃饭。那天去的是蒙帕纳斯的是多摩饭店，一家历史悠久的老牌饭店，曾是海明威、毕加索、布雷松等文艺名流的聚集地。很贵，我想 AA，她说你放心，是出版社请客。我知道法国的出版社很少有这项开支，她只是不想让我过意不去。忘了那天吃的是什么，只知道吃了很长时间，吃得别的客人差不多都走了，她说现在侍应没那么忙了，我们碰碰运气，看能不能让他们带我们参观一下饭店的地下藏品室，里面有很多名家的作品，有画，有手稿，有雕塑，都是当年留下的，有的是付不起饭费作抵押的。巴黎的历史，尤其是文化史，很多都可以从中找到痕迹。那天，拿了双倍小费的侍应显得很殷勤，见四下无人，便悄悄带我们下了楼。

没想到，那竟是和法韦罗女士吃的最后一顿午餐，也是见的最后一面。2009 年，突然接到阿尔班米歇尔出版社的通知，说她离职了。我有些纳闷，她是出版社的重要人物，担任对外版权贸易部经理多年，近年又兼任发展部主任，深得总裁信任，未到退休年龄，为什么轻易离开？但我那时正忙着出国进修，之后又卷入各种事务，没有及时跟她联系，总想着以后会有时间，殊不知，有的机会，失去了，就永不再来。

我是 1998 年认识雅克琳娜的。当时，我国跟欧洲出版界的版权贸易刚刚起步，接触不多，交易更少，偶有成交，也大多是译者或出访的学者"代庖"，很少有职业版权人介入。法国图书在中国的翻译和出版一直很繁荣，但繁荣背后却隐藏着版权危机和信任危机，在法国的出版商看来，中国与苏联总是游离于规则之外。1992年我国参加国际版权组织之后，仍有出版社我行我素，一方面是出于习惯，另一方面，也确实不知道这版权该如何洽谈、如何购得，这就引起了国外有关方面的不满甚至敌意。法国驻华大使馆主管图书出版的专员就曾当着我的面，把中译本撕碎扔在地上，大骂某主编和某出版社是"小偷""盗贼"。在这种情况下出去谈版权，当然困难重重，加上当时网络尚未普及，通联还靠书信，传真算是先进的了，资讯的缺乏和信息的不对称造成了很多误会。记得我在巴黎打电话联系法国出版社时，常遭拒绝，好不容易撞进一家出版社，对方向我要外文书单，没有；外文介绍，没有；有营销方案吗？更没有。终于碰到一家小出版社愿意转让版权，一听我报的定价和印数，立马跳起来，好像我在撒弥天大谎。

雅克琳娜就是在那个时候出现的。我给许多出版社的版权经理发了传真，其中包括她，全都如石沉大海，只有她回复了，约我去她办公室见面。她一头栗发，身材不高，偏瘦，很典型的巴黎知识女性，但没有她们常有的那种傲慢。她听得很专注，问得很仔细，我跟她谈中国出版现状和版权引进问题，谈我未来的计划和眼下在巴黎遇到的困难，她当即拿起电话，找到了文化部负责图书出版的官员，说我这里有个来自中国的出版人，他熟悉我们的图书，想为推广我们的文化做些事，你应该见见他，尽量帮助他，并把话筒递给我，让我直接跟那个官员通话，说，有什么要求，尽管提。

于是，我的联络工作就好做多了，一夜之间，好像许多出版社都知道了我："您就是那个中国出版人？"还有出版社主动前来联系。在两个多月的时间里，我几乎跑遍了巴黎的所有出版社，结交了一大批朋友，签了十几份合同，把当年和前几年法国最重要的社科和文学类图书全都收入囊中。法国出版界的专业刊物还对我进行了采访和介绍，我俨然成了法国出版界的红人。房东见我每次出去都扛一箱书回

2006年，雅克琳娜在办公室罕见地同意我给她拍照

来，以为我是买的，说："这得花多少钱哪！"

后来，每次去巴黎，不管时间多紧，都会去拜访雅克琳娜，她也会在书展、酒会等各种场合把我介绍给她所认识的人。2000年，她代表法国出版界来北京参加国际图书博览会，国内报刊对她进行了报道和介绍，她很高兴，说中国的市场潜力很大，可做的文章很多，两国出版人一定要加强交流和合作。她参观了许多出版社，约谈了许多专业人士，回去之后，又把上大学的儿子送到我所供职的出版社实习，说让他也起点作用。2006年，法国有关部门邀请我去作出版交流，我最终"落户"阿尔班米歇尔出版社。在三个月的时间里，雅克琳娜安排我参加出版社的各种会议和选题讨论，在每个部门"蹲点"和实习，与重要作者见面会谈，还在他们的书库里待了三天，阅尽了这家百年出版社的所有宝藏。周五，是她检查"作业"的时候，地点在各饭店间更换，那时，我们谈话的内容就不限于工作了。她曾送我两本书，我至今带在身边。一本是《出版商和他的作者们》，800多页的旧书，20世纪50年代出版，已经绝版，写的是巴尔扎克、司汤达、凡尔纳、乔治·桑等人的出版商黑泽尔的故事；还有一本堪称法国出版行业的《圣经》：《出版业》，她是作者之一。我后来才知道她并不仅仅是普通的出版从业人员，而且是巴黎十三大的兼职教授。雅克琳娜告诉我，她是双料硕士，先后毕业于里昂大学现代文学系和巴黎大学出版系，当过教师，开过书店，曾在多家出版社工作，后来进入阿尔班米歇尔出版社，在对外版权贸易部经理这个位置一坐就是 20多年。

阿尔班米歇尔出版社是法国规模最大的出版社之一，出版门类广，尤以文学类和社科类图书著称，畅销书、获奖书源源不断，大作家多，40 名法兰西学院院士中就有 4 个是该出版社的作者。作者名声太大，有时并不好打交道，他们期望高，往往对中国的市场不了解，版权的洽谈常陷入僵局。这时，雅克琳娜会亲自出面斡旋，做作者的工作。每帮我攻克一座"堡垒"，她都会解脱似的长吁一口气，让我觉得她不是我的谈判对手，而是我在阿尔班米歇尔出版社的"卧底"。她说，做出版，钱不是唯一的。可我知道，这家出版社的收入有三分之一是她负责的对外版权贸易部赚的，说明作品有实力，也说明她不是不会赚钱。企业，总是要盈利的。

转眼多年过去，当年关系密切的那些版权经理，大多成了老太太，懂业务、有情怀、人情味浓，如今走的走，退的退，现在雅克琳娜也去了，以后到巴黎，不知道再找谁。新上任的，多是些漂亮的小姑娘，热情高，但沟通难，总觉得谈不到一起去。我想，也许我落伍了，可像雅克琳娜那样的出版人，确实是不多的。

2012 年

杜拉斯的闺中女友

　　谁是杜拉斯最亲密的人？她的情人，丈夫，儿子？都不是。杜拉斯一生中最亲密的人，最了解她的人，陪伴她时间最长的，是她的一个女友，名叫米歇尔·芒索。

　　1998 年，我去法国时，专门拜访了杜拉斯的这位"闺中女友"。芒索现在已是法国颇有名气和地位的记者和作家，当年，她在杜拉斯的影响和提携下，进入了文坛，并长期陪伴在杜拉斯的身边。杜拉斯性情古怪，很难相处，有很多朋友，但也有同样多的朋友和亲人被她疏远、嫌弃，包括她的丈夫、情人和唯一的儿子乌达。芒索说，能陪伴杜拉斯 30 年的，也许只有她一人。可惜的是，杜拉斯后来也与她反目了。

　　芒索是在 1955 年认识杜拉斯的。当时，她的一个朋友带她去杜拉斯家里吃饭，在高朋满座的宴会上，她傻傻的，一句话都不说，像个刚到巴黎的外省人，但杜拉斯却喜欢上了这个腼腆的年轻姑娘。两人之后经常约会、吃饭，看戏。杜拉斯拍电影《如歌的中板》时，曾让芒索的儿子演影片中的日本人，后来又让芒索的儿媳妇去演她的电影。1962 年，杜拉斯发现巴黎近郊的诺弗勒既美丽又安静，便在那里买了房子，而且还说

能30年陪伴杜拉斯的，也许只有芒索一人

服朋友们也到那里买房子，陪她一起住。芒索就是其中的一员。

成了杜拉斯邻居的芒索，天天陪伴在杜拉斯身边。她们一起读书、聊天，对男人评头品足，对大人物说三道四，自由得开心极了。夏天，她们带着孩子一同外出度假。杜拉斯虽然不缺钱，但生活非常节俭，或者说非常吝啬。她不逛商店，舍不得花钱买衣服，而是自己做。她留意别人的穿戴，看见自己喜欢的式样，便回来学着做。她家里的东西旧了、破了，也舍不得换新的，买件新家具就像割了她的肉一样。别人到她家吃饭从来都带着礼物，但她到别人家里吃饭时总是两手空空。圣诞节大家互送礼物，她从来不送。她很固执，很专制，很霸道，经常天天吃同一个菜，不让别人做其他菜。儿子乌达老骂她独裁，母子俩经常在饭桌上吵架。她不看新人的作品，对老作家也大为不敬，经常批评别人。她每认识一个新朋友，总是先把他们捧上天，但不久就开始看不惯他们，讽刺和指责他们，让他们从她的生活中消失。有一次，她和芒索带着大大小小的孩子去意大利旅游，某富翁慕名邀请她吃饭，席间话不投机，她带着所有的客人拂袖就走。但芒索也记得杜拉斯失意时的情景，当她没有出名时，她的作品也常常

《闺中女友》中文版封面
漓江出版社1999年版

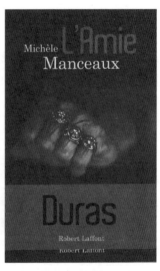

《闺中女友》法文版封面

遭到出版商的拒绝。一天晚上，她看见有个妇人挎着一个草编的手袋，眼里挂着泪花，神情疲惫地踯躅在街头，像个乞丐。仔细一看，竟是杜拉斯，手袋里面是一团乱七八糟的稿纸。其实，杜拉斯有时很自卑，她常说："我很矮小，在大街上，谁也不会看我一眼。"

芒索《我想谈谈杜拉斯》法文版封面

杜拉斯有时很狂，口无遮拦，但在有的方面却很谨慎，尤其是对自己的隐私。她与第一个情人的关系，与小哥哥的关系，尽管在书中多次写到，但总有所保留。人们往往以为她暴露无遗，其实她只揭开了冰山一角。真情如何，可能只有她自己知道。她的隐私，永远是属于她的，她不允许任何人侵犯。

30 年来，芒索与杜拉斯风雨同舟，亲密无间。但芒索没想到，30 年的友谊，仅因一件莫名其妙的小事而结束。1984 年，芒索写了一本书，书中提到杜拉斯，提到了杜拉斯的年龄。杜拉斯立即发难，打电话责备芒索，说芒索暴露了她的年龄。其实，杜拉斯的年龄谁都知道，连辞典、课本上都有。但杜拉斯却觉得隐私被人侵犯了，从中感到了威胁，从此不再理睬芒索，甚至连芒索的孙子去看她，她也不开门。而就是这个孙子，在他出生时，杜拉斯还热情地给他写诗。

1998 年

追记： 米歇尔·芒索女士于 2015 年去世，终年 81 岁。

在中国成名的法国"女王"

　　她叫伊丽莎白，所以大家都叫她"女王"。"女王"在法国时是个普普通通的女子，学过中文，后来到中国台湾进修了几年，回国后便以翻译为生，一度替巴黎的司法机关当翻译。"女王"自恃中文水平了得，竟用中文写起了歌词，结果被华纳香港分公司看中，想录用她，一面试，发现她不懂粤语，便没要她。到了香港的"女王"不甘心就此回国。粤语不行，可我的普通话行啊，干脆上北京去发展。谁知她到了北京以后真的红了，认识了许多歌手，写了不少歌词，很多都被谱了曲。有一次坐出租车，她听到收音机里在播放自己写的歌，便兴奋地对司机说："这首歌是我写的！"那位司机朝她翻了个白眼，没有理她：一个十足的神经病！

　　当"女王"把她写的厚厚一大本歌词给我看时，我也不信。她到我办公室里来找我，是我的法国同事安娜劳尔安排的。她写了一本小说《小花》，想出版。"女王"走后，安娜劳尔把稿子给我，说你翻一翻吧，写的是华人在巴黎的故事。稿子不长，我在坐地铁回住处的路上就看完了，第二天扔回给安娜，说太差。安娜劳尔也觉得不能用，准备退稿。这时，"女王"又来了，这次，她不是来找安娜劳尔的，而是来找我的。她说《小花》有中文本，你看看行吗？我说谁替你翻译的？她说我自己用中文写的。我翻了几页，便把稿子还给她，说，对不起，我不能出。她问为什么？我不好当着她的面说她写得太差，只说小说太短，不成书。这时，她又掏出一个厚本子，说这个够厚了吧？我打开一看，里面都是中文歌词，便问，真是你写的？她说这还有假？她又掏出一大包资料，说想当年我在中国也是响当当的人物。我翻了几页资料便惊呆了,她在中国拍过很多电视剧和电影,其中有部电影还得了华表奖,她和王志文、李志舆、高明、侯耀华、吕凉、娜仁花都一起演过戏,还跟赵本山、黄宏、宋丹丹、潘长江、郭达、蔡明等走过穴。1998 年,在中国原创歌曲总评榜中她与李杰合作的作品获得了第二名,她因此成了中国杂志的封面人物。她给我看了她带来的《大众电影》,里面有她的剧照,还有天津电视台《今晚好时光》栏目给她的邀请信,上面写着"法国歌星伊丽莎白女士"。但怎么看照片上那位魅力四射的女星都不像眼前的这位"女王",整容也不能往坏整啊?这时,"女王"说,我现在开始了新的生命和新的生活,2000 年,一场车祸险些夺去了我的生命,后来,命虽然保住了,但爱情失去了。就在半个月前,我的中国丈夫跟我离婚了……

2006 年

巴黎的 25 张面孔

"冷面杀手"与龚古尔奖

　　法国电视台的几个读书节目曾经都很红火，总统都做过他们的嘉宾，尤其到了"文学回归季"期间，收视率更是直线上升，对作家和书市影响极大。法国人几乎个个能言善辩，作家更是口若悬河，跟我们国家能说的不能写、能写的不能说的情况不太一样，所以，看他们的读书节目绝不会感到枯燥。哪怕你对文坛不熟悉，对书不感兴趣，没关系，因为台上的嘉宾往往说着说着就吵起来了，连主持人都插不上嘴。我相信那都是即兴的，不仅因为嘉宾和主持人常常被逼到尴尬的境地，更重要的是那种激情和灵感不是排练得出来的。

　　主持读书节目最出色的是一个叫贝尔纳·皮沃的人。他并非著名作家，也不是评论家，但作家和评论家都敬仰甚至敬畏他，他是法国著名的《读书》杂志的创办者之一。10年前，他退休了，杂志马上开始滑坡，但法国电视二台的读书节目却扶摇直上，因为皮沃应聘去那里当节目主持人了。那些年，法国文坛热热闹闹，欢欢乐乐，新闻不断，与皮沃的读书栏目不无关系。皮沃是个天生的媒体人，他的那种天赋和气质别人是学不会的，所以，随着他淡出电视，许多观众也跟着走了，后来电视台干脆停了那个节目，因为没有人比得过皮沃。

　　法国的电视现在依然有类似节目，但不叫读书节目了，而是变成了论坛之类的大文化节目，请来的嘉宾范围更广，不限于作家和学者。让圈外人来谈读书，有时反倒能带来一些新鲜的气息，有一次竟然发现苏菲·玛索也来了。也许她大意了，或者没想到导演老是给她特写（她应该想到的），而且这类节目打的灯光也与拍电影的用光不一样，所以，那天晚上她脸上的缺点暴露无遗。我想她以后再也不敢上这类节目了。其实也无所谓，因为无论如何，她比台上的其他女嘉宾都要有魅力得多。

让苏菲·玛索上读书节目，我觉得还情有可原，因为她好歹也写过书，写得还不错。我是看了她写的书以后才改变对她的看法的。但邀请"冷面杀手"让·雷诺做嘉宾，就显得有些不伦不类了。那时他刚从中国访问回国，据说受到了热烈的欢迎，所以一出现在电视中，就吸引了我的注意。那天晚上的主题是谈格兰维尔，格兰维尔是龚古尔奖得主，我曾邀他来深圳访问过，所以这期节目我是跟着看的。可惜的是，由于90多岁的老母亲生病，孝子格兰维尔赶到外省老家看娘去了，节目也顾不上了，这就给让·雷诺留下了余地。雷诺也是有魅力的人，而且这种魅力不受年龄的影响，但谈着谈着，我就觉得不对劲了，渐渐感到他的世界与我们的相隔太远。主持人显然也察觉到了这一点，连忙拿出格兰维尔的新书《折断的手》来，问雷诺知不知道这位大作家。雷诺点点头，又摇摇头，然后又点头，有些不知所措。显然，他不愿意承认自己不知道那么出名的作家，他又确实不知道，那情景显得十分滑稽。

第二天，我打电话给格兰维尔，格兰维尔听了以后哈哈大笑，说如果《折断的手》要拍电影，我非要雷诺来演不可。

2003年11月，格兰维尔（左二）来深圳参加"法国图书日"活动

《O 的故事》之故事

  《O 的故事》是 20 世纪法国最著名的一本情色小说，出版当年就在法国遭禁，出版商被罚，但小说越禁越有人看，后来还拍成了电影，成了经典。我国也有学者在研究这部作品，如李银河，某出版社还出了这本小说，还是柳鸣九写的序，但我不知道是否是盗版。之所以说这些，是想说明，这本小说非同一般，在文学史上有其地位。

  这么出名的一本小说，作者却名不见经传，以前从来没有见到过她写的书。关于这位叫作波丽娜·雷阿热的小说家，资料一片空白，完全不知其为何人。直到 30 年后的 1993 年，才爆出巨大新闻，原来，作者是著名的女出版人、评论家多米尼克·奥利，奥利是伽利玛出版社的审读员、《新法兰西杂志》秘书长、文学大奖评委会成员，怪不得出笔如此老辣。

  又过了 13 年，法国出版了第一部关于这个奇女子的传记，书还没有出，但媒体已经炒得不得了，许多大作家都纷纷表态，说这本传记写得如何如何好，估计他们事先就看了书。我也喜欢凑热闹，打了个电话就跑到出版社去要书看，600 多页，厚得吓人。作者竟然是一个叫大卫的 30 岁女子，第一次写书，不过，她就是这家出版社的编辑，编《新法兰西杂志》，也就是奥利的同事。她说她近水楼台，接触和掌握了有关奥利的大量资料，对那位女前辈产生了敬仰之情，所以花了两年时间，写了这本巨著。

  我拿了书回去看，并应邀在两天后去伽利玛书店参加该书的首发式。我当然不能错过这个机会，不过去那儿一看，我是唯一的外国

《O的故事》在伽利玛书店举办首发式

人，也是唯一的年轻人，前来捧场的都是老头老太，想必都是奥利当年的同事、朋友或读者。书店不大，来人却不少，电视台早已架好机子在那里等候，一直把镜头对准大卫。大卫毕竟年轻，有些稚嫩，似乎有些慌张。不过有人替她撑腰，奥利当年的律师首先发言，对这本书大加褒扬，不但是"第一部"，而且资料翔实而权威，尤其是出于一个年轻的女编辑之手，更显难得。大卫受到鼓励后也介绍了自己写这本书的前因后果以及感想，随后，大家又说了不少好话。如果这场新书推荐会到此结束，那就没什么新闻可说，但此时，突然站起来一个浓妆艳抹的老太太，拿着一张纸，提了好多问题，都是一些很专业很具体的问题，显然事先做了充分的准备，而且详细研读过这本传记。大卫有些措手不及，因为书中的有些内容她自己也记不清了，而提问的老太太却不依不让，乘胜追击，大卫有些招架不住，甜水里长大的女孩，听惯了好话，哪见过这种阵势。主持人连忙出来救驾，但老太太好像是故意来找碴儿的，非跟大卫过不去。这时，戏剧性的一幕出现了——席中一人突然说："《O的故事》的手稿，今天下午拍卖。大家想知道拍卖结果吗？""有这等巧事？"大家的注意力被他吸引过去，他马上掏出手机，给朋友打电话，随后报出了拍出的价格，8.5万欧元。"不贵，不贵！"大家纷纷说，似乎还有些遗憾。推介会就此在大家的议论声中结束。

谁写了那 1500 首诗？

路易丝·拉贝是法国 16 世纪的一位很出名的女诗人，她长得漂亮，后来嫁给了一个制绳人，大家都叫她"美丽的女制绳人"。路易丝为人热情大方，大胆直率，受过良好的教育，才华出众，绣得一手好花，且骑术高明，剑术不凡，参加过击剑比赛，这样的女人，自然成为男人们追逐的对象，尤其是以塞夫为首的一批诗人，天天跟在她后面泛酸。耳濡目染，她也学会了写诗，而且写得比他们好多了。她尤以情诗出色，曾在两年当中写了 1500 多首情诗，不少诗现在还被谈恋爱的青年男女引用。

10 多年前，我译过拉贝的几首诗，后来在巴黎参加一个诗人聚会时，才得知法国有个"路易丝·拉贝诗歌奖"，并认识了该奖现任主席、著名诗人克罗蒂娜，之后便常有来往。今年颁奖，我刚好在巴黎，理所当然去参加。只是颁奖当天，天气很糟，风大雨大，而颁奖典礼又设在巴黎郊外的圣日耳曼－昂莱。克罗蒂娜说那里艺术气氛好，莫扎特都曾在那里住过几个月。但据后来我了解，是因为那个小城的市长（其实应该是镇长，但大家都叫市长）是个诗歌爱好者，给这次颁奖提供了很大的方便。

颁奖那天，克罗蒂娜一大早乘第一班飞机从德国赶回巴黎，并交给我一个任务，把著名诗人博斯凯的遗孀诺玛带去。我扶着快 80 岁的老太太，先坐地铁，然后换乘郊区快铁，好不容易赶到圣日耳曼－昂莱市政厅，但已经迟到了半个多小时。颁奖仪式就在市政府的多媒体会堂举行，虽是郊区小城的市政府，设施可一点也不比我去过的法国国民议会的会堂差，诗人能在这样豪华的地方聚会，心里应该是温

2006年路易丝·拉贝诗歌奖现场

乎乎的。

　　颁奖典礼将持续整整一天，先是介绍拉贝的基本情况，然后交流有关研究成果，其间不时穿插诗歌朗诵。克罗蒂娜请来了法兰西歌剧院的一个专业演员，朗诵得的确不错，可惜是个男的，不适合朗诵缠绵的情诗。我是在场的唯一外国人，当然被点名了，克罗蒂娜把我吹了一通后，便让我上台，让我讲讲中国诗歌和诗人的现状。我说我现在离诗歌其实已经挺远了，对中国诗人的处境也并不怎么了解，但我知道他们没有像巴黎的诗人这样被宠着。

　　傍晚时分，今年的路易丝·拉贝诗歌奖终于揭晓，获奖者是一个来自刚果的黑人，在巴黎读完大学后现在还没找到工作，已经出了两本诗集了，但这似乎并不能改变他的命运。我跟他聊了聊，发现他很善良，也很天真。写诗的人都这样。是诗改变了人，还是这样的人才能写诗？从两年前开始，路易丝·拉贝诗歌奖还增设了青年奖，这次获奖的是个中学生，脸红扑扑的，夹在我们这些成年人当中有些不协调。后来在其他场合，我又几次遇到他。他说他是克罗蒂娜的"猎物"。在喜欢惹是生非的法国学生当中，像他这样沉静的爱诗者还真不多。

颁奖典礼以鸡尾酒会结束，晚上回到旅馆，读到《费加罗报》上有篇文章，是个诗歌研究专家写的，说路易丝·拉贝后面另有其人，那1500多首诗不可能全是她写的，说得有根有据。天哪，我马上给克罗蒂娜打电话，如果他说的是真的，那以后的奖还怎么颁？

2006 年

墓地是本书

在巴黎，墓地和书店一样，是我最喜欢去的地方之一，在街上走累了，往往就拐到墓地里去。巴黎的几个著名公墓都在市中心，从繁华喧嚣的人间世界到静谧安宁的死者天堂，真的只有几步之遥，一墙之隔。

我去墓地，不仅仅是寻找安静，也是寻找故事。巴黎的墓地是本书，细心一点，每座墓都能读出故事来，而最精彩的往往是平常人的故事，所以，我不喜欢像游客那样刻意去寻找名人的墓，也不去欣赏造型美丽、创意独特的墓碑，而是喜欢随意走，随意看，就像我喜欢在大街上毫无目的地随意漫步一样。在巴黎，死者的世界和生者的世界一样，有街道，有花园，有雕塑。公墓如同城市，被划成一个个区，每条街都有自己的名字，街头还有和墙外生者的世界一样的垃圾筒。

在蒙帕纳斯公墓，我曾遇到一座年轻女孩的墓，墓碑上镶嵌着一张彩色照片，照片上的女孩很漂亮。我读了刻在墓碑上的字，才知道这个叫安妮克·马蒂尼的女孩是 1985 年骑摩托车出事身亡的，死的时

巴黎的墓地宛如一本本翻开的书

239

候才 18 岁。安妮克从 10 岁开始写日记，写到 16 岁，每年一本。为了纪念她，母亲选编了这些日记，以亚丽安娜为笔名出版了一本书，取名为 *Flamme*，意为"短暂而热烈的火焰"。1998 年 6 月，母亲又把安妮克从 7 岁开始写的《忆旧笔记》改编成了电影剧本《你好，小卡普》。电影还真的拍完了，放映情况如何我不知道，但这位母亲是聪明的，她用这种方式把女儿永远地留在了自己身边。安妮克的故事引起了著名学者菲利普·勒热纳的注意，勒热纳是日记的专家，写过一本《私人日记、电脑和互联网》，中国也出了，书名叫《网际倾情》。勒热纳把安妮克纳入了他的研究范围，并且替她建了网站，上面有她的作品和电影，有兴趣的人可以上去看看，只是要翻译，因为是法文的。

马努埃尔·维克多·拉梅拉奥墓

同样英年早逝的还有一个叫马努埃尔·维克多·拉梅拉奥的年轻人，1978 年生，2001 年去世。不知怎么死的，墓碑上没有说，只有这么几行字："维克多，你在一个下午匆匆离去，从此再也没有回来。命运让你离开了我们。你的离开有多么残酷，我们对你的回忆就有多么美好。生命有尽头，我们的忧伤却永远没有尽头。——你在瑞士的家中有很多鲜花。"看样子，这是一个到巴黎来旅游的瑞士小伙子，

巴黎的墓地在默默地讲述一个个故事

遇到了意外。

同样要解谜的还有一对叫夏尔的夫妇，妻子叫米歇琳娜，丈夫叫瓦特罗，一个是2004年10月6日死，另一个是8日死，两人去世的日子只相隔了两天，后一个显然是伤心致死，可见他们生前的感情多么深厚。

在蒙马特公墓的高坡上，有一个叫皮埃尔·莱奥纳德·洛莱西斯克的建筑师的墓，他曾设计过法国驻君士坦丁堡大使馆的大殿、圣路易教堂和行政署，应该是当时一个比较出名的建筑师。有意思的是，1847年5月24日，他年仅26岁的妻子弗朗索瓦丝死在他设计的大使馆建筑里，不到两个月，他生在大使馆的儿子皮埃尔也死在了那里，年仅7岁。如今的这个墓，安葬着他一家三口，还有建筑师的第二任妻子。

安息在巴黎公墓里的人，我只认识两个。一个是大诗人博斯凯，另一个是午夜出版社的创始人兰东。8年前，我还去"午夜"拜访过那个出版界的传奇人物、贝克特和杜拉斯的朋友，谁知现在就阴阳两隔，只能在他的墓前默默地向他致哀了。

追记：该文写于2006年。现在，我在巴黎公墓里的朋友增加了不少。

你住哪个区？

　　巴黎人初次见面，往往会问对方："你住哪个区？"似乎不经意，其实话中有话。巴黎市区共分 20 个区，区跟区的档次是不一样的，同样住在巴黎，住在 1 区、2 区和住在 18 区、19 区身价可大不相同，社会层次也不一样，住房的价格相差更大。巴黎的区域划分以卢浮宫为中心，顺时针呈圆状向外扩散，所以，1 到 7 区大都是富裕区，其中 1 区和 4 区是商业区和旅游区，生意人居多，而 5 区 6 区为大学区即拉丁区，住的多为知识分子、大学教授、作家、艺术家之类的。第 8 区是凯旋门和总统府所在地，住着许多政客和高级白领。物以类聚，人以群分，这话在巴黎体现得是最充分的了。所以，问你住哪个区，并不是一般的客套和寒暄，而是探你的虚实，看你的经济实力和社会地位如何。

　　巴黎人永远不会厌倦巴黎，因为每个区都像一个国家，彼此有那么多的不同。走入 13 区，到处都是中国字和中国人；来到 18 区，眼前顿时一"黑"，仿佛到了非洲；而老巴黎往往聚住在歌剧院和老佛爷商场附近。到了城乡接合部，又如同进入了阿拉伯世界。其实，巴黎最僻静的地方并不在郊区，而在市中心，商业区和拉丁区白天人声鼎沸，热闹非凡，天一擦黑，游客散去，白领下班，街区便空空荡荡的了，寂静得让人难以置信。所以那些地段的房子虽然贵，却很值，白天有白天的热闹，晚上有晚上的安静。不过，巴黎的有钱人虽然霸着市中心的房子，却不经常来住，他们大多在枫丹白露、凡尔赛有别墅，有些人的别墅甚至在几百公里的外省，所以一到周末的傍晚，出城的车辆便排成了长龙，城门开始塞车。

其实，在巴黎居住，只要在这20个区内，不管是中心还是边缘，都算是好地方了。出了20个区，也就出了地铁线，离开了"小巴黎"。"大巴黎"包括很多郊区，郊区的生活与市区是完全不同的，虽然房子可能更宽敞，绿地可能更多，却似乎一下子就被现代文明抛弃了，生活的质量完全不同，我指的主要是精神生活。离开了文化，巴黎还剩下什么呢？至少对我来说，失去了文化的巴黎是毫无吸引力的。

巴黎的郊区有股土气，但"土"得没有外省可爱，仿佛是第三世界的大展场。对法国政府来说，郊区是块心病，那里聚集的大量非法移民是不安定的因素，像个定时炸弹，随时会爆炸。但移民并不是"暴乱"和"贫穷"的同义词，同样移民聚集的华人区就让法国人放心。中国人在外不闹事，有事不扩散，内部解决，且华人团体善于与当局沟通，所以巴黎的中国人口碑好，常常被法国人当作榜样来教育其他国家的移民。

"小巴黎"虽然好，但居住确实昂贵。我住的家庭旅馆，简简单单一小间，每天却要100多欧元，这个价格在国内许多城市都可以住五星级酒店了。更离谱的是，如要请服务员额外服务，打扫房间一次25欧元，整理房间呢？吓死人，90欧元。怪不得我的许多朋友都跑到郊外去住。

"小巴黎"的房子虽然贵，但知识分子住得起，这是可喜的事。我拜访的作家，当然都是成名的作家，住得都相当不错，不但在市中心的好地段，而且房子质量也好，很宽敞。巴黎的房子门面都不大，但进去以后却另有乾坤，其奢华程度难以描述，所以到了巴黎不要轻易吹嘘自己有钱。

巴黎，不欢迎拍照

外国人照相一般是照景不照人，而中国人是景要人也要，在一定的情况下，景可以牺牲，人却不能不要，尤其是到国外，难得去一趟，怎么也得立此存照，否则怎么让别人相信啊！

中国人拍照的热情随着生活水平的提高和相机价格的不断下降而提高，尤其是最近几年，数码相机的普及给中国人出游提供了极大的方便，不但成本低，而且对摄影技术也没什么要求，所以中国人拍照的热情空前高涨。在巴黎，拿着相机到处拍照的十有八九是中国人。

可是，巴黎并不怎么欢迎拍照。许多博物馆为了保护藏品是不允许拍照的，但很多中国人不管，反正也听不懂别人讲什么，拍了再说，况且对方也不能拿你怎么样。许多商店和橱窗也是不让拍照的，因为创意和设计都是受知识版权法保护的，有的中国人也不管，拍了就走。最让人讨厌的是对着人拍。法国人很讲肖像权，不经许可是不能随便对着人家的脸拍的，尤其是女性。这一点，我尤其想提醒我们的同胞。当然，巴黎人不会让你当面下不了台，甚至还会对你笑一笑，但也许从此以后就把你和你代表的亚裔看低了。

见识、学识和修养都可以反映在相机里。

我出门自然也是随身带着相机的，当记者养成的习惯。地铁的醉汉、街头的乞丐、路边打架的二流子常被我记录下来。不过，在正规场合，拍照之前我一定会先请求。可惜，给女性拍照，90%是得不到允许的。我正准备编写一本关于当代法国作家的书，需要有关作家的照片，但法国的照片贵得很，还不一定能得到授权，所以便想自己拍一些。让我失望的是，作家接受采访时往往都很配合，但我一提出要拍照，他们便想出种种理由来拒绝。采访畅销书女作家诺冬时，她说，要我的照片没问题，我的新闻专员会免费给你提供照片；采访龚古尔奖评委会主席夏尔－鲁时，她说状态不好，累了。连跟我同一个办公室的安娜也不乐意临别时让我给她拍照留念。后来有朋友向我泄露天机：给法国女性拍照，一定要提前打招呼。她们要化妆，要花很长的时间化妆。于是，后来采访年轻女作家戈达尔时，我便提前打招呼了。谁知临了还是不灵，她虽然答应了，但一见面马上就给了我几张现存的照片，当然照得要比我好，更重要的是照片上的人比她本人漂亮多了。

男作家似乎好商量一些，没这么麻烦。我在伽利玛出版社采访完《第一口啤酒及其他小乐趣》的作者菲利普·德莱姆后，提出要拍照，他非常配合，站着坐着随我摆弄，还主动提议去小花园拍，说外面的光线可能更好一些。后来我跟一些出版商朋友开玩笑说："现在我知道为什么你们女作家的照片比男作家的贵了。"

咖啡法国

　　咖啡是法国人的命，这样说并不为过。据说1991年海湾战争期间，法国人担心战争会引起国内物质匮乏，纷纷抢购，结果发现，他们抢购得最多的竟然是咖啡和方糖。

　　的确，法国人离不开咖啡，无论男女，没有几杯咖啡下去就好像一整天都不踏实似的，干活也没精神。法国人喝咖啡是小杯小杯的，可以放点糖，但绝不加奶，杯子都是极讲究的，拿个小勺子在杯里慢慢地搅动，然后一口喝完。他们看不起美国人喝咖啡，拿着一个大纸杯，里面放很多牛奶，边走边喝，他们觉得不可思议。不过法国人早餐时喝的咖啡也不太讲究，一般都用咖啡壶煮，一煮大半壶，全家人喝。这时，他们不用杯，而用碗，大海碗。碗对法国人的用途可能就是早上喝咖啡。

巴黎的露天咖啡座

　　法国人的公司或单位，一般都会有自动咖啡机，放在门边和走廊里，员工喝咖啡是要付钱的，不过比外面便宜多了，收点成本费而已。在饭店吃饭，餐后照例要喝一杯浓缩咖啡，叫 expresso，否则这一餐就显得不完整似的。

　　在巴黎，咖啡馆遍布街头，价格并不贵，一般都是1欧元多一点，著名的咖啡馆，如拉丁区文化名人会聚的花神、双叟咖啡馆，价格就要贵一些，要3欧元以上，除了一小杯咖啡，还有一杯白开水，用来漱口；一小块巧克力或一块小饼干，用来配咖啡。说来许多人都

巴黎著名的花神咖啡馆

不信，在这个爱咖啡的国家，虽然法国人对喝咖啡如此讲究，法国的咖啡并不好喝，远不如意大利的咖啡，就是德国的咖啡也比法国的咖啡好喝。有个法国朋友告诉我，好喝的咖啡，不在咖啡馆里，咖啡馆更多是聊天会友的地方；也不在大饭店里，那里的咖啡更多是消食的饮料。倒是那些游客罕至的小饭馆，咖啡有时煮得相当地道。我曾在巴黎一家出版社实习，这家出版社刚出了一本餐饮指南，上面详细介绍了巴黎所有大小餐馆的特色，并分头盘、正餐、面包、咖啡、甜点给予具体打分等，最高为5分。有一次遇到这本书的编辑，谈到咖啡问题，她说我带你去喝。我们找了几家咖啡为五星也就是5

分的小餐馆，果然不同一般。她告诉我，她编书的时候，可是带着助手一家一家"考察"过去的，并美其名曰"为了图书的真实"，当然，是出版社买单。我说，以后再有这等好事，一定多带我去。

说良心话，法国的咖啡实在不贵，即使是 3 欧元一杯也值，因为你可以在里面坐一整天。冬天，许多人都到咖啡馆去取暖，也有不少人在里面看书看报。我认识的不少作家，都喜欢在里面写作。巴黎的铺位和店面多贵啊，老板们靠卖咖啡怎么赚钱啊？不过，巴黎的咖啡也实在便宜。法国的东西普遍比中国贵 10 倍，如果说有什么东西比中国便宜的话，那就是咖啡了。在超市，不到 1 欧元就可以买一包 250 克的咖啡粉，而同样的咖啡在中国的超市要贵 3 倍以上。咖啡在法国是基本消耗品，比水还便宜，穷人再穷也喝得起咖啡。倒是富人，现在慢慢地冷落起咖啡了，我遇到许多高级白领和官员，大多声称不喝咖啡了，改喝茶，并列举喝茶的种种好处，控诉喝咖啡的种种不是。法国人总是喜欢反潮流、赶时髦。但要是茶在法国真的代替了咖啡，那对中国来说并不是坏事。

巴黎人喜欢面对大街喝咖啡

法国人的法语

在法国，常常有法国人夸我法语讲得好，说："奇怪啊，一点口音都没有。"我开始还以为是恭维，后来发现，自己的法语的确讲得算好的，比那些在法国住了几十年的非洲移民都好，比法国的近邻意大利人和德国人更好。当然，不是我一个人讲得好，大部分中国人法语都讲得比外国侨民纯正，也许是汉语和法语的发音有某些相似之处。

在法国，会不会讲法语待遇是不一样的。会讲法语，法国人就当你是自家人，出去办事会容易得多，到饭店吃饭侍者也会对你客气很多。法国是个移民国家，是不是法国人，外表是看不出来的，只能听他说话。根据他说话的口音猜测他来自哪里，根据他的词汇量推断他来法国多久了。家庭出身、社会背景和受教育的程度，也可根据他的说话方式判断出来。不同阶层的人说话的方式是不同的，外国人讲的法语和法国人讲的法语也是分得出来的，中国人讲法语口音再纯正，也学不到地道法国人的说话方式，除非你在法国住上 10 年、20 年，而且必须生活在法国人的圈子里。我认识一些华人，在巴黎住了 20 多年，最近发现听不懂上中学的孩子说的法语了，不得不上夜校进修法语。这并非个例。

法国人是傲慢的，这种傲慢并不表现在待人接物的态度上，相反，法国人对人是彬彬有礼的，显得很有修养。如果说日本人的礼貌表现在点头哈腰鞠躬上，法国人的礼貌更多是表现在语言中，哪怕是你踩了他的脚，他也会对你说声"对不起"。跟法国人打交道，必须学会 5 种说"请"的方式，10 种说"谢谢"的方式，而法语的词汇就

从我在阿尔班米歇尔出版社的临时办公室窗口望去

有这么丰富，供你在不同的场合选用不同的词汇。如果你懂得在什么场合说什么话，用什么词，并且说得贼溜，那你就差不多成了真正的法国人了。这可一点都不容易，因为这在书上是学不到的，老师也教不了你，全靠自己在生活中体会。

法语讲得好坏，直接影响你在法国的社会地位。我刚才说法国人傲慢，主要指的就是这点。在政府机关和大公司、大企业，很少外国人能挤进去的，进去也升不到高层，因为那里讲的是另一种法语，一种贵族法语，而不是北非人的法语或阿拉伯人的法语。法语是法国人的法语，法国人讲的法语跟外国人讲的法语是不一样的，甚至瑞士人、比利时人和魁北克人讲的法语也跟法国人的法语不同，尽管他们是法国人的后裔。这一点都不奇怪，因为同样是法国人，巴黎人的法语和外省人的法语也不一样，这连我都分辨得出。巴黎市区和郊区的法语也有区别，最近这些年，随着北非移民增多，且大多住在郊区，使郊区的法语趋向"北非化"：发音不到位，声音在舌尖和唇间打转，速度奇快。年轻人喜欢反叛，偏偏以这种法语为时髦，听他们说话可累了。所以有人说，听懂法国人的法语并不难，难的是听懂外国人讲的法语。

地铁是个小社会

在巴黎天天坐地铁，觉得这真是一个安全、快捷而且实用的交通工具。我很少有等地铁的感觉，因为我急的时候，比如说上下班时间，地铁车次很密，不到一分钟就有一趟，有时前面那趟的尾厢还看得见，后来那趟的车头已经开过来了。节假日和晚上车次当然要少一些，但那时也不赶时间不是？看看站台两边的广告或拿份免费的报刊翻翻，眨眼地铁就来了。

地铁是个小社会，车厢里什么人都有，上班的、旅游的、要饭的、卖唱的，法国人、非洲人、阿拉伯人，大家闹哄哄地挤在一起。如今侨居法国的中国人也越来越多，有一次我坐在车厢尽头，面对面两排六个座位，其中竟有5个是中国人。

在地铁里仔细观察乘客的表现，通常是能判断出他的国籍和身份的。巴黎的上班族上车就掏出书报来看，而来巴黎出差的法国外省人则由于对线路不熟，通常会伸长脖子，不时地看一看车门上方印着的地图，生怕坐过了站。阿拉伯人乘车往往三五成群，爱在车厢里说话，非洲兄弟喜欢在车上打手机，而且嗓门特别大。中国同胞呢，上车习惯闭目养神，但我也在地铁里看到过旁若无人地讲电话的中国人，说的还是我都听不太懂的话。

在巴黎坐地铁是绝对不会感到单调的，因为不一会儿就会有乞丐或卖唱的上来。要钱的多是酒鬼或失业者，大多先诉一通苦，说自己几顿没吃了，家里还有老婆和刚出生的孩子，也不知道真假。法国本土的乞丐比较油，有一次遇到一个身材高大的乞丐，满脸红光，看样子营养比谁都好，他笑嘻嘻的，见到妇女怀里抱着的小孩还友好地摸一摸头。阿拉伯妇女比较老实，说话声音特小，有一次还看见一个不说话的，过了好久才意识到她是在讨钱。

不同的线路乘客的身份往往也不同。一号线横贯巴黎东西，经过香榭丽舍大街前往新凯旋门，那里有许多大公司，所以乘客多是西装革履的白领；二号线走蒙马特高地，经过红灯区和黑人居住区，秩序有些混乱；而新开的十四号线站点少，速度快，大多是到国家图书馆上班的知识分子；至于南北走向的几条线，比如我天天乘坐的七号线和四号线，则随着区域的不同，乘客的身份也在变化。我闭着眼睛，光听乘客的说话声或凭感觉就可以知道到哪个站了。如果耳边响起了英语或意大利语，那一定是到了西岱岛站，那里有著名的巴黎圣母院，挤车的大多是游客；如果人突然多了起来，那是到了夏特莱站，那是一个大中转站，上车的都是上班族；如果"鸟"语杂乱，那是到了火车东站或北站；再往北走，您可就得小心了，乘客的人数少了，北非口音的法语多了。而坐七号线，如果听到了温州口音，那一定是到了13区的中国城，相反，听到了地道的巴黎口音，那是到了歌剧院附近，很多老巴黎都住在那里。

巴黎的地铁

工作人员突然堵住乘客查票

给波伏瓦写信的女孩

一日，在画家亨利的工作室里喝茶聊天，他突然问："你喜欢萨特和波伏瓦的书吗？"我说当然喜欢。他说那我给你介绍一个人，她是萨特和波伏瓦多年的朋友，叫玛德莱娜，有很多故事，也许你会感兴趣。我说好啊。

亨利当即给玛德莱娜打电话，但玛德莱娜不在，转到了语音信箱。亨利留了言，说她很快就会回复的。果然，电话晚上就打到了我的房间里，电话那头的玛德莱娜热情洋溢，似乎还有些激动。我说我们能见个面吗？她说当然可以。我问她什么时候合适。她说明天就可以。我想，她肯定不是法国人，至少不是巴黎人。巴黎人起码也要跟你约在一个星期后，哪怕是再好的朋友。要讲身份嘛！

第二天下午，我就去了玛德莱娜家。一见如故，她已准备了许多意大利美食，放在精美的小碟子里。喝的东西也很讲究，不是通常的咖啡或茶，是一种意大利饮料。原来，她在意大利的托斯卡纳有栋别墅，大半年都住在那里，饮食差不多已经意大利化。不过我承认意大利的美食比法国的好。

果然，玛德莱娜不是法国人，而是加拿大人，魁北克省的，早年在蒙特利尔大学学艺术和文学，后来便在那里当教授，其间曾在加拿大电台当过记者，后来到联合国教科文组织工作，官至文艺处处长，大权在握。但我感兴趣的，是她怎么认识萨特和波伏瓦的。她说，很简单，她喜欢波伏瓦的书，便给波伏瓦写了信，当时她才15岁。波伏瓦很喜欢这个"小朋友"，经常给她回信，她也一有空就到巴黎去看波伏瓦，两人的友谊保持了30年，直到波伏瓦去世。"波伏瓦是一

2006年，巴黎。我和玛德莱娜在画家亨利家

个充满智慧的人。"玛德莱娜说。我说，据说波伏瓦不好打交道，很封闭。好像是杜拉斯说的。玛德莱娜说："完全不是那么回事。波伏瓦是个非常理性的人，待人接物彬彬有礼。倒是杜拉斯，像个疯子。每次在公共场合，就听她说话，滔滔不绝，唠唠叨叨。"

玛德莱娜在加拿大电台工作期间，采访过法国文艺界和知识界的许多名人，如萨冈、热内、莱里斯等。1967年，她还和大导演朗斯曼专门替萨特录制了一个节目，当时正是萨特的创作转型期，法国国内"山雨欲来风满楼"，"五月风暴"正在酝酿之中，国际局势又动荡不安，所以萨特的那场谈话显得格外重要，他就自己的创作和国内外局势谈了许多，是研究萨特的重要资料。前几年，退了休的玛德莱娜把那些录像资料整理了出来，编辑成一部片子，在世界各国巡映演讲，大受欢迎。我说什么时候也去中国讲讲，她说中国她去得太多了，在联合国工作期间，她起码到过中国30次。我说现在你去一定会感觉不一样，那时候你是官员，而现在是作为萨特和波伏瓦的朋友去的，肯定会受到热烈的欢迎。果然，消息反馈到国内，近10家一流的大学就表示了强烈的兴趣。玛德莱娜说，看来，我得第40次去中国了。

塔上的出版社

　　法国虽然只有6000多万人口，却有近1000家出版社，数量比中国还多，而这些大大小小的出版社又大多在巴黎，集中在拉丁区，形成了一个出版圈。出版圈内的饭店和咖啡馆总是人满为患，不提前预订是没有位置的，尤其是中午，有的饭店甚至就以"出版人"为名，里面装饰着很多书，挂着许多大作家的照片，菜单别出心裁地做成书的模样，翻看菜单如同翻书。

　　法国的出版社都是私营，老的有数百年历史，年轻的可能只有几个星期，贫富和大小都很悬殊。我曾拜访过法国出版联合会的总代表萨尔扎那先生，法国究竟有多少家出版社，他说每天都有出版社诞生和倒闭，无法告诉你准确的数字。这么多出版社，各有各的活法，目标、志趣和追求不一样，出的书当然也不一样。像伽利玛这样的大牌出版社，他们的书可以说本本都是精品，根本不用推销，

巴黎的"出版人"餐厅

"不同"出版社的门面很不同

那里的编辑最舒服，不但地位高，而且没有市场压力。但并不是历史悠久、牌子响就可以永远吃老本，像瑟伊出版社就因为换将，人才流失，书的质量立即滑坡，尽管他们还保持乐观，坚信这是暂时现象，但破落的气氛一进门就感受得到。

午夜出版社是唯一敢在文学质量上与伽利玛叫板的出版社，团结和培养了贝克特、杜拉斯、罗伯－格里耶这样一些大作家，但创始人兰东在经营上过于保守，也有人说他是为了保持特色而不想扩大规模，所以半个多世纪来，一直蜗居在一栋破旧的小楼里。步他后尘的还有 P.O.L 出版社，书的品位也很高，日子却过得不容易，偶尔能碰到一两本畅销书，但也管不了几年。

"午夜"和 P.O.L 是口碑极好的两家出版社，虽然人数少，但在文坛名声大，相比之下，"不同"出版社的名气要小些，但老板在圈内也是极受尊敬的出版人。"不同"出版社真的与众不同，它远离拉丁区的出版圈，独自在19区和20区移民聚集的"美丽城"安营扎寨。

"不同"出版社的老板维达尔

我曾在路边无业游民好奇的目光下提心吊胆地走进一条破烂的小巷，去参观这家出版社。我对老板说，敢离开出版圈，在这里办出版社的，要么特牛，要么武熊。操着葡萄牙口音的老板维达尔对我说，我的出版社在这里生存了30多年，你说我是牛还是熊？

最近搬离拉丁区的出版社还有弗拉马里翁，这是一个规模巨大的出版集团，维勒贝克的《基本粒子》就是他们出的。他们在远离闹区的法国国家图书馆附近盖了一栋楼，不但进出要刷卡，上下电梯也要刷卡。楼内气度非凡，像是美国的跨国公司，窗外便是塞纳河。最吸引我的是他们的餐厅，那么多品种、那么多好吃的东西，简直就是一家五星级饭店。餐厅对面还有咖啡吧和酒吧，我每次去，版权部主任帕特里西娅女士都带我去吃，一道道菜吃过去，好像一点也不心疼自己的钱。后来我才知道这里的价格低得惊人，连成本价都不到。

小出版社也有阔气的。有一家叫作X.O.的出版社，干脆就把出版社搬上了蒙帕纳斯塔。蒙帕纳斯大厦是巴黎市中心唯一的高楼，被称作巴黎的"双子塔"，所以巴黎人也不叫它楼，而叫塔，当然"双子"是虚名，它只有一座。X.O.出版社在32楼，在办公室里可以尽览整个巴黎城区。我说，早知道在你们这里能看巴黎全景，我就不花那冤枉钱上埃菲尔铁塔观光了。

X.O. 出版社在巴黎市区唯一的高楼上

巴黎淘旧书

　　法国的书价很贵，通常比中国贵 10 倍，幸亏我基本不用买书，看中什么书问出版社要就是，也可以开张书单给法国外交部的书籍与写作处，他们会给我寄来。然而，不知从什么时候开始，我喜欢上了旧书，而且是那种有蚀版雕刻插图的旧书，这就麻烦了，这种书特贵，到出版社和外交部又要不到，只好自己去淘。

　　之所以说淘而不说买，是因为如果不怕贵，到专业的古书店里什么书都能买到。而淘，则是要在茫茫书海中找自己喜欢而价格又合理的旧书。塞纳河畔的旧书摊我是不会光顾的，那是逗游客玩的，由于河边风大，他们还把书用塑料纸包起来，这让别人怎么挑？我看那些书商也不靠卖书为生，给巴黎增添一道风景罢了。

　　维兰库尔跳蚤市场有十几家连在一起的古旧书店，有不少好东西，但价格一点都不"跳蚤"，一本只有十几张插图的都德小说集要

乔治布拉桑公园
的旧书市

卖 200 欧元，我扭头就走，从此不再去。蒙特伊跳蚤市场的旧书就便宜多了，但书太低档，去了七八次，没有一次挑到好书。我最常去的地方是乔治布拉桑公园，那里有一个旧书市，周末才开，能发现一些好书，价格嘛，就要靠自己谈了。如果你的爱好和书商不一样，比如说，你偏偏喜欢书商当垃圾处理的东西，那你能占点便宜。不过，这种情况不多，通常你喜欢的东西都贼贵。书商们很专业，比你精多了，绝不会卖错。

旺夫的旧书摊

旺夫的旧书摊是我后来发现的，那也是个周末才开的跳蚤市场，主要卖古董，书是附带着卖的，这就有机会了。古董商们并不想在书上赚什么钱，而且对书也不是很懂，所以，价格好谈，当然得有技巧，不能一开口就把自己想要的书贬得一钱不值，否则对方会生气，挥挥手让你走。这跟中国的情况不一样。我跟古董商打交道的次数多了，逐渐摸清了他们的心理。首先，你必须装出自己很喜欢、很欣赏的样子，然后在书中挑点毛病，或哪张图有点残缺，或版本不够老。如果再谈不下来，那就再选一本，通常，第二本会便宜得多，能把第一本的价格中和了。还有一个技巧，当然不好对外说，就是先不谈你选中的书，而是拿一本你并不想买的书，当双方就价格僵持不下时，你装出让步的样子，换上你想买的书，这时，对方往往会找台阶给自

旺夫的旧书摊，主要卖古董，书是附带着卖的

己下。

　　不过，你再精明也精不过书商。有一次买了书后，跟一个书商套近乎，他悄悄地告诉我，你真要买旧书啊，哪天起个大早，跟我去批发市场，巴黎各书摊的书大多是从那里来的。每天，收破烂的都会把书集中在那里，天不亮，专业书商就会先下手为强。那里的书有时是论斤卖的。我问，收破烂的能收到好书吗？书商告诉我，法国人普遍都有很丰富的藏书，而孤寡老人又特别多，这些人去世以后，没有亲属整理遗物，通常就由专业公司去处理杂物，好书往往就来自那里。

给兰波先生写信

阿尔蒂尔·兰波是法国 19 世纪的著名诗人，与魏尔伦、马拉美为法国象征派诗歌的三大主将，死了 100 多年了，现在还有不少人给他写信，不单是外国的读者，法国的也有，可见读诗的人和写诗的人一样，都容易魔怔，有时糊涂得可爱。

给兰波写信的，不少是妙龄少女，粉红色的信封上画着心形玫瑰，一看就知道是求爱信。要是她们知道她们所爱的诗人已是 100 多岁的老头，肯定会背过气去。不过在兰波的家乡，法国西北部一个叫沙尔勒维的小城，邮局的工作人员都已经习以为常了，他们每年都会收到大量给兰波的邮件，许多邮件没有收件地址，只写着"法国兰波先生收"，其中有不少礼物，用精美的盒子装着。当然，他们没法投递，于是便设立了一个兰波博物馆，把这些邮件都存放在里面。求爱信自然是不能拆的，礼物倒是要打开看看，怕存放的时间过长发生霉

大胡子魏尔伦（左）与面目清秀的兰波

充满活力与才气的兰波只活了37岁

变。几十年过去，兰波博物馆的藏品已经满满当当了，邮递员也换了几茬。临退休时，他们往往会到兰波的墓前告别，把自己的工作帽放在墓碑上。

以上都是电视上报道的，否则我不会相信。我研究兰波十几年，与兰波家乡的人也有一些联系，却从来不知还有这样的插曲。不过，兰波讨人喜欢，这是我从未怀疑的。这小伙子，不但诗写得有灵气，人也长得可爱，清清秀秀的，大胡子魏尔伦当然不会放过他。魏尔伦是个酒鬼，为人粗鲁，给人感觉还挺脏，诗却写得一点也不比兰波差，而且比兰波的诗抒情得多，那组《被遗忘的小咏叹调》，尤其是那首《泪落在我心里，恰似那满城秋雨》，我倒过来也会背。那种美啊，我相信现在的法国诗人很少能超越了，而这组诗，与兰波有直接的关系。魏尔伦曾抛弃新婚的妻子与兰波出走，当兰波最后决定与魏尔伦分手时，魏尔伦追到车站阻拦，拦不住，竟掏出枪来，打伤了兰波。这已是法国诗歌史上的著名逸事了，熟悉法国文学的人都知道。

兰波写诗的时间很短，10年左右吧，成名却相当早，他的名篇都是20多岁时留下的。27岁时，他就不写诗了，去非洲经商，结果染了一身病回来。又过了10年，他就死了，年仅37岁。

三天九场电影?

3月18日星期六,打开电视,几个台的主持人几乎都不约而同地说:"这是今年冬天的最后一个周末了。"语气中不无遗憾。不过,他们接着马上又说:"在春天正式到来之前,让我们先迎接'电影的春天'吧!"

"诗人之春"我早就听说过,但我不知道法国还有个"电影的春天"。上网一查资料,才发现这个活动已经办了6年,具体内容是每年从3月19日开始,一连三天,法国所有的电影院在任何时段,对所有人都实行优惠价,票价从原来的8欧元以上降到3.5欧元。3.5欧元是个什么概念呢?《世界报》每份1.2欧元。也就是说,在这三天里,看一部电影只要三份报纸的钱!

法国是世界上电影放映得最多的国家之一,去年人均进电影院三

巴黎蒙帕纳斯的高蒙电影院

次，观众达 220 万人次。法国的电影观众人数在世界上排名第四，仅次于中国、美国和印度，但别忘了，法国才 6000 多万人口。在巴黎，我早就发现法国人喜欢看电影，电影院前的售票窗口常常排长队。有一次和作家加雷聊天，他问我是否常去电影院，我说一年去不了一次，而且票往往是别人送的，平时更多是在家里看电视或影碟。他说你真傻，你不会享受。在电影院看电影和在家里看碟，感觉是不一样的。他说法国人并不见得很有钱，但对生活质量的要求很高，不管是物质生活还是精神生活。面包绝不吃过夜的，所以宁愿下班后拖着疲惫的身体在面包店排长队，看电影也是如此，哪怕在风雨中排上半小时的队，也不愿缩在家里看电视。在电影院看电影，不光视觉听觉效果好，而且有气氛，更重要的是，能跟其他观众产生一种情感交流和共鸣，大家一起笑，一起哭，一起惊叫或一起骂娘。

　　法国现在有 2100 多家电影院，基本上每个乡镇都有一家，每家电影院往往都有多个放映厅，像巴黎的大电影院，有的多达 20 个厅，同时放 20 部电影。国外的好片子在巴黎都能看到，而且引进速度很快，章子怡主演的《艺伎回忆录》和中国的《无极》在这里已放了几个星期，比国内慢不了几天。我以前到巴黎，往往都看当天的首场电影，因为平日早上 11 点前后的第一场电影，不但票价优惠到 5.5 欧元，而且看电影的人相对较少，不用排长队。但这一次来巴黎，由于白天要上班，看不成首场，所以快两个月了，一场电影都没看，便想乘此机会多看几场电影，顺便体验一下"电影的春天"。本来计划三天看9 场电影，但刚好巴黎书展开幕，周末也要赶场，晚上还要招呼国内来参展的朋友，所以只能见缝插针，幸好我的办公室就在巴黎的"电影区"，仅"高蒙"就有 5 家影院聚集在这里，而且都紧挨着。我也不挑片子了，只要不用等，看什么电影都行。但第一场电影就让我大吃一惊，就在影院这么密集的地方，而且每家影院都有十几二十个放映厅，每个放映厅都有 100 到 300 个座位，我还差点买不到票。排队终于轮到我时，售票员说只剩下最后一个位置了，你恐怕不得不坐在第一排了。要吗？我不假思索地回答：要！

巴黎的书展

巴黎的书展不叫书展，叫沙龙。沙龙是喝茶聊天的地方，巴黎的书展正是如此。没有开幕式，没有官员讲话，但在开幕前夜，各展台都摆出美酒佳肴，大宴宾客，有火腿面包牛肉，也有水果奶酪甜点，香槟、红酒、开

巴黎的书展摆满了吃的

胃酒和各式饮料更是应有尽有。西餐的整套程序完全可以在展厅里体验完。这哪里像是书展，完全是美食展嘛！

我对巴黎的书展早有微词，并向主办方提过几次意见。全是法语书，怎么能吸引世界各国的出版社？看中了书，想去谈版权，对不起，负责人不在。看守展台的不是临时雇来的学生，就是出版社搞行政的、管书库的，一问三不知。好好的一个书展成了一个大书店，各展台都热衷于卖书，可以没有版权部的人，但不会没有收银台。这跟许多国家的书展都不一样。

还有，说是沙龙，说是聊天，你不认识他，他还不跟你聊呢！你想跟他说点正事，谈点业务，对不起，您有预约吗？他宁愿跟老朋友谈上一个小时，也不愿花一分钟跟你多费口舌。初次参加巴黎图书沙

巴黎的书展书味还是很足的

龙的人，非被那帮法国佬气死不可：这些没落贵族，高傲得不可思议且全无道理。

但慢慢地，在巴黎待久了，接触的人多了，我才明白了法国书展的秘密。巴黎图书沙龙的主办者清楚地知道，法语竞争不过英语，要在法国办一个全球性的多语种国际书展是不现实的，直接去美国或英国不更省事吗？而像法兰克福那样的书展，世界上有一个就够了。所以，不如把巴黎书展办成是一个书商、出版商、作者和读者联谊的盛会。所以，每年的巴黎图书沙龙都会有上千个作者来现场签名售书，学校也纷纷组织学生前来参观。书展的门票 8 欧元，不算便宜，但学生有优惠，12 岁以下免票，12 岁以上如果是团体参观也是免费的。最奇特的是书展对"专业人士"格外照顾，所谓的专业人士包括作家、书商、出版商、译者、图书馆管理员、文学评论家，这些人只要到"专业人士"服务处登记，就可以领到一张整个书展期间都通用的专业人士出入卡，不但免费，而且进门不用排队。凭什么证明你是专业人士呢？凭一张嘴。你无须出示任何证件，只要说你是专业人士，填张表就可以了。在法国，诚实和信誉是无价的。

今年书展，有 2000 多名作者到现场签名售书，数量多得不可思议。但并不是每个作者都有人捧场，让笔者感到心酸的是，那些平时在文坛叱咤风云的大作家，法兰西学院的那些院士，法国文学大奖的那些评委，签名台前往往非常冷清。伽利玛出版社的展位上，坐了一排平时难得一见的大作家，但他们不是在互相交谈，就是无奈地看着旁边被读者围得水泄不通的畅销书作家。

阿尔班米歇尔出版社是畅销书作家的摇篮，阿梅丽·诺冬、贝尔纳·韦尔贝简直比电影明星还受欢迎。许多读者提前几个小时就在签名台前排队，他们每次出场，出版社都要去申请延时闭馆。为此，出版社在展览期间为他们安排了四场签名，有白天场，有晚上场，场场拥挤不堪。著名的华裔作家程抱一也是该社的作者，他刚刚出版了一本小册子，叫作《美的五种沉思》。他对读者非常耐心，签名前后都会跟每个读者说上几句。诺冬则再次展示了她对帽子的喜好，每次出场都戴着不同的怪帽子。去年获龚古尔奖的韦耶根也在场，人气不算太旺，但刚刚得奖，追捧的人还有。倒是《灰色的灵魂》的作者克洛代尔，虽然得奖已经几年，却依旧走红。根据《灰色的灵魂》改编的电影在今年的凯撒电影节上获多次提名，他去年秋天出版的小说《林先生的孙女》畅销到现在。我本来跟他有约会，但他签完这本小说，又跑到另一个展台去签《灰色的灵魂》袖珍本，根本抽不出空。刚刚访华回国的达里厄塞克，今年也出了一本短篇小说《动物园》，可惜台前空无一人，想当年，她的《母猪女郎》出版时，就是诺冬也无法与她相比。也许正如诺冬所说："她成名太快，名声太大。"

诺冬戴着夸张的帽子在给读者签书

阿梅丽不再美丽

　　我在阿尔班米歇尔出版社实习期间，天天见阿梅丽·诺冬。她每天上午都来。她在出版社的一楼有个专门的办公室。阿尔班米歇尔出版社有上百个作家，法兰西学院院士就有好几个，但只有她有这个特权。从某种程度上来说，诺冬已成了他们的摇钱树，一连15年，每年出一本书，每本书都卖上几十万册，在法国，哪个作家做得到？难怪有一次与他们的老板艾斯米纳尔谈起她，老板掩不住喜悦地说："她就像我的女儿，是我发现了她。"

　　成了名的诺冬变得有点古怪，不愿见人，而且说话非常尖刻，所以记者们既想见她，又怕见她。我曾在8年前见过她，聊得挺好，但时至今日，我想她早就忘了我。而且，接连不断的成功是否让她变得更高傲了？我不知道。但从法韦罗女士的态度上我感觉得出来，他们对她很敬畏。法韦罗女士是出版社的版权部主任，一直想替我约诺冬，但好像并不容易。她有什么隐衷没有对我说，终于有一天，她对我说，诺冬让你

诺冬总喜欢浓妆……

她喜欢戴各种奇怪的帽子

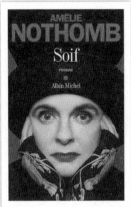

诺冬小说《击打我心》《渴》《蓝胡子》法文版封面

给一个单子，她看了你的问题后再决定见不见你。真是明星派头。

我没有给单子。其实，我觉得见不见她无所谓，关于她的情况我已知道得不少。但有一天，法韦罗女士突然跑来告诉我，说诺冬同意见你了，你赶快拟题目。我随便拟了几个，法韦罗女士郑重其事地拿过去看，仔细得把几个笔误也改了，还删了两个句子，说不能这样问她。我想，小题大作了，到时候，我才不会照单子问呢！

约好的那天，我按时到达。法韦罗女士对我说，不能超过半个小时啊。我说，我只需要20分钟。她带我下楼，来到诺冬的办公室。诺冬的办公室朝天井的一面是茶色玻璃墙，从里面能看到外面，外面却看不到里面。

第一眼看到诺冬，就觉得她比8年前老了，毕竟快40的人了。我说，我们8年前见过，你还记得吗？她寒暄着，没有正面回答，显然已经忘了。我说，我其实并没有问题，我要问的我想法国的记者都问遍了，你也已经答了，我在网上都找得到。她说，但你是第一个采访我的中国人。我说，8年前，还有一个中国人采访过你，不过，那也是我。她笑了，说，我想起来了。

《闻所未闻》法文版封面

红磨坊搬到了赛马场

在我看来，红磨坊并不是一个色情场所，尽管它有艳舞，尽管它位于蒙马特著名的红灯区，周围全是或低级或下流的夜总会或性俱乐部。事实上，它的节目是一流的，充满了艺术性，而不是性艺术，它会让你冲动，让你振奋，但绝对不会让你有淫邪之感。要是你抱着某种目的去红磨坊，你一定会大失所望，而且会后悔，因为它的价格远远高于周围那些灯红酒绿的场所。

红磨坊给人以色情的印象，可能是某些电影的缘故。100多年来，以红磨坊为主题或为背景的电影少说也有十几部，大都夸张了那里的气氛。也许当时的红磨坊的确是那个样子，因为那些电影都是半个多世纪以前拍的。自1956年之后，关于红磨坊的电影几乎绝迹，到了前两年，才有福克斯公司投资拍摄的歌舞片《红磨坊》，但这部《红磨坊》已与以前的"红磨坊"完全不一样了，它所展示的东西比较接近红磨坊现在的实际情况。

红磨坊的压轴戏是法国康康舞，这种舞节奏明快、强烈，因演员跳舞时裙子发出的声响和观众所打的拍子而得名。它由19世纪盛行的四人舞发展而来，现在可以说已成了法国的"国舞"，演员所穿裙子的颜色由红蓝白三色组成，这正是法国国旗的颜色。

红磨坊的舞蹈演员个个出色，不化妆的时候不一定漂亮，但身材绝佳，女的全在一米七五以上，男的超过一米八五，气质极好，浑身散发出艺术魅力，似乎天生就是跳舞的。但他们在红磨坊最多只能待两三年，超过26岁，老板就要赶人了。不过，这些演员大多是从世界各国挑来的，有了在红磨坊跳舞的经历，回国以后就等于有了王牌，有的成了名角，有的办舞蹈学校，有的自己开舞厅。

去红磨坊看演出一般包晚餐，边吃大餐边看艳舞是法国的传统了。吃完星级大厨专门烹饪的红磨坊名菜，再喝半支上等香槟，节目就开始了。红磨坊的演出气势夺人，演员阵容庞大，有100多人，其中有60个穿着豪华舞裙、裙上布满闪光片的"多丽丝"女郎，多丽丝是20世纪60年代红磨坊舞蹈团的创始人。整个演出过程中，演员们更换的服装达1000多套，真让人眼花缭乱。

红磨坊自从1889年开张至今115年来，观众人数已达数千万，许多著名艺术家，如英国歌手艾尔顿·约翰、法国歌星皮雅芙和影星伊夫·蒙当都在那里客串过。

红磨坊的演出以前是不出门的，好像只去英国为查尔斯王子演过一次，那时戴安娜王妃还在。不过，这两年舞团也开始外出，走向社会，走向大众了，也许是想改变自己给人的"情色"印象。他们不时在重要场合或大型公益演出中露面，上星期，他们还去了法国赛马场，给颁奖典礼助兴，我赶去看了。当然，他们在外面的演出是有保留的，除了康康舞之外，只演了十几分钟的节目。

白天的红磨坊

"母猪女郎"去了北京

这样称呼玛丽·达里厄塞克似乎有些不敬，但她的那本《母猪女郎》太出名了，以至于很多人都忘了她的姓名，只记得"母猪女郎"。达里厄塞克并不介意，尽管她清楚地知道说别人是猪并不是一句好话，不过她也没办法。在她今年刚出版的一本新书《动物园》中，她这样写道："为什么是母猪？自从1996年《母猪女郎》出版后，也许除了'你好'之外，这是别人问我问得最多的一个问题。我真的不知如何回答，我只知道'母猪'是个骂人的词，用得比'母牛''母狗''母老虎''母猩猩'多。"

到了巴黎，我就打电话找达里厄塞克，但打了几天的电话都没人接，后来才知道她回老家了。她的老家在法国南部的巴斯克地区，那地方我去过，挺不错的。法国的外省人都不喜欢巴黎，认为巴黎的生活节奏太快，压力太大，人情味太薄。想必达里厄塞克也如此，在去年出版的《故乡》一书中她已透露出这种信息：她回到了家乡，看到小时候的住处，重温童年往事，觉得格外温馨。当了母亲的达里厄塞克，更能体会到父母当年对他们的爱，而她也把这种爱延续到女儿身上，这在她的《宝贝》中看得很清楚。达里厄塞克不像巴黎的那些时髦女人，尽管她的小说很怪异，想象很奇特，但她骨子里还是个传统的女人，到了该嫁人的时候嫁人，该生孩子的时候生孩子，一切在她身上似乎都那么顺理成章，唯有文学创作的道路好像越走越艰难。我常常见到她的出版商，提起达里厄塞克，他总不愿意多说。我知道他有一肚子苦水，当年，《母猪女郎》给他赚了大钱，挽救了他差点倒闭的出版社，但10年了，坐吃山空啊！达里厄塞克的创作似乎越来越钻牛角尖，大量的读者渐渐离去。如果说，《幽灵的诞生》和《晕海》大家还给面子的话，后面的几本小说连评论家也提不起兴趣来了。其实，达里厄塞克大可不必这么执着，她只需沿着《母猪女郎》的套路往下走就可以了，就像拍电影续集一样。可她偏不，一定要否定自己，重新探索，苦苦寻找新的道路。我虽然不完全赞成她的做法，但始终对她抱有敬意。如此清醒、如此自觉的青年作家在当代法国文坛上并不多见。莫非她是想摆脱曾给她带来巨大名声的"母猪"称呼？我这次来法国是想找她好好谈谈的，但她说马上要去中国——北京、上海……《母猪女郎》在中国又要出新的译本了，旧的中文版在一年内重印了三次，如今相隔几年，又有出版社买了版权要出新版本，看来，法国"母猪"在中国也颇有人缘。我说，那就等你从中国回来再见面吧，不过，那个时候，你得给我讲讲中国见闻和你对中国的观感啊！

达里厄塞克（中）在中国作推广，右为张弛教授

"诗人之春"到巴黎

　　巴黎的冬天今年特别漫长，都到 3 月中旬了，气象预报还是三大主题："风""雨""雪"，气温能低到零下 4 度。然而，诗人们却等不及了，一到 3 月，澎湃的诗情就忍不住要爆发了。车站、旅馆、学校、教堂、剧院、会堂甚至仓库，到处都"诗"声朗朗，更不用说书店和图书馆了。前两天我去一个大型商场，看见角落里平时挺冷清的快餐厅坐满了人，还以为正在闹事的学生们在此聚会，商量下一步的行动呢，仔细一看，原来这些人在念诗！哦，我这才想起来，巴黎的"诗人之春"到了。

　　"诗人之春"是巴黎政府组织和倡导的一项旨在振兴诗歌的活动，今年已是第 8 届，说是从 3 月的第一个星期六起，为期一周，其实每年都会持续一个多月，因为活动太多，安排不过来。在这期间，巴黎市内的 20 个区以及周边的卫星城镇都将举办相应的诗歌庆祝活动。这几年，这个活动甚至延伸到了国外，去年，就有一批属于"诗人之春"活动范畴的法国诗人到了北京。

　　诗人闹春，我并不感到惊奇，因为在这个文艺之都，戏剧也繁荣得不可思议，数百个小剧场天天爆满，不提前预订还买不到票呢！但我关心的是，诗歌这种在今天显得格外"高（雅）（昂）贵"的文学形式是怎么融入这个城市、与普罗大众的生活结合在一起的。诗并不是每个人都玩得起的，尤其是在这个工作和生活压力都相当大的城市里，玩诗的成本太高了。所以，当运输公司和旅馆业也声称要加入这个活动时，我着实感到好奇。但到了 3 月 1 日，刚换完地铁月票，就看到地铁站内贴满了宣传"诗人之春"的海报，在拉丁区的几个地铁站里还设了投影，圆顶都被"贴"上了诗歌。巴黎人叫作 RER 的郊区快铁则在车站的玻璃橱窗里展览诗集，而跨省火车也就是长途火车则在巴黎的 5 个车站和法国的 28 个车站用广播朗诵诗歌。真是各有各的办法。

旅馆业也出了奇招。在旅游协会和诗歌协会的帮助下，巴黎今年有 23 家旅馆举办了"请个诗人到旅馆"活动。被邀请的诗人要就这家旅馆写一首诗，旅馆则负责把这首诗印在卡片上，送到每个房间，或张贴在大厅、餐厅和接待处。这 23 家旅馆中有 7 家甚至还组织了诗歌朗诵会。最奇特的是，墓地也没闲着，著名的拉雪兹神父墓地就有"向诗人致意"活动。其实，墓地是最合适举办这类活动的场所，巴黎的哪个墓地不躺着数十位著名诗人呢？

第24届"诗人之春"海报

情人节，在"法兰西电台"听蚊子叫

在一个聚会上，偶然遇到原先在法领馆的秘书J，她说下周法兰西电台有免费的音乐会，去吗？我想都没想就说去。在巴黎听音乐会价格可不菲，有免费的岂能错过。约好的那天，刚好是情人节，尽管风雨交加，气温在零度以下，还是挡不住我们想在法国国家电台听音乐会的热情。

法兰西电台在塞纳河畔的肯尼迪门，我前几次来巴黎就在河对面住，虽只有一个站，却从来没有过来看看。那天晚上，我们来到电台大楼前时，发现门口已排着长队，看来免费的"午餐"不仅对中国人有吸引力。在寒风中排了20多分钟的队，我们终于领到了票，但进

法兰西电台演出大厅

去以后还要再排一个队。等我们到了音乐厅，里面基本上都坐满了，再晚就没座位了。我观察了一下，发现听众当中没有一个黑人，连阿拉伯人也没有。东方人，除我们之外还有两三个，但不知道是中国人、日本人还是韩国人。

当晚演出的是波兰作曲家克里斯托弗·潘德列茨基的作品，巴黎交响乐团演奏，那是一流的乐团，所以我对这场音乐会抱有很大的期望。但来不及了解潘德列茨基是什么人、什么派、什么风格，音乐会就开始了。指挥是个秃顶的男人，动作非常夸张，似乎有点神经质，但对乐团具有无穷的威力甚至魔力，简直是在指点江山。然而，他所召唤出来的声音却非常怪异，可以说很刺耳，各种声音互相撞击、冲突、纠缠。原来，交响乐也可以不协调的。我听懂了，是宇宙诞生前的混沌之声，或者是胎儿在母亲腹中所听到的未来世界的声音，J说是广岛原子弹爆炸后给人的幻觉。为什么不呢？

声音尽管单调刺耳，但每首曲子都不长，可以忍受，只是，这个乐团当晚如果演奏莫扎特和海顿，那将是情人节的绝佳礼物。我希望后面的曲目风格会有所变化，但忘了当晚是那个波兰作曲家的音乐专场。突然，我听到了熟悉的声音，细细的，尖尖的，由远及近，然后不断在耳边缭绕，时而远去，又不断回来。是蚊子叫！我听得真真切切。我听了一辈子了，熟悉得不能再熟悉了。乐团演奏得太传神了！从第一小提琴手开始，他先发音，后面的提琴手一排一排接下去，像波浪一般，循环往复。讨厌的蚊子就是这样叫的，声音一浪接着一浪，时远时近，赶也赶不走，像轰炸机一样在你耳边嗡嗡。J说："我的感觉没错，就是广岛的原子弹爆炸。你听，飞机又来了。"

法国女郎不漂亮

　　第一次来巴黎，就觉得法国女郎并不漂亮，连最时髦的巴黎女郎也不过如此，以后几次来，都肯定了我的这种感觉。我曾多次在人流密集的街边找露天咖啡座坐下来，不为喝咖啡，只是看美人。从我眼前走过的女性都那么美，那么华贵，那么风情万种，但后来巴黎人告诉我，这些美人基本上都是游客，是外国人。真正的法国女郎哪有闲情逸致在大街上逛，她们大多行色匆匆地赶地铁，穿梭在小路小巷之间。真正的法国女郎是在地铁中读书看报的女人，而不是在街上东张西望的女性。

　　写字楼里也有漂亮的女郎，但稍加了解，就会发现她们大部分是移民的后裔，俄罗斯和东欧的居多，看她们的姓就知道了。偶有地道的法国人，大多也是从外省来的，乡下的女人要比城里的女人漂亮。

真正的法国女郎大多行色匆匆地赶地铁

有这种感觉的不只我一个人，许多法国男人都觉得东方的女性更美，难怪我的许多中国同胞都被法国人娶走了。

　　要说法国女郎不漂亮，那也不真实。应该说，作为群体的法国女人是漂亮的，如果说非常漂亮的法

在咖啡座看行人，巴黎的一大特色

国女郎不太多，难看的法国女人也不太好找。如果要打分，90%的法国女郎都能上80分，但80分以上的就属凤毛麟角了。

但人们往往觉得法国女人漂亮。

那是因为她们会保养、会打扮、懂得化妆，这实在是一门很深的学问。要讲悟性和品位，不是有钱就行的。从这个角度讲，法国女性是漂亮的、高贵的、善解风情的。在法国很少见到肥胖的女人，她们大多有着魔鬼身材，气质高雅，散发着女性的魅力，这是许多五官长得比她们精致的女性所望尘莫及的。

法国女性的美是法国男人给的。我要说，法国男人是世界上最懂女人、最疼女人的男人，他们对女人体贴而殷勤，与女性抢道、不给女人开门这样的事他们是绝对不会干的。法国女人可以放心大胆地向男人发脾气、甩耳光，他们绝对不会还手。法国的男人擅长甜言蜜语，会单腿跪着向女人求爱。如果说他们很少像意大利男人那样在情人的窗前弹吉他唱情歌，向女性献玫瑰却是他们的拿手好戏。被这样的男性滋润着、宠爱着、呵护着，女人怎能不漂亮？我常常劝中国朋友不要带妻子或情人去法国，因为你不是法国男人的对手：小心丢人。

巴黎的变与不变

重返巴黎，一切仍那么熟悉，似乎什么都没有变。不见新房涌现，也不见旧屋被拆，公车线路没改，街道容颜未变，塞纳河边的书摊旁站的还是那些老面孔。最奇怪的是巴黎的地铁，14 条线路，新的依然新，旧的还是旧，变的只有站台两边的广告。

不变的还有遍布街头的小店铺，门面依旧，卖的还是那些东西，坐着的好像还是同一个店主。即使门可罗雀，也不见关门，更不见更换物品，不知道他们是如何维持生计的，想想深圳的小商贩真是辛苦。

到达巴黎的那天，刚好是周三，我赶到前几次住过的 15 区，想看看比拉甘桥下是否还有集市。当然有，延续了十几年的习惯，哪能说没就没呢？小贩还是各就各位，那个中国台湾来的老兄，他的快餐似乎仍散发出几年前的香味，尽管他已经认不出我了。没关系，我是去买咖啡豆的，卖咖啡豆的是个年轻人，还在原来的位置，卖的还是那六种咖啡，价格也没变。我挑了"哥伦比亚"和"意大利"各半斤，趁他替我研磨的时候，我问："还认得我吗？我常来买你的咖啡。"他看了我一会儿，笑着摇了摇头，然后似乎是找台阶下，说："也许您见到的是我的兄弟。"他好像有点歉疚，便从柜台里拿出两颗自己做的巧克力，请我吃。

巴黎是轻易不会变的，因为巴黎人不愿意变。他们尽管牢骚满腹，动不动就罢工，其实心里是感到很满足的。他们吃光用光，哪怕没钱，借钱也要出去度假，完全没有后顾之忧。他们有什么可担心的呢？失业有救济金，退休有养老金，孩子上学免费，看病有医疗保险，连我看病也不用钱。"记住你的社会保险号码，"文化中心接待我的那位女士对我说，"无论看什么病，拿回来报销就是。"

法国人是享受型的，他们不像日本人，不玩命干活，不存钱，不思变。他们不需要日新月异，只希望幸幸福福地过好每一天。这并没有错，他们有权利自豪，有权利享受祖先留给他们的文化遗产和精神财富，只是，法国现在的社会财富越来越多是由外来移民创造的，有时走到车站、商场和街头，你都会怀疑是在法国还是在非洲，干活的几乎全是黑人和阿拉伯人。

不过，说法国人不思变，恐怕也冤枉了他们，我每次去法国，都要重新认识法国朋友的新太太们或者新丈夫们。唉，唐璜和卡萨诺瓦的后人，又能要求他们怎么样呢？

这个角度的巴黎圣母院很少人拍

《基本粒子》大闹"金熊"

柏林国际电影节这两天正在举行，东道主德国推出了4部电影，其中最引人注目的是德国著名导演奥斯卡·罗赫勒根据法国著名作家维勒贝克的同名小说拍摄的《基本粒子》，这是今年"金熊奖"的热门作品。奥斯卡拍过《无处可逃》《求爱三兄弟》《焦虑》等，其中《焦虑》曾入围2003年的金熊奖。

《基本粒子》1998年在法国出版后，在文坛刮起了旋风，好评如潮，舆论对其赞美有加，说它是20世纪法国文学的最后一部经典，并把作者与普鲁斯特相比。当然，骂声也不绝于耳，香港一家法国书店的老板曾对我说，有个读者看完这本书后，气愤地回到书店，

《基本粒子》中文版封面
海天出版社2000年版

把书扔在地上，说从来没有读过这种"垃圾"。

其实，这并不奇怪，真正的好书是能读出多种意义来的，人人说好的书并不一定就见得好，而"经典"要成为"经典"，也是需要时间的。我并不是说《基本粒子》一定是经典，但它能引起读者那么大的反应，风评又有那么大的反差，肯定有它的特别或非凡之处。维勒贝克其实是个很低调的人，并不喜欢刻意炒作，然而他的每个动作都会引起震动，因为他触到了人类的痛处，就像当年的波德莱尔。人类往往不敢正视

自身的弱点，讲真话其实并不容易，揭丑有时候更需要勇气，而维勒贝克不仅仅是揭丑，更指出了人们并不怎么愿意看到的前景，这就难免招人骂。

维勒贝克在法国文坛一直是个另类

《基本粒子》早就成了一本全球畅销书，连荷兰这样的小国家也卖了6万册。简体中文版也早出了，中国台湾现在也准备出。尽管这本书在中国大陆没有引起在西方那么大的影响，但我们也欣喜地看到，有人真正读懂了这本书，北京的一位作家甚至激动地把《基本粒子》称为"新《圣经》"，把出版者和翻译者称为"使徒"。不过，我们也有遗憾，就是在中国大陆还没有多少人骂这本书，可见仍有很多人没有读懂，因为书中的许多内容应该是中国人不喜欢的。

我不明白的是，这样一部书为什么是由德国人而不是由法国人搬上银幕。德国人投了资，就有权力根据自己的需要强加自己的意志。首先，他们把故事发生的背景从法国移到了德国，其次，他们把一部社会、政治和情色小说改编成了一部爱情电影，这让我感到很遗憾。我在电视上看了一些片段，男女主演莫里兹·布雷多和弗朗卡·波滕特演技都很出色，也很漂亮，这就更增添了影片的温馨色彩而削弱了其批判力量。维勒贝克又躲到爱尔兰的一个荒野里去了，无法在巴黎找到他，否则真要问问他幕后的交易，当初，他对中文版的出版曾抱有很大的希望，甚至亲自推荐译者，但中国人缺乏表情的脸让他感到惶惑和迷茫。

遍地作家是法国

法国只有 6000 多万人口，却有近 1000 家出版社，数量比我国还多，出书量也不亚于我们，尤其是小说，光在秋季的三个月里就会出上 300 多种，还不包括翻译的外国小说。我曾看过一家出版社的内部资料，发现他们的原创小说，首印就上万册，这还是一般的作者，如果是知名作家，那印数就更不得了。

出书多，写书的人更多，据《解放报》最近的一项调查显示，法国有 250 万 15 岁以上的人写过书投稿，也就是说 6% 的法国人在挤文学这座独木桥。我曾在法国一家出版社的编辑部实习，每天都要处理 50 多部自来稿。这家出版社每年自来稿的数量都在 8000 部上下，而被录用的稿子只有一两部，有时一部都没有。而只有 9 个人的午夜出版社的老板也告诉我，他们每年的来稿量在 4000 部左右，当然，大部分都进了垃圾篓。

法国人热衷于写书，这与他们的文化传统和社会环境是分不开的。在法国，作家永远受到尊重，文学艺术永远是最高尚的，而且，一旦写书成名，这辈子就衣食无虞、高枕无忧了，版税足够吃上一辈子。

法国人的语言水平和文学修养普遍较高，对他们来说写点东西并不难，从总统到部长，从公司老板到艺人，好像会法语的人都会写点东西，尤其是老师，似乎个个都写过书。这家出版社出不了就换一家，巴黎出不了就去外省出。法国人投稿都是一稿十投甚至二十投的，我后来才明白为什么。

人人写书并不是坏事，尽管不一定出得了，出得了也不一定卖得掉，但读书写书总比窝在沙发上看电视好，这是很多法国人的观点。事实上，法国也是一个图书消费大国，人均购书量很大，尤其是文学类图书。他们吃饭很省，但买书毫不手软，尽管书价要比中国贵10倍。读书让人思考，让人明事理，女作家阿德勒新出了一本书，叫《读书的女人最危险》，从另一个角度佐证了这一点。

所以在巴黎，千万不要小看了搬运工或送外卖的，说不定哪天他们就成了著名作家。法兰西是一个爱书的民族，虽不至于每片树叶落下来都能砸到一个作家，但起码在拉丁区，可以说遍地是作家。有一次约见《盗美贼》的作者布吕克内，谈起龚古尔奖得主格兰维尔，他说刚刚在地铁里碰到他。过两天，见到格兰维尔，他说10分钟前在街上遇到了诺冬。更有意思的是，某一天，法国外交部书籍与写作处的马班请我去著名的"菁英"饭店吃饭，走着走着，他突然拦住迎面走来的一个矮小老头，给我介绍说："这位就是奥森纳，法兰西学院院士，总统的文化顾问……"

在这张随手拍的照片里，说不定就有几个作家

博斯凯夫人的粗话

8 年前，博斯凯去世的时候，法国大小各报都在头版作了报道，其待遇一点不亚于国家元首，连我国的《参考消息》都作了转载，说他是"得遍所有奖项的作家"。的确，作为诗人的博斯凯也写小说和散文，不但在法国得奖，在国外也得奖，他的作品已经译成数十种语言，被编入各种文选和教科书。

我认识博斯凯十几年，通过无数次电话，书信往来数十封，但从来没有见过面，因为等我去巴黎时，他已在 5 个月前因肝癌去世，所以那年我到巴黎的第一件事，就是约上博斯凯的夫人诺玛去蒙马特墓地看他。诺玛是美国人，是个雕塑家，嫁给博斯凯之后便在法国定居，今年已经 80 多岁了，看起来身体和精神都比 8 年前我第一次见她好，但她很孤独，每次我打电话给她或去看她，她都显得很激动。我后来发现，博斯凯当年的那些朋友、弟子、学生，得到过他帮助或提携的人，渐渐地都疏远了诺玛，几年难得来看她一次，甚至连个电话都没有。也许大家都忙，尤其是在巴黎，不来看她并不意味着大家忘了她。但诺玛却不这么想，当年家里天天高朋满座，而今却冷冷清清，她实在有点受不了，便搬离了原来的住处。

博斯凯夫人诺玛

这些年来，诺玛一直生活在丈夫的影子里

　　博斯凯生前留下遗嘱，所有的稿费都用来设立博斯凯奖，每年颁发一次，奖励年轻的诗人。所以，每年的4月4日颁奖日也是诺玛的节日，在这一天，她成了主角，大家纷纷来问候她，平时难得一见的朋友也露面了。我很少在4月份去巴黎，这次刚好在，理所当然得到了邀请，因为我不但是博斯凯诗歌的中文译者，而且也是"博斯凯之友"协会的成员。颁奖典礼是在伽利玛出版社的小会议室进行的，该社总裁是博斯凯奖评委会的名誉主席，他既是博斯凯的朋友，也是博斯凯的出版人。那天，诺玛穿得很漂亮，还化了妆，显得年轻多了，况且她本来就身材高大。但我发现，除了获奖者是个年轻人以外，来参加颁奖典礼的大多是老头老太太。那些老太太，很多都像诺玛一样，是著名诗人或著名作家的遗孀，此类活动成了她们唯一的社交。当我告诉诺玛，3月17日博斯凯忌日那天，我独自去了蒙马特墓地，但找不到博斯凯墓了，导览图上竟然没有，问管理员，他们也都说不知道，这时，老太太突然骂了一句粗话。几天后，跟法国外交部主管图书的主任马班说起这事，他说，你不知道吗，她是博斯凯的第一崇拜者，这些年来，她一直生活在丈夫的影子里。

翻墙爬窗淘书忙

《解读杜拉斯》出版始末

杜拉斯并不是我最喜欢的作者，更不是法国当代最伟大的作家，可她比任何作家都更吸引我，吸引我去关注她，阅读她，让我为她付出大量的时间和精力。多年来，我在不知不觉中翻译、推介和出版了她的大量作品和关于她的著作。终于有一天，我说够了，我要叫停了。我要写其他文章，出其他书，关注其他作家了。然而，我选错了时间，更选错了地点。因为当时我正在巴黎，在离杜拉斯墓仅一街之隔的一家法国出版社实习，而此时正好是她逝世 10 周年。

在巴黎的书店里，面对铺天盖地的有关杜拉斯的图书，我已经麻木了，不再动心。不过这本超大型的杜拉斯研究专著，一下子就吸引了我的注意力，使我对它一见钟情。朴素的封面，简单的书名——只有三个字：杜拉斯。内容却很特别，开本更是罕见。它似刊非刊，似书非书，介于 24 开到 16 开之间，拿在手里沉甸甸的，只能捧读。捧读，不仅仅是因为书厚书重，更因为耐读，不是能一扫而过、一翻即可的。这是一部可供研究的权威论文集，全世界数十位研究杜拉斯的顶尖专家和一流学者在巴黎大学法国文学教授阿拉泽和国际杜拉斯学会副会长布洛－拉巴雷尔的组织和领导下，从各个角度全面而细致地解读杜拉斯，试图揭开这位女作家的神秘面纱；这又是一部可供欣赏的难得的散文集，收录了杜拉斯 14 篇未发表过的作品，其中包括《中国的小脚女人》《年轻女人与孩子》等，文字优美，味道十足，堪称杜拉斯散文中的精品；这还是一部极具参考价值的文史资料，参与杜拉斯戏剧和电影演出的众多演员们进行了集体见证。更有意义的是，书中还首次披露了杜拉斯的丈夫写给杜拉斯的信、杜拉斯与儿子的通信以及杜拉斯的出版商之一保尔的回忆文章《有一天，杜拉斯打电话给我》、杜拉斯的最后一个情人扬·安德烈亚的《我能爱你如此真是疯狂》，还有著名学者福柯写给杜拉斯的书信等，并附有大量珍贵照片。但最吸引我的，还是"作家之声"和"域外之声"这两部分，前者是法国名作家谈杜拉斯对他们的影响，后者则是英国、美国、中国、意大利、波兰、日本、突尼

《解读杜拉斯》中文版封面
作家出版社2007年版

斯等国家的有关专家介绍杜拉斯在各自国家的影响。复旦大学教授徐和瑾是中国的代表，他在书中回顾和总结了杜拉斯的作品在中国的出版和研究情况，提到王道乾和王东亮的翻译，提到了"上海译文"和"海天"出版的书，提到著名作家赵玫对杜拉斯的热爱以及王小波对杜拉斯的推崇……

没有理由不拿下这本巨著。

我在法国出版界游走多年，应该说对巴黎的各出版社都不陌生，可偏偏没有听说过这家叫 L'Herne 的出版社。查到电话打过去，没人接；发邮件过去，不见回复，最后只好冒着被拒的风险按照地址贸然登门。不速之客在法国是不受欢迎的，也是不礼貌的。但为了这本书，管不了那么多了。

L'Herne 出版社在知识分子云集的"左岸"，我从颇为热闹的奥德翁剧院广场往北走，越走越冷清，最后来到一条僻静小巷里。一栋古老的屋子，不像办公楼，更像一家普通的商店，分不清哪是玻璃门哪是玻璃橱窗。进去以后看见里面有桌椅书架和铺开的木板，弄不清是作坊还是书店。角落里，一个女孩从电脑前抬起头，见到我并没有

L'Herne出版社的橱窗

感到太大的惊奇，也许以为我是来买书的。但直至我讲清来意，她也没什么表情，不像其他出版商，见来了生意会过分热情地向你推销。我近乎念独白似的向她介绍了我们对杜拉斯的介绍、理解和出版以及为宣传法国文化所做的工作，最后希望她能授权我们出版那本书。她依然没有表现出太大的热情。就在我纳闷之际，旁边的一扇门开了，走出一位中年妇女，后来才知道她就是出版社的老板。她说她在里面听了很久，发现我还是懂一点法国文学，并向我道歉说，他们这家出版社连她在内才3个人，很少跟国外谈版权，尤其是像中国这样的国家，因为他们出的都是一些比较高深的学术著作，读者面比较窄。我说不会啊，这本写杜拉斯的就很好，有理论有作品有资料文献，能迎合各种读者的需求，中国读者尤其需要这样的书。许多人喜欢杜拉斯，却不知道杜拉斯的作品好在哪里，非常需要一本权威的著作来帮助他们解读这一奇特的现象。

《解读杜拉斯》，这个书名一下子就跳了出来。

拿到合同后，便开始物色译者，非常头疼，因为法国文学的翻译队伍目前情况不容乐观。我知道，对于这样一部具有很高学术价值的研究性专著，翻译的质量至关重要，译者的好坏将在很大程度上决定这本书的成败。这本书的译者必须精通法语，这是起码的；还要有相当的文学修养，这是必不可少的；但最重要的是，还必须熟悉杜拉斯，热爱杜拉斯，最好是研究杜拉斯的专家。我开始在脑海里过滤国内翻译过杜拉斯的译者，首先想到的是徐和谨教授，他是知名的杜拉斯研究专家，翻译过《杜拉斯传》等著作，而且还是这本《解读杜拉斯》的作者之一。可惜徐教授重任在肩，分身乏术。我随后想到当年开会曾跟我同居一室的户思社教授，他在法国读博士时的研究课题就是杜拉斯，而且写过一本关于杜拉斯的传记。但思社兄现在是大学校长，请他译这样的大部头显得很不现实。我还想到北大的王东亮教授，华东师大的才女袁筱一，最后都因种种原因未能如愿。突然，有一个人跳到了我脑海里，为什么不选她呢？黄荭，张新木先生的高足，南京大学和巴黎第三大学－新索邦大学文学博士，教育部人文社会科学"杜拉斯研究"项目的负责人，前不久还在法国的《文学杂志》上看到她用法文写的有关杜拉斯的文章。

黄荭愉快地接受了。事实上，她早就知道这本书，并从徐和瑾教授那儿复印了全书，这不仅是因为她研究杜拉斯，还因为这本书的主编之一阿拉泽是她在法国留学时的老师。没有比她更合适的译者了。

2006年年底，黄荭带领她的助手们按时完成了这部70多万字的巨著的翻译，我高兴地向L'Herne出版社通报，2007年上半年可以出版！我对黄荭们的翻译充满信心。

然而，尽管译文近乎完美，但从编辑的角度来看，还是有大量的工作要做，不过我万万没有想到，这一编就编了近一年，比翻译这本书的时间还长。《解读杜拉斯》的体例非常复杂，全书分"从多纳迪厄到杜拉斯""虚构的要素和形式""杜拉斯在当代"三部分，各部分互为关联，但结构不同，各级标题层层叠叠，长长短短。由于语言习惯、阅读习惯和文字符号的使用习惯和规范不同，中文版无法完全按原书排版，字体字号的变化极为复杂，毕竟这是一本70多万字的多作者的综合性作品。难的还有注释，数千个注释有原著、译注还有编注。为了查阅方便，也为了给研究者提供参考，译本有选择地保留了一些原文的人名、书名和出版社名称。但最棘手的还是专有名词的统一和规范，我国现有的有关杜拉斯的作品，由于出版单位不同，作者或译者不同，专名的翻译各自为政，使得许多作品有多种译法，甚至差别很大，有时同一个人和同一部作品让人以为是几个人或是几部作品，造成了混乱，为研究工作带来了很大的不便。而作为一部权威的杜拉斯研究著作,《解读杜拉斯》必须解决这个问题。难度和工作量是显而易见的。为了核实和鉴别某个名词的翻译,常常要请教很多专家,查阅许多资料。有时,为了在众多的译名中选出一个最准确的译法,编辑往往要找出相关的作品来仔细阅读和研究。近一年艰苦而细致的编辑工作,让我国又多出了几个杜拉斯专家。这是意外的收获。

杜拉斯与她的儿子乌达(1992年)

除了大量的技术性工作以外,编辑还就书中的一些难点和疑点同译者进行攻坚。在这方面,原书主编阿拉泽给了很大的帮助,但我们最应该感谢的还是杜拉斯的儿子乌达,因为书中他与母亲的通信有大量只有他自己明白的文字游戏和创造性符号,如果他不出面解释,恐怕将成永久之谜。幸亏乌达这次还算配合,回答了我们的问题,虽然还是那么懒,连封信都不写,只在我们的问题旁边作了标注性的解答,但已经难能可贵了。无论如何,他比杜拉斯的最后一个情人扬的表现要好。我们原计划请扬11月来中国参加这本书的首发式,但他一直藏而不露。也许前几年的日本之行把他吓坏了,那种万人空巷的场面现在还让他不寒而栗。但解读杜拉斯,他毕竟是一个不能缺席的人物。

经过近两年的努力，这本做得比原书还大气的《解读杜拉斯》终于问世了。作为策划，我心里比谁都高兴，并像上台领奖的演员一样，想感谢这个感谢那个。这本书的出版凝聚了太多人的心血和汗水，也有太多的故事，所以这篇文章写着写着，就不是在解读杜拉斯了，而是在解读《解读杜拉斯》。

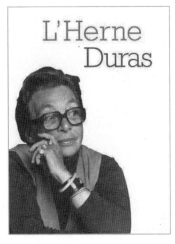

《解读杜拉斯》法文版封面

2008 年

追记：2014 年，扬在巴黎神秘死亡，终年 61 岁。杜拉斯去世后，扬的精神状态波动很大。2005 年，杜拉斯的儿子怀疑他篡改了母亲的遗嘱，把他告上了法庭。之后，扬灰心丧气，很少在公共场合露面，连杜拉斯 100 周年诞辰的纪念活动都没参加。

《街猫》翻译前后

　　有一年，到巴黎参加书展，转到加拿大展台前，他们很热情地向我推荐一位叫伊夫·博歇曼的法语作家，说他的一部小说畅销数十国，销量上百万册。我当时听了一笑，没有当回事，心想，法国的小说，上十万就不得了了，加拿大的法语小说能上百万？

　　很多年后，到了加拿大，又听到了这个名字，而且不绝于耳：开会时提到，朋友间谈到，报刊上时时出现，所有的加拿大法语文学读本和文学史都有他，连儿子的中学课本也介绍他。我开始关注、查阅他的资料，一看不得了，那部叫《街猫》的小说，已译成近20种外语，在20多个国家销售了160多万册，光在法国就销售了70多万册。而且，小说还被改编成了电视剧和电影，获的奖就更多了。

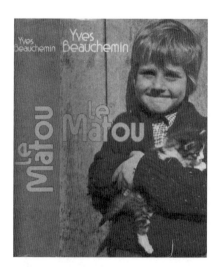

《街猫》法文版封面

　　我想应该见见他。他就住我隔壁的区，不远，驱车也就10多分钟。

　　博歇曼和原书中照片上的他很像，看来多年没变。他身材不高，身体不壮，声音不大，走在人群中一点也不显眼。朋友们都说，他很低调，没架子，果然如此。谈话很容易就展开了，我问，如果用一句话来介绍他，该是哪句？"加拿大魁北克作家。"我说能加"最"字吗？最著名？

最畅销？最成功？他笑了，最畅销吧，因为有数据可查。至于是不是最著名、最成功，他不知道，也许没人知道。我说常听到有人用"第一"和"老大"来形容他，如果要在加拿大众多的当代法语作家中选一个，他是不是首选？他谦虚地说，坊间倒有"三剑客"之说，他是其中之一，另两位，一位是写爱情小说的女作家卡布利埃尔·勒鲁瓦，一位是《隔壁的女人怀孕了》的作者米歇尔·汤布雷。

《街猫》中文版封面
漓江出版社2013年版

博歇曼看起来50来岁的样子，其实已70多了。他于1941年生于加拿大魁北克省西北部的阿比蒂比，5岁时随家人移居到一个只有30来户人家的小村庄克洛瓦。他是在那里上的小学，由于体育不好，他经常躲在家里看书。1962年读完中学后，他进了蒙特利尔大学，获文学和艺术史学士学位，毕业后先是在拉瓦尔大学和蒙特利尔高等商业学校当老师，后进入出版界，之后又成了魁北克电台（即后来的魁北克电视台）的音乐顾问和档案员。在从事这些工作的同时，他开始写小说，1974年出版第一部长篇小说《被愚弄者》。他初期的作品大多发表在杂志上，"一共写了50多个中篇呢，但反响平平"，他自嘲，直到1981年《街猫》出版。

1989年，他推出第三部长篇小说《朱丽叶·鲍梅洛》，在书中塑造了一个充满爱心又笑话百出的人物，这个重150公斤的家庭妇女，以热情、善良、开朗和无私赢得了人们的喜欢，成了加拿大法语文学人物画廊中一个十分著名的形象。小说在加拿大获了不少奖，并入围当年的法国龚古尔奖，直到最后一轮才败下阵来，不过，它次年获得了首届让·吉奥诺奖，并夺得了法国 ELLE 女读者奖，1999年，小说还被拍成了10小时的电视连续剧。博歇曼的其他作品还有《第二小提琴》《一个咖啡商人的激情》和"勇士查理"三部曲《艰难时刻》

《空跳》和《为荣誉而战》。2011年，70多岁的博歇曼又出版了《咖啡馆女佣》，写的是另一个时代的布瓦索诺，另一种方式的奋斗。书中的女主人公梅拉妮渴望自由，离开家乡到大城市谋生。她天真而单纯，在一家咖啡馆当女侍应，由于太漂亮，追求者甚多，她却爱上了一个50多岁的小文人。文人胆小、软弱、自恋、到处受到蔑视，写了无数小说，却一本都没能出版。一个年轻的富商答应替她的情人出书，前提是要分享她的爱。"漂亮是一种优势，但有时也会带来诸多不便。"作者在书中感叹道。《街猫》写了7年，而《咖啡馆女佣》的创作只用了两年。写作的起因也很偶然，2009年，他在圣德尼路闲逛，偶然遇到出版社老板，老板强行把他拉到办公室，说："老兄，很久没有作品了。该出手了！"5分钟后，两人便签了意向书，老板问他写什么？他说不知道。又问主人公是男是女，"我当时也不知道，就犹豫着说，女的吧！"回来后，他开始设想人物，一一过滤他所认识的女性人物，"女侍应。就是她了。这个人物在我心中好多年了。"于是，他开始围绕这个人物组织素材，他说，书中的很多情节和人物都是真的，"平时注意观察和积累，到了写小说的时候，便会有很多素材，作家都这样，所以有人说我们是小偷。我们不断地偷。文学来自生活，讲述生活"。当然，想象是少不了的，否则就不成其为小说了。他说，写作期间，他常去咖啡馆，因为只有在真实的背景下，想象才能展开。

除了长篇小说，博歇曼还创作了不少其他体裁的作品，如自传体故事《在树顶》和中篇小说《旅店一夜》，1992年，他还写了一部歌剧《代价》，次年由魁北克大学的剧团搬上蒙特利尔的舞台。博歇曼还是个多产的儿童文学作家，著有《闲聊用的故事》（1991）、《安托万和阿尔弗莱德》（1992）、《阿尔弗莱德拯救安托万》（1996）、《阿尔弗莱德和破碎的月亮》（1997）等。

《街猫》是博歇曼的代表作，出版当年就在蒙特利尔书展获文学大奖、蒙特利尔市小说大奖，次年又获《蒙特利尔日报》年轻作家奖。该书在法国也大受各界欢迎，曾获得戛纳夏季小说奖、巴黎的法兰西岛地区议会中学生奖，引起了许多评论家的注意，《读书》杂志主编贝尔纳·皮沃惊叹"一个新发现",这位加拿大法语作家是个"讲故事的高手";连《世界报》也罕见地推销起他的小说来:"如果你喜欢奇事、幽默和神秘,可以看看这本书,虽然厚,但读得不费力,趣味无穷……真正的享受";《费加罗报》记者努里萨尼的推介则更直截了当:"别犹豫了,看《街猫》吧……读这本书是种享受。这可不多见!"《文学新闻》的著名评论家杰洛姆·加尔桑甚至称"《街猫》是80年代魁北克的《人间喜剧》"。

《街猫》很快在法语国家流行起来,随后迅速被译成各种语言,销量节节攀升,电视剧和电影的上映又相继把它推向高潮。"小说畅销得大家都不敢相信",博歇曼说,因为书很厚,600多页,比通常的法语当代小说厚好几倍,这么厚的书一般畅销不起来,因为习惯读200来页小说的读者没有这个耐心。"在这里,小说的平均销量是2000册,所以你可以想象160万册是什么概念。"他解释说。我知道,杜拉斯的《情人》也就200来万册,而魁北克的作家要成名,要让世界接受,比法国作家要难得多,而我觉得更不可思议的是,30多年过去了,这部小说至今仍然是加拿大最畅销的书之一,每隔两三年就要重印一次。"前几年还重版了一次,"博歇曼说,"我在文字上做了

(从左至右依次是)出版人博南方、诗人赛琳娜、胡小跃、博歇曼夫妇

《街猫》法语录像带封面和封底

数百处修改。"我开玩笑说:"不会是错别字吧?"他说,这么多年了,社会和语言都会发生一些变化。他修改的目的,是为了让小说更适合现代读者的语言习惯。

在讨论这部书为什么如此受欢迎之前,应该先看看它的内容,但小说的情节很难归纳,因为书中有太多的"太多":太多的人物,太多的线索,太多的故事,地点变换不停,场景不断更迭,事件层出不穷,历险、趣闻、旅行、悬念、议论、象征交织在一起。这是一部具有美洲风格的法语小说,在篇幅、结构、叙述方式等许多方面明显区别于法国当代小说。作者遵循现实主义的创作原则,追求的不是文体的创新和叙述风格的独特,而是致力于构思吸引人的情节,塑造有个性的人物,把故事讲好。作者主张小说首先要有好情节,有生动的人物,故事要有趣,要讲得让别人喜欢听。他采用市井语言,通俗而幽默,各个年龄层、不同知识程度的读者都能读得懂;其次,他在叙述过程中常夹带精彩的评论和形象的比喻,讨论生与死、好运与厄运、友谊与爱情,在讲故事的同时也给读者一些哲理顿悟或生活启示,正如有评论家指出,博歇曼"似乎不经意地在每个人物的路上设伏,偷窥他们的灵魂,自己却偷偷地躲在角落里笑"。

小说语言轻松活泼,常用调侃的语气来讲述悲惨的故事和不幸的遭遇，这就制造出了喜剧效果，而人物形象和动作的夸张又强化了这种效果。书中人物虽多，但每个人都有自己鲜明的个性，斯里普金的奸诈、安热－阿贝尔的忠诚、皮科的豪爽、格拉杜的无耻、热诺姆神甫的迂腐和爱弥尔先生的顽皮都被表现得栩栩如生，连那只猫都显得不同一般。为什么起《街猫》这个书名？是否有什么象征意义？博歇曼说，并没有太特别的用意，只是想说，书中的那些人物，跟街头的猫一样，普普通通，来来去去，成功与失败，别人并不会在意。不过，他又说："不知你注意到没有，人物的名字，倒是有些讲究。"我说我看过一篇文章，专门研究这部小说中人物的名字，许多名字不单有象征意义，还有回响效果。他说："这部小说，可以读得很快，唯其这样，我才敢写那么厚；但一部好小说，也应该给人以回味和思考的余地，让读者有琢磨的余地。"确实，小说的节奏很快，故事与故事、场景与场景、对话与对话之间有时甚至缺乏连接，直接跳跃。全书始终笼罩着一种神秘气氛，比如阴险凶恶的拉塔布拉瓦斯基，神出鬼没，神通广大，似乎无所不知、无所不能，而别人对他却雾里看花，百般无奈，他的真实身份、真实动机、最后的结局，直到小说结束也没有揭开。博歇曼说，应该给读者一些悬念，留一点秘密，让他们不忍离开。

　　《街猫》是加拿大当代文学中无可争辩的一部经典，对这部作品的研究已成为院校的热门课题。小说的成功，无疑给博歇曼带来了巨大的荣誉，他曾任魁北克作家联合会主席，现在是加拿大法语文学院院士，2003 年获得了国家级荣誉勋章，前几年，法国的波尔多大学还专门召开了关于他的研讨会。但作者感到最得意的，不是这些头衔和数不清的奖项，更不是这本书带来的经

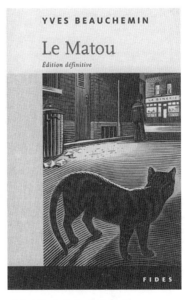

《街猫》法文版终版封面

济收入，而是他让一家普通饭店出了名，成了一个旅游景点。《街猫》中布瓦索诺开的那家饭店，用的是真名，自从小说畅销后，国内外去那里参观进餐的游客和读者络绎不绝，大家都想去尝尝书中描写的黄豆烧肉、烤馅饼、"老奶奶"，寻找小说中描写的背景和装饰，甚至还有人去打听书中的人物。

本书根据加拿大 FIDES 出版社 2007 年的"最终版"翻译。翻译过程中获得了作者本人、加拿大资深出版人博南方先生、蒙特利尔大学教授 André Poupart 先生和魁北克大学教授 Anne Legaré 女士的大力协助。由于小说中使用了大量魁北克方言、俗语和俚语，涉及当地的许多历史、民俗和社会生活，作者为了"神秘化"，又故意制造了许多阅读障碍，许多地方正话反说，光靠工具书恐怕很难保证翻译的准确无误。有几点需要说明，原书中"你"与"您"经常混用，对同一个人的称呼也随情景不同而变换，译文基本依照原作，但偶有修改，以照顾汉语阅读习惯；原书有不少英文，译文保留了一部分，以显示特色，但大段的则不保留，以免影响阅读；原书字体有多种变体，译文保持不变。

2013 年

《六个道德故事》的缘分

翻译和出版侯麦的这本《六个道德故事》，本身也有一个故事。我最初接触侯麦，并不是他的文字，而是他的电影。此前虽然知道法国的这个大导演，但一直没有看过他拍的电影。直到有一天在碟友沈强家中发现了一盒6碟精装的《六个道德故事》，便夺人所爱，"借"回家中。看完第一个"故事"，也就是《蒙索街面包店女孩》，我就喜欢上了他的东西，心想竟然有这么好看的电影，真有相见恨晚的感觉。这部不到半小时的黑白短片，虽然年

《六个道德故事》中文繁体字版封面
台湾自由之丘出版社2012年版

代已久，画面简单，演员也不怎么漂亮，更没有今天的高科技助威，但构思之巧妙、结构之精致，尤其是戏剧性的结尾，让人拍案叫绝。它给我的艺术享受，远远超过当今的许多好莱坞大片。于是，这6张碟，也就是6部电影，成了我的挚爱，不时会拿出来"复习"一遍，我喜欢的，是它可以咀嚼的味道，也就是作者所谓的"文学性"。虽然它所谈论的话题和表述的观念在今天看来有些过时和老套，但就文艺片而言，它永远是经典。

后来有一天，到巴黎出差，去L'Herne出版社谈项目。这是一家精于出版学术著作的"小"出版社，我曾购买过他们长达70多万字

的《解读杜拉斯》的中文版权，和他们的老板塔古女士很熟。谈完项目，塔古女士指着书架上的书，说喜欢什么书随便拿，我一眼就看到了这本《六个道德故事》，原先以为是同名的其他小说，谁知竟然就是侯麦的那六部小说的原始版本。我说你们怎么也出小说？塔古女士笑笑说："我碰上运气了。"我当即决定买下这本书的中文版权，并在回国后马上就动手翻译，边译边看碟，那种感觉真是妙不可言。译完5个故事，对方合同却还未到，我有点担心，便停了下来。这一停就停了近一年，等我拿到了合同，也腾出了时间，准备完成全书的翻译时，电脑却突然坏了，两个硬盘同时出了问题，行家都说这种情况很少见。我找了据说全城最出名的"电脑大王"，甚至联系了高校和安全系统的专家，希望能把文件抢救出来，但最后谁也无能为力。人脑有时敌不过自己发明出来的电脑。

我无法再面对这本书，不单心疼白白浪费的那几个月时间，而是重新翻译断然已没有当初的惊喜、新奇、满足和由此带来的灵感，于是又放了近一年，直到我带着遗憾离开了中国。初到蒙特利尔的前几个月，身心感到异常轻松，终于可以不带功利地躲在窗明几净的市图书馆、区图书馆、镇图书馆安安静静地读自己喜欢的书了。但在一个

《六个道德故事》法文版封面

天气极其寒冷、暴风雪肆虐全城的日子，我在温暖如春的蒙特利尔国家图书馆的文学书架上，又看到了我熟悉的这本书。奇怪的是，在资料和图书极为齐全的这个"大图书馆"里，侯麦的书却只有一种，也就是这本《六个道德故事》，但有三个版本，除了我原先就有的L'Herne的2003年版本外，还有该社1978年的最初版本和法国电影手册出版社"小图书馆"丛书的版本。我对照了三个版本，发现我据此翻译的2003年版本有不少印刷错误，而电影手册出版社的版本

编校质量要高得多。于是，在三个版本的对照鼓励下，在法国及中国以外的第三国，我又重拾旧心情，开始了新的翻译。

埃里克·侯麦是一个国际级的电影大师，但很低调。他是那种靠实力而非靠喧哗征服观众的人，初次看他电影的人，都会有一种相见恨晚的感觉，因为他的作品实在是妙不可言。但大师出

埃里克·侯麦是一个国际级的电影大师

道时并不顺利，第一次拍长片便遭遇"滑铁卢"，而且伤得不轻，以至于在很长一段时间里没有人再敢找他拍电影。是《六个道德故事》救了他。在近10年的时间里，他耐心而精心地陆续将自己写的这6部小说搬上了银幕，以其深刻的思想内容和近乎完美的艺术表现手法赢得了一次又一次掌声，并逐渐跻身于世界一流电影导演的行列。

侯麦被普遍认为是法国新浪潮电影的代表人物，但他更多是扮演理论家的角色，在实践上，他还是与自己所倡导的理论保持一定的距离。如果说，戈达尔是把新浪潮当作一种"反传统和反大众口味"的宣言，特吕弗认为新浪潮的最大意义就是把个人体验带入电影创作，对侯麦来说，新浪潮则更多是意味着电影可以低成本制作。在多年的电影创作生涯中，他都坚持采用最简单的拍摄方法，启用非职业演员和非明星演员，摄影器材也很普通，摄制组人数很少。他早期的电影明显带有知识分子的特点，片中没有天崩地裂的爱情和惊天动地的故事，而是致力于表现人物内心的思想状态和矛盾冲突，孜孜不倦地阐述他所感兴趣的命题，如忠诚、背叛、猜忌等，不厌其烦地纠缠于让人捉摸不定的情感世界，所以有评论家认为他的电影是"思考而非行动的电影"。《六个道德故事》典型地反映了他的这一倾向，他把镜头对准法国的年轻小资们，细致入微地刻画他们的情爱困惑与纠葛。影片往往以自命不凡的男主人公为主导，女性常常是被动的形象，受男性的戏弄和嘲笑，但最后，陷入道德困境的男主人公会发现，他们

《六个道德故事》中文版封面
北京联合出版有限公司2020年版

所嘲弄、所鄙视的女人虽然受了伤，但离去时都带着微笑，并很快找到了自己的幸福，而自以为得胜的男人最终却一无所获。《苏珊的爱情经历》中的贝特朗就是这样，他与朋友纪尧姆一唱一和，先是勾引然后是捉弄和抛弃苏珊，把她当作一个甩不掉的讨厌包袱。具有讽刺意味的是，最后，门门功课都不及格，而且失去了爱情，备受冷落和侮辱的受气包苏珊却找到了幸福。"当我在大街上、咖啡馆或游泳池里遇到她挽着她英俊的弗兰克时，她会不由自主地嘲笑我……苏珊剥夺了我同情她的权利，完全达到了自己报复的目的。"

《克莱尔的膝盖》是"道德系列"中获得荣誉最多的一部，获得了美国影评人协会最佳电影奖、美国国家评论协会最佳外语片奖、金球奖最佳外语片提名。影片讲的是两个年轻女孩和一个中年男人热罗姆的故事，热罗姆为了作家朋友的灵感而越过道德底线，去勾引年轻女孩劳拉，却被劳拉的姐姐克莱尔的美丽膝盖吸引，最后他如愿以偿，尝到了青涩之果，但他刚转身，克莱尔又回到了她那个不诚实的男友的怀抱，让热罗姆心里泛酸。《收藏男人的女人》中的阿德里安也是如此，他蔑视天天游走于不同男人之间的艾黛，却又忍不住想沾腥。收藏家山姆的出现使他们的关系骤然拉近，就在阿德里安的道德观念倒塌，准备接受艾黛时，他们在开车回家的路上遇到了以前跟艾黛鬼混过的几个男人，阿德里安感到一阵恶心，大倒胃口，于是匆匆订了前往伦敦的机票，远走高飞。侯麦把阿德里安的两难处境和矛盾心理刻画得十分微妙，对他脆弱有时甚至是糊涂的道德观进行了无情的讽刺。

《莫德家的一夜》是"道德系列"小说的第三部，却比第四部

《收藏男人的女人》晚两年推出，可见侯麦对此片的用心程度，事实上这也是他思想内容最为丰富的一部作品。34岁的天主教徒让·路易被同学维达尔邀请到离异美妇人莫德家里做客，三个有着不同道德思想的人整晚都在讨论帕斯卡尔，最后维达尔离去，而让·路易则被莫德以大雪之夜道路难行为由而挽留。在这个不眠之夜，让·路易在莫德的引诱下既不屈服又不拒绝，而就在他投降之际，道德又战胜了欲望，他翻身下床，匆匆离去。这个著名的莫德之夜，已成为电影史上的经典段落。同样临阵而逃的还有《午后之爱》的弗莱德里克，他家庭幸福，事业顺利，与妻子相亲相爱，却被一个他原先看不起的潦倒女人克罗埃缠住。他对克罗埃从同情到友情，最后发展为一种朦胧的爱，但当克罗埃要跟他来真的的时候，他又良心发现，偷偷地溜走，回到了妻子身边。不过，他的道德力量能维持多久，谁也不知道。如果说他的肉体没有出轨，他的思想却非常危险，整个人始终处于失足的边缘。他不是琢磨坐在对面的女子，就是看大街上的美女，甚至异想天开地想象能发明一种小仪器，消去别人（主要是女人）的意愿，让别人就范。

在这6个故事中，我最喜欢的还是《蒙索街面包店女孩》。这部短片说的是一个大学生与一位妙龄女郎每天在街上相遇，大学生对女郎渐生爱意，但在接下来的三个星期失去了女郎的踪影。在这段时间里他天天在老时间去老地方转悠，希望能碰到女孩。饿了，便到蒙索街的一家面包店买点心吃，无聊之余，开始跟面包店女孩眉来眼去，展开了一段调情游戏。故事的神来之笔在于结尾，就在大学生俘虏了面包店女孩，与她相约外出看电影时，久违的女郎出现了，并且接受了他的感情，结果，面包

《六个道德故事》中文版封面
作家出版社2011年版

女孩瞬间就被无情地抛弃了。《蒙索街面包店女孩》大致确定了《六个道德故事》的整体基调，即恋爱中或婚姻中的男人被另一个女性吸引，但经过一番灵与肉的搏斗，男主人公幡然悔悟或临阵脱逃，回到原先的女人身边，或回归以前的情感和生活。侯麦认为，把一个主题连续拍摄多遍，才能更加充分表达出自己想要表达的思想。于是，他的道德故事不是一个，而是六个。

侯麦的电影与其他新浪潮大师的不同之处在于他擅长描写普通年轻人的心理状态，一些看起来平常的小事就是影片的全部，观众想看故事，影片中却并没有什么故事，侯麦展现的是日常生活的点点滴滴。他的电影镜头简洁，风格朴实，很少配乐，只有大量的对话，他想表达的思想和阐述的观点，大多是通过对白来表现的，而剧情的发展、故事的叙述，也是用对话来推动的。他的对话轻松幽默，耐人寻味，虽然有时给人以饶舌的感觉，但并不显得沉闷。许多思想火花，就是在唇枪舌剑的语言交锋中迸发出来的。他的电影，体现了法国人浪漫的天性，也反映了20世纪60年代法国知识分子对传统和宗教束缚的抗拒。不过，侯麦的思想观念和道德观点还是比较正统的，因为他让"故事"中的主人公经过一段迷失，最后都回归道德，回到了"正确"的人生轨道上。

"道德故事"系列是侯麦的起步作品，也是他的成名作，奠定了他在世界影坛的地位，但很难说是他的代表作。除了这一系列之外，他在80年代拍摄的"喜剧与格言"系列，90年代拍摄的"四季故事"系列，可以说部部都是精品，尤其是《绿光》等影片，在观众心中有口皆碑。他导演的作品已超过40部，如今，年近90的侯麦还陪伴着他的观众，这是大家的福气。2001年，威尼斯国际电影节组委会曾把终身成就金狮奖颁给了这位老导演，以表彰他为电影事业作出的巨大贡献，这实在是实至名归。

2010 年

翻译《长征》的"长征"

2006 年 10 月，我陪同波伏瓦的密友、联合国教科文组织文艺处原处长玛德莱娜·戈贝尔－诺埃尔女士在中国六大城市的十所大学作关于波伏瓦的巡回演讲。一路上，无论在机场还是在车站，甚至在旅馆等待工作人员的时候，只要有空隙，已过古稀之年的戈贝尔女士就会从随身手袋里掏出一本发黄的旧书。我好奇地凑过去看是什么书，原来是波伏瓦的《长征》。我早听说过这本写中国的书，一直想看，但很难找到。戈贝尔女士说，这本书绝版了，这么多年来一直没有再版重印，她的这本还是从古旧书店里预定了很久才得到的呢！

《长征》是 1955 年波伏瓦访华后写的著作。当年她和萨特在中国所走的路线，和我们 2006 年的那次巡回演讲路线几乎相同，连季节也差不多。所以，我们一路走一路读，走到哪座城市便读关于哪座城市的章节，然后试图在这座城市里寻找波伏瓦在书中提到的地方。不知不觉，一本厚达 600 页的书就这样在路上被我们读完了。送戈贝尔女士上飞机回国时，我对她说，我决定了，要在中国出版这本书。

于是联系法国出版方。谁知出版此书的伽利玛出版社也没有几本样书了，只有几个留作档案的保存本，不过他们很快就把全书复印了寄来。波伏瓦的各种著作在法国不断再版，唯有《长征》例外。为什么？他们不方便告诉我，我却知道一定是销售原因，而影响销售的最大可能是内容的"过时"和观点的"陈旧"，可我认为，恰恰是这种"过时"和"左"倾，使这本书具有特别的价值，它不单给我们研究波伏瓦提供了宝贵的第一手资料，也让我们通过一个外国学者和作家的眼睛，从另一个角度来反观和审视中国的政治历史和社会文化，我

法国方面最近终于出版了
《长征》的袖珍版

们还可以以此来研究中国文化在国外的传播以及在传播过程中出现的种种问题。

20世纪50年代，正是波伏瓦的声望达到高潮的时期。1949年《第二性》的出版使她成了当时世界上影响最大的女权主义学者之一，1954年，她的长篇小说《名士风流》获龚古尔奖，又奠定了她在法国文坛的地位，各国都争相邀请她访问。她和萨特曾多次访美，但他们对那个高度发达的资本主义社会并不以为然；相反，他们的知识分子性格和骨子里的傲慢与反叛，使他们一度与社会主义和共产主义靠得很近。这时，苏联和中国向他们伸出了热情之手。上世纪50年代中期的中国，应该说形势大好，"三反""五反"运动使国内安全有了很大的改善，土地改革运动的完成让广大农民看到了希望，农业合作化运动接近尾声，第一个"五年计划"如火如荼，新中国的经济迅速发展，政权得到巩固，国际影响力在逐渐提升，即将在印尼召开的万隆会议也力邀中国参加。这时，以美国为首的西方势力则不断向中国施压，除了经济上的封锁，在政治和外交上也不断进行诽谤、污蔑和围剿，国际社会普遍存在着对中国的怀疑、误解和敌意。为了让世界了解中国，改善中国的国际环境，周恩来在万隆会议上向国外友人发出了"到中国来看看"的邀请，于是，世界各国的数百个代表团来到了中国，人数接近两万。波伏瓦和萨特就是在这种背景下来华访问的。来之前，他们阅读过一些关于中国的书，接触过一些到过中国的友人，"知道中国很穷"、很落后，但也有人向他们大赞北京，说中国人民生活得很幸福。为了真正了解这个重获新生的国家，他们决定接受邀请，前往中国。"实地考察这样一场变革的开始，我觉得是个很好的机会。"波伏瓦说。

1955年9月，他们访问苏联之后，穿过西伯利亚，从莫斯科坐飞

萨特与波伏瓦

机来到中国。先在北京作短暂停留，然后访问了东北的几个重工业城市，月底赶回北京参加国庆大典。他们登上了天安门城楼，见到了毛泽东、朱德等国家领导人，并一同检阅了游行的群众。国庆之后，他们又南下南京、上海、杭州和广州。45 天的访问结束之后，萨特应《人民日报》之约，写了《我对新中国的观感》，发表在 11 月 2 日的报上。他在文中盛赞中国的发展变化，谈到了工业发展、农业集体化运动、文字改革、作家的思想改造和社会主义路线等许多问题，对新中国的未来寄予了巨大的希望。但在法国，反华势力依然强大，反共之声不绝于耳，《世界报》《费加罗报》等几家主要报纸都大放厥词，攻击新中国的政策，污蔑和诋毁新中国的成就，并讽刺萨特和波伏瓦是拿了中国的钱，替共产党唱赞歌。为了回应这些攻击，萨特举行了记者招待会，予以严厉驳斥，并写了大量文章，发表在他任主编的《现代》杂志上。萨特原打算写一部关于中国的长篇报道，但未能如愿。一年多之后，倒是波伏瓦拿出了一部关于中国的大部头，就是我们现在看到的这部《长征》。

《长征》堪称一部中国百科，内容涉及中国的历史、哲学、宗教、文学、建筑、工农业生产、家庭、国防等各个方面，波伏瓦在书中介绍了她访问过的中国城市，讲述了她所见到的人和事，并详细描写了参加 1955 年国庆盛典的情况。全书分七章,夹叙夹议,有介绍性的陈述,有见证性的描写,也有思辨性的评论。作者发现,"这个国家不是一个可以分析的概念。它有自己的气候、植物群和习俗。这是一个有血有肉的现实,要试着去了解"。她意识到,"真正的中国是完全无法用概念或语言来描述的,我尝试过,但失败了。它不再是一个'概念',而是一个具象。我要讲述的,就是这种具体化了的东西"。所以,书中用大量篇幅记录了她在中国访问期间的所见所闻,甚至抄录了许多数据。有人指责她仅凭这种浮光掠影的参观就试图解读中国,她反驳说:"我也承认只看一次不足以看清一个物体的各个方面,但我常常感到,它也显示了一些东西。在马路上散步,是一种不容置疑、不可替代的经验,对于了解一座城市,它比最英明的推测也强百倍。"还有人讽刺她的中国之行是共产党的一次政治宣传,参观和访问是"被安排的"。她对此回应说,"在接受邀请的时候,我没有签订任何契约",不会因为这种免费旅行而违心为邀请方做些什么。她还指出,她在中国出入自由,中方没有刻意向她隐瞒什么,她可以随意上街,和普通群众谈话,甚至接触在华的反共人士。她坚信自己不会被误导,并努力做到公正客观,"陪同参观、自由散步、讲座、谈话、各种聚会和阅读互相配合,弄清了许多问题,最后给我提供了重要的素材。我并没有满足,回巴黎以后,我咨询了许多专家,阅读了许多著作。我希望能听到'另一种声音',便仔细分析了反新中国的文学。除了敌对的评论,我找到的东西跟中国方面给我提供的全都一样"。而且,她清醒地知道,"将来,人们可能会对这本书提出的主要批评之一,是它明天就会过时……但中国现在发生的故事太激动人心了,各个阶段都值得记录下来"。

她怀着巨大的热情和善意去观察、去倾听、去感受,并发出由衷的赞叹。在北京,她参观了故宫,看了皇家园林,也去了天桥看杂耍,"我一边兴致勃勃地观看街景,一边了解北京人的日常生活"。在她眼里,"每个人都有自己的位置,任何事情都井井有条",孩子们"快乐活泼,笑得可爱,成群结队……健康而整洁"。她认真分析新中国的方针政策,比较中国农村改革的成功与东欧国家集体农庄的失败，用苏联的失误来反衬中国的英明和正确："中国领导人具有智慧和才干，他们和睦地与广大群众站在一起，从来不违背人民的利益。"中国"没有对马克思主义进行生搬硬套"，而是从自己的实际情况出发。"中国已经找到出路，正奔向无限的未来。""它代表着历史上一个极其动人的时刻：人民在彻底地改造自身，以成为一个真正的人。"

　　然而，她并没有像某些人所认为的那样，为现象所迷惑、为宣传所蒙蔽，而是清楚地看到了新中国的种种不足，发现了中国共产党党内的异常斗争，敏感地意识到政策在不时地纠正和调整，察觉到领导人的讲话并不完全一致。她不想看到一个"被官方的乐观主义极大粉饰的中国"，试图客观而真实地给中国一个评价。她告诫大家："在中国，有个错误一定要避免：那就是静止地判断问题。"她反对有些对华友好人士盲目赞赏中国："说中国的农村比法国的农村更舒服、更富裕，那是不现实的……说中国的妇女总体而言是世界上最解放的妇女，这也是不正确的；因北京大主教公开表示拥护当局而对新中国赞不绝口，这也是幼稚的表现。"她认为"应该实事求是地看待中国，看不到它所面临的困难就是无视它的努力"，并且担心那些热烈拥护新中国的人盲目赞扬会起反作用。

　　不过，波伏瓦对恶意的指责甚至攻击却毫不留情地予以批驳，哪怕批评者或攻击者是她的熟人或朋友，甚至是在中国或法国接待过她的人。她在书中引用他们的言论，以事实为依据，通过理性的分析来进行反击。她揭露了西方传教士在中国的所作所为，回应了被没收财产的西方资本家的鸣冤叫屈，澄清了许多谬论，进而断然指出："反共人士指责新中国不但要消灭家庭，而且要灭绝个人：这两种说法都是荒唐的。"针对戈塞、罗森塔尔等人对"镇反运动"的污蔑，她则联系法国的司法制度加以反驳，至于有人说，"在中国，工人是新贵，真正作出牺牲的是农民，而中国工人又在为一个无情的命令而卖命"的论调，波伏瓦又结合她在参观访问中所看到的实际情况，通过与旧社会的对比，揭示了中国民众在工作和生活中翻天覆地的变化。

Simone de Beauvoir

la longue
marche

essai sur la Chine

nrf

GALLIMARD
10ᵉ édition

《长征》法文版初版扉页

法语版《长征》有个副书名，叫"论中国"。这表明，作者并不想把这本书写成一本游记或报道，书中的"论"不单表现在与反共反华人士的辩论上，也表现在对中华文明的分析和思考上。她坦诚地说，"我在北京看到的中国古文明对我没有任何吸引力"，故宫"就像一个永恒不变的体制中一个永恒不变的席位，而不是一个曾经活着的人的住所……这座皇城，它给天子的，不是瞭望世界的视点，而是一堵墙，不让他的威严受到外面世界的侵犯，建城是为了实现这种绝对的隔离"。她明确表示，她对古代中国不感兴趣，认为中国的皇家建筑缺乏生气，皇家庭院的人工痕迹太重："那些伟大遗产的建筑风格来自民间，但它们并没有表达人民的意愿，而是反映了帝皇的野心、他们巨大的孤独和对人民的压迫。"尤其是在第五章中，波伏瓦对中国文化作了比较系统全面的梳理和解读。她回顾了中国宗教的起源和发展，着重介绍了佛教与道教，同时结合中国古代哲学，点评了孔子、孟子、墨子等诸家学说，试图理出中国思想发展史的脉络。但作者的目的并非写史，而是通过这种分析来说明新中国为什么要对古代思想和传统文化采取既继承又批判的政策。她敏锐地察觉到由于文化的专制，中国的民族文化与民间文化是脱节的，"在中国，具有民族性的东西没有民间特点"，中国人更喜欢通过民间传说延续下来的形象，而不喜欢自己的历史。她联系欧洲历史，指出中国的民族英雄并不代表人民，而是忠于王权，所以"民间和民族遗产"这一说法是矛盾的。她还发现："面对北京宏伟的历史建筑，中国人非常犹豫：既崇敬它，又不喜欢它，其中的道理是一样的。宫殿无疑是民族遗产，但跟人民无关。"

文学当然是波伏瓦关注的重点，但讨论的中心更多是放在现当代文学上，她用了很大的篇幅来谈论鲁迅及其著作，对解放后反映新时尚、新变化和工农业生产的文学作品也表现出很大的兴趣。关于文艺与社会及大众的关系，她是同意毛泽东《在延安文艺座谈会上的讲话》的精神的，但她也发现新文学在艺术上比较幼稚，不够真实："可惜，毛泽东的指示里面，被加入了一些与文学的真实不相符的规定。"她认为周扬说得对，"作家在选择题材和写作方式时需要自由"，但不赞同他说的"作家应该描写英雄，而不要提他不具备英雄色彩的那一面"。人民的日常琐事和真实的一面被否定了，取而代之的是一些套话，这让她感到非常遗憾。同样，她也发现了茅盾矛盾的一面，他曾提醒作家，书中要反映矛盾，不要做表面文章，指出"我们的小说中的主人公既没有生命，也没有活力，而是可悲讨厌的木偶"。但作了这些中肯的批评之后，他的结论却让人不知所措：为了让人物更加真实，必须把他们描写得更加"高、大、全"。

与许多人相反，对于中国的美术，波伏瓦的评价不高，她认为，中国画只关注形式的完美，不断重复同样的内容。与西方绘画相比，意义显得有些单薄，造型单调，"画家很多，但大多是缺乏创作性的模仿者"。她指出，中国画在古代"也只在一个短暂的时期内是富有的。如果画家们过于迷恋过去的佳作，最后只会变得重复这些作品，从而伤害它们。要表现世界上的新事物，就需要进行艺术革新。醉心于画花、画鸟，像现在有些中国画家还在做的那样，那是在走死胡同"。

"10 月 1 日"一章可说是全书的高潮。波伏瓦从 9 月 29 日开始详细记录了那几天的活动，尤其是国庆酒会、在天安门城楼与中国领导人检阅游行队伍和当天的焰火晚会的情况。她现场领略了周恩来的魅力，感受到了群众对他的热爱："他的微笑像乔治·拉夫特一样迷人，他有一种在中国人脸上很难见到的东西：不卑不亢。他善于辩论，应答机智……眼下，他正踏着'斗牛士'乐曲，在一桌桌敬酒。他的举止和动作非常随意，但目光犀利，似乎认识每一人……"节日当天，她看到毛泽东在朱德、刘少奇、周恩来、宋庆龄等人的陪同下，来到了观礼台，"他就站在自己的画像下面。他穿着一件灰绿色的旧式呢制服，戴着帽子，这顶帽子在游行过程中他不时取下，向欢呼的人群挥舞。"她觉得毛泽东平易近人，跟普通人一样，"远远看去，很难把他与其他官员分开：他身上没有什么特别吸引人注意的地方……随和地挨着桌子走过来，身边并没有人保驾。"她发现："中国领导人之所以给人以好感，是因为他们当中没有任何人摆架子。他们穿得跟大家一样，没有因为自己位高权重而板起脸孔，或要显示自己的身份，一点都没有。"她认为毛泽东和周恩来毫不做作："他们的那种自然是无法模仿的，只有在中国人身上才看得到——也许是因为他们与农民的密切关系——他们从容而谦逊，由于深入民间而无须老是顾忌自己的形象……他们不但深具魅力，而且能唤起人们一种十分罕见的感情——尊重。"

《长征》1957年在法国出版后轰动一时，它几乎讨论了关于中国的一切，引用了无数资料和数据，加上作者的实地考察和理性分析，其权威性几乎不可动摇，尤其是关于新中国的内容，与当时人们在西方读到和听到的很不一样。它颠覆了西方舆论对中国共产党的妖魔化，让大家看到了一个真实的中国，了解了中国的社会主义进程。1959年，该书被译成英文，传播更广，在相当长的一段时间里，它是研究新中国的必读书之一。在此之前，很少有这么详尽而全面的资料。应该承认的是，正如波伏瓦当初所预料的那样，书中所描写的不少东西，尤其是新中国成立之初的方针、政策和做法，随着时间的推移和形势的变化，不少已经过时，有的被证明是错误的，被纠正了，她的有些观点和评论现在看起来也显得有些偏颇和片面，甚至波伏瓦当年所竭力称赞和肯定的一些东西现在也已被抛弃，我们正走向相反的方向。这些，对于一部记录时代变迁的作品来说，其实都属正常，必须用历史的观点来看待历史，而不能用今天的标准来苛求过去。正确与错误，都应该放在一定在历史背景下去考察和研究，否则就会犯新的历史错误。

如果说，《长征》当年在法国的出版是划时代的，半个多世纪后，我们把它翻译过来，在中国出版，又有什么价值和意义呢？首先要说明的是，这不是教科书，尽管书中有一些可作教科书的内容。在我看来，《长征》的价值更多体现在它对时代的记录上，作者以自己的亲历亲闻，给我们提供了研究新中国发展史的第一手材料，她与一些中国作家、国际友人、国家领导人、基层干部，甚至与一些普通群众的接触，她的一些感受和观察，对于我们研究建国初期的政治、文化和社会都具有独特的参考意义和价值，也为澄清史实、纠正谬误提供了依据和证明。比如，国内曾有学者撰文，对丁玲与波伏瓦没能见面感到遗憾，其实，这两位作家不但见过面，而且波伏瓦还上门拜访过丁玲，书中对那段交往有比较详细的讲述。她在北京和上海街头的见闻，她在珠江桥头拍照遇到的麻烦，都为我们还原历史提供了真实的原版素材；她与路易·艾黎等人的交往及其描述，也为我们研究某些历史人物提供了难得的资料。

《长征》在中国的出版，还有利于我们研究中国文化在国外的传播。为了创作这部巨著，波伏瓦阅读了大量关于中国的著作和文章，有西方人写的，也有译成法语和英语的中文资料。除了中国古代哲学、文学和历史译本，当时在西方的报刊和书店里能找到的，大多是道听途说的文字以及来自香港的出版物，很多都对新中国、对共产主义抱有敌意，除了诽谤和蓄意歪曲之外，也颇多差错，造成了不少误解。而新中国的外宣刊物，如《中国建设》《人民画报》《中国文学》等，事实上很难深入国外，读者基本上限于来华访问或工作的少数外国人士。西方人翻译的中国著作，由于译者的水平参差不齐，掌握的资料质量有高有低，所据版本也不尽统一，加上编辑水平的不同，常常出现谬误和断章取义的情况，这些问题也就自然而然地反映在包括《长征》在内的以它们作为参考资料的许多作品中。从这个角度来看，《长征》也带来了中国文化在外传播的信息，使我们得以了解当时人们在国外读到的关于中国的图书资料是什么样的，以及他们又究竟能读到些什么。

《长征》的翻译历时四年多，也堪称我翻译生涯中的一次"长征"了。我事先知道这本书复杂，但没想到会复杂到这种程度。在翻译过程中，我萌生过放弃的念头，而且不止一次。我不时地意识到，这恐怕是一本无法翻译的书，一次难以完成的"长征"。难的不是文字的理解和表达，而是鉴别事实、还原引文、核对书中出现的数千个人名、地名。由于国外的许多汉学家和译者当年往往采用韦氏拼音法，而版本又不完全一样，加上中国方言的影响，别的译音法的介入，使得人名的翻译显得十分复杂，有时，同一个人名有三四种写法；有时译文的人名与原文相距甚远，涉及中国古代人物，还有用字号来代替姓名的，而且各时期的汉学家对人名的翻译处理也不完全一样。所以，许多人名都必须追根溯源，查考大量资料才能定夺。地名的翻译相对简单，但有时也相当不易，波伏瓦所据资料众多，而这些资料对地名的处理又不尽一致，陕西和山西、湖南与河南、河北与湖北常常混淆，为了作出准确的判断和正确的选择，往往要研究文中的每一个字，考证大量资料。

同样的原因，《长征》中也有不少与事实有出入的地方，甚至还有相当多在我们看来属于常识性的错误，这也许不完全是波伏瓦的错，而是所据资料的真实性出了问题，中文著作在译成外文过程中的误解甚至是笔误、印刷错误，在一次又一次的转换和引用过程中，会以讹传讹，波伏瓦同样也无法避免，因为她面对的是那么庞大的一个体系。从翻译学和传播学的角度来看，《长征》也许是很好的研究材料；但对译者来说，它却意味着巨大的风险，因为，任何一条"漏网之鱼"，都会被当作翻译的"硬伤"。

然而，对译者挑战最大的，是书中涉及的中国的各个方面、各个学科、各个时代，我想任何一个译者都不可能具备这样的知识储备，唯一能做的，就是当小学生，边译边学。所以，当作者描述故宫时，我便去补习中国历史和中国建筑知识；译到工农业生产时，我就去查阅上世纪50年代的文件和档案；当作者引用中国文史资料时，我得去阅读相关的著作，谈到汉语拼音改革、工人运动、宗教发展、妇女解放、传教士，我也得去找相应的资

《长征》中文版封面
作家出版社2012年版

料，甚至还要去研究当年的连环画，否则就鉴别不出书中出现的错误。不过，几年下来，我也因此增长了不少知识，有的书，如果不是为了翻译《长征》，也许一辈子也不会去读。

如果说，以上的困难并不是不能克服，引文的还原如果没有众多朋友的帮助，则很可能成为一个不可能完成的使命。《长征》引用了古今中国的大量文献和著作，由于译名的关系，作者和书名的鉴别有时就已不易，而作者引用时有时显得比较随意，不总是注明出处，也不都是完整引用，加上所据的外文材料可能发生的错误甚至删节和修改，出现在我面前的法文，有的已与中文原著的内容相差十万八千里。在这种情况下，要找出原文，非"艰难"二字所能形容。在翻译过程中，我曾想，是否应该遵照翻译原则，按照《长征》直译，因为对译者来说，这就是他的原著，他所忠诚的应该是他所据翻译的原著；况且，西方读者看到也可能是已经走样的著作或文章，而不是真正的中国原著。这样，对于研究传播学和翻译学也许更有价值和意义。不过，我终于还是没有勇敢和无私到拿自己的名声来冒险的地步。

好在有微博。除了请教大量的专业人士和译者编辑朋友，以及包括戈贝尔女士在内的法国友人，我还利用微博向网民们求助，不少粉丝也帮着转发，很多我数天甚至好几个星期没能解决的问题，第二天甚至几个小时后就得到了满意的答案或者重要的线索，真的要感谢这些素不相识的朋友。没有他们，我的"长征"之路可能还要没完没了地走下去。

2011 年

《乌合之众》译本前言

居斯塔夫·勒庞

这本书原名《群体心理学》（*Psychologies des foules*），英文版改作《大众心理研究》（*A Study of the Popular Mind*），并加了一个主书名（*The Crowd*），中文版大多将其译为《乌合之众》。这个书名非常吸引眼球，而且恰到好处地反映了该书的主题和作者的情绪。

和往往都是宏篇大论的学术著作相比，《乌合之众》只能算是一本小书，但这本小书却是社会心理学研究领域的奠基作品之一，影响极大。弗洛伊德、托克维尔、泰纳等都受其启发，对它评价甚高；不少政治家，如罗斯福、丘吉尔、戴高乐，甚至包括希特勒都对作者崇拜有加，他们都从各自的角度在这本书中吸取了一定的思想营养。这本书至今已译成 20 多种语言，发行量就难以统计了。2010 年，法国《世界报》与弗拉马里翁出版社联合推出了"改变世界的 20 本书"，其中就有《乌合之众》。在该丛书的总序中，主编马蒂厄·科雅夏指出："居斯塔夫·勒庞的《乌合之众》对群体心理学，对理解群体这一神秘现象有着很大的贡献。勒庞之所以获得巨大成功，是因为这个惊人的、不可思议的人物懂得如何表现同代人的忧虑与不安，以及他们面对某些现代现象而产生的困惑，这是社会心理学的奠基之作，也是一部出色的历史文献。"

居斯塔夫·勒庞是法国社会心理学家、社会学家、群体心理学创始人，有"群体社会的马基雅维利"之称。他出生于法国的诺让勒罗特鲁，中学毕业后到巴黎学医，1866年获医学博士学位后游历北非、亚洲和欧洲许多国家，写了一些游记和几本有关人类学和考古学的著作。他当过医生，并在万国博览会组委会工作过。1879年，他进入了巴黎的人类学研究中心，次年凭一篇研究大脑容量与理智关系的论文获得了戈达尔奖。1884年，他开始研究社会心理学，强调民族特点与种族的优越性，后来，他具有革命性和颠覆性的观点引起了研究中心的不满，他愤而辞职，成了独立的研究者，从此被排挤出官方的学术圈，但这种业余性质的研究练就了他的综合技能，让他在人类学、自然科学和社会心理学三个领域都有所建树。1894年的他回应达尔文的《天演论》，发表了《民族演化心理规律》，获得了成功。不过，给他赢得巨大名声、奠定他学术地位的还是次年出版的一本小书，也就是我们现在的这本《乌合之众》。

在勒庞之前，学者们往往都把目光对准英雄和领袖，很少有人把群体作为一个心理实体来研究。但19世纪中后期欧洲各国的社会政治运动让勒庞敏锐地感觉到，随着旧的宗教、政治和社会信仰遭到破坏，现代科技发明和工业进步创造了新的思想条件，一股新的力量正在崛起，它很快就会与别的力量联合起来，发展壮大，取代旧有的王权，进入政治生活。这就是群体的力量。

面对这股似乎将势不可当的新生力量，作为一个保守人士，勒庞

《乌合之众》法文版扉页

的心中不乏恐惧、抵触和悲哀，认为这是西方文明衰落的标志；但作为一个学者，他又本能地意识到，研究群体的心理刻不容缓，意义重大，因为懂得群体心理学，"就像拥有一道强光，照亮了许多历史现象与经济现象。没有它，那些现象就很难看清"。要统治社会，首先必须征服群体，而要影响他们，就必须对他们的心理有正确的认识和把握。他认为以前对群体的研究非常不足，而且方法和角度都不对，所以研究完种族心理之后，勒庞立即着手研究群体心理。

勒庞所谓的"群体"，并不是普通意义上的大众或群众，在他看来，许多人偶然集合在一起，比如说市场上买菜的、看热闹的、小贩和保安，他们哪怕人数再多，也不构成群体。他所说的群体是一个特殊的心理整体，指的是受某一事件、演说、激情、恐惧、爱恨的刺激而聚集在一起，为某个目标或某些精神需求而有所行动的人。他们并不一定要同时出现在同一个地点，也不一定要人数众多，有时十几个人就足以构成一个群体。勒庞笔下的群体与弗洛伊德所说的"群氓"（horde）也不完全一样，"群氓"总是服从同一个领袖，而勒庞所说的群体只在某一时间段内，也是在激情燃烧期间或事件发生的过程中忠于某一领袖。当促使他们聚集成群的刺激物消失时，他们也就不再听从这个领袖。

群体中的个人具有一人独处时所没有的特点，这些特点让人们一眼就能把他们分辨出来，勒庞把这种区别于他人的东西叫作"群体精神统一律"，也就是群体的精神灵魂。人一加入群体，原先的个性便会消失，他不再独立思考，而是随大流，无意识占上风，智力程度减弱，很难做出明智的事情。所以，勒庞说："只要属于有组织的群体中的一员，人就在文明的阶梯上倒退了好几步。"结群后，由于人多势众，个人会产生一种幻觉，感到自己力大无穷，不可战胜，好像没有什么事情是办不到的；又因法不责众，知道自己无论做什么坏事都不会遭到惩罚，所以也就不负责任。束缚个人行为的责任感一消失，人便会随心所欲，肆意妄为。一人独处时，他可能是个有教养的人；一旦加入群体，他便成了一个野蛮人，凶残、易怒，充满暴力。

在勒庞看来，群体的行为完全是无意识的，他们只服从自己所受

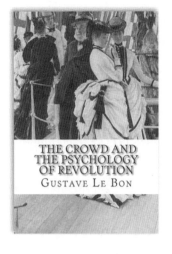

《乌合之众》各种版本的封面

到的冲动，常常受外来刺激因素和一时的激情影响，情绪变幻无常，思想和愿望都不能持久。而且，在实现愿望的过程中，他们不允许有任何东西挡道，"对于动不动就发怒的群体来说，狂怒才是其正常状态"。而且，在群体当中，任何情绪和行为都具有感染性，众人常被同样的感情激动和振奋，很容易为别人的意见和主张所左右，这使得群体中的个人都有很强的从众心理，容易被人误导。他们游走于无意识的边缘，容易受到暗示，就像被人催眠一样，而暗示会通过传染迅速进入他们的大脑，让他们做出一人独处时不会做出的事情来。"并不一定要大家同时出现在某一地点才会传染。在某种事件的影响下，传染是可以远距离进行的。"这种事件把所有的人引到同一个方向，赋予他们群体的特征。由于群体不讲理性，做事不经过大脑，缺乏判断力和批评精神，所以显得极其轻信。对他们来说，没有什么是不可能的。感情和思想的简单化和夸大化使他们既不懂得怀疑，也不会犹豫，动不动就走极端，极易做出很坏的事情。

群体喜欢幻觉而不喜欢真理，理性对群体毫无影响，除非对他们无意识的感情起了作用。他们推理能力差，根本就不可能理解系统的逻辑推理，不会推理或者总是错误地推理；他们缺乏分析能力和辨别能力，分不清是非，不能对事情作出正确的判断。由于不会思考，不懂得推理，所以只拥有简单和极端的感情，"全盘接受或一概拒绝被暗示给他们的意见、主张和信仰，把它们当作绝对正确或完全错误的东西"。他们的感情强烈而极端，以至于在他们身上，同情很快就会变成崇拜，而厌恶一旦产生，就会变成仇恨。况且，他们对自己的力量并没有清醒的认识，因此显得既专横又偏狭，不能容忍矛盾和争论，而偏狭和盲从必然伴随着宗教感情，使他们臣服于强大的专制，崇拜心中的偶像，害怕强权者身上所谓的神奇力量。

勒庞笔下的群体形象相当负面，他们没有主见，缺乏头脑，常被人利用，充当炮灰；同时，他们又很暴力，很危险，极具破坏性，甚至常常犯罪。历史上的动荡和灾难很多都是在群体的配合和参与下完成的，"只有在群体的灵魂想让它发生的前提下，类似我刚才提到过的动荡才会出现。否则，最专制的人也无能为力"。勒庞既肯定了群体的力量，也把动乱的原因推给他们："再独裁再专制的人也只能是略微加速或延缓其爆发的时间，在此类的事件背后，总能找到群体的灵魂，而绝不是国王们的强大统治。"

但勒庞也清楚地看到，群体虽然理解能力差，但行动能力强；对他们产生影响的暗示会完全瓦解他们的理解力，但也可能很快就变成行动。受到暗示的群体，可以随时为了暗示给他们的理想而赴汤蹈

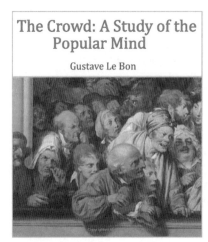

《乌合之众》各种版本的封面

火，如果被引导和利用得好，他们也会表现得大公无私、勇敢无畏、无比忠诚，不惜牺牲自己的生命，堪作高尚的道德典范。勒庞虽然畏惧群众运动和社会革命，对群体不抱好感，但也承认，如果没有他们，人类历史上将缺少很多精彩的篇章。他们是很盲从，经常成为领袖人物实现梦想的工具，但在群体时代，领袖人物只有代表他们的意愿，表达他们的诉求，才能得到拥护和支持。

过去，人们总以为人民群众喜欢变革，思想激进，革命性强。但勒庞却在书中一针见血地指出，由于受无意识的支配，群体很容易受到古老世袭制的影响，无条件地尊重和崇拜传统，厌倦动荡，激情过后便趋于保守，走向奴性。他们在骨子里是忠君守旧的，本能地害怕所有会改变他们生存状况的新事物。这种极为保守的本能，决定了他们不会长期进行革命。他们的不断变化只是表面上的，他们的反抗和破坏实际上持续的时间都很短暂。

同样，群体和民主也没有必然的关系，恰恰相反。他们缺乏主见，所以需要领袖，需要被管理、被领导。勒庞认为，"一定数量有生命的东西聚集在一起，不管是动物还是人，都会本能地处于一个首领的领导之下"，他发现，"群体是群温顺的羊，绝不能没有首领"。聚集成群后，个人便失去了自己的意志，盲从、轻信、易受别人的暗示和影响，本能地走向某个有主见的强权人物，这样就很容易导致集权制，造成领袖的独裁。因此，勒庞在书中提醒大家要警觉专制的诞生和暴力的出现，指出历史上的群众运动最后常常走向专制和独裁。有人指责勒庞关于群体与领袖的理论曾被希特勒、墨索里尼等独裁政权利用，但戴高乐、丘吉尔、罗斯福也从中悟到了不少道理。事实上，勒庞给人们提供的是一些原始发现和基础理论，后来的许多研究都是在此基础上完善和提高的，各个党派、各种团体根据自己的需要对其进行演绎。戴高乐《剑锋》中关于"刚强者"的论述就借鉴了勒庞的许多思想和观点，对于领导群众的艺术和方法，他们的看法也相当一致，都认为威望是成为领袖的必要条件。至于罗斯福，他受勒庞的影响就更大了。勒庞曾在《世界的失衡》中写道："战争爆发前的两个月，我有机会遇到了他，那是在我的一个好朋友，昔日的外交

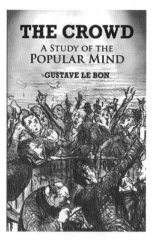

《乌合之众》中文版封面　　　　《乌合之众》英文版封面
浙江文艺出版社2015年版

部长阿诺托组织的午宴上。罗斯福先生亲自安排，把他想见的人安排在他的旁边……谈论了思想观点对民族领袖的取向所起的作用之后，罗斯福锐利的目光盯着我，用庄严的声音说：'有本小书我到哪里旅行都带着它。在我的总统任期内，它一直摆在我的桌子上。那本书就是你的著作：《民族演化心理规律》。'①"

　　《乌合之众》的意义在于，勒庞首次阐明了社会心理学中的一些重要问题，研究了群体特征和种族特征的不同之处，指出了群众运动的性质，分析领袖与群众、民主与独裁的关系，书中的许多观点后来都得到了验证，也给后人的研究提供了借鉴和基础。弗洛伊德对这本书评价极高，认为这是一本"当之无愧的名著，极为精致地描述了集体心态"，还说"勒庞先生的心理学与我们的心理学很接近"。美国心理学大师奥尔波特则认为："在社会心理学领域已经写出的著作中，最有影响者，非勒庞的《乌合之众》莫属。"正如墨顿所说："勒庞这本书具有持久的影响力，是群体行为的研究者不可不读的文献。"一百多年以后的今天，重读此书，我们会发现勒庞的许多观念仍未过时，他的许多理论和分析对我们认识20世纪以来的许多大事，无论

①《世界的失衡》，居斯塔夫·勒庞，弗拉马里翁出版社，226页。——译注

是世界大战还是众多的民主革命或群众运动，都有很大的意义；对于我们解读当今的许多社会政治问题也有很大的帮助。

当然，勒庞也有自己的局限，他的研究不够系统，分析不够深刻，观点有些片面，时有臆断和偏见甚至矛盾。他站在精英的立场上来看群体，对即将到来的群体时代感到恐慌，因为群众运动会造成巨大的动荡；民众选举经常是危险的，已经带来多次入侵；大众统治会让人付出更大的代价。勒庞是神秘主义种族论的支持者，认为文明在民族之间是不能传递的，因为它受种族精神的限制，所以，社会的更替不能通过彻底革命的办法，不能完全与过去决裂而进行完全重建，而只能慢慢地改良，让时间来完成它的工作。他的这种保守观念和改良主义主张，自然会使他对群众运动和社会主义主张抱敌对心态。

本书根据英国米德塞克斯大学回声图书馆（The Echo Library）的法文版译，参考了包括冯（克利）译在内的许多中文译本和部分英译本，受益匪浅。现有的中译本大多是从英语转译的，有的虽号称译自法语，其实恐非如此。由于这是百年前的著作，版本众多，流传甚广，各版本文字和编排有所不同，译本也会有出入。读者会发现，我的这个译本在许多地方与先前的译本不一样，甚至很不一样。为慎重起见，凡遇到出入较大的地方，我都请教了法国专家。必须说

《乌合之众》英文版封面

明的是，勒庞的这本著作并不是抱着被当作规范的学术著作的目的来写的，有的地方显得比较随意，若干言词意义模糊，这也是造成译文多样性的原因之一，但这绝不能成为个别译本随意改写的借口。

2014 年

《快走！慢回》编后余言

2001 年，一个叫弗雷德·瓦尔加的女作家在巴黎一家小出版社出版了一部侦探小说，这部叫《快走！慢回》的小说不到一个月就销售了 3.5 万册，随后不断重印，到了年底，已销了 13 万册。英国、德国、俄罗斯、意大利、韩国等国的书商闻风而动，纷纷购买版权，书在各国翻译出版后，均创下了不俗的销售业绩。在法国，《快走！慢回》几年来一直高悬在畅销书榜上，在中文版问世之际，它在法国已销售了 30 万册，这对一个只有 6000 多万人口、每年出版 2 万多种新书的国家来说，应该说是一个天文数字了。人们惊呼"法国侦探小说女王"的诞生，有的大学已把瓦尔加的作品当作选修教材，并开始研究她的创作，撰写有关论文。今年，早已购买了该书电影改编权的法国高蒙电影公司经几年的精心准备，也投入了拍摄工作。

销量可以反映读者对一本书的认可和接受程度，而奖项则能在一定程度上说明一本书的文学价值和思想价值。同时获得法国国家最佳侦探小说奖，女读者奖、青少年读物奖，畅销全球这么多国家，表明这本书的读者不仅不分国界，而且不分年龄和性别。那么，真正意义上的"大众读物"究竟是一部什么样的作品呢？让我们首先来看看小说的情节。

《快走！慢回》中文版封面
海天出版社2005年版

故事发生在当今的巴黎，小说分两条线索，第一条线索以水手若斯为主，若斯原是法国布列塔尼的一个水手，船主不愿花钱修船，却又赶着船员们出海，结果破旧不堪的捕鱼船在海上触礁沉没，只有若斯一个人幸存。若斯上岸后痛打了船主，结果坐了 9 年的牢。出狱后，被船主买通的港监处官员处处刁难，使他无法再在船上找到工作，他只好离开海边，来到巴黎，寄居在蒙帕纳斯街区的一个膳食公寓里。为了谋生，他操起了老祖宗当年干过的一个古老行当：街头公告员。他在街边的树上挂一个箱子，人们把产品广告、婚丧启事、房产信息乃至求爱信、绝交信塞进箱子，顺便附上 5 个法郎。他一天早中晚三次，在十字路口边的广场上当众宣读，并配以时事新闻、社会新闻和天气预报，起到了很好的广告作用。由于收费低廉，效果不错，他的生意兴隆，每个月竟能赚 9000 法郎。但最近一段时间以来，他遇到了一件很蹊跷的事：有人不时塞入怪信，信是用古法语有时甚至是用拉丁语写的，内容莫名其妙，付费却比其他人高出三四倍。膳食公寓的东家德康布雷是个知识渊博的老人，他破译出这些文字与欧洲历史上的鼠疫有关。随着怪信越来越多，越来越频繁，他终于警觉起来，报了警。这时引出了小说的第二条线索，也就是主线，真正的主人公亚当斯伯格探长这个时候才出现。

亚当斯伯格此时也正为一桩怪案伤脑筋：巴黎几个区都有住宅的门上被涂上了反写的 4 字，随后，一个个男女相继神秘死去，身上爬着跳蚤，皮肤漆黑，让人想起几百年前肆虐全球、夺去数千万人生命的黑死病——鼠疫，而那反写的 4 字经专家辨认，正是当年人们写在门上以躲避鼠疫的保护符。警方对 4 字的署名"CLT"做了深入调查后，也发现那是中世纪针对鼠疫的一句拉丁文警示语"快走！慢回"的缩写。此事经媒体一披露，巴黎马上就出现了恐慌，人人自危。

探长亚当斯伯格是个凭直觉破案的人，他在广场观察听众时，脑子里一闪，似乎发现了凶手，但灵感瞬间消失，直到夜间在马赛看船时，岸边的一道亮光才又重新激起那道灵光——预防鼠疫，钻石是最佳的护身符。这一理论在专家那儿得到了证实。于是探长重返广场，抓住了戴钻戒的小老板达马斯，并查出他的家族与鼠疫有着千丝万缕的联系。达马斯在事实面前很快交代了自己的所有罪行，原来，7年前，家境富裕的达马斯遭到了一伙流氓的敲诈和迫害，女友受辱跳楼身亡，他受冤入狱。出狱后，他追踪仇人，并以家族的传家宝——钻戒作掩护，培养所谓的鼠疫菌，然后把染上"鼠疫"的跳蚤装进信封，塞到仇人们的门缝底下。虽然这种鼠疫菌纯属乌有，但有幻想癖的达马斯自以为——毒死了仇人，雪了恨。

案子就这样破了？远远没有。根据尸检，受害者是被掐死的，而不是得鼠疫死的。对跳蚤的化验结果也表明，跳蚤身上也并无鼠疫病菌。至于死者皮肤变黑，是因为被涂上炭粉所致。得鼠疫死亡者皮肤会变黑，这是以讹传讹，是一个流传久远、普遍被人接受的谬误。达马斯精通鼠疫知识，显然不会犯这个常识错误，其背后必定还有黑手。可达马斯为什么把全部罪行都认了下来呢？

全书围绕着鼠疫而展开，但死因最终与鼠疫并无关联，随着情节的发展，案件变得越来越复杂，命案变成了基督山伯爵式的复仇案，然后又牵出了一桩遗产争夺案，受害者原来是虐待狂，传播鼠疫的人却让人同情，当作者最后捅破窗户纸，让真相大白于天下时，大家都感到相当意外，因为结果与原先想象的太不一样了。

小说充满悬念，扣人心弦，这是一部侦探小说成功的必要因素，但光做到这些还不足以使这部小说"鹤立鸡群"。《快走！慢回》区别于其他侦探小说的，或者说它的文学性（这正是许多侦探小说所欠缺的），还在于作者塑造人物形象的功力和小说的语言。小说中有数十个有名有姓的人物，个个性格鲜明，栩栩如生，让人过目难忘。亚当斯伯格探长是个破案奇才，经验丰富，具有一种特殊的直觉和职业敏感，但为人懒散，不修边幅，总是不慌不忙，脾气好，不发火，记性差，好忘事，老是记不住下属的名字，不得不随时备个小本子，把有关人士的外貌特征记录下来。他在办公室里坐不住，每天都要到街上走几个小时寻找灵感。这个大智若愚的人物既让人敬佩，又让人着急。他的助手当格拉尔则恰恰相反，虽然相貌丑陋，衣着却十分讲究，他没老婆，却领养了5个孩子，他思维严密，注重证据，往往在收集大量资料的基础上进行分析推理。若斯所住的膳食公寓里的住客们更是性格迥异，每个人的背后都有自己的神秘故事：博学的德康布雷因被控告强奸学生坐了6年的牢，出狱后改名换姓来到巴黎，租了一栋公寓，然后又转租出去，不但避税，还偷偷搞些小买卖。但他有文化，爱琢磨事，帮了探长不少忙；风风火火、大嗓门的丽丝贝特当过妓女，但从良后像母亲一样关心别人，大胆坦率，辛劳勤快，结果人见人爱；不声不响的弱女子埃娃温柔善良，却有一肚子辛酸泪，她是为逃避家庭暴力躲到这里来的，谁都不准说她的事，因为她丈夫正满世界追杀她；白天当洗衣工、晚上研究中世纪史的怪异博学者旺杜斯勒；貌似天真无邪、弱不禁风，实为杀人帮凶的玛丽-贝尔；养跳蚤、做奶皮馅饼的80多岁的老太太玛内；铁塔似的肥胖女警雷唐库尔虽然身体臃肿，追起逃犯来却健步如飞……一个个活灵活现的人物大大增强了可读性。这里要提一句的是，探长亚当斯伯格、历史学家吕西安等出现在瓦尔加的多部侦探小说中，作者试图通过一系列小说，来塑造一个像西默农笔下的梅格莱探长那样能长留在文学画廊中的人物。

《快走！慢回》的语言也很有特点，人物的对话非常传神，而且很精炼，有评论家赞扬说小说中"没有一个细节是孤立和偶然的，没有一句话是多余的"。书中运用了大量的方言和俗语，并根据每个人的身份和身世来设计语言，揭示其性格。水手若斯满嘴都是航海用语，箱子在他眼里就是船，走路的速度也以"节"来计算，并动不动就以掌舵来作比喻。虽然来到了大都市，他还念念不忘海洋天气预报和历史上的海难，他的水手思维和习惯与巴黎的城市生活形成了极大的反差，使他的个性显得十分鲜明。新来的警察拉马尔目不斜视，老是说"是"，探长怎么也纠正不过来；还有那个研究第一次世界大战史的吕西安，开口闭口全是军事术语。《快走！慢回》的内容非常"干净"，没有侦探小说常有的那种血腥、暴力和色情描写，相反，书中具有一种诗意和一种乐感，作者相当重视语言的节奏、旋律和音韵，简直是把它们当诗歌来处理，有的文字相当抒情，尤其是写到探长的女友卡米尔的时候。而且，这部小说思想性很强，富有哲理性。

作者通过情节的展开和对犯罪动机的分析，指出现代社会的冷漠和自私造成人心的孤独，而孤独容易让人变态，造成疯狂，而个人的疯狂举动和报复行为会引起集体恐慌和社会的动荡，酿成巨大的悲剧，现代文明可能会轻而易举地被一些失去理智的疯子毁于一旦。小说出版不到半年，这些观点便在9·11事件中得到了印证。作者还细腻地刻画了人物的心理，揭示了人性的某些弱点，认为某些灾难的发生与人们强烈的好奇心和谣言的传播是分不开的，"如果说人类有一种永远不能满足的渴望，那就是好奇心"，并精辟地指出，"迷信就是轻信，轻信就是欺骗，欺骗就是灾难，它扩大了人类的伤口，造成的死亡远非鼠疫能比"。

作者在书中参照和引述了全球鼠疫史，从而使小说具有一种历史纵深感，但瓦尔加是个反现实主义的"想象派"，她说"我不同意侦探小说应以日常生活为基础的理论"，她强调想象的作用，不主张描摹现实，从来不根据社会新闻和真实案件来进行创作，但她竭力让自己想象出来的情节和编写出来的故事符合逻辑和社会生活，"让它们像是真的一样"。《快走！慢回》中的情节，许多是不可能真的

瓦尔加很低调，不想让太多的人认识自己

在当代巴黎出现的，"那些谋杀绝不会发生"，但谁都不怀疑其"真实性"。瓦尔加在接受记者采访时曾说："有的人寻找的是社会现实，而我寻找的却是真实。我不把现实主义作为我的小说的基础。我试图把事情变得真实，但不是变成现实。我远离现实主义。所以，我在小说中从来不描写人物的家庭琐事和夫妻生活。必须用文学来谈论日常生活以外的东西。也许，我在侦探小说中所描写的正是我理想中的东西！"

作为考古学家的瓦尔加，她没有像许多一举成名的作者一样抛弃原职业，一心一意从事创作，今年48岁的她现在仍然"脚踏两只船"，白天从事科学研究，晚上10点钟以后才开始写作，她的小说大都是在坐车、走路时构思的，因为她有时白天要工作十二三个小时。她很少参加社会活动，也很少接受采访，讨厌上电视、拍照，声称要与成名后的"副作用"作斗争。假期是她主要的创作时间，她往往会每天写作15个小时。一部小说，她通常三个星期就写完了，但随后是无休止的"痛苦"修改，有时会修改10来遍，甚至推倒重来。她有个孪生妹妹，是她的第一读者，"瓦尔加"这个笔名就是她从学画画的妹妹那儿"偷"来的。她很低调，不想让太多的人认识自己，只希望别人读她的书。她有时想取悦所有的读者，尽管她知道人人都能读的书并不一定是好书，但她不想让自己的读者局限于某一个阶层，"小说和诗歌应该像风景一样，大家都能欣赏"。

2005 年

《灰色的灵魂》译后

整整两个月，我放下了手头的一切工作，随那些"灰色的灵魂"，走进了近百年前一个"像西伯利亚那样寒冷"的乡镇。刚好，在这期间，我所在的南方遭遇了近20年来最寒冷的冬天，这使我在翻译这本书的过程中能时时体会到书上渗透出来的阴冷。

这本书从头到尾都是阴冷的灰色调，不仅仅是那些"灵魂"，偏僻的乡村、低矮的天空、昏暗的酒吧、运河中缓缓流动的水、工厂里冒着黑烟的烟囱，附近的战场不断撤下死伤的士兵，而村里又不断出现离奇的命案，几乎所有的一切都笼罩在一片灰色中，难以自拔。

《灰色的灵魂》中文版封面
上海译文出版社2014年版

叙述也是阴冷的，灰色的。我们起初并不知道叙述者是谁，而且发现他对有关事情也并不比我们知道得多，几乎就是道听途说，满篇都是"这是我猜的""这是我想象的""这是某某告诉我的""这是听某某说的"这类句子。小说以一桩谋杀案开始，但并没有围绕这个案子追踪和描述下去，所以不成其为侦探小说；小说整个儿安放在战争的背景之下，枪炮声不绝于耳，厌战反战的情绪贯穿始终，然而它又不是一部战争小说，根本就没有正面描写战场。当然，书中有爱情，有女教师维尔哈莱娜和陆军下士巴斯蒂安生离死别的爱情，有回收兽皮的约瑟芬（好一个美丽的名字！）和进行兽皮加工的英俊小伙子克罗什莫尔纯真的爱情，有主人公德蒂纳检察官对女教师的暗恋，别忘了还有叙述者"我"和克莱芒丝的动人爱情。不过，爱情在这本书中最多是点缀，在这么寒冷阴湿的地方，爱情之花怎能开放？女教师自杀了，陆军下士阵亡了，检察官终老了，克莱芒丝生产时因失血过多告别了人世，连"我"最后也吞枪自杀。

作者菲利普·克洛代尔似乎并不关心这是一本什么样的小说，他只想告诉我们："十足的混蛋和完全的圣人，我都没有见到过。没有任何东西是完全漆黑的，也没有任何东西是完全雪白的，占上风的往往是灰色。"所以，德高望重，一身正气的德蒂纳也会犯下可怕的罪行，而无恶不作的马切耶夫上校虽然坏事做绝，过去却是一个响当当的汉子，曾为捍卫真理不惜牺牲自己的前程；最令人难以接受的是，忠厚老实、挚爱妻子的叙述者"我"最后竟然用被单闷死了自己亲生的儿子。

然而，金无足赤，人无完人，这是一个简单而明了的道理，我不相信作者绕来绕去，讲了这么多故事，只为了说明这个甚至不成问题的问题。我想，在小说中，他更多是想揭示一些灰色状态下的灵魂，或者说，反映人们在一个灰色世界中的生存状态。我注意到作者在书名中用了复数，这表明灰色的灵魂不是一个，而是一个群体，这个群体还大得很。在这本刚过10万字的小说中，有名有姓的人物就有三四十个，但有哪个是灿烂的呢？10岁的"三色花"刚欲盛开，就被掐断了；如花似玉的女教师灿烂了没多久也凋谢了，这说明那个地方根本就不适宜鲜花的生长，只有水藻拖着长发日久不变地在河中

《灰色的灵魂》中文版封面
漓江出版社2004年版

摇曳。

尽管有水藻、运河等种种象征性形象以及众多姓名所含的暗示性，这却是一部地道的现实主义小说。当代的法国文坛很少见到这类小说，经过各种现代主义流派和思潮一个多世纪的冲刷，以如实反映社会现实为特征的现实主义创作手法早已显得"陈旧过时"，甚至被斥为老套和幼稚，所以，当今的法国作家们更多是扮演哲学家和心理分析学家的角色，去演绎概念、分析心理、挖掘感受和记录感觉。但我觉得他们远离现实主义还有一个很重要的原因，那就是 19 世纪的那些经典作家树起的标杆太高了，他们几乎无望逾越，甚至无法接近。从这一点上来讲，克洛代尔是相当勇敢的，他不但做了，而且比着他们的标准做。法国的批评家们把《灰色的灵魂》与吉奥诺甚至西默农的作品相比，而我从中看到的更多是巴尔扎克和司汤达的影子，他在人物的塑造、情节的设置、背景的安排和叙述的技巧上直逼这些大师。看这本书，读者一定不会感到累，因为有那么多人物活灵活现地出现在眼前。作者写人绝不拖泥带水，他也没这么多篇幅拖泥带水，往往采用白描的方式，三笔两笔勾画出一个人的形象，然后便把这个人丢在一边，但这个人从此便在你脑海里留下了难以磨灭的印象："一个病态的脑袋出现了，好像一个累垮的傻瓜。那家伙半分钟咳嗽一次，咳嗽声从遥远的地方传来，宣布幸福的时光从此结束，身体也完了。这个没有生气的脑袋，其主人叫马泽吕尔"；"方坦是咖啡店里一个精神不正常的老头，他跟鲟鱼说话，跟一头被他叫作'夫人'的老奶牛一同生活。那头奶牛和他紧挨着睡在牛栏里，以至于他们最后都变得有点像了，气味相同，其他方面也差不多，只是奶牛也许比他更善良，而他比奶牛仇更深"；巴瑟潘"头上只有三四根头发，好像在互相决斗似的，一块大大的酒迹使他的头皮看起来就像是美洲大陆的地图……他钱袋鼓鼓的，日夜忙个不停，向路过的所有管家出售必需品和奢侈品，有时还向过路的士兵收购他以前卖给他们的东西，然后卖给其他士兵。特殊环境。买卖造就人"。

有时，作者寥寥几行字就勾勒出了一个人物的特征："雅内什·海戴克，一个保加利亚移民，斋戒节时他的法语讲得很差，但灌下两杯酒之后他就能背诵伏尔泰和拉马丁的名言了";"儒勒·阿邦费尔，一个两米高的巨人，声音却像女人，动作则像只大猴子";"维克多·杜雷尔，他老婆经常到小酒店去找他，两三个小时以后，他才被老婆拉走，但他老婆最后也和他一样染上了酒瘾"。

这些人物本身就足以撑起作者谦称的这本"小书"，但它们还仅仅是这本小说的一个部分，书中还有各种各样的故事，线索也重重叠叠。"三色花"被害揭开了故事的序幕，但这条线很快就断了，或者说被忽略了，因为有更重要的线索出现了，女教师维尔哈莱娜来到了小镇，走进了城堡，带来了阳光和灿烂，但这种灿烂是短暂的，随着女教师离奇的死亡，这条线又断了，重新回到了第一条线上：抓住了两个逃兵，为了让他们承认是杀害"三色花"的凶手，法官米耶克和马切耶夫上校对他们进行了惨无人道的刑讯逼供，他们的草菅人命真让今人不寒而栗。两个逃兵中的一个被逼得上吊自杀，另一个则被当作凶手处决了，"三色花"案暂时画下了句号。这时，女教师命案重又浮出了水面，叙述者拿着德蒂纳的女管家留给他的钥匙，终于走进城堡，发现了红皮本，弄清了女教师身亡的秘密。小说至此差不多已经结束，但作者再次回到"三色花"事件：究竟是谁杀了她？为什么要杀她？结论似乎有点武断，但也把另外一条线——历史之线粘在了这两条线上，从而完成了一个人的三部曲和三重唱，这个人就是主人公德蒂纳。如果说"三色花"和女教师是两条平行线，换个角度，加上德蒂纳的亡妻，她们就成了一条直线，分别代表着过去、现在和未来。而在这些主线的背后，还有一些副线，落笔重的有"我"和克莱芒丝的爱情和克莱芒丝的死。在各条线索之间还播撒了许多非常有趣的小故事，如教师"不同意"发疯后用粪便写诗，焚烧国旗，"我"的父亲和孤老头方坦荒唐可笑的恶作剧，寡妇布拉夏的神奇经历等。

"我"在书中绝不是一个可有可无的人物，他不仅是叙述者，也是一个参与者、目击者、见证者、知情者，虽然他没有看见全部，也没有弄清一切，但他在为弄清真相而奔走，正因为如此，才有了这部小说，这部小说也才能发展下去。如前文所说，"我"的身份开始是相当模糊的，后来，我们渐渐知道，他原来是个乡镇警察，经历了书中所写的一切，但当时并不明白为什么会发生那些怪事，于是，20年后，他开始追忆、思考，并寻找知情者。时间给了他真实的答案，历史也就是这样写成的。随着情节的发展，他在书中的面目越来越清楚，起的作用也越来越大，最后干脆走进故事，亲自表演，把甜蜜的爱情变成杀婴悲剧，自己也成了灰色的灵魂，最后吞枪自杀，小说至此结束，因为叙述者死了。

小说的背景是浓墨重彩的，这使得发生在背景前面的一切都显得有些平淡。与大背景相比，书中写的其实都是小事，尽管屡出人命，还有冤假错案，但在战争时期，这些都算不了什么，正如书中所说："在战争年代，当机枪一响，就能扫倒一大片血气方刚的壮汉，要一个手上戴着镣铐的单身汉的命，简直是小菜一碟。"事实上，小镇的命运被时政牢牢地掌握着，由于要备战，小镇建起了兵工厂，良田转眼之间变成了厂房，农民失去了土地，变成了工人，"人们很少不在那里干活，所有的男人或者说几乎所有的男人都为了它而离开了葡萄园和农田。从此，巨大的山坡开始荒芜，杂草丛生，吞噬了果园、葡萄园和良田……后来有一天，那些人再也见不到了，他们都走了。小镇已经属于他们。大家都要喝稀的了。再后来，就得干活了，为他们干活"。战争爆发后，小镇更是成了士兵的驿站和伤兵的医院，连道路和电话线也被军队占用了，隆隆的炮声在不远的山后给小镇伴奏，军人以战争状态为借口插手地方事务。可以说，小镇里发生的一切都与战争有关，没有战争，逃兵就不会成为冤死鬼，克莱芒丝就不会因得不到及时救助而死亡，女教师就不会因为爱人阵亡而绝望自杀。战争阴云笼罩着整个小镇，

《灰色的灵魂》法文版封面

2005年，金龙格（漓江出版社原副总编辑）、克洛代尔和我在北京

小镇上的灵魂哪能不灰暗呢？作者用这些灰色的灵魂揭示了特殊环境下普通民众的生存状态，其批判矛头直指时代和社会，这正是以巴尔扎克、司汤达为首的批判现实主义大师们的精髓。

　　关于这部小说，要说的很多，也可以说很多，但我觉得不必说得太多，因为大家都读得懂，而且都能读得轻松和愉快，当然我指的是信息接受得轻松愉快。小说的语言很精炼，很流畅，虽然有些阴沉，但有时也很幽默，当然是那种"灰色的"幽默，而且乡土味特足，足得使我不得不时时抱着辞典，最后还直接求助于作者。由作者和译者共同来完成这部震惊2003年法国文坛、获得多项文学大奖，并被法国《读书》杂志评为"年度最佳图书"的翻译，应该是读者的幸事。

2004 年

"内米洛夫斯基小说选"总序

    2004 年的法国文学大奖勒诺多奖破例颁给了一位已经去世的作家，使伊莱娜·内米洛夫斯基这个名字一夜之间被许多读者熟知。其实这位用法语写作的俄裔女作家早在半个多世纪前就已大名鼎鼎，只是，她在生命和创作最辉煌的时期，死在了纳粹的枪口之下，遇害时才 37 岁。

    伊莱娜 1903 年生于乌克兰的一个犹太人家庭，父亲是圣彼得堡的银行家，家中生活富裕，有仆人，有奶妈，住在一般犹太人进不去的高档住宅区。十月革命期间，由于她父亲是富人，且与沙皇政府关系密切，革命者悬赏他的头颅，全家人被迫逃到莫斯科。在那段时间里，他们不敢外出，10 多岁的伊莱娜躲在阁楼里贪婪地阅读着柏拉图、莫泊桑和王尔德的作品，而外面就是隆隆的炮声。不久，他们又化装成农民，从俄国逃到了芬兰，在那里躲藏了一年，随后又逃到瑞典，在斯德哥尔摩待了三个月。1919 年 7 月，他们藏在货船里，冒着生命危险，在暴风雨中航行了 10 天，终于到了法国。父亲在巴黎继续开银行，伊莱娜也进入了索邦大学继续上学。大学毕业后，她一度迷上了跳舞，在舞会上结识了米歇尔·爱泼斯坦。米歇尔也是被流放的犹太银行家的儿子，两人有着共同的身世，互相颇有好感，不久便结了婚，过了 10 多年幸福安稳的日子。

    伊莱娜十四五岁就开始写作，18 岁在巴黎上大学时已经在杂志上发表中短篇小说，并创作了第一部长篇小说《误会》。1929 年，她把写了 4 年的第二部长篇小说《大卫·格尔德》寄给了出版商贝尔纳·格拉塞。格拉塞读完后当即决定出版，但当他想联系作者时，作者却失踪了，音讯杳无。格拉塞只得通过报纸刊登寻人启事，让作者赶快与他联络。约好见面的那天，格拉塞以为那位"新巴尔扎克"是一位饱经风霜的老者，谁知出现在他面前的竟是一位身材苗条的年轻姑娘。但格拉塞是法国出版界著名的"伯乐"，不会看错人的，他从伊莱娜的作品中看到了一位未来的大作家。《大卫·格尔德》语言简洁、流畅、准确。一个来自俄罗斯的姑娘，能如此熟练地掌握法语，格拉塞深感惊讶。果然，小说出版后，很快就吸引了大批读者，评论界也

伊莱娜·内米洛夫斯基，用法语写作的俄裔作家

是一片叫好声，而且马上就有片商来洽谈电影拍摄事宜。第二年，根据该书改编的电影拍摄完成，上映后跟小说一样获得了巨大成功。不久，她又推出了《舞会》，这部篇幅不长的小说是她在创作《大卫·格尔德》的间隙中一气呵成的，出版后也很受欢迎，第二年就被拍成了电影。此后，她又陆续推出了许多小说，如写流放和思乡之情的《秋天的苍蝇》，写黑海某港口犹太人聚集区一个小诗人的《神童》，写革命者暗杀旧政府某部长的《库里洛夫事件》等，均获得了成功。

　　巴黎在庆祝一个新作家的诞生，报刊上到处都在谈论她的小说，人们争相邀请她、赞扬和恭维她。作家保尔·勒布称赞她为"新柯莱特"，作家布拉齐亚克也称赞她的文风纯洁得堪作典范，权威人士认为她是最才华横溢的女作家之一。当时的许多大作家，如莫洛瓦、科克多、凯塞尔都成了她的良师益友。然而，第二次世界大战爆发了，德军占领了法国，亲德的维希政府配合纳粹迫害犹太人。伊莱娜全家只得逃离巴黎，躲到索恩河和卢瓦河附近的乡下。昔日的朋友不敢再见他们，伊莱娜被禁止发表任何作品，深陷失望和孤独之中。幸亏她的出版商不时来看她，在生活上资助她，并帮助她以笔名发表作品。

1941年6月2日，法国当局根据新颁布的《犹太种族和外国侨民法》，清查了伊莱娜一家，伊莱娜敏锐地预感到大逮捕与大流放即将开始，对自己的命运已不抱任何幻想。她在生命中的最后一年，意识到自己的时间不多了，以前所未有的速度进行创作。在6月28日的一篇日记中她这样写道："我不是不想写完，目标很长，而时间却很短。"于是，她没日没夜地写作，先后完成了《契诃夫传》《秋天的火》和《法兰西组曲》的前两部分。伊莱娜的长女，现已近八旬的德尼丝回忆说："我们一直住在那个村子里，我只记得妈妈在不停地写啊写啊。好像她知道来日无多，必须抓紧写作。她手稿里的字里行间都表明，她很清楚自己最后的这部作品只能在身后出版了。"

1942年7月，法国警察逮捕了伊莱娜，德尼丝说："她很有尊严，只说自己要出门旅行了。"她被流放到法国的博姆，后转到德国的奥斯威辛。一个月后，她在集中营残酷地遭到枪杀。米歇尔此前曾试图营救妻子，但两个月后，他自己也被捕了，遭到了同样的命运。米歇尔被逮捕时，一个善良的警察救了他两个女儿的命，要她们赶快逃跑。德尼丝当时只有13岁，她抱着母亲的一个皮箱东躲西藏，皮箱里有家人的照片和母亲从不离身的厚厚的皮面活页夹。她当时并不知道那就是《法兰西组曲》的手稿，但知道这对母亲很重要。姊妹俩先是藏在波尔多的地窖里，后来跑到一家修道院里。在东躲西藏的日子里，德尼丝一直带着这口箱子，此后许多年，她一直没有勇气打开它。20世纪70年代中期，她的公寓遭到水灾，活页夹险些损毁，她和妹妹这才决定把它交给法国档案馆。在交出手稿之前，她想留一份副本，于是她开始抄录里面的内容，这时，她才发现那是一部小说。但多年来，她一直不愿公开这部作品，因为过去不堪回首。

伊莱娜的小说大多以她熟悉的银行界和犹太人家庭为背景，故事性强，文笔老练，虽然视野较窄，但善于通过故事和情节引出道德和社会思考，这一点，她受屠格涅夫的影响很深。她往往通过不幸的爱情或紧张的家庭关系来挖掘背后的深层次原因，或通过犹太人的悲惨遭遇来控诉他们受到的不公正对待。她的小说描写细腻，语言优美，十分重视人物形象的塑造，哪怕在次要人物身上也下了很多功夫。每写一部小说，她都会收集许多资料。写《法兰西组曲》时，她就找来了十分详尽的法国地图和当年的许多相关报纸，甚至连当地的花园里夏天出现什么鸟、开什么花她也要查个明白。她常常准备红蓝两支铅笔，修改时不惜大段大段地删节。收在本丛书里的4本小说，都是伊莱娜30年代创作的作品。30年代是伊莱娜的生活安定期，也是她创作最丰富的时期，作品逐渐走向成熟，比较典型地反映了她的创作风格。《孤独之酒》发表于1935年，是一部自传性很强的小说，讲述一个逃到巴黎定居的俄国家庭的命运。小说中的母亲出身富家，但由于嫁给一个犹太人，在社会上受到歧视，生活中事事不顺，她认为这都是丈夫的错，对丈夫非常痛恨，对女儿也毫无感情。生活在孤独中的女儿想竭力挣脱母亲的掌控，走出这个毫无温暖的家庭。这几乎就是作者自身生活的真实写照。伊莱娜从小就生活在孤独之中，父亲喜欢她，可是因为工作忙，很少和她在一起。而高贵美丽的母亲却讨厌她，觉得女儿的出生造成了她的衰老，她更不愿意为照料女儿而牺牲自己的时间，尽管她最后活到了102岁。她对女儿非常冷漠，为了方便自己的私生活，她长期把女儿送到寄宿学校；当女儿后来也当了妈妈时，她的礼物仅仅是一个玩具熊；二战期间，当伊莱娜一家受到纳粹迫害，两个被追杀的外孙女跑到外婆那里避难时，狠心的外婆竟然不开门，甚至不承认自己有女儿，她隔着门对那两个小女孩喊，有专门的机构收留像她们那样的孤儿，尤其是患病的孤儿。当时，伊莱娜的长女德尼丝由于长期躲在潮湿的地窖里，患上了胸膜炎。这些细节，日后大多都以各种形式出现在伊莱娜的作品中。除了《孤独之酒》外，《舞会》《大卫·格尔德》等许多作品中都有一个虐待子女的狠毒母亲。这可以看作一种文学上的清算。

1936年出版的《伊莎贝尔》也有那位母亲的影子，小说写的是一个犹太女子悲惨的一生：她杀了人，在法庭上接受审判，证人们在面前陆续走过，律师和检察官唇枪舌剑，法官和旁听者群情激奋，愤怒地咆哮起来，而她却面无表情地坐在被告席上，一幕幕回忆昔日的往事：童年、流放、丧父、结婚、与女儿恶劣的关系、衰老，直至犯下不可饶恕的罪行。

《孤独之酒》《伊莎贝尔》中文版封面
作家出版社2007年版

《猎物》出版于1938年，这是一部颇具司汤达风格的小说，写的是一个于连式的年轻人，试图通过与银行家的女儿结婚的方式，来改变自己卑微的社会地位。他满腔热情，却被心爱的女人背叛，于是开始疯狂地报复，最终沦为"爱情的猎物"。小说无情地揭示了人心的险恶、感情的多变和命运的无常，描写了在一个疯狂的年代里滋生的狂热激情和希望的破灭。

如果说《猎物》中的爱情充满了阴谋与报复，《狗与狼》中的爱情故事却让人感动：犹太姑娘亚达从小就暗恋着犹太男孩哈里，却因社会地位的差异而无法结合，多年后两人在巴黎重逢，虽然一个发达，一个贫贱，但是乡愁成了联系他们的纽带，他们终于冲破婚姻的藩篱，走到了一起。然而，祸从天降。为了挽救心上人的名誉与地位，亚达勇于做出牺牲，把哈里还给他有权有势的妻子，自己远走他乡，孤身在千里之外生下并抚育她和哈里的爱情结晶。这并不是一部普通的爱情小说，而是一部反映民族苦难，表达民族愿望的小说。

《狗与狼》是伊莱娜生前发表的最后一部小说。二战结束后，忠于她的出版商出版了她的三本遗作《契诃夫传》《这个世界的财富》和《秋天的火》，随后，她似乎不公正地被人淡忘了，直到1985年，

《猎物》《狗与狼》中文版封面
作家出版社2007年版

有人想起了这位天才的女作家，陆续重版她的作品。1992年，伊莱娜的小女儿伊丽莎白从母亲的角度，用第一人称写了一本自传《瞭望台》，全面回顾了母亲的一生。2000年，《瞭望台》重印，但此时伊丽莎白已身患癌症，不久就去世了。同年，伊莱娜从未发表过的15部中篇小说也首次以《但愿星期天快快来到》为名结集出版，但直到2004年《法兰西组曲》的出版才使这位才华过人的女作家得到了应有的重视和荣誉。该书出版后，在国际上很快引起了巨大的反响，一个月内就有15个国家购买了版权，并在许多国家掀起了"内米热"。就在我们即将推出这套书时，又传来了《法兰西组曲》被亚马逊网站评为"2006年度最佳图书"的消息。看来，伊莱娜的小说没有国界，也没有代沟，但我更愿把它看作现实主义小说回归的一个信号，或者说，是她的小说具有强大生命力的表现。

2006年

追记：在编这套书的过程中，一直得到伊莱娜·内米洛夫斯基的女儿德尼丝·爱泼斯坦的支持。2013年，德尼丝也离开了我们，终年83岁。

《阿尔班·米歇尔 —— 一个出版人的传奇》后记

译完这本书，一直想写点东西，但不知如何下笔。不是没东西写，而是可写的东西太多。我对"阿尔班米歇尔"太熟悉了，10多年来，我与这家出版社签了数十份合同，引进了他们出版的许多名家名作，从20世纪40年代被纳粹枪杀的伊莱娜·内米洛夫斯基的小说到当代重量级作家埃里克－埃玛纽艾尔·施米特的代表作；从"科幻小说之王"贝尔纳·韦尔贝的畅销作品到当红作家阿梅丽·诺冬的系列小说……每次路过巴黎，我都会去这家出版社坐坐，或采访他们的作者，如著名华裔作家程抱一、法兰西学院院士安格雷米，或拜访他们的经理人和编辑，对外版权贸易部的几位女士更是成了我的朋友。2006年，法国文化部安排我去巴黎的出版社实习，当他们问我希望去哪家出版社时，我毫不犹豫地说："阿尔班米歇尔出版社。"在那段日子里，我在这家有百年历史的出版社里拥有了自己的办公室、电脑和电话，出席他们的各种会议，出入他们的各个部门，约谈他们的编辑和各部门负责人，参加他们的各种活动，还替他们处理作者来稿，俨然成了他们当中的一员。在与他们的交往过程中，我一直在观察、研究和思考这家出版社成功的秘密。

《阿尔班·米歇尔》中文版封面
人民文学出版社2010年版

在法国众多的出版社当中，"阿尔班米歇尔"不算是经济实力最强的，也不像拉鲁斯、伽利玛出版社那样在某一方面特别权威，但它无疑是法国最有活力、最有前途的出版社之一。它没有把自己局限于某一领域，而是四面出击，显示出罕见的胆识和惊人的勇气。难能可贵的是，它在文学、社科、教育、少儿、外文等方面

2006年，我在阿尔班米歇尔出版社的临时办公室就在二楼

都取得了骄人成绩，不但每月甚至每周都有图书上畅销榜，而且每年都有他们的作家入围文学大奖，国外的畅销作品也往往选择它作为"登陆"基地。它思想开放，政策灵活，适应性强，在复杂多变的出版形势下不但立于不败之地，而且逆流而上，迅速发展和扩张。我常常想，它的这种生存能力和竞争实力是如何得来的，他们的那种专业精神又是怎样培养起来的。在翻译这本书的过程中，我似乎慢慢找到了答案。

和法国的许多出版社一样，"阿尔班米歇尔"也是一个家族出版社，以其创始人阿尔班·米歇尔为名。阿尔班是乡村医生的儿子，出生在法国外省，18岁来巴黎闯荡，在奥德翁剧院后面的露天书摊里当学徒。这是个能吃苦、爱动脑筋、充满好奇心的小伙子。每天，他一大早就要站在风口看档，直到天黑，即使在"墨水都被冻在墨水瓶里"的寒冬也不例外。可以说，他是在梧桐树下学会卖书和出书的。他兢兢业业、不畏艰苦地看守和推销他的图书，所卖的书，他虽然不是每本都读，但每本都很熟悉。他研究每本书的特点和读者的心理，逐渐悟出了卖书的奥秘。他发现，好书并不一定好卖，而不好的书也不一定就不好卖，"如果会卖，便什么书都卖得掉"。一个好书商

1910年，阿尔班·米歇尔在巴黎14区的一条僻静小街安顿了下来，这里原来是个旧仓库

阿尔班·米歇尔常在出版社下班关门后去蒙帕纳斯车站对面的大道咖啡馆抽烟

就是能卖掉他想卖掉的书的人。他的精明能干很快就博得了老板的赏识，于是，他从看档的小伙计成了采购图书的业务员，后来又被任命为巴黎最富有地区的书店经理。慢慢地，他在发行圈的名声越来越大，整个出版界都知道了这个充满活力的书商。但阿尔班是一个有抱负的年轻人，他并不满足于当个卖书人，而是想涉足图书的各个领域：销售、发行、出版，成为一个全能的"图书人"。熟悉了市场，摸透了图书的销售规律再来做出版也许会容易一些，但阿尔班还是先瞄准"轻文学"，因为这个年轻人懂得，他在出版界的根基还不够稳，影响还不够大，资金也还不充足，拿不到大作家的作品，而"如果不能马上在纯文学方面占有一席之地，那就得想办法尽快在通俗图书方面打开缺口"。这个会卖书的年轻人凭借自己的营销手段和销售渠道，很快就在出版方面取得了成功，给自己打下了经济基础。这时，他的志气和雄心再次显现出来，他不想长期把自己局限在轻松的文学当中，想成为一个全能的出版人："做出版能做的任何东西：大众文学、工业科学方面的著作、通俗文学、历史读物、青少读物、期刊、时尚读物、小说。总之，所有种类……"于是，他不断丰富自己的图书品种，扩大作品的题材，增加丛书和作者的数量，并不失时机地收购了别的出版社的出版资源，从而拥有了许多著名作家的作品，罗曼·罗兰就是这样走进他的出版社的。

全品种推出图书，当然能获得更大的商机，但也潜伏着同样大的危机，需要十分敏锐的感觉和强烈的市场意识，需要准确判断、大胆决策，需要远见和智慧，这对出版者来说是一个巨大的考验。阿尔班在出版界被认为是个出色的"猎手"，而"猎手的直觉"是在市场里摸爬滚打和与读者的直接接触中产生的。他曾说："这个行业需要对公众十分了解——这是一件水到渠成的事。怎么来的呢？通过零售书店的锻炼。所有的出版商都应该在零售书店实习，以了解读者的口味。我之所以成功，就是因为在零售书店里干了10年。"

与伽利玛不一样，阿尔班的成功似乎更多建立在市场营销的基础之上，商业成分更浓，市场意识更强。在当今的市场经济中，这种模式也许更有现实意义。先学会卖书，再去出书，或许能避免许多风险，少走许多弯路。不过，阿尔班也不是一个光盯着销售数字的单纯的生意人，当他打下一定的经济基础之后，他便"投资出版一些难度更大、需要几年才卖得掉但有助于人们了解自己生活的领域和历史的作品"，并且致力于扶持和帮助有前途的年轻作者。和法国的许多文学出版人一样，阿尔班与他的作者也有许多有趣而且充满智慧的故事：他跟默默无闻的多热雷斯谈了几分钟，就签了合同，支付了定金，并且向作者允诺这本书一定会成功。他虽然一行都没有读，但已看到这本书的远大前景。多热雷斯感到非常吃惊："就这样，只根据一个书名和我的好脸色。"

这也许是阿尔班·米歇尔最典型的特点之一：具有灵敏的直觉，凭直觉发现写作天才。他只管低着头往前走，迅速作出决定。同样是这种直觉让他毫不犹豫地给一本还没有构思的作品投资，甚至没有问作者下一部小说写

阿尔班米歇尔出版社旧貌

阿尔班米歇尔出版社的宣传橱窗

什么，就让作者全身心地投入新书的写作当中。"他告诉伯努瓦，每月将给他 400 法郎。然后，仍然是那么直截了当，没有任何废话，他热情地握着作者的手，盯着他的眼睛，说：'现在，你只需做一件事：写作。'"阿尔班后来总结说，他的原则非常简单："作家必须靠自己的笔'吃饭'，就像艺人靠手艺吃饭一样。对出版商来说，他的职业就是出版作家的作品，让作者有生活的保障，能一心一意地投入作品的创作。"

遇到这样的出版人，无疑是作者的幸事。尊重作者，理解作者，使阿尔班赢得了许多作者的信任和忠诚，也获得了很多有价值的作品。即使作者一下子拿不出像样的作品，阿尔班也照样鼓励他们，支持他们，"崇高地承担起培养天才的任务"。他与许多作者都成了好朋友，"有点像他们的父亲、顾问或忠诚的支持者。他老是这样说，一有机会就这样说：'我喜欢我的作者就像喜欢我的家庭成员！'"他善于倾听他们的心声，关心他们的写作，也关心他们的忧虑，他明确地说："有时，出版商和他的作者之间存在着一种剑拔弩张的和平，我一点都不喜欢……我完全忍受不了怀疑和猜忌。我希望我所有的作者都是我的好朋友，希望我能和大家建立起一种最友好的关系。"而这一传统也一直在出版社传承下去，当内米洛夫斯基夫妇被纳粹抓走后，阿尔班的继承人、他的女婿罗贝尔像岳父一样，一如既往地帮助和抚养内米洛夫斯基的两个女儿。

看阿尔班出书，似乎是一件很过瘾的事，因为他很少失手，似乎总是那么轻而易举，别人感到困难重重的事在他那里往往都易如反掌。然而，我们看不到的，是他为此付出的艰辛和努力，其实，过去和现在都一样，出版是一个充满风险的行业，它有着无限的魅力，却处处陷阱。听听阿尔班是如何警告那些想投身于出版的人的吧："带上 200 万欧元，没日没夜地干。两年后，你身无分文……"他还深有感慨地说："出版是一个充满激情的行业。不幸的是，时间太少，一天只有 24 个小时，没有一个出版商有时间烦恼。"他事事亲力亲为，所有的书稿都是他认真地阅读审读报告后亲自选择的。"他轻易不授权，他把出版社抓在自己手里，什么都想管。"他强调管理和集权的重要性，认为"一家出版社要运作良好，只能有一个领导者，只能由他一个人来承担风险、作出决定并加以实施"。这里似乎触及了出版的某些规律，然而承认并且做到这一点并不那么容易。也许家族出版社，一家独立的私营出版社的优势就在这里。

阿尔班曾说，出版这个行业虽有一定的技术含量，"但涉及的更多是冒险精神。我要说，这是出版商最大的回报。因为冒险会带来快乐，最大的快乐，努力创造的快乐"。正应了那句流行语：痛并快乐着。但让我印象最深的，是阿尔班对自费出书的态度。看来，这个问题在他那个年代就已经引诱和困扰着出版人了。但阿尔班的态度非常明确：坚决反对！他认为只有那些不严肃的出版社才会这样出书，因为这样出版的书充斥书店，会影响读者购买别的可能有价值的书。"平庸的书甚至会影响好书。"这是对作者的爱护，也是对行业秩序和威信的维护。是一种远见，也是一种境界。

2009 年

《母猪女郎》种种

一举成名的玛丽·达里厄塞克

1996年，27岁的玛丽·达里厄塞克把自己的处女作《母猪女郎》打印了四份，同时寄给三家出版社，剩下的一份她忐忑不安地送到了离住处不远的P.O.L出版社。之所以一稿多投，实在是因为对自己缺乏信心。她，一个外省人，在文坛默默无闻，在巴黎举目无亲，更不用说在出版界有什么熟人……

3天后，接到稿子的几家出版社打电话通知达里厄塞克，同意出她的作品，但已为时太晚，P.O.L出版社已捷足先登。但他们仍不死心，其中一家大出版社的文学部主任接连几天打电话追问达里厄塞克。对他来说，从来都是作者求他，甚至是很有名望的老作家。可这回，是他在求作者，而且是求一个从来没出过书的无名小辈。

4家出版社立即作出积极的反应，说明他们的文学感觉是准确的，同时也表明这部稿子的确非同一般。洛朗斯在编辑书稿的过程中，抑制不住内心的激动，把消息透露了出去。一些外国出版商闻风而动，纷纷要求购买版权。结果，法国还没出书，11家外国出版社就来联系翻译版权。这在法国出版界是极为罕见的。

3个月后，《母猪女郎》出版。书出得很俭朴，封面白纸黑字，没有任何装饰。P.O.L 出版社的一向风格。两个星期后，达里厄塞克便开始出名。传媒最先作出反应，惊呼文坛杀出了一匹黑马。他们把她与弗朗索瓦丝·萨冈相比，当年，萨冈也是凭处女作《你好，忧愁》一举成名，红遍欧美。立即，书店出现了争购《母猪女郎》的狂潮。P.O.L 出版社的初印数并不保守，但不到一个星期，P.O.L 就不得不重印。《世界报》曾写道："这本书由以捍卫高质量文学而闻名的出版社出版，其成功是惊人的：不到 4 个星期，5 次重印。印了 7 万，卖掉 5 万。已经有 9 个国家购入了版权。在出版界，这些数字显然是异乎寻常的。"然而，这仅仅是当时的数字，据出版社最新统计，到目前为止《母猪女郎》已在法国销售了 45 万册，购买版权的国家达35 个。这两个数字，在法国是很了不起的。

《母猪女郎》不但得到了广大读者的青睐，也受到了文学界、批评界甚至商界的重视，引起了新闻大战。小说出版后，好评如潮，并入围法国最重要的文学奖龚古尔奖。报纸杂志连篇累牍地加以报道，广播电视争邀作者当嘉宾，一时间，法国处处谈"母猪"，连商家也打起"母猪"的主意来，挂出母猪的牌子作招徕。巴黎兴起了一阵"达里厄塞克热"。

1998 年秋，我曾在巴黎约见达里厄塞克。当时她已出版了她的第二部小说《幽灵的诞生》。出了名的达里厄塞克仍然没有一点架子，对自己的成功显得很平静。她告诉我：她于 1969 年出生在法国西南部的巴斯克地区，从小喜欢看书，5 岁就开始抄童话，上小学时曾得过所在城市的作文冠军，1986 年通过中学毕业会考，次年进入高等师范学校学法国当代文学，毕业后获得了教师资格证书，在里尔的大学里当老师。《母猪女郎》是她发表的第一部作品。

《母猪女郎》法文版封面

《母猪女郎》写的是一个漂亮的妙龄女子，前往一化妆品店求职，老板见她长得性感便录用了她。女郎的魅力吸引了不少男顾客，化妆品店生意大增，但她的身体却出现了异常：眼睛变小，鼻子变大，身上长毛，头上掉发，胸脯出现肿块，并逐渐变成了几个小猪乳。顾客被吓跑了，她也因此被老板解雇。为了不被男友抛弃，她大量使用化妆品，企图恢复人样。但男友最终还是抛弃了她，另觅新欢。这时，政客埃德加看到了她的利用价值，把她带去拍竞选广告，可之后又把她一脚踢开。她走投无路，只好在公园的椅子底下过夜，在地上拱土，吃花吃草，吃栗子，挖蚯蚓。警察发现了这个怪物，对她进行了追捕，她被迫逃入阴沟。后来，她遇到了一个变成狼人的富翁，两人相依为命，过着幸福美满的日子。他们白天闭门不出，晚上叫人送比萨上门。"母猪"以比萨饼为粮，狼人则以送比萨饼的伙计为食。他们的踪迹终于暴露，在一次围捕中，狼人被打死，"母猪"侥幸逃脱。她来到小教堂的藏尸室里，一藏数年。等她从阴沟里爬出地面，人间已经历了战争和瘟疫的劫难，但对她的敌意依然如故。她决定报复。她往南走，来到老家，来到母亲的猪圈里，与母亲养的猪混在一起。母亲发现多了一头猪，喜出望外，把她卖给了收购商。凌晨，就在收购商来拉猪时，"母猪"展开了反抗，她夺过收购商的手枪，第一枪打死了收购商，第二枪瞄准了母亲……

人变驴、变猴、变甲虫，这类故事在古今中外的文学画廊中并不罕见，但《母猪女郎》中的"变形记"不同于古代神话或童话，而更接近以卡夫卡为代表的现代"异化"小说。这类小说的情节看起来荒诞不经，但细节和背景基本上是真实的。它把被异化的人放在现实生活当中，从独特的角度去审视和观照我们所生存的这个空间。在小说中，我们看到，除了女郎变猪和富翁变狼以外，其他情景大致都是真实的，许多细节甚至具有生活气息，富有时代感：如不怀好意的男人在地铁栏杆边等待机会占女人的便宜；从事色情活动的商店服务员职业化地从门缝底下给顾客塞进食物和饮料。这是法国社会的真实写照，而变成狼人的伊万已现代到能通过互联网买食品。

小说的背景是法国当代社会：激烈的商业竞争，萧条的市场经济，糜烂的社会生活，淡薄的人际关系……在这种社会风气和生存条件下，不少人醉生梦死，自暴自弃，寻欢作乐。和卡夫卡《变形记》中的格里高尔·萨姆沙一样，《母猪女郎》中的女郎因变成了动物而受到社会的排挤，因为这个社会的一切联系都是建立在金钱、实用基础之上的。女郎不能再给老板提供利润，不能再给男友带来满足，她也就失去了她的价值，老板开除了她，男友抛弃了她，连母亲也背叛了她。她在人类社会中受侮辱，被追杀，任人宰割，没有立足之地。她曾与流浪汉为伍，但被抓进了收容所；她曾投靠旅店管理员，但管理员因是外国侨民而被驱逐出境；她一度把希望寄托在有"通灵"本领的非洲隐士身上，但隐士在关键时刻也是一"隐"走之。最后，她在动物世界里找到了温暖。和狼人伊万一起生活的那几个月是她"一生中最美好的时期"，他们不再过问世事，读书看报，午间还休息一阵子，"幸福得就像牲口"。

女郎虽然变成了母猪，但并没有失去人的思维和感情，她还能像人一样思考，有人的意识、信念、追求和向往。我们对她更多是同情和怜悯，而不是歧视和厌恶。当她最后对母亲和媒体进行报复时，我们不禁拍手称快。

漂亮的女郎为什么变成猪而不是别的什么可爱的动物？无论是在东方还是在西方，猪都是肮脏、愚蠢、懒惰和下贱的象征。没有比骂人"母猪"更恶毒的了。但在达里厄塞克的笔下，这头母猪不仅勤劳、正直，而且诚实、勇敢。她所遇到的狼人也是那么漂亮、潇洒、有教养。而人类却显得那么丑恶，奸淫杀戮，言而无信，道德沦丧，唯利是图。达里厄塞克曾说，人间是个大猪圈，每天上演着荒诞的悲剧。它比动物世界更荒唐，更没有人性。人仿佛失去了理智和人性，成了疯狂的动物。我们不禁会问：究竟是女郎变形，还是社会变态？

把荒诞的东西写得真实可信，把可笑的事情写得让人悲愤，通过异化，用自己的身体展示文明的危机和社会的堕落，对达里厄塞克来说，这还只是第一步。达里厄塞克在接受记者采访时曾说："我在这个时代里写作。"言下之意是她并非不食人间烟火，她生活在现代社会中，她要出名，要成功，可以说，她的这部小说是瞄准大众市场的。研究文学的达里厄塞克不可能不知道"变形记"并非她所独创，且已不时髦，单靠这点"变"是难以吸引广大读者的。所以，她在写作过程中，十分注意调动各种艺术手段来加强作品的表现力和吸引力。小说从书名开始就设置悬念。《母猪女郎》的法文原名为：*Truismes*。事实上，法文中并没有这个词，这个词是达里厄塞克创造的。她在母猪 truie 后面去掉 e，加了一个表示"主义""学说"的后缀 isme。但作者真的想表示"母猪化"或"母猪主义"吗？法语中有一个与 truismes 十分相近的词：truiesme（自明之理），作者难道不是在暗示主题是不言自明或言而不明的吗？本书的大陆中译本根据书中内容将书名译成《母猪女郎》，而中国台湾的中译本则译成《母猪之道》。英语译成了《猪的故事》（*Pig tales*），但利用谐音玩了一个文字游戏，因为在英语里，tales（故事）和 tails（尾巴或毛发）读音相同，"猪的故事"有可能被理解成"猪尾巴"和"猪的毛发"。西班牙的译本译成 *Marranadas*（《脏猪》），巴西语译成 *Porcarias*，德语译成 *Schweinerei*，意思皆为"脏物"，芬兰语译成 *Sikatotta*（《无聊的猪》），匈牙利译成 *Malacpuder*（《猪的化妆》），荷兰语译成了

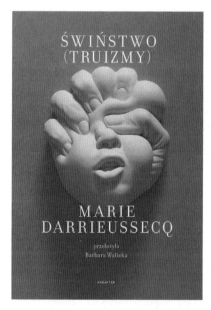

《母猪女郎》波兰语版封面

Zeugzoenen（《母猪之吻》），葡萄牙的译本则干脆抛开原文，译成了 *Estranhos perfumes*（《奇异的香味》），但加了一个副题 *Historia de uma metamorfose*（"一个变形的故事"）。其实，这个书名在各种语言中都没有对称的准确译法，即使在法语里面也是模棱两可的。作者曾就书中的许多问题回答过笔者，唯独不提书名。因为，这是不能点破的。

模糊的书名把好奇的读者引入书中。一翻开书，映入眼帘的首先是这样一些文字：

我知道这个故事会引起怎样的麻烦和不安，知道它会怎样搅乱人们的思维。我料到接受这部书稿的出版商会面临着没完没了的烦恼。说不定他要坐牢。我在此谨向他请求原谅，原谅我打扰了他。但这本书不能再拖了……

寥寥数语，欲擒故纵，作者一下子就抓住了读者，然后，以第一人称娓娓道来，给人以极诚恳极真实的感觉。她似乎想与读者交心，把自己的秘密和盘托出；她百般道歉，请求原谅，好像犯了天大的罪似的。

"骗"取了读者的信任之后，作者开始用密集的文字对读者进行轰炸，情节和故事一个接一个，几乎不让人喘息。小说甚至不分行不分段，让读者无法停顿，非一口气看完不可。她在书中迫不及待地把自己的离奇遭遇一一告诉读者：她与狼人的"生死恋"轰轰烈烈，她躲避追杀的情景扣人心弦，她对母亲和传媒的报复惊心动魄。书中有动人的抒情、精辟的议论和坦诚的心理剖析，洋溢着一种怪异和神秘的气氛。"水世界"中的淫乱和疯狂让人难以置信；女郎变成猪后对土对草对水洼的感觉被刻画得丝丝入微，让人如入其境。小说在短短的篇幅中，集抒情小说、侦探小说、心理小说的种种特点为一体，每个读者都能从中找到自己喜爱的东西。也许，这就是这部作品如此受欢迎的原因。

小说在叙述上是相当精彩的，我们不妨看看当狼人伊万兽性发作，忍不住要伤害与他相依为命的母猪女郎时的情景："尤其是月圆夜，对我们两人来说极为可怕。伊万开始转圈。他不再跟我说话……我忍不住监视他的头发……那往往是最初的迹象。它们突然开始变白，接着又竖了起来……他的背弯曲得很厉害，手脚变厚，爪子、耳朵变尖，牙齿越来越突。伊万向我转过疯狂的眼睛，这使我感到肚子上一阵灼热。我想：'让我们叫比萨饼吧。'我跑向电话。幸亏，电话号码没有记错。我知道比萨饼在 20 分钟之内能送来。对伊万和我来说，这是我们一生中最长的 20 分钟。我把自己关在房间里，我听见伊万在吼叫在抓门，然后哭了起来，好像狼在哭。……我轻轻地打开房门，我一边跟伊万说话，一边走出房门。我感到伊万的脊柱上滚过一阵长长的颤抖。我看到他的眼睛里闪过一道人性之光……月亮升到了顶端，伊万一下子重新站起来。他听见血在我的动脉里汩汩地流，闻到了我皮肤里面肌肉的味道。我看见他的神经、肌肉和血管在他喉咙底下紧紧地绷着。'好，'我对自己说，'死得壮烈。'这时，门铃响了……我甚至来不及向送货员说声'您好'，比萨饼也飞撒在空中。我分不清哪是血，哪是番茄汁。"

玛丽·达里厄塞克中文版小说封面
海天出版社版

作者在此先对狼人马上就要变异的迹象作了细腻的描写，然后开始写双方的心理。尽管狼人在克制着自己，但仍难以违背本性。女郎从狼人疯狂的目光中察觉到了危险，她急中生智，匆匆叫了比萨饼。在接下去的 20 分钟内，时间似乎凝固了，酝酿着巨大的危险。狼人在拼命克制，女郎在危急中侦察逃生之路。双方都是那么敏感，一个能从对方的目光中看到内心，另一个能听见对方的血在流动，闻到对方肌肉的味道。最后，节奏越来越快，语言简约得略去了具体过程，只道出结果："比萨饼飞撒在空中"，分不清哪是血，哪是番茄汁。

《母猪女郎》出版后，达里厄塞克并没有陶醉在成功的喜悦之中，她一边继续她的文学研究课题，一边在思考她的下一部小说。第二部小说怎么写,对她来说至关重要,在某种意义上来说,甚至比第一部小说还重要。法国评论家马蒂娜·德拉博迪谈到达里厄塞克时曾说:"对一个年轻作者来说,还有比处女作失败更危险的事吗?有,那就是成功。"(见法国《快报》1998年2月26日)《母猪女郎》的巨大成功,给达里厄塞克以巨大的压力。如果不继续创新,而是重复自己,她很快就会被读者抛弃,成为昙花一现的作家。这在文坛太常见了。尤其是在人才济济的法国,读者的求新求异甚至到了苛刻的地步,尤其是对成名的作家,这种要求就更高了。在长达一年多的时间里,达里厄塞克就处在这种困惑中。可喜的是,她并没有被胜利冲昏头脑,而是保持低调,尽可能避开围绕着她而产生的"达里厄塞克热"。直到1998年年初,她才推出她的第二部小说《幽灵》。出版者仍然是P.O.L,同样的封面设计,同样的篇幅,几乎与《母猪女郎》一页不差。

如果说《母猪女郎》写的是变形,《幽灵》写的则是失踪:小说一开头就写道:"我丈夫失踪了。他下了班,把公文包靠在墙上,问我是否买了面包。当时,应该是七点半左右。"起初,年轻的妻子不愿相信丈夫失踪的事实。也许丈夫遇到了一个熟人,也许丈夫想跟她开个玩笑。但她寻遍了巴黎,打遍了电话,甚至连太平间也去了,仍然没有丈夫的踪影。于是,她只得报警。

失踪是最让人痛苦和迷茫的事。死了至少还有尸体,人失踪了,什么都没有剩下,连影子都没有。达里厄塞克写这本书时曾想起她所崇拜和研究的法国当代作家珀莱克。帕莱克是个犹太裔作家,父亲在希特勒的集中营里失踪,这个噩梦一直萦绕在他的脑海之中,他曾据此写成《失踪》一书。

但达里厄塞克的"失踪"和珀莱克的"失踪"并不一样。在达里厄塞克的小说中,这种失踪也是一种变形。在《母猪女郎》中,变形发生在人兽之间,在《幽灵》中,变形发生在有形世界和无形世界之间。丈夫因失踪而化为乌有,而虚幻的幽灵却变成了有形之物。在没有丈夫的日子里,独守空房的妻子在黑暗、恐惧和阴影中产生了幻觉。这时,幽灵诞生了,展开了一系列实体活动。达里厄塞克在谈到这部作品时曾说："幽灵无处不在，到处都有幽灵，只是我们看不见它。每个家庭都有幽灵，幽灵在秘密、沉默中诞生。"在她看来，幽灵的诞生首先要有所失，要虚，要空。她说她特别喜欢空屋，因为空屋能给人以想象的余地。每个空屋都有旧的幽灵，也将有新的幽灵。她很羡慕不动产经纪人这个职业，因为从事这种职业的人有很多机会接触空屋。她说，"我很喜欢幽灵"，"想到幽灵，就感到自己神圣起来"。幽灵是沟通两个世界的使者，而文字就是两个句子之间的幽灵，写作就是生活在两个世界之间。它不能医治悲伤，但能寻到失去的东西，能接近幽灵。幽灵的诞生其实也就是幻象的诞生，她曾说："有一种谈论现实的好办法，那就是幻觉。幻觉是比真实还要真实的东西"，"没有梦就没有作品"。她有一部叫《铱》的作品，写的就是梦。这部作品她认为还没有到发表的时候，将来会不会成为她的第四部作品，现在还不知道。

达里厄塞克之所以对幻觉产生兴趣，据她自己说是遗传的。她说她家里的人都有特异的幻想，她的曾外祖母能用意念让桌子打转，外祖母掌握着制造魔水的秘密，她母亲能唤梦，她则能把这些神奇的东西用文字表达出来。同时，她说她也读了太多梦幻作家的书，太害怕黑暗，太喜欢回忆，回忆死去的亲人和朋友。也因为社会现实，法国每年有几千人失踪，成了见不着影子的幽灵。更重要的是，她常常有一种幻觉，幻想自己的新婚丈夫会失踪，会突然离开她，会死。达里厄塞克说，她之所以选择用幻想来表现，是因为现在的社会已不像战后那么协调、齐心，人们开始走歪路了，非理性回潮了。人们有一种危机感，老觉得生活在黑暗中，觉得有一种黑色的东西悄悄地聚集在人们四周，变成具体的物质，而又不知道那是什么东西。

与《母猪女郎》比较起来，《幽灵》中动作描写少了，静态描写多了。虽然书中也有人物和情节，但她并没有去刻画人物或发展情节，书中的真正主人公是"虚""无"或者"空"（absence）。她抹去了生死之间的界限，人物消失了，幽灵诞生了，影子物质化了，虚无形象化了。她在书中细腻而详尽地描写物像，直至让人目眩，产生种种奇怪的幻觉。读着读着，我们会发现墙的颜色、声音的回响和物体的形状都发生了变化。当文字不够用时，作者甚至用图案来表现。她在书中表现的是一种抓不住的感觉，书中的地点，大多是中间地带和模糊地区，如海滨，那是陆地与海洋的分界地；如郊区，那是城乡接合部；如空屋，那是新旧幽灵（或主人）的交接处。幽灵在两个世界之间来回，它处于两个世界的边缘。这个地带是不确定的、流动的、变幻的，但在那里一切都是可能的。

《幽灵》仍大受欢迎，高悬畅销书榜达半年之久，也入围了龚古尔奖。但书出版后，有人指责她抄袭法国另一位女作家玛丽·N.迪埃。N.迪埃与达里厄塞克是同龄人，但出道比达里厄塞克差不多早10年，她也是珀莱克的崇拜者。事实上，达里厄塞克对N.迪埃非常尊重，也读过她的不少书，多少受些影响。但谈到抄袭，达里厄塞克坚决否认。虽然N.迪埃在《季节时代》中也写到配偶失踪、人物消失、欢宴被幽灵打断，书中也有幽灵，有不动产经纪人，但两人的表达方式和叙述形式还是有所区别的，所以争议也就不了了之。

一年之后，达里厄塞克推出了她的第三部小说《晕海》，篇幅比前两本都短，译成中文不到5万字，虽然也曾引起关注，且入围两项文学大奖，但舆论的反应已不如前两本书那么热烈，起码那些小报小刊和非文学专业报刊已不跟着起哄，因为这部小说的文学性和探索性比前两部都强，已完全走出畅销书和通俗小说的模式。但三部小说并非没有关联，《母猪女郎》写的是变形，《幽灵》写的是失踪，《晕海》开始写寻找了：一个女人像往常一样，在放学的时候去学校接女儿，但这次，她没有带女儿回家，而是开车拐走了女儿。她往南狂奔，在高速公路上走了5个小时后，来到了一座海滨城市。在这里，她隐姓埋名，避人耳目。为了不暴露目标，她付款全用现金而不用信用卡。在城里住了一个晚上之后，她又带着女儿来到海滩，在沙丘上扎帐篷住了下来。在长达一个月的时间里，她与女儿在海边看海，看天，与大海交流，感受大海的力量。在这期间，孩子的外婆和父亲一直在寻找她们，他们也雇用了私人侦探，但丝毫没有母女俩的踪迹。后来，这个女人卖掉了汽车，侦探才以驾驶证为线索，查到了她们所在的地区，找到了她们。

　　其实，这部小说写的也是失踪。只不过角度不一样罢了。《幽灵》中是丈夫失踪，妻子寻找；现在是妻子失踪，丈夫寻找。丈夫失踪的原因不明，但妻子逃跑的目的却很明确：逃离喧嚣，逃离人群，让自己在这个世界上消失，与大自然融为一体。在书中，大海就是大自然的象征。她之所以选择大海，是因为大海是陆地的尽头。她认为那是世界的终结，也是另一个世界的开始。在海上，水天茫茫，地平线消失了，人似乎也融入了大海，在太阳底下蒸发掉了，熔化掉了，成了"空"，成了无形的东西，成了幽灵。如果说，在《幽灵》中，幽灵是通往彼世的中介，那么，在《晕海》中，大海就是两个世界之间的桥梁。桥的这边是有限的生命，有形的躯体；桥的那头是永恒，是兰波所谓的"未知"世界。在作者眼里，大海与幽灵同样神圣，同样可亲。然而，大海又是可恶的，无情、无敌，它沉重而黑暗，冲毁了悬崖、房屋，吞没了泳者、噪音；大海又是可怕的，拥有一种强大的力量，对人构成一种威胁：海水的运动使人不适，甚至会使人感到晕眩。海水涌向星星，消灭了坐标。面对无边的大海，作者迷茫了："我们不知道看哪里，不知道如何选择：看停住的东西，还是看开始的东西？看空的海边，还是看满的海边？何处是地球的边缘？看蓝色的海水倾泻，还是看建在高岗上的城市？是海边不再迎击海浪，还是海浪在此找到了一根缆绳，一个锚？"

　　可大海又是多么迷人！它变化万千，深藏着秘密，吸引着探海者。它是新世界的大门，象征着一种希望。要到达那个迷人之处，"只需穿行。水将从鼻子流到脸颊上，从胸口流到背上，从肚子流到髋部，然后流到腰间。最后，水淹没了一切。人们进入了大海，如同穿过一道帷幕"。海浪是狂野的，海边的洞穴充满了危险，"谁也无法从那里活着出来"。但前往另一个世界的秘密通道是不是就在那里？后来，女主人公遇到了一个游泳健将，健将教她如何对付惊涛骇浪和危险的洞穴。洞穴是旧世界的终点，也是新世界的起点，是深渊，也是天堂："在海底，在洞中，巨大的枪乌贼在等待着，白色的巨尸横一道竖一道地画着鲜艳的血迹。高处，几处透明的鱼鳞片发出蓝光，接着是海草，越来越绿。突然，身体猛地一下轻松了，一口喷掉了海水，悬崖出现了，灯光出现了，植物出现了，蓝色的海角在增大，浮向布满长长的金属小圆片的水面。"但这已经不再是我们所生活的世界，而是另一个新的世界。

《晕海》在写法上很接近"新小说"。我们发现，在《晕海》中，叙述的主体发生了变化，从第一人称变成了第三人称。和《幽灵》一样，《晕海》的情节应该是很精彩的，但作者没有去描写寻人与侦破过程。在书中，情节、人物和动作都被淡化了，被排挤了；故事被肢解了，不完整，不连贯，没有发展的轨迹，缺乏内在联系，变成一个个片段。取而代之的是一个个由物象组成的场面和镜头。作者不再叙述故事，不作心理描写，不加议论，而是不带感情、机械单调、不厌其烦地对大海、天空、洞穴和海中的鱼类作纯客观的、细致的、精确的静态描写，甚至用科学家的眼光来写出其数量、长度、形状、方位、性能、颜色和气味。在书中，人物成了一种工具，作者通过人物的眼睛看到某物，然后忘掉人物，顺着人的视线描写他所看到的东西，从一处看到另一处，从一物看到另一物。随着人物活动方位的变化、足迹的转移、视角的变化，书中所呈现的物象也越来越多。达里厄塞克认为，艺术家的任务，就是创造不可见的东西，如感觉、错觉、幻觉、记忆、梦境、想象。她不动感情地向读者提供多侧面、多层次的镜头，启发读者的想象力，引起多种理解，由读者作出多义性的解释。

《晕海》也是一部富有象征意义的小说，书中的大海、悬崖、洞穴、章鱼都成了象征物，海洋成了大象，水是"一只大大的绿眼睛"，大海是"一张大得无法想象的嘴"。书名的暗示意义就更明显了。在法语中，"大海（mer）"与"母亲（mère）"不但读音完全相同，书写也只差一个字母 e。作者在书中到底写的是"海"之恶还是"母"之恶？这个问题也留待读者来体会了。

与《幽灵》比起来，《晕海》在抽象化、客观化方面又往前走了一步。小说开头，作者甚至抛弃了前两部小说的写法，一开始就给读者设置阅读障碍，在没有任何交代和铺垫的情况下，用大量的篇幅对大海、沙丘和天际作静态描写，这难免让人感到沉闷和单调。所以，有评论家劝读者：一旦开读，就得紧紧抓住仅有的意象，否则会被达里厄塞克的海水冲得晕头转向。实在读不下去的，不妨早点上岸。然而，一旦进入了达里厄塞克的海世界，就会得到别人所没有的收获。

　　达里厄塞克的小说总的来说属于幻象小说（Roman fatastique）。这种小说有译成"神怪""怪异"小说的，其实它更多是一种关于世界的想象和幻象，而不是科幻或神怪故事。它自古典神话而来，19世纪与浪漫主义和象征主义结合在一起，后又吸收了一些非理性主义的特点。在法国，梅里美、莫泊桑、奈瓦尔都写过这类小说。幻象小说通过对世界的放大、夸张和变形，使阅读空间变得更开放了，具有多义性和模糊性的特点。它虽然荒诞，但荒诞之中见真实，并往往有一种时代感和现实感。它致力于用内在的、感觉上的东西来冲击和震撼人的内心。达里厄塞克的三部幻象小说在具体写作上各有侧重，各具特点，清晰地勾勒出她进行文学探索的轨迹。她牢记法国作家马尔罗的一句话："什么叫文学？文学就是滤去趣闻轶事之后剩下的东西。"但当文学只剩下一堆概念，真的成了"纯"文学时，作家的实力就看得格外清楚，并显得格外重要了。

2000 年

最后的致敬

滴血的杜鹃

20多年前，我在大学学法语时，读了许多法国文学作品，这些作品中的许多译者，如柳鸣九、郭宏安、吴岳添、罗国林、施康强、徐知免等，后来都认识了，甚至还成了朋友，连新中国成立前就已经移居国外的程抱一也于2002年在巴黎见到了。但有一个译者，也是我非常崇敬的一个大翻译家，对我来说一直是个谜，尽管我知道他已于20世纪70年代去世，但关于他的身世，关于他的作品，外界几乎没有报道，他的译作又是那么漂亮和完美，他翻译的《法国近代名家诗选》一直是我的床头书。我至今还认为，国内译诗译得最好的，一个是梁宗岱，另一个就是这位翻译家。梁宗岱虽然也侧重法国文学的研究和翻译，但他译得最好的，却是莎士比亚的十四行诗；而这位翻译家，则在法国诗歌的翻译上显示了极其高超的水平，以至于后来我主编《世界诗库》法文卷时，还时时把《法国近代名家诗选》拿出来作为参照，并常常无奈地感叹：今天恐无人能超越了！

这位翻译家姓范，叫范希衡。

一个月前的一天，一位素不相识的女士来出版社找我。当她表明来意后，我委婉地拒绝了。这些年来，我很怕见专家学者，尤其是诗人，也不能说是怕见，而是羞见。这位女士不是诗人，她带来的也不是她的作品，而是他父亲的译作——《圣伯夫文学批评文选》。我知道圣伯夫是法国最杰出的文学批评家之一，知道他的文艺理论著作在法国文学史上的地位，但120万字足以把我吓坏。几乎没有商量的余地。这位女士显然也知道会有这种结果，但临走时仍不放弃努力，说："我父亲还翻译了一部短些的东西，《法国近代名家诗选》。"我有些不高兴地打断她的话："范希衡已经出过。"我觉得译范先生译过的东西都是一种不敬。这位女士却马上欢快地接上说："范希衡就是我父亲！"一时间，我愣住了，简直不敢相信自己的耳朵。我问起了她父亲的情况，也问起了她的情况。原来，她就是范希衡先生的小女儿范姗，《法国近代名家诗选》的后记中有她的名字。她就住在深圳，是元平特殊教育学校图

翻译家范希衡

书馆的馆长。我有些埋怨她，说范先生的东西为什么不早点拿出来出版？20多年前，甚至10多年前，那时人们是多么欢迎诗歌，社会是多么迷醉于哲学和文论。范女士说，他们虽然有五兄妹，但大家都忙于自己的工作，没有精力也没有时间去整理父亲的遗作。今年，她退休了，才有可能为父亲做些事。

我留下了范女士带来的资料，读了一夜，想了一夜，第二天便打电话给我在报社工作的记者朋友，约好一起找范女士谈谈，请她讲讲她父亲的故事。

范姗女士来的那天，狂风大作，暴雨倾盆。范姗在叙述的过程中也常常以泪洗面，哽咽得说不下去。她告诉我们——

范希衡1906年生于安徽桐城，大名范任，笔名范行、知人、任典，希衡是他的号。他三岁就能对作，四五岁时就能吟诗，被誉为"神童"，有"桐城小才子"之称。他所作的对子后来被集成《神童片片录》，名噪一时，坊间有"小范之才胜大范"之说。大范是谁？北宋大作家范仲淹也。可见"小神童"是何等聪慧！小时候的范希衡一直在乡下读私塾，12岁才跟父亲离开家乡，前往长沙上中学，后又转入安庆六邑中学。1923年，16岁的范希衡考入了上海震旦大学，

1925年因参加五卅运动被学校开除，并受到追捕，于是他逃到了北京，考入北京大学法文系。在校期间，他兼修校长沈尹默的"词学讲座"，深得沈校长的赏识，沈尹默让他在自己主持的中法文化交换委员会任秘书。1927年，范希衡从北京大学毕业后，在北京孔德学校当法文教员，兼任中法大学孔德学院法文讲师。1929年秋，庚子赔款使一批青年得以出国深造，范希衡也是其中之一。他提着小藤箱，前往比利时鲁汶大学留学，专攻法国文学、比较文学、历史语言学、比较语言学。虽说是公费生，但国家只管学费，不给生活费，范希衡只好勤工俭学。他的方法也简单，把自己的课堂笔记抄上三份，卖给班上的三个富家子弟。神奇的是，那三个不好好读书的富家子弟，凭着范希衡给他们的课堂笔记，竟也一一在考试中过关。

范希衡是班上学习成绩最好的学生，但他并不是一个只知道闭门读书的书呆子，每个星期天，他都从比利时到巴黎，与周恩来、邓小平、王炳南等领导的学生组织联系，1931年，"九·一八"事变后，范希衡积极参加抗日救亡运动，并在巴黎起草了《中国留法学生抗日宣言》，先是在会上宣读，后来还登在报纸上。国内的抗战形势越来越紧张，国家处于危难之中，热血青年范希衡不愿再在异国埋头读书，要求回国参加抗战。他的比利时导师多次挽留他，要他给自己当助手，因为范希衡成绩出色，是该校第一个读到西方文学博士的东方学生，事迹还见过报，但范希衡婉拒了，坚持要回国。他是穷着去，穷着回，出国的时候提一只小藤箱，回国的时候还是只有一个箱子，只是里面多了几本书，其中有一本13世纪出版的羊皮书，这是范希衡十分珍惜的一本书，一直视若生命。但在战争年代，人的生命都如草芥一般，书又能得到什么更好的保护呢？尽管范希衡珍藏着这本书，但在重庆遭到空袭时，他的住处被日寇的飞机炸毁，书也化作灰烬。

1933年，范希衡没有毕业就回了国，没有文凭，没有证书，这使这个高才生日后在待遇上遇到了很大的麻烦，在南京大学任教的相当长一段时间里，他一直是个讲师。范希衡回国后，满怀热情地投入到抗战中，与胡愈之、王炳南、盛成等人组织上海各界人士抗日救亡协会国际宣传委员会，编译宣传文章。他翻译了江绍原的《古代中国旅行》，稿费用于抗日。他还和宦乡合作编写《前线日报》的每周国际形势综述，编译《苏联诸民族的文学》，介绍苏联作家第一次大会的各家言论。此时，他的身份是北京中法大学教授兼任中法文化出版委员会编审，编辑《法文研究》，研究《诗经》，翻译中国诗词。几年后，他和妻子双双获奖金赴国外留学，但他觉得国家还处于危难之中，便把奖金捐出来买飞机大炮，没有再出国留学。1941年，范希衡任苏皖政治学院教授兼教务长，著有《民族性之研究》，后赴重庆大学任教授，为《东方杂志》撰写《中国民族性之研究》论文9篇。1945年，范希衡开始从政，任安徽省政府委员兼社会处处长，主管"黄泛区"救灾和社会服务工作。1948年，范希衡又回到了教育阵线，在上海震旦大学任教，与徐仲年合编《法汉字典》，院系调整后转到南京大学教法语语言文学。

范希衡是一介书生，因知识救国而介入政治，他的学识和才华曾得到国民党政府的赏识和器重，国民党军中元老顾祝同聘他为私人顾问，蒋介石授予他少将军衔，并任命他为国际关系顾问。1949年，国民党逃亡台湾时，想让范希衡一同撤离大陆，但范希衡拒绝了，他觉得自己是个做学问的人，留在大陆更适合专业的发展，而且，去了台湾以后他就无法再照顾兄妹了。

新中国成立后，他因历史问题多次遭到拘留，人们从他家抄出了国民党的少将军衔徽章、蓝红白三色绶带和有蒋介石亲笔签字的委任状。由于范太太去世得早，在相当长一段时间里，范家五个孩子是大孩子管小孩子，因为父亲常常"失踪"。1955年，范希衡又被几个带着手枪和手铐的人带走，一年多未归。单位以其被"逮捕"

范希衡译《格兰特船长的儿女》封面
中国青年出版社2018年版

为由，开除了他，并把他的家人从教授楼中赶了出来。当时，范家老大老二都在外地上学，家里只有三个读中小学的孩子，他们不知道晚上睡在哪里，更不知道晚饭在哪里。他们的家具被从小洋房里扔了出来，堆在门口的草坪上，他们乞求路过的行人能搬走家具，随便给他们几个钱吃饭，但"反革命"的东西谁敢要呢？晚上，孩子们困了，来到附近的菜场蹲了一夜。第二天，同学的妈妈见他们可怜，便在自己的天井里搭了一个棚子，他们在那里一住就是一年。在这一年里，他们没有生活来源，靠捡菜皮、熬白菜帮子和胡萝卜缨为生。1956年，范希衡的问题被调查清楚，上级作出了结论，决定"不予追究"。但他被放出来后，家不在了，既没钱，也没地方住，只好跑到学校领导那里借了100元，当天晚上在一家小旅馆住下，第二天才打听到孩子们的下落。当他见到孩子们时，不禁抱着他们哭了，当晚，他便提笔给当时的校领导写了一封"万言信"，说孩子是无辜的，自己的"罪"再大，也不能殃及孩子。谁知，这封"万言信"成了他的新罪行，被贴了出来，他又遭到了新一轮的批斗。1958年，范希衡被正式提起公诉，以"历史反革命"罪被判10年徒刑，押到一采石场进行劳动改造。

范希衡著《〈赵氏孤儿〉与〈中国孤儿〉》
上海古籍出版社2010年版

1962年，中国和法国酝酿建交，为了在文化上有所表示，中国社科院外国文学研究所接到上级指示，要组织翻译一批法国文学作品。小说的译者很快就物色好了，但艰难的文论由谁来译呢？领导琢磨来琢磨去，认为只有范希衡能胜此重任，但范希衡此时正在服刑。经请示上级有关部门并得到许可，当时的外文所领导戈宝权等人带着"尚方宝剑"，从北京来到江苏，让范希衡"保外就医"，其实他天天在家里翻译法国17世纪文学批评家波瓦洛和19世纪文艺批评家圣伯夫的作品。4年来，他几乎闭门不出，其实也不能离开家，因为到对面的杂货铺买点小菜也得向居民小组长和负责监视他的一个女人请示。当时，范家住在一个破庙里，破庙的一边隔出8平方米，是范家的住处，另一边住着监视他们的那个女人。那个女人的丈夫是个"右派"，为了让丈夫早日摘帽，她竭力想表现"进步"，对范家格外凶残。由于两家隔得太近，说什么话对方都听得见，有时范希衡和孩子们压低声音说话，那女人听不清，便跑过来责问他们讲什么。在那些精神极度空虚的日子里，范姗曾跟父亲学过法语，但没几天就被发现了，被毒打了一顿。在那段时间里，范希衡也不敢再见故友。1963年，复旦的一个老同事出差到南京来看他，两人用法语说了几句话，回头就被派出所盘问和训话了好半天。那几年，范希衡可以用8个字来形容："沉默寡言""看书写字"，因为连他最喜爱的小女儿也对他产生了怀疑，要跟他划清界限，不跟他在一个锅里吃饭。在与父亲共同生活的很有限的那几年里，父女俩虽然住在一起，但没什么交流。范女士说到这里，显得格外悲伤。

那时，范希衡的生活十分清苦，作为一个"保外就医"的犯人，他没有工资，只有出版社预支他的一点生活费。那点钱，付完抄稿费后也就所剩无几了。已经工作的大哥，因为有一块父亲给他的外国手表，被怀疑是外国间谍，坐了一年牢，不但没了工资，嫂子也差点跟他离婚。范姗女士回忆说，那个时候，他们家穷得只能吃青菜豆腐，没有荤菜，连鸡蛋都很少吃。为了活命，范希衡竟然让女儿把自己的金牙拿到银行换钱，后来又把自己的西装、领带、领带夹、派克钢笔的笔尖也卖了，皮鞋也送到废品收购站去换钱，最后，女儿还不得不把自己留了多年的长辫子卖了，卖了5块钱，她伤心得从此不愿再留辫子。

范希衡就是在这样极其艰苦的环境下，过着非人的生活，干着苦行僧式的工作。1964年，《波瓦洛文学理论文选》完成，两年后，100多万字的《圣伯夫文学批评文选》也终于译完，寄到了出版社。他松了一口气，说自己"四尽"了——尽心、尽力、尽善、尽美。但他不知道，又一场漫卷全国的政治风暴即将开始，它将以史无前例的残酷荡涤范希衡这类"牛鬼蛇神"。

"文革"一开始,范希衡就被公安员用枪押送到安徽桐城老家的挂车河公社劳动改造,小女儿范姗也一起被"下放",白天劳动,晚上挨斗。由于范希衡是公安部委托地方监督劳动的对象,所以他劳动的时候有民兵持枪看守。民兵不用劳动,看守他就能拿工分,而这个干着重体力活的专政对象却没有工分。范姗说,那些年,他们父女俩挨打是常事,晚年的父亲身体不好,有严重的肺心病,曾被批斗得昏过去,她也挨过扁担。不过,当地的农民还是很善良的,只要他父亲前一天被批斗,第二天门前就会出现食物,或是一碗面,或是几个馒头,范希衡明白了,农民斗他也是被逼无奈,这是他们表示歉意的方式。

在农村劳动改造的那几年,范希衡一直珍藏着一部法文版的法国诗歌,他用衣服包着,放在箱底,只有夜深人静的时候才敢拿出来看。70年代初,当时曾发生地震,他双手紧紧地抱着这部书,其他什么都不管了。他晚上把原诗背下来,默默地记在心里,白天劳动时在脑海里琢磨着译文,然后再偷偷地记录下来。由于没有纸,这本诗集中的所有诗篇都是译在范姗捡来的香烟盒上的。我所喜爱的那本《法国近代名家诗选》就是这样完成的。1971年8月,在译完这本诗集的

《法国近代名家诗选》中文版封面
外国文学出版社1981年版

几个月后,范先生有一天突然感到不适,白天起不了床,但造反派仍逼着他下地劳动,当天晚上,他就离开了人世。

父亲去世后,尸体在破庙里放了三天,不予下葬。当时天很热,尸体都发出异味了,造反派们还不理睬。范姗绝望了,替父亲换洗干净后,她曾撞棺自杀,被监视她的民兵拦住。造反派们见"这个不下葬,那个也要死",怕以后无法向上面交代,终于允许埋葬。范姗连忙打电报向哥哥姐姐们求助,筹款买棺材。面对父亲的遗体,范姗暗暗发誓,一定要把父亲译的这部法国诗歌遗稿带

出去，日后找机会出版。两个月后，在一个月黑风高之夜，范姗终于摆脱了监视，从后院翻窗而出，越过菜地、坟地，沿着田埂，逃到了安庆，然后搭船到了南京。"四人帮"被粉碎后，范希衡很快就得到了平反，范姗履行了自己的诺言，和哥哥姐姐一起整理了父亲翻译的《法国近代名家诗选》，交外国文学出版社出版。

看到我带去的《法国近代名家诗选》，范姗的眼泪一下子就出来了，说："这本书我太熟悉了，父亲用的香烟盒是我一个个捡来的，书稿后来又是我一个字一个字誊清交给出版社的。诗集的封面是请一个朋友画的，你看出来了吗，这是一个花圈，分成上下两半，上面是蓝色的，下面是红的，意思是说我父亲的一生在外界看来是灰暗的，忧郁的，但他的根是红的。"

谈话中，范姗多次从我手中拿过这本诗集，说："能再给我看看吗？"她说，她已经没有这本诗集了，当年出版社只给了他们五本样书，五兄妹一人一本。她的那本已经在父亲坟前烧掉了。1981年，书出版后，范姗在父亲的坟前，把这本书一页页撕下来，一张张地烧了。她说，她没有烧纸钱，而是烧了这本诗集，用以告慰父亲的在天之灵，因为她知道父亲最牵挂自己未出版的作品。

明年就是范希衡先生100周年诞辰了，范老先生的许多同事和学生都希望他放了40年的《圣伯夫文学批评文选》和《波瓦洛文艺理论文选》能够出版。范老先生的学生、南京大学法语教授、著名法国文学翻译家徐知免先生曾对范老先生的长子范铮说："你们应该为你们的父亲做些什么了。可惜我已经80多岁了，又患了白内障，恐怕不久于人世，无法再帮你们。"

范先生生前已出版了近20部著作，内容非常博杂，有前面提到过的各种论文和辞典，50年代还出版过译著《人民的上海》《这就是"美国之音"》《拉伯雷》《布封文钞》、凡尔纳的《格兰特船长的儿女》和波瓦洛的《诗的艺术》，他译的伏尔泰的《中国孤儿》《维克多·雨果》和论文《上海租界当局和太平天国运动》《〈赵氏孤儿〉与〈中国孤儿〉》也在80年代陆续出版。我偶然提起卢梭的《忏悔录》，说我认为黎星的译本一直是最好的，范姗听到这话，眼中露出惊奇的

范希衡译《忏悔录》
人民文学出版社1982年版

光芒，她问我："你知道黎星是谁吗？它是一群被劳教的老翻译家的集体笔名，其中有我父亲。《忏悔录》最后是由我父亲统稿的。"

太多的巧合，让人不敢相信。唯一可以相信的是，范希衡是我国屈指可数的大翻译家之一，他的法文炉火纯青，他的中文功底深厚。朱光潜先生曾说："浙江有钱锺书，桐城有范希衡。范希衡国学基础好，在此基础上才能有这种成就。"贾植芳先生则认为范希衡"为中国比较文学事业的发展作出了独特的贡献"，中国法国文学研究会会长吴岳添先生也盛赞范先生的译文。范先生的翻译成就和翻译水平是当今的翻译家很难企及的，更重要的是，范老先生的翻译态度十分严谨，他的译文经得起比较、挑剔和推敲，他是以做学问搞研究的方式来进行文学翻译的，因为他知道，他翻译的大多是理论性著作，往往一字之误，差之千里。这样的翻译家现在已经不多了，这种翻译精神今天显得尤其可贵。但现在，无论是我还是范家的子女，首先盼望的还是如何把范老先生放了40年的巨著变成铅字，让读者能早日同时读到法国大文论家和中国大翻译家的大手笔。

2005 年

永不言倦的出版人

得知刘硕良前辈离世的消息，我不愿相信，或者说不愿接受，不能接受。这是一个生命力多么旺盛的老人啊！他在人生的每个阶段都能创造出奇迹。老天应该再给他几十年，让他继续陪伴我们前行。他即使在后面看着我们，也会让我们力量倍增。有他在，那个辉煌而理想的时代仿佛就离我们不远。

刘老不是我的领导，也不是我的老师，甚至连同事也算不上，但又什么都是。近40年来，我一直生活在他的关怀中。我的每一个小小进步，身后都站着他，而他的每次华丽转身，我几乎都是见证者。

初次见到刘老，是在20世纪80时代中文系就读，他来开组稿会，浙江与外国文学有关的人士基本上都到场了。作为外国文学专业的研究生，我们也受到了邀请。当时的漓江出版社，对我们来说就是一座圣殿，听闻出版社的老总会来到我们面前，我们甚至有点诚惶诚恐。进入会议室，只见一个个子不高的中年人正忙着给大家分发水果。有人告诉我们，他就是大名鼎鼎的刘硕良先生。

刘老没有架子，所以我们会后就留下来跟他攀谈。我的师兄吴

传奇出版人刘硕良（胡昌群/摄）

笛当时已小有名气，老刘热情地向他约稿，我忍不住也毛遂自荐，向他推荐第一位获诺贝尔文学奖的诗人普吕多姆的作品。我知道漓江出版社正在开发这套丛书，希望自己能够加入。他听了我的介绍，当场拍板。后来我问他，这么重要的书，你怎么放心让一个还没毕业的学生来译。他回答说，你的导师已经替我把关了，能考上他的研究生的人，我都放心。当时，我的导师飞白先生正在替漓江出版社编写《外国名诗鉴赏词典》和《诗海》，刘老极欣赏飞白师的学术水平和翻译质量，早就想把我们师生"一网打尽"。后来他也的确达到了目的，我的师兄师弟很多都成了他的译者。普吕多姆的作品我选编翻译了近三年，取名为《孤独与沉思》，出版后受到了读者的认可，粗略统计，先后被百种以上的报刊和出版物转载或选发，包括《读者》。

毕业后我去了深圳。当时，深圳的印刷设备和技术在国内领先，各地出版社的重点图书或精美画册都要来深圳印刷，漓江出版社也不例外。刘老每次来，都会联系我。他是找帮手，我是拜师父。他在厂里看校样往往一坐就是一天，晚上在路边小店随便吃点东西，回到旅

1984年在漓江出版社大门前
（从左到右）刘硕良夫人黄阿姨、李力、吴笛、刘硕良、张德明、胡小跃、彭少健、汪剑钊、潘一禾

店继续看稿。他不懂外文，但对文字很敏感；他不是外国文学专家，但整体把握能力很强。那段时间，我俨然是漓江出版社的编外人员，同时也继续替漓江出版社译书。这种美好的合作让我非常享受，也让我在业务上获益匪浅。然而有一天，刘老向我宣布，他离开漓江出版社了，要去南宁创办一份杂志。很快，他就带着新出的创刊号来找我了，希望我能替这本叫作《出版广角》的杂志编译一些国外文化新闻和书讯等。我当时刚好订有法国的《读书》杂志，里面的很多内容都适合《出版广角》，尤其是该杂志评选的年度二十佳图书，我每年都再择选编译出来，很受欢迎。后来我去法国，刘老要我去找选题的同时，也做些采访，说能译能写还不够，还要会收集信息，多交朋友，这些将来都是很重要的资源。在刘老的鼓励下，我在法国采访了很多出版人和作家，除了在他的杂志上发表外，也在其他报刊开了专栏。

就在《出版广角》办得风生水起的时候，刘老华丽转身了。新千年过后不久，他又带着一本新杂志来找我。只是，这本叫作《人与自然》的杂志不再与文学有关，甚至与出版和书都无关。不对，刘老说，这本杂志其实面更广，也更灵活。他让我去找和大自然有关的外国图书和报刊，编译、介绍都可以。我在法国的《周末三日》杂志上发现了一篇关于《我的野生动物朋友》的介绍，图片非常惊艳。刘老看了以后，出版人的直觉就来了：怎么不把这本书引进来出版呢？他马上安排人去谈版权、翻译。开印之前，我问他准备印多少册。他说5万。我怀疑自己听错了。但刘老就是刘老，他相信自己的直觉和判断。书出版之际，他请来了作者，几个月后又把书中的主人公小蒂皮也请来了，在国内掀起了一场"小蒂皮狂潮"。第一次印刷的5万册很快告罄，连忙安排重印。最后，该书销售了恐怕50万册也不止，连海峡对面的出版人也被惊动了。这事让我反思了很久，作为一个出版人，我怎么就没有这种判断力呢？对这么好的选题为什么会视而不见？现在我想，我也用不着自责，有的山，并不是每个人都能翻越的。

《我的野生动物朋友》取得巨大成功，他立即动手组织相关选题，很快就推出了《寻找濒危野生动物》《树顶世界》《猫鼬情怀》《荒漠天使》等。值得一提的是大型画册《迁徙的鸟》，那是法国两位摄影师花了多年时间把大雁养大，然后乘简易飞机与大雁一起飞一起拍摄的。我先在巴黎看了纪录片，那种美，那种震撼，让我终生难忘。我马上向刘老报告，并预先告诉他版权费可能会很高。刘老说，既然好，那就不惜代价。然而法国出版社对我们不放心，要求中译本的印制要达到相当高的要求，尺寸不能改，色彩不能偏。刘老气吞山河地告诉我，你和他们说，我们的印制质量一定不会比他们差，甚至有可能比他们的好。国外的很多画册就是在中国印的。果然，中文版出来后，质量完全不逊色于法文版。

在杂志方面，他一方面替《人与自然》约请奚志农等国内一流的野生动物摄影家和环保人士撰稿，另一方面对接世界，把目光瞄准国外的同类杂志，介绍和引进新的环保理念，讲述全新的人与自然的故事。我在法国发现一本叫作《野生大地》的杂志，不但内容出彩，而且图片非常精美。刘老说，我们不要满足于小打小闹，去跟他们谈合作，不仅仅是交换稿件，还可以在资金、人员和出版方面进行探索和尝试。我约了很久，终于见到了主编，对方非常感兴趣，最后终因各种复杂原因没能如愿，但刘老的远见卓识到现在也不过时。

2004年，刘老竟然去北京成立了硕良文化发展有限公司，我不理解他都70多岁了为什么还要去"北漂"，但我知道出版是他唯一的爱好，也是他生命的意义。每次转型，他都会倾注自己的全部热情和力量。他住在老国展旁边的左家庄，我每次去北京出差，他都要我住在他租的套间里，方便晚上聊天。他在北京资源多，很快就打开了局面，做了很多成功的书。有不少书，他知道市场回报不会太好，但只要有价值，他就愿意投入。看到好的选题，他就眼睛发亮。他和作者及合作的出版社都相处得很好，大家都愿意替他做事，因为他不会光替自己着想，而是会首先考虑对方的利益和感受。他骨子里就是个文化人，所以才会在那种艰难的环境下去做那些艰难的书。他从不气馁，我从来没有听见他发牢骚，而是永远面对现实，想办法去解决问题。我出国定居后，跟他联系少了，只知道他回广西了。直到有一天，他打了越洋电话来，欣喜地告诉我，老东家漓江出版社又要有大

2021年4月23日世界读书日。右三为刘硕良先生。左三为漓江出版社总编辑张谦。从左到右的其他人依次为青年编辑黄彦、谢青芸、辛丽芳、刘红果

动作了，要我赶快提供选题，把能用的稿子都给他。我简直不敢相信，快80岁的人，热情还那么高，还那么拼。我想起了当年跟他跑印刷厂、跑书刊批发中心的情景。其实他那时就不年轻了。

2014年国庆，我专程去南宁看望他。他那时身体不怎么好，腿脚也不方便，我知道他肯定会留我在他家住，便谎称当晚的飞机就要回去。我在他家待了大半天，黄阿姨忙前忙后，给我做好东西吃。刘老则带我参观他的书房，到处都是资料和书稿，旁边放着剪刀和放大镜。他正在编广西文史资料，我感慨这方面是彻底帮不上忙了。在客厅巨大的书架前，我又看到了八九十年代他出版的那些书和获得的无数奖状，不禁回想起与他相识的美好时光。眼前的这个老人，他是幸福的，见证和参与了中国出版的辉煌和发展；他也是富有的，创造了那么多奇迹，留下了那么多遗产。那次告别，我答应他以后每年去看他，但屡屡食言，只是不时会给他打电话。他却不断地给我惊喜，

晚年的刘硕良先生在接受采访

《三栖路上云和月》《春潮漫卷书香录》《与时间书》相继出版，总结了他数十年的出版经历与成就，其中还收入了我当年写给他的信和我们同学去漓江出版社拜访他的照片。

2020年的一天，他突然来电话，几乎是哭着对我说，黄阿姨走了。从此，他自己的精神好像也垮了，身体每况愈下。那一段时间，我几乎天天给他打电话。他接受不了与他相濡以沫几十年的老伴离去的事实。疫情当前，我很担心他的生活。他因糖尿病双目渐渐失明，这是他最痛苦的事情。每次打电话，他都向我诉苦。我又如何安慰得了他？对一个以文字为生、视书为命的人来说，看不见了，等于生命被抽空了。去年他过九十大寿，我察觉到他的情绪有点低落，便请我的导师、他的老朋友飞白先生给他打个电话。飞白先生比他还年长几岁，让两个九旬老人叙叙旧情，互相鼓励，对他来说应该是一个很好的安慰。飞白先生听从了我的建议，给他打了电话，两人聊得很亲切。回头想想，这应该是这么多年来我做得最得意，也是最有意义的一件事了。

2023 年

后 记

　　我这一辈子，可以说一直与书为伍。小时候，如饥似渴地看书读书，还没上初中，就混了个"高度近视"；青少年时期，发疯似的写作投稿，天天盼望邮递员的自行车铃声；上了大学，开始翻译起小说来，记得第一次拿到稿费，仅4块钱，但稿费是《人民日报》寄来的，信封上写着娟秀的毛笔字。后来，为了能翻译自己喜欢的书，实现"翻译自由"，我辗转到了出版社，孤勇地拉起了法国当代文学出版的大旗。感谢我的老东家深圳出版社（原海天出版社）忍受了我的任性，给了我自由的空间，近30年来，历届领导都慷慨无私地支持我夹带私心的工作。之所以要"慷慨"，是因为文学出版首先是一种情怀，它需要付出，付出热情、时间、精力和耐心。我们都盼望收获，但这也意味着等待，无数不确定的因素在影响我们实现自己的理想。

　　但文学是伟大的、包容的，是可以无国界的，我第一次去巴黎寻找图书、洽谈项目时就感受到了这一点。当时深入法国出版界的中国出版人并不多，甚至可以说罕见，这从他们的反应中就可以看出来。但当他们发现你热爱文学，懂他们的语言，了解他们的文化，他们的文化自豪感就爆棚了，他们的热情让我感到了极大的温暖和鼓舞，工作也得到了巨大的便利。我俨然成了他们的"红人"，奔走在各个出版社之间，受到了热烈的欢迎，天天扛着大箱小箱的书回到住处，法国的专业和公共报刊、内部和行业通讯开始对我进行报道，让我在法国出版界一度很有名气。

　　这些年来，我引进了多少法国图书？数量多得连我自己都不敢相信；见了多少作者？已经数不过来，甚至很多都忘记了。这些年，我写了大量文章，记录我和他们的交往，讲述他们的故事，分析他们的作品，思考中法文化的交流与合作。可惜，由于存档意识薄弱，加上搬家、出国、换办公室，几个电子邮箱又被相继关闭，尤其是20世纪90年代电脑还不是很普及，通联基本靠传真，很多资料都丢失了，很多文章也找不回了。所以，收入本书的，仅是能够找到的一部分我认为还有些趣味的文章。由于这本书是面向普通读者的，所以专业性、行业性、学术性和一些宏观的综述文章被排除在外。

　　第一部分"圣伯努瓦路5号，4楼靠左"，是对作家或出版家的现场或线上采访，以记者的目光来看待法国文坛和书业。当年采访过的很多名人如今都已作古，但他们的睿智与人格魅力让我很难忘怀；还有的作家，当时刚刚冒尖，现在已经大名鼎鼎，恐怕想再见也不容易了。第二部分"在蒙帕纳斯的阳光下"写的主要是书，从出版人的角度来推荐和介绍当时的新书或引起关注的作者。第三部分"圣日耳曼大街的咖啡馆"是从朋友的角度来介绍我认为值得介绍或我景仰的作家，我有的见过有的没见过，但他们均值得大家关注。他们有的在本书中重复出现，但角度不同，想多维度地反映他们的真实生活。第四部分"巴黎的25张面孔"是我2006年旅法期间的部分手记，以旅居者的目光来观察法国，讲述巴黎的人与事，虽然不全都与作家或图书有关，但不了解法国的社会文化就很难理解法国的文学。选取这些短小轻松的文字，也为了舒缓全书的节奏，让读者在阅读长文的间隙中能放慢脚步。第五部分"翻墙爬窗淘书忙"是从编辑和译者的角度来讲述翻译或出书的故事。为了找书，我多次在书店、图书馆和出版社的书库架起高高的梯子，一连几天地翻寻；也是为了找书，我曾爬窗进入窄小的出版社小楼，不是作怪，只是出版社的门锁坏了，开不了门。译者和出版人是我的两个主要身份，从而引出了第六部分"最后的致敬"：范希衡先生是在我翻译方面的榜样，而刘硕良先生是我在出版方面的老师。我能坚持翻译和出版，与榜样的力量是分不开的。

　　书中所收文章大多在报刊上发表过，现基本保持原样，仅标注写作时间，个别改动了新闻性标题，以符合书籍的要求；也有的在文末增加了几行字的"追记"，交代所写人物的近况，多是追悼。本书内容基本都与"巴黎"有关，个别也写"小巴黎"蒙特利尔甚至其他城市的作家或书商，至于比利时的作家，大多都在巴黎出书，他们根本没把自己当外人。

　　本书所用图片部分由本人拍摄，部分由受访者提供，部分由出版方提供。

2024 年 3 月写于深圳